奋斗者最美

FENDOUZHE ZUIMEI

——新时代江苏先进典型人物小传

XINSHIDAI JIANGSU XIANJIN DIANXING RENWU XIAOZHUAN

江苏省作家协会　编

南京出版传媒集团
南京出版社

图书在版编目（CIP）数据

奋斗者最美：新时代江苏先进典型人物小传 / 江苏省作家协会编. -- 南京：南京出版社，2023.10
ISBN 978-7-5533-4349-5

Ⅰ.①奋… Ⅱ.①江… Ⅲ.①传记文学－作品集－中国－当代 Ⅳ.①I25

中国国家版本馆CIP数据核字（2023）第158977号

书　　名　奋斗者最美：新时代江苏先进典型人物小传
编　　者　江苏省作家协会
出版发行　南京出版传媒集团
　　　　　南 京 出 版 社
社址：南京市太平门街53号　　邮编：210016
网址：http://www.njcbs.cn　　电子信箱：njcbs1988@163.com
联系电话：025-83283893、83283864（营销）　025-83112257（编务）

出 版 人　项晓宁
出 品 人　卢海鸣
责任编辑　焦　博
责任校对　王梓薇
装帧设计　赵海玥　辉汉文化
责任印制　杨福彬

排　　版　南京新华丰制版有限公司
印　　刷　南京玉河印刷厂
开　　本　718 毫米 × 1000 毫米　1/16
印　　张　20
字　　数　294千字
版　　次　2023年10月第1版
印　　次　2023年10月第1次印刷
书　　号　ISBN 978-7-5533-4349-5
定　　价　78.00 元

用微信或京东APP扫码购书

用淘宝APP扫码购书

目 录

银光闪闪 江波浩荡

——记桂五镇敬老院院长李银江

汪楚红

人人都要老，家家有老人。只要守住了老人们的心，就守住了这个家庭的心，只要老人感到生活幸福，全社会就会感到温暖。这是李银江的初衷，也是他的理想。

夕阳西沉，绚烂的霞彩在天边燃烧。苏北淮河畔盱眙小城的桂五镇，霞光缕缕，洒在 66 岁的敬老院院长李银江有些灰白的头发上。

天气闷热，屋前摇着蒲扇的老人们三三两两。李银江有一搭没一搭地和他们聊天。他日常习惯了逐个巡查，有问题解决问题，没问题走走看看。37 年来，他用自己真心实意的付出，为老人们撑起了一片安享晚年的天空。

灰青色的水泥路，来来往往留下了许多印记。李银江对敬老院的一草一木、一砖一瓦都十分熟悉。院门口的芭蕉树，是他十几年前亲手栽种，如今已是枝叶阔大。从最初的一片荒地，到如今整洁明亮宽敞的花园式敬老院，风华正茂的“小李”也成了老骥伏枥的“老李”，李银江用他的大半生，守护着这座温馨的家园。

再回首，如果还有一次选择的机会，他会甘之如饴地接住命运抛来的橄榄枝吗？假若让现在的“老李”同当年在路口犹豫的“小李”来场跨越时空的对话，他一定会拍一拍那年轻的肩膀说：“接下这个担子吧，相信我，你到老也不会离开，因为，你舍不得，放不下。”

红色热土，村支书一心为乡亲

将时间的指针往回拨到 1957 年，农历二月初二。李银江出生在盱眙桂五镇四桥村。提起盱眙，大多数人脑海里首先想到的是龙虾。作为“中国龙虾之乡”，盱眙美名远扬。不仅如此，它还是一片英雄辈出的红色热土。从第二次国内革命战争，到抗日战争，再到解放战争，无数革命先烈在这里战斗，牺牲。李银江的家乡取名“桂五”，就得益于这种红色基因。

李银江的父亲李学仁虽然没上过学，但在部队时靠自学识了不少字，可以轻松地读书看报。父亲有满肚子的故事，孔融让梨、乌鸦反哺的美德典故，董存瑞、黄继光、李桂五的壮举，雷锋的动人事迹，都让童年的李银江听得津津有味。这些故事并没有随着话音消失，而是化作灼灼光束，照亮他前行的道路。

读书时，李银江十分用功，但家境并不富裕的他，常常连三分五厘钱一支的铅笔都买不起，要用家里母鸡生的蛋去店里换。这天，他刚从鸡窝里摸到一枚暖呼呼的蛋，高兴地到街上去，怎想不小心跌了一跤，鸡蛋摔碎了，蛋液流了一地。李银江不敢告诉母亲，只好借了同学的铅笔，先把作业写好交上。第二天一早，他又偷偷地去鸡窝摸来一枚新下的蛋，这次顺利换回了铅笔。他自以为瞒得很好，母亲却心知肚明。晚饭后，母亲叫住他，语重心长地说："用鸡蛋换铅笔，你做得没错，但不能背着大人偷拿。"小李银江听了，垂下头，将前一天的实情说出，落得心里轻松，也得到了母亲的理解和原谅。

这桩童年往事虽然很小，却给李银江很深的触动。做人，首先是要诚实，要光明磊落。

1975 年，18 岁的李银江顺利读完高中，但没被推荐上大学，也没做民办教师或赤脚医生。于是，李银江又回乡务农，盼着还能当个民兵，然而最后却连民兵也没能当上。这对当时充满干劲的李银江来说，算是一个小小的挫折。

在沉默中奋进是最好的反击。李银江暗暗发誓，一定要做出点样子来。

虽然没当上民兵，但李银江对生活和劳动的热情并未因此湮灭。他怀着一颗赤诚的心，用汗水浇灌自己的青春和脚下深爱的土地。干农活并不轻松，陶诗云："晨兴理荒秽，带月荷锄归。"李银江每天起早贪黑，用自己年轻的肩膀担起生活的重担。在生产队里，他负责定点喂牛，早起晚睡不说，半夜还要起来添料，将牛照料得健康壮实。他不顾脏和累，带头报名沤粪，带领队员提前完成了任务。

李银江的踏实肯干、认真负责，生产队长和村民都看在眼里，四桥村大队的干部也看在眼里。当时，主持工作的副主任很欣赏李银江，建议对他提拔重用。1977 年 5 月，高中毕业不到两年，李银江担任了生产队会计，这时他才 20 岁。

20世纪70年代的生产队，一般有两个干部，一个是队长，一个就是会计。会计需要干具体的事，给社员分粮、分钱，负责记工分，重要性不言而喻。当时中国整体的经济还在复苏期，李银江所在的四桥村生产队三队，比其他队落后，甚至有队员面临吃不上饭的困境。队里没有粮食，李银江想到去借，毕竟是人命关天的事，先渡过眼下的难关再说。

40多年前的借粮食可不比今天，粮食比金子还珍贵，不是说借就能借。李银江把熟悉的人排一排，想到队里的孙长金，心里有底了。孙长金原是淮河人，李银江便说动他，由他出面向隔壁泗洪县成功借到3100斤玉米，解了燃眉之急。半年后李银江兑现承诺，还了3100斤大米，成为一段美谈。

李银江发现，要补短板，必须科学种植，发展多种经营。他平常爱看书，爱琢磨，参加县里培训后又掌握了一定的养殖技巧。去淮河借粮时，李银江注意到河里长势喜人的菱角。菱角富含淀粉，能填饱肚子。生产队辖区内有水，平时只是用来蓄水放水，如果能种上菱角，也是个收成。经过充分调查了解，李银江买来30斤种子，第二年春天种在15亩的水田中。到中秋节前后，收获了足足有1万斤菱角，生产队每人分到了50斤。1977年春天，他带领队员种了40亩玉米，施用化肥（化肥在当时用的人很少），来年取得了大丰收；又种了20亩萝卜，收了3万斤，老百姓用切碎的萝卜煮饭、熬汤，可以解决部分口粮问题；后来又种了10亩桑树苗，发展蚕桑养殖。多种经营之下，队员的生活逐渐好起来。

李银江在会计任上还干了一件大事——贷款买了辆手扶拖拉机。在当时，不要说买拖拉机，贷款也是让人震惊的新鲜事。李银江有魄力也有能力，他找到农行贷了3000元。3000元可不是小数目，但李银江就是干成了。拖拉机开进生产队，为队里发展做了不少贡献。

如此，李银江的能力大家都有目共睹。1979年2月，他被推荐为队长。当年10月，李银江提交入党申请书，来年10月，正式成为一名中共党员。面对鲜红的党旗，他感到无比自豪，将饱满的热情全力投入工作中。他钻研杂交稻制种技术，研制出的稻种不仅够自己生产队用，还可以出售。

随着小岗村“大包干”做法的推广实行，李银江也将生产队的土地和农具、牲口等生产资料进行分配，队员们都热情高涨。1983 年 1 月，通过选举，李银江接任了村主任，第二年立春过后，又接任了村支书。15 个自然小组、3000 多口人、4000 亩土地，全都交到了李银江手里，他深感责任重大。

不久后，盱眙县评选“农村经济发展带头人”，李银江因为成绩突出，光荣当选。

拿到县委县政府颁发的奖状，对李银江是个巨大的鼓舞。他激动地感慨：“我过去连一个民兵都没捞着当，今天能受到县委县政府的嘉奖，真是太高兴了！”

四桥村多年来民用照明一直用的都是柴油。李银江做主任时，有一件小事曾给他很大触动，所以深深埋在心里。那天早晨，一个小孩匆匆忙忙赶去上学，估计是起晚了，没来得及洗脸，鼻孔下面两道黑杠。小孩被李银江喊住，连忙用手一抹鼻子，整只手都黑了。原来是他前一晚做作业到很晚，鼻孔被柴油灯熏黑了。目送小孩远去，李银江在心里盘算，如果能让父老乡亲都用上电灯，那该多好。

等到李银江做了村支书，他决心给村里通上电。

通过村民筹钱和李银江的奔走集资，历时一年，到 1985 年，四桥村老百姓终于用上了电。有了电，就可以用电打水，村里改旱田为水浇地，新开挖渠道 1300 多米，当年粮食产量就翻了两倍。当时，一个老党员称赞李银江，说他是个好干部，专门为老百姓做实事的。

1986 年 5 月 20 日，李银江通过江苏省淮安市盱眙县公开招聘考试，正式作为乡民政会计，到镇政府（时为乡政府）报到上班。风风火火地干了一天，晚上回到家，父亲李学仁按捺不住激动的心情，拉住李银江说起来：“银江啊，我今天去街了！”

李银江纳闷了，说：“我大（爸爸）啊，你去街做什么的？”父亲笑了：“我在乡政府门前街上来来回回走了三趟！”李银江更意外了：“做什么哦？”父亲说：“你今天第一天到乡政府上班，你不知道你大多高兴哦！你想啊，桂五乡有 3 万多人口，在政府大院上班的只有五十几个人。我家几辈子人，哪想到能有这一天，哪想到你能成为‘公家人’！”

李学仁看到李银江有出息，从村主任到村支书，又成了“公家人”，实在是激动难掩。但他不忘嘱咐儿子，金杯银杯不如老百姓口碑，一定要做一个有口碑的人。这句话，李银江记了一辈子，也践行了一辈子。

荒芜之地，敬老院院长走马上任

1986 年初夏，李银江处理完手头的事情，正准备离开办公室，这时候电话响了。是乡长打来的，让他到乡政府一趟。李银江心想，乡长打电话，肯定有重要的事，便马不停蹄地赶去。没想到，这一趟乡政府之行，彻底改变了他的人生轨迹。

乡长先是把李银江夸奖了一番，之后话锋一转，说是有一项艰巨的任务，只有他才能胜任。

这项重任就是，筹建桂五敬老院，由李银江担任敬老院院长。

当时，盱眙县政府统一部署工作，每个乡镇都要建立一座敬老院。桂五镇不缺地，划一块就是，问题是，建好之后谁来管理？敬老院属于民政范畴，但乡民政实在抽不出人手。经过乡党委会研究，他们有了一个合适的人选，这个人就是李银江。

李银江一愣，自己带着老百姓干得正起劲，通电了，下一步就要发展工业。他正想大展拳脚，好好为乡民们做些事情，却怎么也没想到，敬老院的事情会与自己有关。在四桥村干了将近十年的村干部，什么都熟门熟路，现在要让他去和老年人打交道，李银江一时回不过神来。

敬老院，这是个完全陌生的领域啊！怎么做？做什么？全然不知。

李银江有点委屈，一万个不高兴只能憋在心里。他舍不得离开四桥村，觉得在四桥村没干够，还想为老百姓多干点实事。另外，他认为村干部这个岗位挺适合年轻人锻炼的，去敬老院干怕没前途。

促使李银江痛快接过重任的，是他的父亲。

当天因为心里装着事，李银江回到家中一句话不说，饭桌上只是闷头吃饭。父亲见儿子如此反常，饭后便点上一支烟，把李银江叫到一边，问他遇到什么不顺心的事。当李银江将组织上的安排和盘托出时，父亲把没抽完的烟狠狠摔在了地上，站起身来，第一句话就是："银江啊，你是不是党员？"

李银江坐在小板凳上一愣。

父亲的口气是少有的重："你把党的组织原则都忘了？个人服从组织，少数服从多数，下级服从上级。"父亲接着说："你是不是觉得敬老院的塘小了，养不下你这条大鱼？组织上叫你做敬老院院长，肯定有自己的道理。"

见李银江脸涨得通红，父亲语重心长道："银江，七十二行，行行出状元！"父亲的话像开机枪一样蹦出来，李银江听了，默默流下眼泪。他将心里话掏出，说出对于前途和家庭生计的考虑。父亲说："你自从走上工作岗位，就要记住舍小家保大家。相信你肯定能干出个样子，明早就去报到吧。"

父亲的话稳住了李银江的心思，坚定了他的信念。第二天一早，李银江就去履新，成了年轻的敬老院院长。

说起来，好歹是个院长，但李银江没有任何下属，也没有办公地点。他按照指示，领了一块一米八长、白底黑字的敬老院牌子，架在三轮车上，骑到"敬老院"。

看到这个所谓的敬老院，李银江心里一凉。

眼前哪里有敬老院的影子，有的只是一块杂草丛生、崎岖不平的 4.2 亩丘陵荒地。真的是荒地，一块砖、一块瓦都没有。李银江正愁牌子挂哪儿呢，见旁边刚好有一棵槐树，便将牌子挂了上去，又借来铁丝将它固定住。

敬老院算是挂了牌，只待国庆节前开张运营。时间紧，为了能在规定时间内完成任务，李银江决定节省来回时间，花了建院的第一笔费用——四块二毛钱，到街上扯了块塑料薄膜。他就用这块一斤六两的塑料薄膜，在工地上搭了间小棚子，作为晚上的住处。

虽是夏天，不用担心挨冻，但薄膜棚子毕竟不透气，闷热是免不了的，再加上耳边蚊子嗡嗡声不绝如缕，夜里根本睡不踏实。

但这些困扰算不了什么，当时的李银江心里就一个念头，要像盖自己家房子一样，好好为老人们盖一个家。接下来的日子，他以工地为家，事必躬亲，找石头、运沙子、扛木材，工人干什么，他跟着干什么，不同的是，工人下班可以回家，他还要住在工地上。

为了将经费合理用在刀刃上，施工的每一道环节，从资金落实、材料购置、施工监理到把关验收，李银江都一一过问。当时的李银江，身上脚上都是泥巴，没有一处干净的地方，家里人都叫他“泥猴子”。身上的衣服实在是太脏了，李银江就到附近的小河里去洗洗，也没空管干净不干净。一颗心，全部扑在了敬老院的建设上。

历经 95 天的风吹日晒，工程顺利完成。

敬老院总占地 4.2 亩，8 间红砖瓦房用作老人宿舍，3 间厨房，还有一个 7 个蹲位的厕所，总建筑面积不到 200 平方米。李银江的手机里至今还存着一张多年前的黑白照片，展示了桂五镇敬老院最初的模样。

“当时只有一排泥砖瓦房，宿舍加配套用房，总共 11 间。”他说，“在那个年代，这可是全镇最好的房子。”

有了房子，李银江心里踏实多了。可没想到，更大的考验还在后头。

当李银江兴致勃勃地登门邀请镇上的五保户入住时，却连连碰壁。敬老院有 8 间宿舍，每间 2 张床，最多可以住下 16 位老人。起初李银江还有些担心，桂五镇那么多老人，不够住怎么办？他思量着，先安排需求最迫切的老人过来住，其他的人以后再慢慢想办法。

然而，现实有点出乎意料。

建院过程中，还有人过来打听过。然而等房子建好了，李银江骑着自行车跑遍全镇各个村，符合条件的老人，竟然没有一位愿意入住。这让李银江百思不得其解。照理说，新建的敬老院无论是吃饭、居住，还是医疗条件，可比老人们散居乡下强多了。那些五保老人，在村里没有直系亲属，一个人生活冷冷清清，来敬老院大家一起生活，热闹一点，也彼此有个照应，多好啊。李银江想不明白。

敬老院的启用仪式举行在即，李银江决定再走访一遍重点户，寻寻突破口。

他买了些条酥和水果，再次登门拜访傅伟俭老人。老人读过几年私塾，平时喜欢和李银江这位高中毕业的知识分子聊聊天，李银江有什么问题也常常去找他解惑问策。面对求解的李银江，老人敞开心扉，坦诚说出切实的顾虑。第一点，他说，李银江到敬老院当院长肯定只是工作上的过渡，干一阵就会走。到那时，谁来保障他们后面的生活呢？第二，自己在家住惯了，懒得挪窝，像他一样的独居老人，要融入敬老院的“大家庭”，也有不小的难度。第三，虽然五保户无儿无女，但其实这个“保”已经是“宝”，再也不是社会的多余和累赘。逢年过节，左邻右舍的都会送个菜端个汤啥的过来，娃娃喊声爷，后生叫声大（伯），百年之后他们还可以送终。而敬老院除了几间房和一块牌子，能提供这些“软服务”吗？

老人的一席话如醍醐灌顶，让李银江明白敬老院缺的究竟是什么——再好的物质环境都比不上老人内心的安定。

李银江调整思路，当场郑重地向老人保证：“我一辈子都不会离开敬老院。”

他跟傅伟俭约定，可以先去敬老院体验一番，什么都不用带，先住上几天，吃几碗饭，睡几天觉，如果觉得不好，马上找车子把他送回来。针对老人的第三点顾虑，李银江保证：“到敬老院来，包吃包住，有病包瞧，我拿您当父亲，给您当儿子，为您养老送终！”傅伟俭也知道李银江的口碑，做事实在，便抱着试试看的心态答应了。

李银江又如法炮制，总共请来了七名五保老人，作为第一批院民，他们也被称为“开院七老”。

1986 年 10 月 1 日，桂五镇敬老院如期举行了成立仪式。李银江正式走马上任。本以为是作为首任院长就职，没想到 37 年过去了，他还是敬老院唯一的院长。

承诺如山，乡村离歌温暖演绎

漫漫 37 载，对李银江来说，肯定有过许多艰难的时刻，但他记下的，更多的是温暖的亲情。这亲情不靠血缘维系，靠的是彼此的心。他同老人们虽无骨血与骨血相连，但心与心共感。

李银江说，敬老院是一个大家庭，他想让所有的老人在敬老院里都能感觉到家的温暖、子女的味道。“走了”有人替他们送终，要让他们在敬老院同样享受到天伦之乐。这也是他在就职仪式上做出的一项庄重承诺。

其实，李银江在说动七位五保户老人时，还做出过一个承诺，即他们可先去敬老院住一个月，如果满意就接着“试住”，什么时候不太满意了都可以送回原来的村组，交给原来的乡邻。

当然，七位老人一位都没有走。只是在建院快两年时，李银江遇到了一次大考验。

“开院七老”之一的李奇山，是桂五镇敬老院第一个离世的老人，于1988 年 7 月 12 日下午，以 82 岁高龄辞世。李银江说话算话，把老人当父亲看待，给老人体面送终。

他上街扯了布，请妻子韩素珍和院内的张奶奶、陶奶奶一同缝制好寿衣。夫妇俩又用温水给老人擦身子，仔细地剪好指甲、换上寿衣。同时，让院里的工作人员收拾出一间房，简朴而庄严地布置起专用灵堂。当老人的亲戚、过去的乡邻闻讯赶来养老院吊唁时，李银江胸佩白花，臂戴黑纱，为客人点纸、陪客人鞠躬，见者无不动容。

李银江本想叫上自己七八岁的儿子一同前来，但考虑到 7 月份地面潮湿，蚊虫肆虐，怕小孩子身薄吃不消，在老人们的理解下，最终由李银江同妻子守灵三日。

出殡时，按照乡镇习俗，李银江身为孝子，在众人目光下，高擎起老盆（盛纸灰的火盆），重重摔碎（意与丧事告别）。接着鼓乐齐鸣，哭声四起，灵柩出门。李银江手捧老人遗像，走在队伍前面。想起往日相处的点滴，李银江和爱人潸然泪下，情同手足的其他六位老人也流下了悲伤和感动的泪水。他们彻底放心了。他们知道自己人生的最后一段路不会孤单潦草，而是有温暖，有依靠，有陪伴。

但闲言碎语总归是有的。

在农村，葬礼高于其他庆典礼仪，为老人送终尽孝是一件天大的事。李银江自己的父母都活得好好的，却为别的无亲无故的老人戴孝守灵送终，一时间成为镇上的头条新闻。李银江的母亲差点就要去敬老院“兴师问罪”，被稳重的父亲拦了下来。

葬礼三日，按风俗是要避免入别人家门的。李银江也避见自己的父母，自以为保密工作做得很好。第三天晚上，李银江两口子一身疲惫地回到家里，喊声妈，妈不应，喊声爸，爸在喉咙里“嗯”了一声。不过谁都没提这件事。

晚饭后，一直拉长着脸的母亲正在洗锅，实在忍不住流下了眼泪。父亲开腔问：“银江忙啊，几天不归家，到哪儿去啦？”

李银江答在敬老院。父亲接着问：“那你媳妇这几天去哪儿啦？”

李银江遮掩道，敬老院有个老奶奶身体不舒服，送院急救了，妻子过去照料方便些。

父亲一听来气了，说：“你还不知道错啊？”

李银江明白父母已经听闻自己给人家当孝子、摔老盆的事了。他想起父亲从小教导的话语，当别人有困难时，一定要伸出援手。李银江说，自己就是按照父亲说的去做的。一直以来为街坊邻居服务，哪一样做错了呢?

父亲开了口：“你错不在给别人当孝子，错在做事前不和我们沟通。错就错在回来了还继续蒙着我们！你现在能蒙老父亲，将来在工作岗位上就敢偷天换日、瞒天过海。”

父亲这一番话，让李银江无可辩驳。他领会到自己是真的错了，对父母隐瞒，就是对父母的不孝，况且父母永远是他坚强的后盾。他赶紧侍立到母亲身边，百般劝慰，让二老放心，“你们的老盆我会摔得最响！”

母亲"扑哧"一声，本来想笑的，却哭了出来："外面都说你去给别人当儿子去了。"李银江也泪眼婆娑："我永远是你们的好儿子。"

得到家人的理解和支持，李银江很宽慰，他说："身为敬老院院长，五保老人无儿无女，我不为他们养老送终，谁为他们送终？"

这么多年来，不管别人怎么看怎么想，李银江都坚持用情用心对待每一位老人，拿老人当自己的父母。李银江真心真情的付出，也换来了老人们的赞许、信任和疼爱。傅伟俭老人在敬老院自在幸福地过了十多年，1999 年时，心脑血管疾病一天天加重，最终在李银江的照料下，平静地走完最后一程。弥留之际，老人拉着李银江的手说："你不是儿子，却比儿子还亲啊。"

说起这一段，李银江不禁掉下眼泪。

钱庆楼是首批入住敬老院的老人。他在去世前，当着自己唯一亲人的面，把一生的积蓄 17000 元递给了李银江。这些钱，都是他在敬老院用劳动换来的。接过这沉甸甸的钱，李银江既感动又难过。他了解老人的心意，但还是把钱给了老人过得困难的亲戚，算是以老人之名，做了最后一件好事。

陶玉兰老人心脏不好，李银江对她嘘寒问暖，生怕她有一点过得不如意，给予了她亲儿子般的体贴和关怀。老人弥留之际，拉过李银江的手，把自己卖纸壳废品攒了一辈子的 600 元塞给他。沉甸甸的遗产，让李银江心头又暖又疼。他领了老人的心意，将钱用在了敬老院的开销上。

"不是亲人更胜亲人"，李银江用自己的行动证明了这种感情是切实存在的。

陈广英老人一辈子无儿无女，李银江视她为亲妈妈，给她梳头、洗头、洗脚、剪指甲。老人有一点头疼脑热，李银江就坐卧不安，随时问候。老人也把李银江当成亲儿子，有什么好吃的都习惯藏起来，留给李银江吃。那天天气炎热，老人趁没人注意，独自一人走了很远的路，跑到乡镇街上，用 5 块钱买了一支巧克力蛋筒，又摸索着走回来。那个时候，买蛋筒是非常奢侈的事，馋了最多买根冰棍。老人一路小心翼翼捧着蛋筒，穿街走巷，摸摸索索走回敬老院，捧到埋头办公的李银江面前："银江，天太热，你把它吃了吧，解解暑。我洗过手的，不脏。”

看着老人融化一手的巧克力浆和捧着的一层焦黄的薄壳，李银江又激动又感动。

没想到几天后，陈广英老人竟永远地走了。李银江披麻戴孝为老人家办了一场体面的丧事，在墓地失声痛哭，长跪不起。

告别让人悲伤。但因为李银江的照顾和陪伴，夕照的光景并不黯淡。

王玉平老人曾拉着李银江的手泣不成声：“自从住进敬老院，吃、穿、住、用，你都替我们操办得好好的。身后事也料理得妥妥当当。有你这个比亲儿子还亲的亲人，是我们这辈子最大的幸福。”他的话说出了院内老人共同的心声。

李银江曾说他最大的心愿就是守护好这些老人，“老吾老，以及人之老”。李银江如今也成了头发有些花白的小老汉，但他依然是养老院老人们的“孝子”，依然会拿老人当父母、当兄弟姐妹，悉心照料他们的吃、穿、住、医，为他们养老送终。

敬老院还有一处圣地，那就是李银江在办公楼 2 楼东南方最好的位置专门设的追思堂。堂内的墙上挂列着在敬老院去世的老人遗像，紧靠照片墙的供奉台上，还有高低两排牌位。20 世纪 80 年代，桂五镇还没有照相馆，那时候走的老人留下的是木头牌位，牌位正面是姓名，背面记着村组和生卒年月。照片墙上排列着 57 幅黑白和彩色遗像，供奉台上竖立着 21 座黄杨木的牌位，它们记录着78位老人曾来过人间的痕迹。每逢清明、冬至、春节，李银江都会去祭祀，平时闲来，他也会进去看一看，忆一忆同老人们相处的过往，与他们聊一聊敬老院的近况。

李银江也常去墓地看看。走一回墓地，就对世事看淡一分，越发感到时间宝贵。他告诉自己：珍惜身边的一切，多为老人们做点实在的事情。

李银江现在还管理着四处公益性墓地，这些墓地始建于 2003 年。当时盱眙大兴招商引资，李银江也有招商任务。有一次，他到南京跑了两天，毫无头绪，便在中央门车站附近，找了间 30 块钱一晚的私人小旅馆住下，禁不住想：招商引资不成，能不能自己回家干点什么呢？辗转反侧，李银江想到桂五镇多丘陵，当地老人去世后散葬在各个山头上，家属上坟烧纸稍不注意就会引发火灾；有很多荒山，黄沙、玄武岩多，利用率低；更重要的是，有不少老百姓生前买不起房子，死后也买不起墓地，“死不起”“葬不起”。想到这，李银江心里有了主意，他要为这些逝者建设墓地。

等考虑成熟了，李银江便向当时的镇党委、政府打报告，请求开发公益性墓地。有领导担心：“你公墓建起来以后，能有去世的人去下葬吗？”李银江说：“那就发展当中求生存，生存当中求发展吧，反正我又不要一分钱。”

于是，李银江亲自参与公墓的选址，亲自设计图纸，并担任监工，陆续建成了四处公墓。为了让村民不再“死不起”，李银江定了五个“去世不收费”的规矩：复员军人不收费、困难农户不收费、五保老人不收费、重度残疾老人不收费、突发疾病老人不收费。

高庙居委会 24 岁患有癫痫病的朱毛毛去世，不仅公墓费用减免，连骨灰盒也没有收一分钱。其他本地居民购买，仅需支付略高于成本的费用，利润用于绿化、看护和维修。其中的两处公墓还建了具有一定存放规模的安息堂。这是整个淮安市第一处安息堂，庭院式建筑，古色古香，厅堂里陈列着一格一格的骨灰寄放墙，庄重大气。不想买墓地（或者买不起墓地）的，可以将骨灰盒免费寄放于此。骨灰盒存在一个个小隔间里，比墓穴更省地，还配有小灵堂，可予一杯清酒或一束鲜花供亲人缅怀。

老百姓反映“死不起”，除了嫌墓地贵以外，丧葬用品价格也贵。经过调研，李银江发现，丧葬用品利润率高得惊人，不少商家借此牟取暴利。比如一只进价只有 15 元的花圈，店里卖 100 元起步；一个进价 200 元的骨灰盒，市场上可能会卖到 800 元、1000 元甚至 1500 元；1500 元成本价的所谓水晶、红木骨灰盒，售价可高达 20000 元。李银江痛斥这些商家都是“黑了心”，是在“发死人财”。但毕竟在中国传统观念里，死者为大，殡葬要舍得花钱，不能还价，不然就是对逝者的不尊重，商家便借此赚得盆满钵满。

李银江决定，以敬老院为阵地，经营殡葬用品，所有货品几乎全是进价出售，缓解了许多家庭的安葬压力。196 元进价的骨灰盒，只卖 200 元左右，15

元进价的花圈，只卖 16.5 元，除去运费，几乎没有利润。这样，从花圈、寿衣到骨灰盒再到墓穴，敬老院提供一条龙服务，不但本镇，周边三四个乡镇也纷纷来买。一年不到，桂五镇做丧葬的店铺倒了一半，没关门的也纷纷自动降价。

李银江办了件好事，可那些小老板对他恨之入骨。有的把电话打到县、市纪委，举报他扰乱市场和贪污。这种举报毫无意义，只能让李银江更加坚定为百姓做事的决心。他进货有进货单，出货有发票，一切可查可验。所以，不但没查出问题，李银江还被省民政厅请去介绍经验，在周边几个乡镇大力推广。

后来，在李银江的建议下，自 2016 年始，盱眙县桂五镇只要是有人过世，镇民政部门都会免费提供骨灰盒一个，减轻了当地百姓的经济负担，真正实现了“死有所葬”。

让殡葬行业“还浊于清”，在李银江看来，是久久之功。暴利的“黑色生意”苦的只会是老百姓。说到底，生老病死，都是一个人的基本权益。尤其是“身后事”，更应该得到最基本的保障，让一个人有尊严地离开这个世界。

感谢李银江，让归人安心踏上返乡之路，在徐徐温暖的挽歌中，完成生死岸边的送别。

老人当家，四个金点子抚慰夕阳红

建院伊始，李银江就开始认真琢磨怎么管理好敬老院。“工欲善其事，必先利其器。”要想让敬老院长长久久办下去，办得有声色、有口碑，就得想出好的制度、好的模式。李银江明白这个道理。

都说民以食为天，管理的问题也起先出在“吃”上。做什么就吃什么，几乎所有公共食堂都是这个运营模式。食客碰到什么吃什么，喜欢的多吃两口，不合意的少吃两口。李银江觉得这样老人们吃得既不自在也不愉快，不如由食堂征求意见，老人想吃什么食堂就买什么。但他又想到，此时只有 7 个老人时还好商量，后面人多了，难免会众口难调。而且不光是“吃”，其他方面诸如资金支出、财务保管等，都需要妥帖的管理方式。李银江在脑海里思索着。

这天，李银江忽然灵光一闪，敬老院可以实现自治，来个“老人治院”。于是，院委会制度应运而生。

具体做法是：通过民主选举，成立桂五敬老院老人自治委员会，将院内老人和行政后勤人员进行混合编组，每组按卫生包干、伙食采购、财务管理等事项进行分工。政府拨付的养老薪金和社会捐助，也交给院委会管理。小到敲定菜单，大到装修采购，院内大小事务一律交给老人自己管。李银江只拿方案，决定权在院委会。哪怕是买一袋盐，也得盖上“民主理财专用章”才能过关。

就“吃”这项来说，院委会制定 10 天（一旬）食谱、10 天（一旬）活动计划，再挑老人中年纪小一点的、身体好一点的去菜场买菜，分工委员验收签单后，方能记账报销。吃完早饭，采购的老人会坐上三轮车，去镇上最大的超市采购物资：根据院委会要求，菜谱每天不能重样，还要保证老人每十天就要吃一次羊肉、两次牛肉，以及鱼、鸡……采购的账单也会由敬老院会计验收后，贴到食堂门口的公示栏上，向全体老人公示。

老人们对此饶有兴趣，有的甚至以能背下这一旬的菜单作为乐趣。除了知道每天的伙食怎么样，像国家拨的钱花到什么地方去了、民政部门拨的物资怎么分配等问题，老人们也像知道自己的事情一样，心里面都有一本明账。

院委会管理职能的健全，不仅解决了管理的问题，也减轻了敬老院行政人员配置的压力。最多的时候，敬老院接纳有 100 多名老人，行政人员却只有 7 名：2 名会计，2 名炊事员，2 名护工和院长李银江。护工负责院内卫生，为老人洗衣服，其余事情都在院委会的领导下自我服务。院委会还别出心裁，建立了“爱心储蓄”制度，哪位老人病了需要护理，身体好点的老人就可以报名参加服务，不仅可以拿到补贴，服务的时间也记账，等到自己生病需要护理时，“爱心储蓄”免费抵算。这样，大家互相照顾的积极性也提高了，彼此间的感情也更加深厚。

院委会制度的施行，让桂五镇敬老院的管理30多年来一直走在全省同行前列，成为名副其实的24小时全天候开放的免检免查明星单位。这其中体现的，也是作为院长的李银江对老人们的充分尊重和信任。敬老院只有真正让老人拥有话语权，才能让他们安心如住家。

李银江对这些老人都很了解，知道他们各自的脾气、优缺点。为了发挥每个人的长处，让他们生出更强的归属感，他有意协调安排老人们结对互助，让敬老院的大家庭时刻涌动着温暖。而这种互助养老的模式，还催生出好几对“黄昏恋”，李银江无意间成了月老，还是个“绩效”不错的月老。如果没有李银江的牵线搭桥，没有他捅破那层窗户纸，老人们其实是不好意思表达爱意的。有不少老人一辈子没结过婚，当爱情来了，只会悄悄把甜蜜的情愫埋藏在心底。再加上传统观念的枷锁太沉，有些老人习惯了压抑自我，觉得老了谈恋爱会让人笑话，爱在心中口却难开。这些，李银江都知道，他会慢慢疏通老人们的思想，利用合适的机会，讲述老来伴的好处，还以城里老人携手为例，卸下他们心头的负担。

五保户孙有才性格内向，不善言辞，没什么朋友。刘俊美外向活泼，喜欢唱唱淮扬小调，侍弄花花草草，只是视力欠佳。李银江安排他们结成互助对子。孙有才负责帮刘俊美打开水，扶她去餐厅，带她去散步。刘俊美呢，陪孙有才聊天解闷，还唱歌给他听。孙有才时常沉醉在刘俊美动人的歌声中，感觉他们似乎认识了很久，一起经历了很多岁月。刘俊美也时常带着笑意，看着这个能听懂她歌声的孙老头，两人时常挽着手散步，从晨光微煦到夕阳辉映。李银江明白两位老人的心思，探了口风后发现，确实如自己所想，郎有情女有意，便给两人牵线搭桥，促成了这桩美事。

当敬老院张灯结彩，摆起宴席，两人身着新衣，牵手来到红毯的这一端，新的幸福就在红地毯的另一端等着他们开启。

这些年，李银江促成十几对老人喜结良缘。爱在日暮时，老人们在敬老院找到另一半，排解了寂寞和孤独，把之前酸涩的生活酿出甜汁。“老来伴，老来伴，两个孤孤单单的老人走到一起，相依为命，以院为家，为敬老院的管理也帮了大忙。”李银江由衷地为他们祝福，这也是他管理好敬老院的第二个金点子。

为丰富老人们的生活，敬老院陆续配置了棋牌室、健身房、阅览室，甚至电影院。老人们可以打打牌、玩玩麻将，看看报纸、看看电视，使用健身器材活动筋骨，但老人们总觉得还少了点什么。这少了的一点，被李银江琢磨出来了。

敬老院的老人大多在农村劳动惯了，闲不住，突然没事干，哪怕是打牌看报，在他们看来也不算“事”，没有一个实在的寄托。李银江本身就是农民的儿子，对土地有深厚的感情，他知道老人们也是同样的心思。李银江便在后面找了块空地，挂了块牌子——“农疗园”，老人愿意种地的，就来认领一块，种一片玉米也行，种几棵辣椒也行，量力而行。愿意种的，采取工分制，劳动 1 小时计 1 分。“农疗园”一推出，立马受到欢迎，老人们都很高兴。

等菜长好了，按劳动成本卖给敬老院食堂。敬老院降低了成本，有了绿色、新鲜蔬菜，老人也得到了“农疗”，年底还能拿到收入，自己买点小酒，或者给亲友的小孩买点礼物，皆大欢喜。

现在的敬老院，已经开发农田 9 亩、菜地 2 亩、鱼塘 9 亩，全院日用蔬菜、鱼实现了自给自足，粮食也实现了半自足。老人们乐呵呵地说：“没活干的时候，这病那灾的，横竖不舒服。干干活，浑身舒坦，还有钱挣。”这实际上也是老人们证明自己价值的一种方式。无论是种菜还是养鱼，都提升了他们通过自身劳动获得的成就感。老人们会觉得自己不是一点用都没有，还能为社会发挥点余热，劳作的精神头更足了，身体也变得硬朗。

春耕、夏耘、秋收、冬藏，老人们劳作之余，身心充实快乐。他们打发日子的心态，变得充满激情和干劲，重新找到了乐趣。而农疗园劳作计算工分的方式，也被李银江推而广之，喂猪、洗衣、烧水、买菜、制定菜谱，全部纳入工分制。老人们尝到“自食其力”的甜头，不再暮气沉沉，平淡的晚年人生又找到了新目标。

现在的敬老院，树木蓊蓊郁郁，苗圃修剪整齐，菜园青翠碧绿，池塘清澈明净，处处是盎然之姿。一片花园之景，一片祥和之息，老人们各司其职，其乐融融，仿若生活在桃花源中。

敬老院还有一些腿脚不便或耳聋眼花的残疾老年人，他们并没有能力在农疗园施展拳脚，见到周边人都有事做，不免感到无聊。看到他们一日三餐后没什么事情做，无精打采的，李银江心里不是滋味。在他心里，残疾老人们从来都不是拖累，他们也有各自的长处，都是人才。那么，怎样才能让残疾老人动起来，怎样让他们不太辛苦又有事情做，还能赚点小钱？

李银江开动脑筋，他想社会上既然有专门为残疾人开办的企业，那么敬老院也可以提供这个平台。于是，他联系当地残联，办起一个来料加工的小作坊。这也是李银江管理敬老院的又一个金点子。

刚开始，李银江从百忙之中挤出时间，亲自去经济开发区跑厂家找货源，一有了货就安排车子拉到敬老院，动员残疾老人加入。从喇叭到装饰品到电子元器件，能做、愿意做的老人，不仅有事可做，而且有钱拿，做得开心，生活也充实起来。

为进一步激发他们的积极性，在征得院委会的同意后，李银江从敬老院院办经费中拨出专项资金，用于来料加工补贴。比如，穿一串珠子，厂家给一毛五分钱，敬老院再补贴一毛五分钱。如此，残疾老人们工作的热情愈浓。同时，为帮助更多的残疾人，小作坊不仅仅面向敬老院，也敞开怀抱，迎接社会上的残疾人。他们可以根据自身情况，选择工作地点，如果来小作坊，还可以免费品尝敬老院的可口午餐。残疾老人们原本或孤独寂寞，或自卑羞怯，因双手能创造价值，固定时间能相聚聊聊天，逐渐变得开朗健谈起来。

李银江用自己的金点子，将残疾老人们心头的皱纹慢慢熨平。

创新为轴，养老之路努力前行

在桂五镇敬老院门口，还挂着另外一块牌子——“桂五镇区域性养老服务中心”，这是李银江 2014 年 9 月在香港考察后的成果。

在江苏省民政厅的安排下，李银江 7 天跑遍了香港 7 家养老机构。在返程的飞机上，李银江就琢磨开了。桂五镇敬老院在三个方面与香港敬老院存在巨大差距：一是运行模式，二是内部管理，三是护工服务理念。

首先，在李银江看来，内地的敬老院基本还是等米下锅的计划经济模式，政府给多少米就煮多少饭。另外，五保老人只能进所在地的敬老院，没有选择的自由。但香港不是这样。老人这个季度住这家敬老院，如果对其服务态度、生活水平、居住环境不满意，下个季度就可以选择换到另一个敬老院去。入住的老人有不少是因为子女工作繁忙，由敬老院代为照顾。还有一些老人只是为了调理身体，把敬老院当作临时驿站。

其次，在内部管理上，内地敬老院的规章制度是统一的，与每个敬老院的实际情况存在部分脱钩。

第三，内地敬老院的护工，特别是农村的护工，绝大多数的薪酬都是按国家最低工资标准发放，所以有些护工并不上心，不愿出力。而香港的敬老院对护工要求很高，并且把这些要求写进了法律条文。护工必须是社会福利署注册的护士、保健员，他们的工作细碎而烦琐，不仅要照顾老人的饮食起居，还要做简单的医药护理。

这些都给了李银江不小的启发，他决心把这三个短板补齐，一回来就紧锣密鼓地打了报告。当时有人好心劝他，说他都快 60 岁的人了，多求平安，不要搞什么创新了。李银江并不在意，他的理想就是把敬老院办得越来越好。

李银江分析，随着我国老年人平均寿命不断延长，人口老龄化日趋明显，有空巢老人的家庭数量也呈上升之势。他们有的无儿无女，孤苦无依，有的子女远隔天涯，或因工作太忙不能陪伴，那么敬老院就可以服务转型，为越来越多的空巢老人服务。与时俱进是颠扑不破的真理，只有顺应时代的发展趋势，才能在老龄化社会的挑战来临时，从容应对。

很快，在李银江的奔走努力下，当年的 12 月 20 日，敬老院门口就挂上了“养老服务中心”的牌子，正式开始市场化养老的探索之路。

牌子挂出去了，能不能收到社会老人，李银江心里其实没有底。毕竟养儿防老的观念根深蒂固，子孙不亲力亲为侍奉，却将老人交给敬老院，很容易遭人非议。但经过各种媒介宣传，第五天，有人找上门来，是一位骨折的老奶奶。儿女有的做生意，有的在工厂上班，腾不出时间。老人胳膊不能抬，手不能举，吃饭需要人喂，上厕所裤带都解不开。

李银江心想，这是我的第一笔生意，我要以服务为主，不赚钱！

他跟老人的儿子说：“行，你把她送来，我们给她喂饭，伺候她洗澡，每月 600 块钱。”照理说，老人的情况算是严重的，护理费可以相应收高一些。但李银江不这么想，他认为最重要的应该是把“区域性养老服务中心”的牌子挂到当地人心里去，而不是停留在大门上。

只收 600 元，可比请保姆划算多了。得到三个月的精心照顾，老奶奶病好了，开心地回家去了。

这第一笔业务可以说是一分未赚，像是一次志愿服务的试水。很快，第二笔业务来了，是一位 90 多岁的老爷子，家庭条件很好，平时吃得太过精细，一上厕所就便秘，家人试了很多办法都没有效果。听说桂五镇敬老院接收社会老人，便抱着试试看的心态主动联系。经验丰富的李银江一听就明白是怎么回事了，胸有成竹地表示会调理得当，一个月收费 1300 元。老人亲属立马把老人送了过来。

李银江找到一个年轻点、有力气的五保老人，说妥给他 800 块钱护理费，让他照顾好这位老爷子，并向他传授了护理的“秘诀”。

按照李银江的吩咐，他到集市买了 50 斤山芋，用玉米面烧山芋粥，用猪油炒小青菜，给老爷子连吃一个星期。果然，一周后老人全身通泰，气色红润，再无便秘的毛病。等一个月满，自家孩子来接时，老爷子竟然说什么也不肯回家了。他虽然有儿有女，生活幸福，但经过这一个月的体验，觉得还是敬老院好。吃得好住得好，绿植随处可见，空气干净新鲜，基础配套设施齐全，还有亲儿子般贴心的院长。他将自己的考察结果一条条讲给孩子听，敬老院根本不是外界想象的那样惨兮兮的，而是充满欢乐和生机。孩子听了竟无法反驳。

最终，这位老爷子如愿在敬老院安定下来，他也成了敬老院第一位长期托管的社会老人。

牌子打响了，越来越多的社会老人慕名而来。李银江根据老人的身体情况及其家庭经济状况，酌情收费，经济条件好的多收点，条件差的少收点，他说这就跟老话讲的“穷人吃药，富人出钱”是一个道理。后来，不仅本镇的老人，周边乡村甚至盐城、南京等地的老人也愿意来到这里养老，敬老院的宿舍有时一位难求。有的老人是子女长年工作在外，有的子女虽然在身边，却因工作太忙无力照应。养老服务中心可以说是解决了“两难”，老人们也能自得其乐，不影响孩子们的生活，子女省心，老人舒心。

自 2014 年挂牌以来，桂五镇养老服务中心已接收 78 位社会老人，年纪最大的 100 岁。

“养老服务中心”也是李银江发展院办经济的重要一环。连同敬老院开展的殡葬服务，农疗园的养鱼、种菜、种树苗等，为敬老院赚得了收入。这些收入，都被李银江用于提高老人的生活水平，改善老人的居住环境，实现了一种良性循环。

比如，将原来的电风扇换成了品牌空调，床上加了席梦思，还给每位老人发了一只唱戏机。经历过经费困难的时期，李银江知道政府也有难处，他悟出靠别人输血不如靠自己造血的道理。院办经济，就是他为敬老院打造的骨髓，支撑着它越走越快，脚步越发强健。

李银江有空就去老人房里巡查，了解老人的需求，观察健康情况。这已经成了一种习惯。老人们年事已高，平均年龄 80 多岁，头疼脑热、肠胃不适时有发生，少不了与医院打交道。李银江平时也注意学习一些基本的医疗卫生知识，另一方面也定期为老人们体检。一旦老人身体不舒服，出现腹痛、呕吐、头晕、食欲不振等症状，李银江就格外上心，及时带老人去看医生，并亲自陪护。

2017年的冬天，天降大雪，五保老人邵永林突发肺心病，呼吸困难，喘不上气。但外面地上的积雪已积得很厚，足足有半米多深，救护车根本开不进来。见老人身体抽搐、言语紊乱，容不得耽搁，李银江赶紧叫上几个护工，抬着老人就往医院赶。整整走了四里路，每走一步脚就陷进厚厚的雪中，雪粒钻进裤管口，洇湿了半截裤子和棉靴，贴身的棉衬衫和毛衣也被汗水浸湿。时间就是生命，他们是在和死神赛跑。

送到医院时，医生说："再晚来一步，人就没了。"

这件事深深刺痛了李银江，也勾起了他心里的一个大胆设想：如果敬老院有一个医院就好了！既可以及时为老人看诊，不耽误黄金治疗时间，也免得每次去镇医院或县医院还要叫救护车和护工陪护，可以省下一笔费用。

李银江向县卫生局、桂五镇镇政府打报告，申请到资金，最终于2018年10月正式引进桂五镇高庙村卫生室。

卫生室设在临街门面房内，两层共320平方米，正门对社会开放，后门直通敬老院，由卫生院派5名医生常年驻点服务，备有老年人使用率较高的药品，大大解决了敬老院老人的就医、吃药问题。这也成了敬老院一张新的名片。

初心如磐，党的旗帜高高飘扬

2017年，李银江年满60周岁，照理应该退休了，享一享含饴弄孙的天伦之乐。但敬老院的老人哪里舍得李银江走，他早已用心用情，走进了老人们的心里。

老人们组队去跟他谈："你不能走，你要走，我们就去跟镇领导汇报，把你留下来！"

老人离不开他，李银江也舍不得老人，何况他觉得自己"事业还没成功呢"。

李银江笑着说："我这个身体，没有'三高'，哪块也不疼，哪块也不痒，每天睡三四个小时就饱了，嘴也能讲，有事做我觉得愉快！"

李银江知道自己内心深处，最放心不下的，还是这些老人。于是，他向镇党委请求坚守敬老院岗位，只拿一份退休金，不额外拿一分报酬，继续驻扎在敬老服务第一线上。"为老人服务，是我一辈子的事业，只要精力允许，我会一直干下去。"此言质朴，掷地有声。

从民政办退休后，李银江把家搬到了敬老院，专职当敬老院院长，真正做到"退休不褪色，离职不离岗"。

他的妻子韩素珍也和敬老院的老人们同吃同住在一起，从"兼职"变成了"全职"，不仅没有工资，还要跟其他入住老人一样，每个月交600元的伙食费。韩素珍一开始有点气，劳碌就算了，吃饭还要交钱。李银江宽慰妻子："你在这里就是照顾我的，我心里踏实，我拿的工资我们老两口够用的，儿子他们也都有工资，也不用我们操心。"话入耳，情在心。她理解自己的丈夫，并默默陪伴左右。毕竟，30多年的点点滴滴，怎么能轻易割舍？对李银江来说，敬老院就是他的家，让老人们过上幸福的晚年生活，始终是他关心、在乎的事。

李银江现在不愿意出远门，出门在外每天都会打几个电话问院里的情况，他心里放不下院里的老人。

"黄大娘，天气转凉了，要加衣服啦。"

"顾叔，开空调要记得调成制暖模式。"

临去北京，李银江敲响房门，对老人们一一叮嘱。老人们既高兴又有些舍不得，这是李银江难得这么长时间不在敬老院。

这些年，李银江获得了很多荣誉，"全国优秀共产党员"、民政部最高荣誉奖"孺子牛奖"、"全国岗位学雷锋标兵"、"全国道德模范提名奖"、江苏"时代楷模"……2017年、2022年他还当选为党的十九大代表、二十大代表。

面对荣誉，李银江初心不变，一直守护在老人身边。第一次去北京时，敬老院的老人们自发谋划了一件"大事"：为李银江的北京之行办一场"欢送会"。大家一人一块钱，众筹了几十面红彤彤的国旗、党旗，几个身板硬朗的老人负责采购。李银江把和老人们的合影洗出来，贴身带着，照片里，红彤彤的旗子衬得老人的笑容格外灿烂。他许诺，会把老人们的期盼和呼声带到会上去。

会上，李银江就在想：如何能发挥好党代表的作用？如何倡导全社会重视养老事业？如何引领全社会关心老人、关爱老人、孝敬老人？

2018 年，在李银江的提议和组织下，桂五镇敬老院新建、扩展了 3 个党员服务阵地，成立桂五镇养老党支部，建成“我们的党代表”主题教育馆和书记（党代表）工作室，以敬老院为平台开展党性教育活动。当时，敬老院 90 多岁的杨兆春爷爷受到这个氛围的感染，曾两次提交入党申请书。他说：“我们家其他人都是党员，我又在敬老院生活这么幸福，不能落伍，必须入党。”

至今，已有 1.5 万余名党员干部走进敬老院党性教育馆，开展实境课堂学习。桂五镇敬老院的党徽闪闪发光，党旗高高飘扬，已渐渐成为周边市县乃至外省的党员党性教育的新高地。

2022 年，李银江第二次当选党代表，倍感责任重大。临行前，老人们也是反复对李银江说，一定要把他们现在的幸福生活故事带到北京去。

李银江从北京回来，直奔敬老院，一进院门就被老人们拉住了，围着他问有没有见到总书记。李银江与老人们围坐在敬老院的小广场上，把报告中提到的有关老人切身利益的内容，一字一句读给他们听。老人们听后都很高兴，心里暖洋洋的，感慨赶上了好时代，表示要好好保重身体，好好享受党和政府带来的好日子。

党的二十大报告指出：“实施积极应对人口老龄化国家战略，发展养老事业和养老产业，优化孤寡老人服务，推动实现全体老年人享有基本养老服务。”

目前，我国养老模式主要分为三类：家庭养老、社区养老和机构养老。现行的养老模式呈现“9073”结构，即 90% 由家庭自我照顾，7% 享受社区居家养老服务，3% 由机构代为照顾养老，家庭养老一直占据主流。然而随着我国老龄化加剧、新生儿数量减少，可以预见，未来居家养老比率将呈下降趋势，社区养老和机构养老的比率将上升。这对桂五镇敬老院是个机遇，也是挑战。

李银江系统学习了习近平总书记关于农村养老工作重要论述和对江苏工

作重要指示精神，决心继续聚焦老年人多元化、多层次的养老服务需求，不断破解难点问题，创新养老服务模式。他已经开始谋划今后 5 年乃至 10 年敬老院的规划，争取让农村老人享受更好的养老服务。

“每年都要有个新样子”，这是李银江的工作准则之一。

最近，桂五镇敬老院计划进行新一轮的翻新和整修。“老年人群体的经济、文化、身体、兴趣、爱好、消费观念、家庭情况等个体差异很大，养老需要也各有侧重。”李银江注意到，失能特护、精神慰藉等问题，已成为老年人实现养老服务的刚性需求。

失能老年人因身体机能衰退、健康状况恶化、意外造成身体损伤等情况，吃饭、穿衣、洗澡等日常活动能力缺失，不仅需专人陪护，甚至要借助专业仪器及医务治疗；活动半径小、人际交往少的独居、空巢老人，更需要心灵上的慰藉。

“新老人”从单纯追求老有所养、老有所依、老有所医，扩展为老有所乐、老有所学、老有所为。基于这些方面的考虑，李银江计划进一步打造花园式养老院，增加绿化，引进更多的设施设备，满足老人精神方面的需求。李银江始终认为，在关注老人健康和安全的同时，也不能忽略他们心理上和精神上的需求。老人们需要被理解，被尊重，被需要。他的理念就是，让入住的老人快乐生活，延长生命长度的同时，提高生活的质量。

“桂五镇敬老院是党和政府办的敬老院，要让党旗在敬老院里高高飘扬，让更多老人过上有保障的生活，我们必须以敬老院为平台，加快向社会辐射专业化服务。”

李银江注意到，随着农民集中居住区建设的推进，撤村并居后，不少老人实际居住地和户口所在地不同，容易出现养老服务“真空”——户籍所在地想服务老人，找不着人；老人想找服务，但户口不在居住地。针对这一现象，李银江计划进一步扩大养老护理范围，未来在社区成立居家养老关爱驿站，让生活有困难的老人来敬老院生活。对于生活能自理的老人，可给他们提供医疗、就餐、保洁、买菜等上门服务，让社区成为“没有围墙”的敬老院，让更多老人共享社会化养老服务。

人人都要老，家家有老人。只要守住了老人们的心，就守住了这个家庭的心，只要老人感到生活幸福，全社会就会感到温暖。这是李银江的初衷，也是他的理想。

“聚焦脱贫攻坚，聚焦特殊群体，聚焦群众关切”。农村人口居住分散，留守老人较多，一直是养老的薄弱环节。而农村老人最关注、最迫切需要的是什么？在李银江看来，就是有个温暖的家，吃得饱、穿得暖、有房住，有人说话、有人关心、有人陪护。说起来，这些都是很具体的“小事”，但这些“小事”就是老人生活中的大事。李银江希望将火炬传递下去。“光我一个人孝顺是不够的，要大家一起孝顺，才能助推社会养老问题的解决。”

对于新型养老模式，他也希望在交流中探出一条新路子，传播到更多地方去，让天下的孤寡老人都能够过好晚年。

在做好敬老院各项工作的同时，李银江还四处宣讲，从机关、学校到企业、基层，行程排得满满。在他看来，做好宣讲也是党代表履职尽责的一种表现。

针对不同的宣讲对象，李银江会结合党的二十大报告和他们的工作实际进行分类备课，尽可能用通俗易懂的百姓话和生动鲜活的事例讲出来，让宣讲接地气、冒热气、有灵气。所以，他的讲座，底下的听众不仅坐得住、听得懂，还记得牢。那些话语，不是如风过耳，而是深入人心。比如在桂五镇中心小学宣讲时，李银江会通过讲述自己少年时代的亲身经历，教导孩子们要珍惜今天来之不易的幸福生活，努力学好文化、掌握现代科技，用实际行动回馈家乡、报效祖国；在江苏力赛柯环保材料科技有限公司宣讲时，李银江分享了自己参加党的二十大的心得体会，鼓励大家立足自身岗位，切实担负起新时代重任，爱岗敬业、团结奋斗，为全面建设社会主义现代化国家贡献力量；为盱眙县外卖小哥、快递员、滴滴司机宣讲时，李银江希望他们高看自己的职业，成为新时代一道亮丽风景线，为社会和谐稳定作贡献……李银江说，把大会精神学习好、宣传好、贯彻好，转化为行动的指南和奋进的力量，是他义不容辞的责任。

结语

37 年过去了，在桂五镇敬老院，每天都能看见李银江的身影。从最初荒芜的四亩二分地，到如今的 35.5 亩花园田居，李银江在这里忙碌了大半辈子。37 年来，他以敬老院为平台，先后照顾了 124 位五保老人、6 位孤儿、16 位重症残疾人。他说，对老人尽孝，就是对党尽忠；照顾孤儿、残疾人，为他们遮风挡雨，就是给他们送去党和政府的温暖。

几十年来，李银江不抽一支烟，没喝醉过一次酒，没钓过一次鱼，没下过一局棋，连最流行的淮安掼蛋都不会。自从参加工作以来，节假日是不存在的，什么星期六、星期日，什么“五一”长假、“十一”长假，对李银江来说，都和平时没什么分别。他把人生百分之九十五的时间，都用在了工作上。

李银江说自己闲不下来，他还有很多事要做：他打算再建能容纳 100 张床位的房子，迎接老龄化社会，瞄准 2035 年的时代发展需求；成立桂五镇丧葬服务中心，宣扬生态葬、互联网祭；利用敬老院团队搭建居家养老驿站等。

“不为别的，只为老百姓从我身上能看到共产党的好。”

李银江用那句守护老人一辈子的承诺，架起了党和百姓的连心桥，他还有很多事，要为更多的老人做。

文中已经出现了很多次李银江的名字。如果单纯从字义上是否可以这样理解：李银江，是银灿灿的冬日阳光，为寒村播撒温暖；李银江，是浩荡向东的江波，为心系的人奔腾澎湃。

天色将晚，大地披上一层霞光，他带着笑意，阔步向未来走去。

孤岛上，那棵参天大树

——农家警察李树干的故事

于兆文

回望他一路走来的背影，从满头青丝，到白发皓首，氾光湖见证了他一路前行的足迹。他像一棵大树，深深地扎根在这片生他养他的黄土地，他把全部的心力和爱都交给了这块土地上的父老乡亲。

他当过兵，开过荒，上过大柴滩，做过村里的治保主任，干过乡里的联防队长。后来，他成了一名警察，在一个四面环水的孤岛上，守着“一个人的警务室”，一干就是30年。

30年，他没有休过一个完整的节假日，累计加班2500个工作日，平均每天奔走40多公里，骑坏了5辆自行车，2辆摩托车，穿坏了上百双鞋子。

30年，他的警务室“永不打烊”，老百姓随叫随到，他的人生信条只有一个：“脱下警服不忘自己是警察，穿上警服不忘自己是百姓。”

同事们夸他“做群众工作都成精了”，村干部佩服他“油渣跳锅台，‘炼’出来了”，乡亲们信赖他“有事找大老李，我们信得过”，中央电视台称他为“最有面子的农民警察”。

他叫李树干，一个平凡、普通的基层社区民警，一个“挽起裤腿栽秧，撸起袖子撑船”的农家警察，现在成了全国警界家喻户晓的“明星警察”。

他先后被评为江苏“时代楷模”、“江苏最美警察”、“我最喜爱的人民警察”、全国“人民满意的公务员”、全国“公安楷模”、“全国岗位学雷锋标兵”、“全国公安系统二级英雄模范”……

他被公安部确定为全国公安机关群众工作10名先进代表之一，在全国公安机关巡回宣讲，受到习近平总书记等党和国家领导人的亲切接见。

回望他一路走来的背影，从满头青丝，到白发皓首，氾光湖见证了他一路前行的足迹。他像一棵大树，深深地扎根在这片生他养他的黄土地，他把全部的心力和爱都交给了这块土地上的父老乡亲。

一颗赤诚之心，在孤岛上抒写奉献之歌；一腔爱民情怀，在泥土中垒起时代丰碑。

我一定要入党

汜光湖，位于扬州市宝应县西南，原来是一个乡，辖区方圆 63 平方公里，分布 7 个行政村、1.4 万人口。这里三面环湖，一面临河，过去一直靠摆渡连接外界，人称“孤岛”。

岛上有一个村子名叫牌坊村，据说因为嘉庆年间建造的“御制贞节牌坊”和清道光年间建造的“敕建孝子牌坊”而得名。一代一代的衍生传承，生成了这里敬孝善美的乡风。

李树干就出生在牌坊村一个贫苦人家。生活在这片土地上的人们，一直过着日出而作、日落而息的渔耕生活。那时的人们始终走不出贫穷的处境，日子过得紧巴巴的。住的是低矮的泥草房，穿的是补丁衣，吃的是山芋瓜汤饭。弯弯曲曲的土路，晴天一身灰，雨天一身泥，出行岛外，都要靠摆渡。

自小在芦苇荡里长大的李树干，对水乡的一草一木有着与生俱来的亲近，也对军人有着特别的崇拜。他盼着快快长大，走出孤岛去当兵。这就是他最初的“远大理想”！

1978 年，19 岁的李树干已经长成一米八二高的大小伙子。这年 3 月，他当兵的愿望竟然实现了。

那天，李树干穿着肥大的棉衣裤，背着棉被和挎包，提着一个黄色旅行包，从宝应运河轮船码头出发了。经过两天两夜，终于到达位于北京西北郊海淀的第二炮兵部队。

3 月的北京，天气寒气逼人，风沙漫天飞舞，打在脸上格外疼，阵阵寒风中，许多人手脚皲裂，鼻子流血。训练场上，李树干从不叫一声苦，从不喊一声累。正步训练中，腿踢麻了，腿肚子抽筋了，脚掌踢破了，脚面练肿了，汗珠子打湿了头发，打湿了衣衫，打湿了地面，但他依旧咬牙坚持，绝不后退一步。在新兵连的日子，他因为训练动作标准利索，成了班里的排头兵，班长经常让他给其他战友做示范。

新兵连训练结束后，李树干被分到通信总站二连。在团训练队培训期间，勤学好问的他，经常拦着教员一个问题接一个问题地请教，教员不在，他就缠着战友，不弄明白不罢休。

他的战友周国才对于当年训练的场景历历在目：

练爬杆，两三个小时苦练基本功，双手、双腿擦破了皮，血都流出来了，他都不叫一声苦。练放线，背着个线刮子一跑就是一天，半天下来，别人跑得腰酸腿疼，可他一天跑下来仍不在乎。挖电缆沟，别人一天挖两三米就累得够呛，他一天总要比别人多挖几个土方。排故障时，别人找个把小时找不到故障点，他“望闻问切”样样皆通，一般故障不到半小时就能手到病除。扎实系统的业务培训，使他后来很快成为连队的技术能手和业务骨干……

提到军旅生涯，李树干说起一件刻骨铭心的往事。

有一回，李树干所在的班在八达岭康庄靶场附近挖坑埋电线杆时，施工中遇到一块巨石，大伙儿怎么锹挖镐撬都纹丝不动。

李树干思索片刻，向班长主动请缨：“班长，与其这么进展缓慢，不如让我到仓库里去领包炸药和雷管来，炸掉算了！”

班长一听是个好主意，同意他前往一里外的装备器材仓库领取炸药和雷管，再三叮嘱他注意安全。

李树干一路小跑来到仓库，找到保管员说明情况，填好请领单，又拎着几根雷管和一包炸药，小心翼翼地来到施工现场。当他准备上前接导火索时，班长大喊一声：“你不能上，你还是个新兵呢，让老马上！”

老马是班长的同乡，是个老兵，只见他装上了导火索，点火，随后炸药顺利引爆。老马一脸得意。

“炸药是我领来的，凭什么不让我炸？班长对老乡有偏心，压根瞧不起我这个外乡人！”李树干心有不甘，满肚子委屈。

饭后，班长看着一脸郁闷的李树干，知道他心有怨气，走了过来："树干，我知道你心里不平衡，论业务能力你是优秀的，但是部队有规定，像放炮这样危险的事，必须由共产党员上。老马是共产党员，你不是！"

"共产党员"，在部队里，这是一个神圣而光荣的字眼。最危险的地方，共产党员先上，最艰巨的任务，共产党员来完成。只有非常优秀的人，才有资格成为党组织中的一员。而要成为一名共产党员，注定要比他人做出更多的牺牲，而这种牺牲，却是一种无上的荣耀。

"我一定要入党！"

从此，李树干更加勤奋踏实地投入各项工作，事事争先，处处以共产党员的标准来衡量自己、规范自己。

终于有一天，他举起拳头，在鲜艳的党旗下庄严宣誓。梦寐以求的愿望终于得以实现，他成为一名光荣的共产党员。从那一天起，他决心要像誓言中所说的那样，为共产主义奋斗终身，随时准备为党和人民牺牲一切。

正当他干得风生水起的时候，"百万大裁军"被提上了议事日程。李树干所在的二炮部队和其他大军区一样，面临着单位大调整、人员大裁减。部队上下开始摸底动员，制定方案。谁去谁留，考验着每个人的党性和觉悟。以业务水平和贡献大小来决定去留，李树干都在首长们的留守人选名单中。可是，李树干思虑再三，却向连队党组织递交了一份退伍申请书，这出乎所有人的意料。

当年的申请书，李树干上交了一份，还抄了一份记录在日记中。在泛黄的日记本中，当年的斑驳字迹，字里行间跃动着他奉献报国的拳拳之心：

……6年前，我响应伟大领袖毛主席关于"提高警惕，保卫祖国"和"要准备打仗"的伟大号召，积极报名参军。如今，党中央、中央军委审时度势，作出裁军百万的重大决策。我作为新长征路上的热血青年，同样有责任有义务去响应。经过慎重考虑和权衡，我申请退出现役。我愿意做一块铺路石，为年轻人的成长成才做点贡献；我愿意牺牲个人的一点利益，为军队的消肿、精干和有效贡献自己的一份力量……

1983 年 12 月 25 日，这是李树干终生难忘的日子。

他脱去军装换上便装，胸前戴着一朵大红花，与朝夕相处的战友们一一告别。泪眼婆娑中，他凝望着高高飘扬的八一军旗，郑重地再敬一次军礼，然后洒泪而去。

火车启动时，他与战友们隔着车窗挥手的那一刹那，眼泪夺眶而出，车上车下，哭声一片。这一走，也许一辈子都天各一方，无缘相见了。

带着共产党员的使命初心，带着当代军人的作风本色，他开启了一次更为壮美的人生旅程。

牛衣岁月

李树干回来了，回到了生他养他的氾光湖。

家里砸锅卖铁给他娶了媳妇，欢天喜地之后，吃饭却成了问题。母亲告诉儿子，在他当兵的第二年，责任田就没了，他两个姐姐出嫁后，队里也把她们的责任田收了。现在全家就剩一亩八分地，一个人四分多地，连个口粮都不够吃。

李树干是谁？他在部队里是个响当当的排头兵，这点困难岂能压倒这个顶天立地的年轻汉子？

“向荒滩要地！”

氾光湖有的是大片大片的荒滩。在泥土里刨食——他做出这个大胆的决定。

说干就干，第二天天色微亮之时，他顶着呼啸的西北风，踏上了冻得硬邦邦的滩涂地。

随身工具有三：铁锹、三齿子、铁镐。铁锹挖土，土里不是芦苇根、野树根，就是碎砖块、碎石子，每一锹下去，都会震得膀子疼；挖不动了，就抡着三齿子往下刨，刨断芦苇根、野树根，刨出碎砖块、碎石子；遇到大石块，就得用铁镐砸，有时候砸得火星飞溅。有一次，铁镐砸石用力过猛，虎口震裂，镐头滑落砸到脚上，解放鞋都被砸了个大窟窿，脚趾被戳破，鲜血淋漓，黑土都被染红了……

那些日子，不知挖坏了多少把工具，不知震裂了多少回虎口，不知磨出了多少层老茧，李树干都没有放弃。风吹日晒，原本高大魁梧的英俊后生，被阳光和湖风锻造成一个满面黝黑、肤色古铜的青年农民。父母和妻子看在眼里，疼在心里。

当荒凉的不毛之地变成一大片翻新的田块时，李树干笑了，家人笑了。庄上的邻居竖起了大拇指，村里的干部竖起了大拇指：退伍不褪色，好样的年轻人！

开荒这件事让他悟出了一个道理：天无绝人之路。只要脚踏实地去拼搏奋斗，就能开辟出一片新天地。

三间茅屋，几条板凳，一张桌子，还有两张木床，这就是当时李树干的全部家当。为了改变贫穷的面貌，他和妻子开始编织芦苇箔子，还从亲友处借了十几块钱，买了两只小猪崽养起来。他听说酒糟是养猪的好饲料，便经常天麻麻亮就起身出发，拖着平板车去宝应酒厂排队买酒糟，一次买个三四百斤，最多时买上五百斤，再一个人拖回来。到家已是夜幕降临，月上树梢。一路坑坑洼洼，还要过摆渡，来回上百里。

不知多少次，他一个人拖着沉重的平板车差点滑下陡坡；不知多少次，经过窄桥时，他险些连人带车掉到桥下去；不知多少次，车子陷进泥坑里不能自拔；不知多少次，车轮胎被尖物戳破，他卸下酒糟，拉着空车去找人修车，再回来上货继续前行……

终于，机会来了！

县邮电局要在全县招聘一批布线、架线和安装电话的技术人才。消息传来，村干部看好这个好后生，上门来劝他报名：“树干，你在部队学的就是通信专业，加上你是退伍军人、党员、技术骨干，你去报名应该没问题！”

笔试、面试、实操，李树干过五关斩六将，一路顺风顺水，满怀信心地在家等待录用的通知。

然而，过了好长一段时间都没有消息。他坐不住了，前去乡里打听情况。一问才知，他的名额被人顶了。

如雷击顶的他，把自己关在屋子里，不吃不喝，蒙着被子昏睡。他埋怨世道的不公，埋怨自己没有后台背景。那段日子，李树干整天唉声叹气。

父亲思来想去，觉得儿子不能这样沉沦下去，就端来凳子坐在儿子身边，耐心地开导起来：“儿啊，这个世上没有绝对的公平，遇到事情不要怪这怪那，你要是争气，从现在开始就打起精神来，活出个样子给他们看。只要你精神不垮，就有出路，就有希望！”

父亲做过生产队的队长，办事公平，一身正气，在庄上有着极高的威信。父亲说的话字字千钧，敲击着他的心门。

李树干重新振作起来，他的体内生长着不屈的灵魂。不久，他便在村里崭露头角，先后担任生产队长、民兵营长、团支部书记、治保主任……

1990 年 6 月 20 日，是他人生的转折点。

他在氾光湖乡联防队的招聘中脱颖而出，因素质超群，被任命为乡联防队队长。他身材高大，思路敏捷，擒拿格斗样样精通，乡里那些偷鸡摸狗的“二流子”、游手好闲的“小痞子”，都对他闻风丧胆。在他的带领下，全乡治安防范工作成效显著，老百姓的安全感普遍提升。

命运从来不会亏待任何一个努力生活的人。他担任联防队长的第二年，宝应县公安局招聘合同制警察，得到消息的李树干第一时间报了名。当过兵，做过治保主任、联防队长，领导一眼就相中了这个大个子。

正式进入公安队伍，成了氾光湖乡派出所一名社区民警，他总算有了一个捧得住的饭碗。

李树干的女儿李华至今还记得爸爸穿上警服的情景：

那天，我在幼儿园上学，放学时，爸爸穿着一身警服来接我。我瞪大了眼睛，一开始不相信，揉了揉眼睛发现是真的，我一下子扑在爸爸的怀里哭了……回到家里，看到家里人来人往，左邻右舍都来道喜祝贺，到处充满笑声。

送走客人后，李树干穿着警服，站在镜子前，对着镜中的自己敬礼，动作重复了一遍又一遍。夜幕降临时，李树干家里的小马灯亮了起来。在这盏灯下，母亲的一番话，让李树干记忆一生。

儿啊，你现在当上了警察，大小也是个职位，是个小官——警官。一个乡的老百姓都是低头不见抬头见的乡里乡亲，你要尽心尽力为大伙办事。我们家几代为人地道、忠厚、善良，从不做违法乱纪的事。你现在当了警察，千万不要得意忘形，不要欺负老百姓。

儿啊，谈到做事，你一定要公正，一定要公私分明。这一点你要向你爸学习。过去困难的时候，家里穷得揭不开锅，三天两头吃萝卜缨和柳树叶。你爸是生产队长，他没有从生产队里多弄一斤粮食回家。他老是饿着肚子，领着大伙下地干活。碰到下雨变天，家里的草堆被雨淋湿了，一家人宁可挨饿少吃一顿稀饭，也不到生产队打谷场去拿一把干稻草。你要记住公是公，私是私，一点都不能含糊。

儿啊，这些年，你摸爬滚打、蹲坑守夜，风里来雨里走，苦没少吃，罪没少受，泪没少掉，各种招聘没少参加，好不容易端上了这个饭碗。碗外边的饭一口不要吃，要把手中的饭碗给端好了、端稳了、端牢了，千万不能端摔掉了……

李树干曾经怨恨过自己没有生在有权有势的人家，但他现在越来越感到知足，感到庆幸，庆幸有如此深明大义的父母，正是在他们的唠叨提醒中，他才能坚实地走好脚下的每一步路。

听完母亲的叮嘱，他腾地站了起来："妈，我向您保证，我穿上警服不忘自己是农民，脱下警服不忘自己是警察。我要一心一意为民办实事、办好事。我会珍惜自己手中的饭碗，时刻牢记母亲的教诲，只能做增光添彩的事，不做被人戳脊梁骨的事！"

大老李不能走

李树干当上了警察，成了大忙人。

数九寒冬，他一早就出现在学校门前的十字路口，帮助疏导摊贩、指挥交通。8 点准时赶到渡口，搀扶老人上船，帮农民抬货物。随后，再赶到班上处理手头事务。

寒来暑往，风里来雨里去，矛盾调解的现场有他，深夜巡逻的路上有他。他把社区当成家，把百姓当成亲人。几年间，他走遍了氾光湖的每一条船、每一个村落，走到哪里，问题就解决到哪里。

因为他热心助人，虽然年纪轻轻，却有长者风范，因此大伙都称他为"大老李"。

1999 年，宝应县行政区划调整，氾光湖乡撤销，并入氾水镇，原有的政府机构全部迁到大运河对岸的氾水镇。

氾水镇可是扬州最大的乡镇之一，自古有就"金氾水，银宝应"之美誉，足见其繁华富庶。对于机关人员来说，到氾水工作，可以从此不用再受每天靠摆渡往返上班的苦了。

眼看着机关单位的工作人员陆续撤离，李树干也动起了调离的心思。论工作年限，论工作成绩，老李完全有资格跟领导谈调动问题。他心想着，如果能调入县城工作，孩子上学更方便，家人的生活环境也能得到改善。想到此，老李也写了一份调离报告，只是一直揣在怀里没有上交。

派出所的大老李也走？

汜光湖的乡亲们得到消息，一下子炸开了锅。

“大老李不能走，他这一走，谁帮我们去审批中心办事，谁替我们去说话啊？”

“是的，他不能走。我们去找所长，不行就去县里找局长。”

“我们可以写联名信，让他们把大老李留下！”

大伙七嘴八舌，集聚的人越来越多。有人想出了一着儿，写联名信。大伙儿纷纷附和同意。

于是，汜光湖历史上第一次自发的有组织的联名请愿开始了。大家分头行动，最后，除了外出打工的，在家的留守人员全部在纸上签字摁手印。

厚厚一摞签名请愿书，递到了派出所所长手中。所长赶紧送到县局，这封请愿书很快出现在了局长的案头。一个乡的百姓集体为一个民警上书请愿，这在宝应历史上前所未有。局长非常重视，立即派专人来汜光湖调查走访。

乡亲们的真情挽留，让李树干既意外，也很感动。这几年的辛勤付出，得到了老百姓的充分认可，这份签名请愿书就是对他的最高褒奖。可是他这次要是留下来，以后调走或到县城工作就没有指望了。

那天下班后，他没有立即回家，而是一个人沿着运河走了很久，也想了很多。

汜光湖，有着太多他熟悉的面孔：有看着他长大的老人，有他看着长大的年轻人，还有和他从小一起捞渔摸虾长大的玩伴。假如他调走了，其他人肯定不熟悉这里的情况，处理事情肯定没有自己这样顺手。饮水思源，这里的乡亲们待他不薄。他清楚地记得，父亲去世的时候，家中一贫如洗，他身上只剩下几块钱，无论如何也不够操办丧事的。就在他一筹莫展的时候，是乡亲们东拼西凑，凑了救急的 100 元钱。还有不少乡亲自发地赶来帮助料理丧事，你家送几斤米，他家送一篮菜，还有的送肉送鱼，终于给父亲办完了后事。

乡亲们的这份情，李树干看在眼里，记在心头，他暗下决心，这辈子一定要尽心尽力帮乡亲们解难事、谋福利。如果现在拍屁股走人，他怎么对得起父老乡亲们的这份情？他良心上会一辈子过不去啊。

天乌沉沉地黑了下来，对岸的氾水灯火通明，他身后的氾光湖却灯光寥落。谁不向往繁华之地，谁又愿甘守孤独？可是，这里的群众如此地信任自己，他们联名让自己留下，作为一名共产党员，作为一名人民警察，在老百姓最需要的时候，有什么理由弃之而去？

“我得留下来！”他从怀中掏出那份请调报告，一片一片地撕碎，扔向了河中。那一刻，身为大老爷们的他，再也控制不住情绪，一行清泪簌然而下。

把群众当亲人

李树干留下来了，守着一个人的警务室，守着一个 24 小时“从不打烊”的警务室。

作为唯一一名留下的公职人员，李树干成了岛上的“多管局长”。他主动承担起过去派出所 5 个人的工作量和城管、民政、司法等其他政府部门的职责。不论刮风下雨，不论严寒酷暑，只要群众有需求，他都是第一时间赶到。

宝应县公安局政治部主任曹元泉说：“作为土生土长的氾光湖人，大老李从没有以‘公家人’自居，从来不拿架子、不打官腔，始终和当地群众打成一片。多年如一日的淳朴实诚，让大老李与一方百姓结下了深厚情谊。”

许媛，氾光湖小学三年级的一名学生。她的目光里有着同龄孩子少有的自卑、惊悸和困惑。原来，在她一岁时，她的妈妈就抛下她离家出走了，父亲常年在外打零工，她与 80 多岁的奶奶相依为命。

李树干主动将许媛作为他的结对帮扶对象。开学时，都是他把学习用品买好送到班主任手中，平时因为忙，实在没有过多的时间去探望孩子。有一天，中午休息时，李树干突然想到了许媛，他决定骑车去许媛家里看望。

恰逢祖孙俩正在吃饭，桌上一小碟咸菜、一碗菜汤、两碗白饭，这就是祖孙俩的午饭。李树干呆呆地傻站在那里，怔住了。

“那一刻，我心疼啊，心疼老人，心疼孩子。想想我们孩子是怎么养的，再看看许媛，正是长身体需要营养的时候，长年累月就吃这些东西，看了叫人想哭。”李树干动情地说。

第二天一大早，李树干就从家里拿来原本买给自家孩子吃的营养品，又到菜场买了肉菜，给许媛家送了过去。

“许奶奶，以后你就是我的老姐姐，许媛就是我亲孙女，我会照顾她，经常来看你们。”李树干说完话，又将几百元钱硬塞到徐奶奶的手里，老人家感动得老泪纵横。

自此以后，李树干再忙都要挤出时间去看望祖孙俩，找许媛聊天，去学校了解学习情况。逢年过节亲自上门送菜、送礼、送钱，有机会还带许媛到自己的警务室和家里玩。

许媛的脸上终于有了笑容，成绩也直线上升。在李树干的感召下，许媛的爸爸将祖孙俩接去身边生活。临走前，李树干赶去送行，许媛扑通跪了下去。

“爷爷，我会认真学习，等我长大了、有本事了，赚钱孝敬你，给你养老。”

此情此景，“警察爷爷”李树干和在场的乡亲们都流下了热泪。

汜光湖区有一群“土著人”。

他们无房无地，无电无路无自来水，只有一条船。靠山吃山，靠水吃水，全家老小就靠捕鱼摸虾为生。要吃水怎么办？很简单，就把养殖塘里的水拿矾简单净化一下就行了。患上痢疾等肠道疾病，是司空见惯的事。苦，他们都不怕，最怕的是夏天暴风雨来袭时，稍不留意，就会船翻人亡。

上船入户走访时，李树干看在眼里，疼在心里。他多次向镇领导建议，能否给这些渔民建一座配套设施齐全的避风港，给他们一个安全舒适的家。可镇里一时拿不出资金，只能暂时放下。

2009年，高邮湖上游泄洪，水位暴涨，加上突如其来的一场龙卷风，造成湖上三位高邮籍渔民遇难。李树干心急如焚，再次找到镇领导。镇领导被其感动，避风港项目终于上马。

在水面选址时，由于高邮湖水面已经被私人承包，要建避风港必须从承包户的鱼塘里划出一块水面。承包户张某以合同未到期为由“漫天要价”，眼看工程又要搁浅。

李树干没有轻言放弃，连续上门找张某谈了三天。最终，张某被李树干的诚恳态度打动，同意降低征用补偿，让出10亩水面兴建避风港。

2010年春，耗资300万元的避风港顺利竣工。李树干又与村干部一道跑供电局、找自来水公司，经过几番周折，终于又为避风港通上了电线、铺上了水管。从此，渔民们避风有港，上岸有路，船上有电，再也不用喝鱼塘里的水，再也不用担心风暴遇险了。

渔民搬迁那天，震天动地的鞭炮声传得很远很远，在外办事未能到场的大老李，心里美美的，笑容灿灿的。

“大老李是能管百事的‘万金油’。”群众这样评价李树干。

“群众的事，再小也是大事。只要群众找到我，我就要管，而且一管到底！”李树干说。

有一天下午，一个渔民找上门来：“大老李，宝应湖西南角4户贫困渔民至今还在使用煤油灯，你是我们这儿唯一的公家人，能不能出面和镇农电站协调，帮几户贫困渔民把电装起来？”

李树干二话没说，下班后连夜就到渔民家周围查找配电房，又多次到农电站联系接电事宜，并亲自带领电工实地勘察丈量。考虑到渔民的实际困难，李树干还请求农电站免收安装费，自掏腰包买来接电材料，为4户渔民接通了电。

牌坊村镇北组有100多户村民，由于位置偏僻，县里始终没有安排通水泥路的计划。下雨变天，出行十分不便。

“我们这里是被遗忘的角落！”村民的抱怨，李树干记在心上。

从镇里跑到县里，从县里又跑到镇里，来来回回不知跑了多少趟，可是回复只有一个："暂时没有计划，不好办。"

"你家又不住那里，这事又不是你一个警察该管的事，你操哪门子心啊？"

"这确实不是我的分内事，但牌坊村地点偏僻，村民们认识最大的'官'就是我了，我不替他们着想，谁还会帮他们呢？"

在他的不懈努力下，一年后，一条崭新平整的水泥路终于建成。竣工那天，村子里像过年一样热闹，一些老人笑得眼泪都流了出来。"真没想到这辈子还能走上水泥路，真要感谢共产党，感谢大老李啊！"

李树干还有一个"代办服务"。

汜光湖在家的大多是老人，去一趟汜水镇办事，要坐摆渡船，再加上这些老人没什么文化，不懂办事流程，经常跑冤枉路。李树干心想，自己每周一要到派出所开例会，何不顺便为老百姓代办一些事项呢?

于是，每次出门，他都不忘问问周围的群众，有什么事需要代办的。每周一开过例会后，就跑镇政府和有关部门，帮群众办事，办好后再送到群众手中。

直到2014年，运河上建起了大桥，这个"代办服务"业务量才渐渐减少了。据不完全统计，直至退休，李树干帮百姓代办事项有900多件，上门送证7000多次。

"把群众当亲人，就是时刻把群众的疾苦放在心上，多想办法，多做实事，尽自己最大努力帮他们把问题解决掉。如果光停留在嘴上，那就是一句空话。"这是李树干的心里话，也是大实话。

将心比心，以情换情，只要真正地为群众着想，为群众办事，群众就会把你放在心上。

李树干家里种着10亩地，白天忙公事，晚上才能忙农事。有几次，他晚饭后下田发现，自己的农田已经被好心的邻居或其他村民悄悄地除过草、施过肥了。

大伙以实实在在的行动，念着他的好，回报着他的好。

那是一个滴水成冰的冬天，在一场李树干事迹发布会现场，当地百姓特意送给他一副手套："大老李一年到头给我们送了无数的温暖，我们这回送他一副手套，让他冬天出警时戴上，手上心上也暖暖的！"

一股热流汩汩涌动，李树干顿觉周身温暖如春。

孤岛守望者

他是水乡孤岛的守望者，他是百姓平安的守护神。

2014 年 6 月，李树干作为全国公安系统群众工作 10 名先进代表之一，赴京参加座谈会。会上，公安部领导让来自最基层的"农家警察"李树干说说他干民警工作的经验。

"我文化程度不高，说不出多少大道理，但我认准一条：平安就像一季一季的庄稼，千万不能望天收，只有日复一日的辛勤耕耘，才能换来好的收成。我干民警工作也没什么深文大义，就是'五个一'：'腿长一些、嘴勤一些、耳朵灵一些、眼睛尖一点、脑子反应快一些'……"

公安部领导频频点头，这样接地气的发言，让人耳目一新，当即批示，向全国推广李树干的"五个一"工作法。

"五个一"工作法成了李树干搞好警务工作、维护一方安宁的法宝。

"腿长一些"，就是全面熟悉社区的情况。李树干的双脚进过每一户家门，上过每一条渔船，走遍了社区的每一个角落。光记载社情民意的笔记本就有足足 80 多本。每个村组有多少人口，有多少房子，他都记在心里；在家种田的，外出打工的，包塘养鱼的，卖鱼贩蟹的，每个人群，他都有一本账。

"嘴勤一些"，就是宣传防范知识。夏天哪里纳凉的人多，李树干就到哪里去，哪家有婚丧嫁娶，他也都到场。趁着乡亲们拉家常的机会，他用上级下发的通报、听来的故事、看来的新闻，给他们讲防火、防盗、防诈骗的知识。

“耳朵灵一些”，就是广泛搜集信息。李树干把村头、市场、商店以及通向外面路口的住户发展成为警民联系点，形成一张信息网，辖区的大事小情，都有人及时向他反映。对群众反映的每一个问题，李树干都认真核实，决不轻易放过。

“眼睛尖一点”，就是主动发现和解决问题。眼中有事，见眼生情，遇人多观察，看到一些细微的安全隐患，要多提醒。李树干每个月社区走一圈，都能发现交通、防盗、防火、摆渡等方面的隐患，并及时整改。看到鸡鸭跑到菜地里，他都要撵走，以免邻里发生矛盾。老百姓把稻子晒在路边，他会把压防水布的砖头、木棍捡到一边，防止夜里路过的群众磕上碰上。

“脑子反应快一些”，就是超前防范，超前预判。在捕鱼季节到来的时候，李树干会提前印发安全须知，发放到每一个渔民家中；遇有矛盾纠纷，李树干都提前介入，防止事态扩大。

无论发生大案小案，李树干都竭尽全力侦办，特别是针对侵害群众利益的民生案件，他坚持紧盯不放，追还群众被盗被骗财物，为群众挽回经济损失。老百姓都称赞李树干“大案不含糊，小案不马虎”。

2012 年底的一天深夜，有人放火烧毁了汜光湖瓦甸村胜利组的泵站。救火时，现场遭到了破坏。侦查人员经过多方走访勘查，也没能发现什么有价值的线索，几天后撤离了现场。

“谁这么大胆，敢烧公家的泵站？”老百姓议论纷纷。

大老李是汜光湖唯一的社区警察，案件破不了，他如鲠在喉。

他又一次来到了案发现场。这里位置偏僻，也没少什么东西，经过仔细分析，李树干作出一个大胆的判断，这极有可能是因为干群矛盾引发的一起纵火案件。

经过走访，李树干将目光锁定在华某的身上。前段时间，村里对部分田区块进行了重新调整，华某的田被调给了别人。当时村里要求他把 20 棵树砍掉。可是华某一直不愿意砍，后来被村里强行砍掉。这次纵火，极有可能是华某怀恨在心报复作案。

“刑警大队在泵站门上提取到了一枚指纹。”

李树干让人放风出去，决定唱一出空城计。他请来派出所民警，通知全组所有 17 岁到 70 岁的男子打指纹。全组大部分青壮年男子都外出打工去了，一共 17 人符合年龄范围。16 个人的指纹都采了，唯独华某在村组干部的反复催促下，才极不情愿地来到警务室。

华某一直不敢直视李树干的眼睛，打指纹的时候，不是故意拖一下，就是不把手指放正。看到这样的情形，李树干心中有了底。事后，他把华某单独留了下来。

“华老大，胜利组泵站被烧了，你知道是哪个干的啊？”

“我不知道。”

“现在破案不像以前了，只要是哪个烧的，肯定会留下指纹，只要到市里一比对就知道是谁干的了。”

华某沉默不语，脸上呈现出一丝不安。

老李继续旁敲侧击：“都是乡里乡亲的，我也不想这么做，被公安机关抓住，跟自己投案自首，到时候判的就不一样了啊。”

华某再也坐不住了，一下子拉住李树干的手，说道：“大老李，你一定要救救我啊。”然后很快交代了作案的经过。

为了挽救他，李树干找来华某的两个儿子。经过说服动员，兄弟俩找来瓦工和电工，花了 4 万多元将泵站修好。因为主动投案自首，而且积极赔偿损失，华某被判了六个月的拘役。

释放回来两人见面时，华某不但不恨李树干，还一个劲地感谢他：“要不是你帮助我，我还不知道要坐几年牢呢，现在肯定还在吃牢饭呢。”

2014 年 1 月 24 日，是农历小年，家家户户都在忙过年。李树干准备下班时候去理个发，顺便陪家人去办年货、买新衣。

“不得了了，天塌下来了，11 户粮贩子的 117 万元卖粮款被粮站负责人桓某卷跑了！”

这11户粮贩子还欠着上百户农民的钱。11户粮贩子急了，上百户的农民也急了，李树干也急了。

事情重大。李树干一边向派出所汇报，一边连夜前往被骗群众家中，挨家挨户做思想工作。

“你们放心，有我大老李在，就一定会让你们过上安稳年。”

在多方寻找桓某未果的情况下，李树干意识到帮助群众挽回损失是当务之急。他一边做桓某亲属的思想工作，一边拿着逐笔登记的卖粮款账目，与县粮食局联系商量对策。经过五天五夜的艰苦努力，桓某的哥哥同意先行垫付卖粮款。除夕上午，11户农民一分不少地领到了被卷跑的卖粮款。

拿着一沓沓崭新的钞票，受害人之一华道其万分激动。他自幼残疾不能下地干活，平时以代收粮食维持生计，这一次近20万的粮食款被席卷一空，家里上有七十多岁的老母亲，下有患病的孩子，他差点上吊自杀。

“大老李，恩人啊，你救了我们全家啊！”华道其想要跪谢李树干，被李树干一把拉了起来。

有一次，李树干在走访中得到一个信息，汜西村宏图组华占国通过人贩子买了一个叫于梅的四川女孩子。这既是违反道德的事，又是违法犯罪的事，不能不管。

“警官，请救救我，让我回家。”一到华占国家，于梅像是抓到了救命稻草，跪在他面前，死死不肯放手。她的脸上、手臂上都有一些血痕，这是誓死抗争留下的印记。

原来，两个多月前，人贩子骗她说到江苏打工，谁知被对方以8000元的价格卖给了华占国。她多次用死反抗，不肯与华占国同房，一心就想着回家。

“我不可能留下，除非我死。我做梦都想回家，想我妈妈。”于梅态度坚决。

“人家姑娘不同意留在这里，你看怎么办？”李树干找来华占国。

“我能怎么办？反正我不放她走。”

“你不放人家姑娘走，难道要天天这么派人看着她？万一出了人命怎么办？”

“出了人命我就跟她一起死。”华占国豁出去了。

“你死了容易，你老母亲以后靠谁？”李树干想用亲情打动华占国。

“大老李啊，我家这叫做的什么事啊，为买这个姑娘，8000元还是跟亲戚们借的，要是放她走，我们家不是鸡飞蛋打吗？”华占国的寡妇老娘一把鼻涕一把泪地哭诉着。

“你们家买了姑娘，其实是参与了人贩子的贩卖活动，已经违法犯罪了。再说了，谁叫你们买的，犯法的事能做吗？钱损失了，以后慢慢赚。要是这事较真起来，只怕你们要吃官司。现在这事我们县局已经关注了，让我一个人先来，就是要看看你们家的态度。”李树干说的是实话。如果他这事没处理好，县局刑警大队将会在第一时间介入。

“再说了，人家姑娘孤苦伶仃被卖到这里，可怜不可怜？将心比心，如果是你们华家的姑娘被这么对待，你们心里怎么想？”李树干再次用情来打动对方。

一席话，说得华家人全都低下了头。

“你个遭枪打的，我叫你不要想心思了，你还是放人家姑娘走吧，不要祸害人家了……”华占国的母亲号啕大哭，骂着华占国，一家人哭成一片。

为避免夜长梦多，局里决定安排人送于梅回家。李树干主动向所里、局里请缨，亲自护送于梅回家。

这么多年过去了，李树干至今还记得送于梅回四川老家时，她和家人抱头痛哭的场面。他这个一米八二的大个子警察也跟着落泪。李树干临走时，一家人齐刷刷地跪在他面前，连呼“恩人”！

于梅家当年寄过来的感谢信，现在一直保存在氾水派出所档案室……

虽然李树干的社区警务室只有他一个人，但他还有一张“天网”。

他在社区先后成立了治保协会、调解协会、“夕阳红”义务巡逻队等，动员和组织群众开展治安巡逻防范，携手共建平安家园。

他根据治安的季节性特点，适时开展有针对性的巡逻防控，将防范工作重点编成顺口溜：“春抓翻墙的，夏防偷粮的，秋看池塘爬的，冬护鸡儿羊的。”

春天，他把巡逻力量分布在民宅周围，严防“白日闯”作案；夏天，和队员在道路巷口巡逻，严防偷窃粮食；秋天，把巡防重点布置在鱼塘蟹池，让那些盘算着偷盗水产品的人无从下手；冬天，重点关注鸡圈鸭舍，确保群众辛苦养了一年的鸡鸭猪羊不被偷掉。

在宝应三桥工地、南水北调工程施工期间，先后有 500 多名工人驻扎在工地上，有人担心会出治安事件。可是在李树干的管理下，他带领“天网团”成员，定期深入工地清查，逐一登记，建立台账，定期走访，跟踪管理，整个工程期间没有发生一起刑事案件和治安事件。

在他的辖区内，有 47 名重点人员，他和他的“天网团”成员经常上门帮扶教育，没有一个人再次违法犯罪。

近年来，汜光湖警区没有发生过一起重大恶性案件，辖区刑事发案率全市最低。李树干一个人，守护着 1.4 万人的孤岛，他用智慧与汗水，把这个孤岛打造成了祥和安宁的平安岛、幸福岛。

一把钥匙开一把锁

李树干出身农民，一边干警察，一边干农活，“挽起裤腿插秧，撸起袖子撑船”，这是他真实的写照。

汜光湖有着独特的地理环境，也有着复杂的社群氛围：外来人口少，矛盾纠纷多，土地承包、农田调整、道路修建、房屋拆迁，妯娌矛盾、婆媳矛盾、赡养老人矛盾……林林总总，不一而足。遇到矛盾纠纷时，村干部们想到的第一个人，就是大老李。

曾经写出《永不打烊的警务室》一书的“公安作家”王向明告诉我，他在大老李家驻点采访时，有几次天刚麻麻亮，一打开门，就见到老百姓坐在门槛上，他们说怕来迟了，碰不到大老李，宁愿早点来坐等。

30年来，作为一个农家警察，大老李善于用农民的语言、农民的习惯、农民的方式，为群众解心结、化疙瘩、消怨气。他针对当事人的性格和诉求，将心比心，换位思考，“一把钥匙开一把锁”，成功调解各类矛盾纠纷5500多起，无一起上交，也无一起民转刑，做到“矛盾不激化，纠纷不出岛”。

2000年的国庆节，李树干是在北京度过的。

氾水镇瓦甸村同心组的一名叫王乃兵的青年，在北京打工时意外死亡。他作为辖区民警，会同镇政府相关人员一起，赴北京处理死亡理赔事宜。到了北京，死者家属不认识其他人员，只跟李树干熟悉。家属哭着哀求李树干：“大老李，你要为我们做主，我们孩子可不能白死啊！”

双方的矛盾纠结在于，家属提出的赔偿数目明显有些偏高，而工地老板愿意出的赔偿数目又明显偏低，双方一直谈不拢。

先和家属谈。经过再三劝解协商，理赔小组向家属提出了一个建议性的赔偿数目，家属最终表示同意。

再与工地乔老板见面。乔老板的态度强硬，一分钱都不愿意多出。谈判陷入僵局。

“乔老板，我们都是有儿有女的人，想想自己的孩子，再想想别人的孩子，哪一个孩子不是父母的心头肉？如果可以，哪个做父母的愿意用孩子的命换钱？你就是给的钱再多，又如何买回王乃兵的命？一个活蹦乱跳的小伙子，在你工地上打工，因为你们工作的大意，就这么没有了，做父母的只能带着孩子的骨灰回家，你想想父母心里如何？”说到动情处，李树干情不自禁地流下了泪水，在场的许多人都被感动了，乔老板的眼睛也湿润了。

一阵沉默后，乔老板终于答应了赔偿要求。

在北京殡仪馆，看着王乃兵被推进了火化炉，李树干忍不住流下了眼泪：“孩子，安息吧，我们带你回家！”

当年的老所长乐树龙，一提到李树干就赞不绝口：“这么多年，大老李没在村民家吃过一顿饭，没有收过老百姓一份礼。大老李的人格魅力，感动了氾光湖的每一个人，群众都说，我们可以不给干部面子，可以不给家里人面子，但是不能不给大老李面子。”

李树干当年的老搭档、警务室辅警杨跃庭告诉我，这么多年，只要有大老李出现的地方，周围总会站着一帮乡邻。遇到小矛盾小纠纷，用不着李树干开口，乡邻们就七嘴八舌地把事情“摆平了”。乡邻们说得最多的一句，就是“大老李来了，你就给个面子吧”。

宝应县公安局新闻中心主任刘丰说，老百姓相信大老李，拥护大老李，他们心底里只认大老李。中央电视台专题报道他的事迹时，称他是中国“最有面子的警察”。

“化解矛盾的方法有千百种，但道理只有一个，把良心摆正，把一碗水端平。”这是李树干的“名言”。

2011 年春天的一个早晨，新荡村养殖场三名值夜班的村民全部煤气中毒身亡!

养殖场周围聚集了上千名群众，家属的哭喊声和群众的嘈杂声交织在一起，场面一度十分混乱。

李树干第一时间赶到现场，县、镇两级领导和县公安局刑警大队的法医也陆续赶到。就在县殡仪馆的灵车准备运走遗体时，三名死者家属坚决不让，他们要抬着遗体前往镇政府讨个说法，要求解决赔偿问题。

“动用警力强行将尸体运走！”个别领导作出指示。

“坚决不能！现场的群众大多沾亲带故，如果硬来，后果不堪设想。最好还是做工作，让家属把遗体运回去先办丧事，然后再谈善后赔偿。”李树干直言不讳，最终领导采纳了他的提议。

“不要跟我们说现场来了县长、镇长，我们就认大老李，他跟我们是一条心，让他跟我们谈，其他人都不好使！”死者家属公开放言，他们“只认大老李”。

临危受命的李树干对三家情况了如指掌，他立即电话联系各家庭有威望、说话一言九鼎的死者亲戚，请他们赶到现场，协商处置善后工作。

经过一番协调，他们当场向李树干做出承诺：“既然你大老李出面解决，我们没有话说了，让他们把遗体运回家操办丧事，绝不会出现抬尸闹丧的事情。”

丧事结束后，李树干立即前往三位遇难者家中进行慰问。在谈及事故赔偿问题时，三家亲属没有对大老李说一句难听的话，一致同意赔偿金额由大老李做主。

李树干感动地流下了眼泪：“乡亲们在痛失亲人的情况下，没有对我说一句过激的话，真是太给我面子了！”

2006年夏天，江淮地区连降特大暴雨，地处宝应湖、高邮湖环绕之中的氾光湖片区几万亩秧田变成了一片汪洋。一场排涝自救工作全面展开。

7月2日，李树干接到家属电话，牌坊村新河组和镇北组因排涝先后顺序问题争执不下，两组上百号人互不相让，随时都有可能发生聚众械斗。李树干顶着倾盆大雨，火速赶到了现场。

两个组的群众手里都拿着锹、锄对峙，七嘴八舌争得你死我活。一边因为田在高处，要开堤放水，一边因为田在洼地，坚决不让放水。

“你们都给我把家伙放下来！聚众斗殴要判好几年，打一拳要赔几百元。大雨不是哪个人造成的，现在淹水是天灾，你们要是动了家伙，那可是人祸！”

李树干家也在镇北组，家里的十亩秧田也泊在水中。当知道新河组的田比镇北组的田地势低，如果先排高田，那洼田在水里还要多涝几天，那就不是损失的事，可能会颗粒无收！

“新河组田地地势低洼，先排新河组的水，后排镇北组的水！”李树干当即拍板让洼地先排。

本组村民没想到李树干胳膊肘往外弯，坚决不同意，拿起家伙想强排。李树干厉声阻止：“万事得讲理，一碗水端平，你们可以换位思考一下，如果镇北组的田是洼田，新河组的是高田，能同意让他们先排吗？至于我们组田里的水，我再和村干部一起想办法，拿出相应的排涝措施，争取早一天把水排出来。”

看到李树干先人后己，村民们都不再争吵，纷纷放下手中的工具，投入到抢险中，泵站排水的机器声淹没了一切。紧接着，李树干和村组干部又从外地调来几台机器，将镇北组田里的水临时排入庄西河里，等新河组的水排空了，再去排庄西河的水，让秧田的水彻底腾空。

经过 5 个小时的排险抢救，群众的损失降到了最低。

事后，两个组的村民都佩服李树干“这碗水端得平”！从此，“氾光湖，大老李，帮理不帮亲，一碗水端平！”的顺口溜广为流传。

无法偿还的心债

在李树干的心里，他对得起组织，对得起百姓，唯独对不起的，是他的家人。对家人的亏欠，是他永远无法偿还的心债。尤其是母亲的离世，是他永远的伤痛。

母亲为这个家操碎了心，含辛茹苦地将他们姐弟拉扯成人。她一辈子从没有出过远门，从没有享过一天清福。李树干不止一次地发誓，一定要抽空带母亲出去看看。可这个愿望直到母亲去世也没能实现。

李树干是母亲的“老来子”，38 岁才生了他，老人家这么多年一直一口一个“儿啊”“乖啊”地叫他。夜里出警，只要摩托车一响，母亲就不睡觉了，一直等到儿子安全返回家中，母亲才会放下悬着的一颗心。

母亲病危的时候，因为自己太忙，无法侍奉在身边尽孝。现在，母子阴阳永隔，李树干后悔莫及，悲痛欲绝的他，好几次几乎哭晕在老母亲的遗体前。

“母亲，儿子对不起您！这一次，儿子一定要做足所有的礼节，好好送您最后一程。”

那天，母亲的丧事按部就班地进行着。就在按照农村风俗要给母亲送头道饭的时候，李树干接到村干部的报警：新河建材厂职工打群架，一场流血事件随时发生！

怎么办？一边是哀乐声声的丧事现场，一边是十万火急的群体事件。让其他同事去，他们不熟悉辖区情况，只能亲自去一趟！

“你母亲就你一个儿子，送头道饭，哪有儿子不在场的理。”长辈们提醒他。

“弟弟，你不在，母亲也吃不到我们送的饭。”姐姐这样劝他。

“爸，知道你工作忙，等给奶奶送过饭，我跟大家说让你去。”女儿哭着说。

“没见过你这种人，为母亲送头道饭，还要溜出去工作，你算什么儿子？”妻子恸恨交加。

披麻戴孝的李树干有口难辩，匆匆除下腰间的麻绳，一把将孝帽揣进口袋里，跨上摩托车疾驰而去，扔下呼天抢地的一家人。

厂门口黑压压的几十个人，手持棍棒等器械在空中挥舞着。就在这个剑拔弩张的时刻，李树干扔下摩托车，冲上前去大喝一声：“不许动，今天你们谁再动手，我就把谁带走！你们好日子过够了是吧，不知道聚众斗殴是犯法的吗？什么后果，你们想过没有？都给我往后退！”

李树干一番话一下子镇住了局势，大家纷纷后退了一两米。

经了解，原来是外地职工认为，厂里分配工种不合理，认为是本地人欺负他们。与厂里交涉无果后，双方矛盾激化，所以才出现了即将械斗的场面。

“我当是什么事情，原来就这么个事情，至于动这么大的场面吗？”李树干强忍丧母之痛，从厂领导、外地职工、本地职工三个层面迅速展开调解。经过他推心置腹的一番劝解，加上围观的群众也在一边帮腔，双方的情绪冷静多了，气氛也缓和了下来。

一个年轻小伙子看到李树干裤子口袋鼓鼓的，嬉皮笑脸地和他开起了玩笑：“大老李，口袋里揣的什么好烟，拿出来散一散，这事就算解决了。”说着，就伸手到李树干口袋里抢。

原来是孝帽子！所有人都呆了！

“我母亲去世了，接到报警急着往这里赶，就带在身上了……”李树干黯然神伤。

谁不知道死者为大，母亲去世，一个孝子揣着孝帽出警，这种行为一下子感动了在场的所有人。从村干部到厂领导，从外地职工到本地职工，所有人纷纷保证“到此为止”。一场杀气腾腾的“战斗”就此烟消云散。

等李树干再赶到家时，头道饭已经送过了，他看着母亲的遗体，愧疚的泪水夺眶而出……

李树干女儿李华的名字，是由李树干和妻子华占莹的姓组合而成。女儿是他俩爱的结晶。采访见到李华时，笔者发现她五官长相明显有着父母的遗传基因：大大的眼睛，长长的睫毛，白皙的皮肤，高挑的身材，姣好的面容。细看发现，李华的嘴角有一道疤痕。这道疤痕的背后，有一段故事。我问她："这么多年，你恨过爸爸吗？"

"曾经怨过，但从没有恨过，我为有这样一个警察爸爸而骄傲！"李华一脸阳光。

然而，当我和李树干提起女儿的这道伤疤时，他却有着莫大的歉疚。"要是我当时一直陪伴在女儿身边，也许所有的伤痕会彻底恢复好。"

那是 2011 年 9 月 16 日的早晨，李树干像往常一样端着一碗菜汤饭，在家门口一边吃，一边和邻居们聊天。突然手机响起。

"叔叔，李华出车祸了，正在医院抢救！"是女儿在上海工作的同事打来的，声音惊慌急促。

见过世面的李树干此刻也惊呆了，腿开始发软，差一点跌倒。

"快，把家里所有的钱都带上，马上去上海，闺女出车祸了！"他闯进家，冲着妻子大声嚷道。

李树干跟所里请了一个礼拜的假。请这么长时间假，这是这么多年唯一的一次。

去上海的路上，妻子一直在哭，李树干紧紧地握着妻子的手，也跟着落泪。因为忙，女儿上学时，他从没有过问女儿的学习情况，都是通过爱人的口了解；因为忙，女儿工作后，他很少主动打电话给女儿，都是女儿主动问候他……此刻，他心中暗自祷告，盼着女儿化险为夷。

到了医院，见到病床上的女儿，脸上缝了 48 针，缠满了纱布，只露出两只眼睛在外面，妻子失声痛哭。李树干的心也碎了，怕影响女儿，他拼命压抑着自己，双手紧紧抓着女儿的手。

“这次，一定好好地照顾孩子几天，工作再忙，也要暂时放下。否则，不放心孩子，更对不起孩子。”李树干暗下决心。

到了上海的第三天的早晨，李树干的手机响起，是汜水派出所所长乐树龙打来的。

“老李，按理说这个时候我不该给你打电话，但是……我真的没有别的办法了，只好硬着头皮给你打电话。你看能不能早点回来一趟，哪怕是等这边处理好我再多放你几天假也行！”

原来南水北调工程开闸试水冲坏了几户渔民的围网区，渔民索赔无果，集体阻碍工程施工。

“我得回去一趟！”可是看着病床上的女儿，他实在开不了口。

“爸爸，你要回去？”躺在病床上的女儿用虚弱的声音问他，“爸爸，家里就没有其他警察了吗？”

“孩子，家里其他警察没有我熟悉情况。南水北调工程是国家工程，工期不能耽误，渔民们的事情也不是小事。等爸爸回去把事情处理结束，就立即回来陪你，你看行不行？”李树干实在不忍心扔下病榻上的女儿。

“让你爸回去吧，他就是在这里也不安心。等他回去把事情处理好了，再让他过来看你。”妻子知道丈夫不是心里没有女儿，而是责任心太强。

李树干走到门口，回头瞥见女儿把脸别到一边，大滴的泪珠从她眼中悄然滑落。他不是铁石心肠，怜子如何不丈夫？一路上，李树干想起女儿，鼻子一阵阵发酸，他捂着脸紧贴车窗，泪如雨下。

回到家的李树干立即投入调解斡旋的工作中。听说大老李抛下车祸受伤的女儿回来调解，参与闹事的人心里很是过意不去，纷纷表示，这个主由大老李来做。

经过两天两夜的调解，矛盾顺利解决。第三天凌晨，李树干爬上了一辆货车，直奔上海而去。

当时正是农忙时节，不少村民听说了老李家的境况。大伙儿趁他不在家，悄悄帮他把田里的庄稼给收完了。

李树干亏欠母亲，亏欠妻子，亏欠女儿，也亏欠儿子。

儿子上初三的那年，妻子和李树干发狠："这回一定要让咱儿子到县城读高中，你也得跟着去陪读，不然他这大学怎么能考得上啊！"

思前想后，李树干决定在县城买一套房子，答应把工作调到城里，专心陪儿子读书。

儿子考上了高中，城里的房子也买好了，妻子也安心了。可让她万万没想到的是，老李半途反悔，不但没有调离，反而偷偷把城里的房子卖掉了。

妻子气得和他大吵了一架："你脑子里到底怎么想的，这日子还过不过了？"

李树干耐心地做着妻子的工作："我想了很多天，还是舍不得离开汜光湖，我们的'根'在这里，如果离开工作生活了几十年的地方，去一个陌生的环境，我真不知道该怎么过下去。再说，我手头一大摊子的事扔给别人来做，实在是不放心啊。"

一家人的"进城梦"就此破灭。

谈到他舍小家顾大家、舍个人顾国家的事，家里每个人都能说上半天。家人知道李树干是个工作狂，他拿定的主意谁也甭想改变。宁亏家人，不亏百姓，大家也渐渐都习惯他、理解他了。

妻子华占莹最了解他，也最心疼他。这么多年，李树干多次受伤，跌断过手指，跌断过腿，跌断过膀子，摔伤过头颅，烫伤过皮肉。她多想老李能在家好好歇息几天啊！可这，都成了一种奢望。

过年是万家团圆的日子，却是李树干最忙的时候。

妻子华占莹清晰地记得，有一年除夕，李树干负责贴对联，他刚和好浆糊，就接到县局 110 指令，牌坊村新中组的李正龙家有人闹事。他随即放下浆糊，骑车赶到现场。调解回来后，他刚把上联贴好，县局 110 指令电话又来了，新荡村南河组华占康家有人打架，便又赶去处警。回来吃过午饭，李树干准备继续贴下联，又有警情传来，老集镇华占忠家有人闹事。等调解完，回家路上又接到新荡村徐主任电话，原来，是该村的张洪贵与华道金因债务纠纷缠了起来，李树干赶紧又掉头。

直到吃过晚饭，李树干总算将下联贴好，此时已是晚上 9 点多了。正要抽根烟准备贴横批时，派出所来电，说牌坊村前庄组华忠家有人闹事。等到调解结束，到了家已经 10 点多了，妻子已替他将横批贴好……

那一年的除夕，李树干自己开玩笑说，是“调解大丰收”的一个除夕，就连一副对联都整整贴了一天。此后整整 16 年，他没贴过一次对联，没和家人吃过一顿团圆饭。儿子大了，贴对联的事才由儿子来做。

妻子华占莹一脸无奈地透露给笔者一个秘密：“不论是天寒地冻，还是盛夏酷暑，老李从没有晚上 10 点钟前上床睡觉。即使躺床上了，也暂时不脱衣服，不敢深睡，总是一手垫在枕头上，一手握着摩托车的车钥匙，一有出警指令，立即出发。哎，没办法，他就是这样的一个人……”

路，在脚下延伸

何妨云影杂，榜样自天成。

2018 年 12 月 27 日，江苏“时代楷模”发布现场，两个“守岛人”走到了一起。一个是守着开山岛的全国“时代楷模”王仕花，一个是守着氾光湖的江苏“时代楷模”李树干。

王仕花给李树干颁奖，并这样评价李树干：“我们这个时代并不是需要每个人都去做那些惊天动地的大事，但每个人都能像李树干那样，坚守孤岛近 30 年，把平凡事做好，做到极致，同样会出彩！”

“有一种境界叫坚守，有一种口碑叫公正，有一种情怀叫爱民，有一种品德叫朴实。”这是扬州市公安局党委副书记、常务副局长、政治部主任夏忠平对李树干的评价。

从扬州市公安局宣传处处长，到宝应县公安局局长，再到扬州市公安局常务副局长，夏忠平一直关注着李树干的成长。夏忠平认为，作为一名社区民警，一要镇得住坏人，二要帮得了乡亲，三要管得住自己。这三点素养，李树干身上都有。

“民之所忧，我之所思；民之所思，我之所行。李树干是把公安工作与群众期盼有机结合起来，使公安工作真正做到群众的心坎上。”

正是基于李树干事迹的启发，在广泛问计于民的基础上，夏忠平当年在宝应公安系统推出了以“侦办小案件、整改小隐患、调处小纠纷、解决小意见、实施小帮扶”为主要内容的“超级微警务工程”，从面广量大但又与群众息息相关的小案件、小隐患、小纠纷着手，认真回应群众的期盼和要求。这一工程在省内外产生了广泛的影响。

其后，江苏省公安厅在全省发出争当“李树干式派出所民警”的号召，李树干事迹的影响力更是遍及大江南北。李树干式的故事越来越多地发生在全省公安民警身上，李树干的工作法和李树干事迹精神，在全省公安机关得到广泛的传播。

扬州市公安局政治部副主任、宣传处处长王旭无比自豪地告诉我：“在李树干等一批身边的英模人物事迹的感召下，这些年，仅扬州公安系统就先后涌现出全国公安系统一级英模 6 名、二级英模 10 名。这就是榜样的力量！”

2020 年 5 月 14 日，李树干光荣退休，一场隆重而简朴的仪式在氾水派出所举行。

省厅领导来了，市局领导来了，县里领导来了，乡亲们也来了。

当初，是氾光湖的乡亲们联名把大老李留下的，转眼 20 多年过去，他们的大老李从一头青丝，干成了两鬓斑白。

现在，大老李退休了，乡亲们的心里五味杂陈：“大老李为我们服务了几十年，该享享清闲了，可是大家早就习惯了有事就找大老李，他要真退休了，我们还真挺难受。”

大老李退休了，组织上舍不得，乡亲们舍不得，他自己也舍不得。他舍不得脱下穿了30年的警服，舍不得守护了30年的热土，舍不得与他掏心掏肺的乡里乡亲。

就在这次退休仪式上，李树干领到了组织上交给他的新任务：担任汜光湖牌坊村党委副书记和总网格长，继续深耕网格管理，助力社会治理。

闲不住的李树干又忙开了。

疫情发生时，李树干找到所长，要求把他“当成辅警用”。此后，他天天到各个管控卡口转悠。“只要大老李往卡口一站，就没人闹事，更没人冲卡。”汜水派出所副所长杨剑说。

李树干的手机号，是尽人皆知的热线电话，一直没有换过。退休后，他的手机依然24小时开机。他在群里发信息：“有事随时打电话，大老李永远为你服务。”

退休后的李树干，收了一个徒弟，名叫顾欢，是从汜水镇走出去，又回来当警察的后生。

作为当地土生土长的农村娃，他从小就崇拜大老李，警校毕业后被分配到汜水镇派出所，恰逢大老李要退休了，就主动请求到汜光湖当社区民警。

李树干对这个小徒弟也格外上心，把平生所学倾囊相授。他一再提醒徒弟：“首要一条，要有亲民爱民之心，不要把自己当成官，要把群众当亲人，和老百姓零距离。你把老百姓当回事，老百姓才会把你当回事。”

李树干带着徒弟一次次出现在矛盾纠纷调解现场，让徒弟真真切切、实实在在学到了真经。

现在师徒俩珠联璧合、各取所长，李树干教顾欢“铁脚板”，顾欢教李树干“大数据”，用李树干的话说：“让我们师徒俩一起推动‘大数据+网格化+铁脚板’在这里落地生根，让汜光湖永远平平安安。”

现在，“李树干警务室”被确定为全省公安派出所民警践行“枫桥经验”随岗培训基地、“扬州市公安民警随岗培训基地”，退休的李树干被聘请为兼职培训教官，一批又一批的社区民警以跟班学习的形式，来向李树干取经。

李树干的徒弟如今遍布全省公安机关。

路，在脚下延伸，李树干从没有停止奉献的脚步。

提及李树干退休后的工作情况，牌坊村党委书记王洋打开了话匣：

“农村水稻田打水员工作，是一个苦差事，因为放水先后顺序的问题，容易造成矛盾，处理不当，往往吃力不讨好。大老李主动要求去矛盾最多的生产组当打水员，而且分文补助不要。在他公平公正的管理下，周围没有一点杂音。

“村里铺水泥路，要做绿化路牙，大老李侄儿的草堆碍事，要让他移走，他侄儿就是不移。大老李主动出面做工作时，侄儿还是不想移。他二话没说，卷起袖子自己动手。侄儿看到这架势，不好意思了，自己主动去把草堆移走了。

“大老李在走访时，发现一户人家母亲患上肺癌，儿媳得了子宫癌，儿子在家照顾两个人，无法外出打工，全家陷入因病返贫的境地。大老李主动去帮助做农活，农忙抢收抢种都亲自上阵。平时出钱出力不说，还帮这户人家申请了慈善救助。

“他经常走村入户开展防电信诈骗、电动车戴头盔、交通安全等宣传，不但散发宣传传单，还进行现场讲解。比如，在做电动车戴头盔宣传时，他自己掏钱买了一批头盔，带到宣传现场，亲自骑车示范，现身说法，举例在哪个地方拐弯时要先停下来，哪个地方不能随意掉头，然后让村民参与互动，积极分子当场发给头盔……”

老骥伏枥，壮志不已。公平、公正，有方法、有能力、有爱心，退休不褪色，大老李初心不改、使命不怠。

村里镇北组的那条水泥路，当初是他争取来的。两旁高大耸立的杨树，是他和乡亲们当年一起栽下的。退休后，他常来这里走路锻炼，累了，就在树下歇歇脚。这熟悉的乡路上，留下了他太多的记忆。

儿子李凡自力更生，如今在扬州市区定居，有了自己的一方天地。几次电话让他和妈妈一起去扬州享福，他都婉言谢绝：“就算退休不穿警服了，我也哪里都不去，还是继续留在汜光湖。我李树干，就是汜光湖养大的一棵树，永远扎根在这里。只要群众需要，我会力所能及地为他们干下去！”

看到李树干行色匆匆的背影，一份敬意和一种力量油然而生。鲁迅说过：“在生活的路上，将血一滴一滴地滴过去，以饲别人，虽自觉渐渐瘦弱，也以为快活。”

大地无言，润物无声。李树干，就是深深扎根在孤岛上的一棵树，一棵参天大树。

春满西棘荡

徐向林

平时，只要不在外奔忙，钟佰均总喜欢在村里到处转，他熟悉这里的每一条路、每一条河、每一棵树，他熟悉这里的每一个人，包括老人、小孩、外乡人。在他心里，这里是他永远的家园，这里的人是他永远的亲人。

西棘荡，一个有点儿拗口的村名。它还曾有一个令人费解的别称——“胳肢窝村”。

癸卯仲夏。海风轻拂，麦浪翻滚，大地一片金黄。我[①]来到这个地处黄海之滨、苏鲁交界处的村庄。

刚与村党委书记、村委会主任钟佰均接上头，我就迫不及待地向他抛出一个久久萦绕于脑海的问题：西棘荡村为何曾被称为“胳肢窝村”？瘦瘦高高、头发稀少却英气逼人的钟佰均展颜一笑：“别着急，我先带你到村子里转悠转悠。”他的笑容亲切、温和，一副不急不躁的样子。

我们“转悠”的路线从乡村大舞台开始，一路行走到党建文化园、绣针河生态公园、慈善文化园、村民居住区、循环经济产业园，最终回到村党群服务中心，参观村史馆。

村史馆有一幅无人机航拍的村庄全貌图。只见一面鲜艳的国旗在村党群服务中心广场高高飘扬，村庄布局以此为中轴，四周分布着整齐划一的白墙红瓦农家小别墅，间有两处与城市居民小区别无二致的居民楼。树木似一条条绿龙，在村庄里蜿蜒，草坪恍如一块块碧玉，镶嵌其中。村民居住区之外，是方方正正的碧野平畴。村庄北部的绣针河畔，林立着循环经济区高大的厂房……

“徐老师，我现在可以回答你的第一个问题了。”

钟佰均见我在图片前久久伫立，仿佛知道我的心思。的确，此刻的我正在暗自揣摩——这村庄的形状，怎么看也不像“胳肢窝”啊。钟佰均的手指落在村庄最北面的绣针河上，说道：“河的北岸，就是山东省日照市岚山区。”

“那这条河就是苏鲁交界的界河？”我问。

“既是，也不是。”钟佰均的手指又移到了绣针河大桥，“你看，沿着大

---

① 本篇人物小传中“我”的身份为采访者徐向林。

桥向南，就是咱们村西侧的南岭景观公路，公路西侧也属日照市的岚山区。”

原来，在西棘荡，隔一条河、隔一条路，就是异省异乡。

“过去，没有这座桥，也没有这条路，村民往西往北，均无路可走。东部和南部又被几个邻村层层包裹，村民要出村，得借路而行。整个村子就像被捂在人体的胳肢窝里，没有一条路直接通向外面的世界。”钟佰均的一番解释，让我恍然大悟。

“不过，如今这‘胳肢窝村’的别称一去不复返了。”钟佰均说这话时，瘦长的脸上满是自豪的表情。

陪我一同来采访的赣榆区委宣传部的小韩接了话：“现在如果再给西棘荡村加个别称，那就是‘金窝银窝’村了。”

小韩的话，让我们会心一笑。我深知，这“别称之变”，澎湃着时代变迁的大浪潮，也浸透着钟佰均付出的青春、智慧、心血和汗水。

爱与爱的碰撞

时光转回至 1998 年 2 月，戊寅虎年正月。年味儿还未完全散尽，连云港市赣榆区的西棘荡村迎来了新一任党支部书记，他就是时年 29 岁的钟佰均。迎接他的，没有掌声，没有笑脸，有的只是他父母、妻子的担忧，以及村民们疑惑的目光。

“这个村，谁来干都没有变化过，从我们记事起，一直穷到现在。咱们村谁的拳头大谁才能说上话，你出哪门子头？”父亲钟昔月大声地责问。

“你在外面上班，一年收入两万多块，回来做书记，一年收入才两千多块，拿啥养家？”妻子王均莲不满地质问。

“村里负债 17 万块，村民年均收入千把块，别的没有，矛盾倒是一大堆，怎么开展工作？”一名老村干忧心忡忡地反问。

如今，钟佰均回望刚回村任职的那段时光，他坦言：“全家没一个人支持，全村也没一个人相信我能把村子带好。”

不过，当时也不怪村民们对他不信任。钟佰均作为土生土长的西棘荡村人，是年长的村民看着长大的小伙子。他出身普通农家，自小诚实憨厚，招人喜爱，待人接物文质彬彬，是大伙儿眼中的“有志青年”。

中学毕业后，钟佰均进了城东乡养殖一场工作。他干工作耐心细致，凡事皆爱反复琢磨，做到知其然更知其所以然。有这股钻劲儿，工作自然干得风生水起。两年多后，他被提拔为车间主任，成为该养殖场最年轻的中层干部。

一天上午，钟佰均的办公室来了几位不速之客。领头的一位中年人自我介绍道：“我姓苏，是马站乡的党委书记，今天特地来看看你。”

其时的西棘荡村归属马站乡管辖。

得知来人是家乡的“父母官”，钟佰均赶紧给他们让座、倒茶。苏书记倒也没客气，一屁股坐下后，他一双眼睛盯着钟佰均打量了又打量，把钟佰均都盯得不好意思起来，急忙用问话来掩饰窘态：“苏书记，您来这儿是……有啥事儿不？”

苏书记没急着答话，他端起茶杯，用嘴轻轻吹了吹浮在水上的茶叶，慢悠悠地呷了一口，才与钟佰均聊起家常。先是详细打听了钟佰均的工作情况，一边听一边含笑点头，等钟佰均叙述完毕，才话锋一转，提到了西棘荡村。他皱着眉头说：“你这么优秀，是西棘荡的骄傲。唉，可提到西棘荡村，我心里就犯堵。你说全乡 28 个村，怎么哪项工作都是西棘荡村垫底呢？”

苏书记看似漫不经心的一问，让钟佰均面红耳赤起来。他皱眉沉思片刻，说道：“没人不说自己的家乡好，我生在西棘荡村，长在西棘荡村，村民们都非常纯朴、勤劳，要说各项工作垫底的原因，可能……是没有好的带头人吧。”

“嗨，我要的就是你这句话。”苏书记兴奋地一拍大腿，目光炯炯地盯着钟佰均问，“如果请你回去做村党支部书记，你干不干？”

钟佰均一点思想准备都没有，他抬眼望望苏书记。苏书记一脸认真的表情，不像开玩笑。他想了想，问：“苏书记，能当村支书的人有的是，我一没经验，二没资本，干吗选我呢？”

苏书记不假思索地说：“你是党员，年纪又轻，对西棘荡村的情况一清二楚，这就是你的资本。你现在不要急着回复我，给你几天时间好好考虑考虑，过几天我再跟你联系。”

送走苏书记一行，回到办公室，钟佰均陷入了沉思：苏书记此番前来，明显是做足了“功课”，有备而来，目的是劝说他回村担任党支部书记。而在此之前，西棘荡村曾走马灯似的换了几任书记，没一任书记能把任期干满。甚至个别书记被调走时，村民还放鞭炮“庆祝”。要是自己回去，会不会也是这样的下场？思前想后，钟佰均拿不定主意。

这时，养殖场的场长找他谈话，告诉他一个好消息：场里准备提拔他做副场长，报告已经打好了，就等着上级批复。

可是，场长说完这个好消息后，钟佰均的脸上却看不到喜悦的表情。场长不禁纳闷：难不成消息被钟佰均提前知道了？

不想，钟佰均突然问了他一个问题：“场长，要是我回老家的村子担任村支书，你放不放？”

场长眼睛瞬间瞪圆了，仿佛看外星人似的盯着钟佰均，过了好一会儿才回过神来。一回过神，急脾气的场长就指着钟佰均的脑门气冲冲地说：“你脑子进水了？回村当书记，工资待遇有这儿高？前途比这儿好？别胡思乱想了，我肯定不放！”

场长不支持，家人支不支持呢？

钟佰均借着回家的机会，把这事儿和盘托出，结果一向脾气温和的老父亲当场翻脸，拍着桌子吼道：“这事儿你想都别想，村里的矛盾像一团乱麻，你回来处理矛盾就会得罪一批人，被得罪的人对我们指指戳戳，让我们怎么在村里抬头做人？”

接着，妻子王均莲给他算了一笔经济账。在水产养殖场上班一年收入 2 万多元，回来做书记年收入只有 2000 多元，相差近十倍。“傻子也会算这笔账，你犯啥糊涂？”

看来，家人也不支持。

心情郁闷的钟佰均走到村北部的绣针河岸边，想散散步透透气。刚走到村西头，恰巧对面山东村子有位年轻的母亲正训斥不好好做作业的女儿：“你不好好学习，将来就把你嫁到西棘荡，受穷一辈子！”

这位母亲的声音很大，声音跨过了省界，在西棘荡回响，像一把利刃，笔直地插进钟佰均的心里。他真想冲过去与那位母亲理论一番，可是，看看西棘荡村的低矮草房，再看看对面村子高大宽敞的砖瓦房，他忍住了。那位母亲其实说得没错，在这片背山濒海的丘陵地带，最穷的就是西棘荡村，外村的姑娘不愿嫁进来，导致本村的光棍汉比比皆是。

“我是一名共产党员，在党组织需要的时候，我应该毫不犹豫地挺身而出。”这是钟佰均刚刚加入中国共产党时，写在日记里的一句誓言，此刻，这句话就浮现在他的脑海。

一想到自己立下的誓言，钟佰均不再犹豫，那一刻，他暗自下定决心：回村！

为了说动家人支持自己，钟佰均决定先从反对声音最弱的母亲那儿寻求支持。

那天晚上，在一盏昏黄的油灯下，他与母亲王秀昌进行了一番长谈。说是母子俩长谈，其实主要是钟佰均自己在倾诉，母亲一直在安静地听着。

钟佰均说：“新中国成立前后，我爷爷钟玉诚曾在这儿做过党支部书记，当时村民们流传着一句顺口溜：‘办事成不成，就找钟玉诚。’如今，我是钟家的第三代共产党员，我要像爷爷那样，为党工作，为村民服务。”

钟佰均滔滔不绝，从爷爷钟玉诚聊起，一直聊到父亲钟昔月的几个兄弟。他扳着指头历数，父亲这一辈共兄弟七人，其中共产党员就有四人。“我们加入党组织为了啥？不就是要为群众谋幸福嘛。现在西棘荡村需要我，可是你们不支持，我该怎么办？”

母亲边听边颔首，当钟佰均提到“我该怎么办”时，母亲拿起一把剪刀，剪去了煤油灯上已经“炸”开的灯芯，屋内顿时明亮了许多。母亲放下剪刀说：

“佰均，咱们村子穷，学校也破破烂烂，没有老师愿意过来，咱们村还有很多小孩因为穷上不起学，看着心里难受啊。你要是真想回来，我不阻拦你，但你要干就把工作干好，不管遇到什么困难，绝不许半途撂挑子。”

母亲的这番话，拨亮了钟佰均的心灯。

有了母亲的支持，钟佰均又来做妻子王均莲的工作。他对王均莲说：“我如果留在养殖场工作，保持较高的收入，你会觉得这是我‘爱家’的表现。可咱村的村民收入太低，如果我能带领大伙儿致富，让村子通电通路，家家户户住上好房子、过上好日子，这是不是也是一种爱的表现？”

王均莲略作沉吟，喃喃道：“国家国家，先有国才有家。爱家是爱，爱村更是爱。我现在郑重向你表态，支持你！”

妻子也转变了立场，变成了钟佰均坚定的支持者。这时，钟佰均的父亲虽还是反对，但反对者只剩他一个，“孤掌难鸣”的他，只好少数服从多数，接受了钟佰村欲回村的现实。

几天后，钟佰均向苏书记郑重回复：我决定回村工作！

苏书记一听，十分高兴，当即表示要亲自送钟佰均上任。这一想法却被钟佰均拦住，他诚恳地说：“苏书记，要让村民信服，不在于风风光光地上任，而在于踏踏实实地办事。”

闻听此言，苏书记轻轻拍了拍钟佰均的肩头，感慨道：“你说得对。有你这态度，我相信西棘荡在你的任上一定会大变样。”

回到养殖场，面对钟佰均的辞职报告，场长惋惜万分，迟迟没签字，想让钟佰均再考虑考虑，可别一时冲动了。钟佰均动情地说：“场长，我绝对没冲动！到现在为止，我在养殖场干了七八年，在这儿入了党、提了干，是养殖场培养了我，以后我不管干啥都不会忘记这里。”

场长叹了口气道：“佰均，如果你干得不如意，养殖场的大门随时为你敞开着，随时欢迎你回来。”

那一刻，钟佰均的眼里噙满了泪水。

一口大井

过去的西棘荡村为什么穷？要究其穷根，除了地处“胳肢窝”交通偏僻的原因外，还与当地的水土资源有着很大的关系，这可以从“棘荡”二字中看得出来。

“棘”指的是“荆棘”。建村伊始，此处曾是一个荆棘密布的地方。“荡”字有一种解释是“浅水湖”，事实上，该村过去确实有不少大大小小的湖荡，可在数百年来的村庄演变中，因受自然环境变化和人为因素影响，湖荡越来越少，导致水资源枯竭。村北部因紧傍绣针河，水资源相对充足一些，村南部被称作南岭，因地势较高，无法进水、蓄水，长期处于干旱状态，多少年来只能靠雨水浇灌。要是老天爷不给面儿，雨水赏得少了，就只能眼巴巴地看着南岭的农田歉收。

钟佰均初任村党支部书记时，全村近700户人家，有2700多人口，耕地面积约2100亩，人均耕地面积不足一亩，属于典型的地少人多的农村。再加上长期缺水，多年来只能种植花生、小麦等旱季作物，农业发展的空间更显局促。

地少、缺水，似两块巨大的绊脚石，任村民再勤劳，都无法实现种田致富的梦想，甚至很多人家在青黄不接时，还过着吃了上顿愁下顿的日子。更让人揪心的是南岭与北部的巨大差异，常让当地村民为争一块“肥地”而大打出手，怎么调解都无法化解干戈。

钟佰均上任后，绕着南岭转了又转，一直想寻找彻底解决长期缺水的良策。当时，他有两种选择：一个是从村北部往南岭开挖水渠，通过机器输送，实现“北水南调”，可这一办法耗资太大，不投入几百万元根本无法实现；另一个是就地打井，可当时的几名村干部一听要打井，个个头摇得像拨浪鼓。因为打井实在太困难了，且不说南岭地势高，井要打得很深才能出水，核心的难题是，南岭地层下全是岩石，要没“金刚钻”根本揽不了这“瓷器活”。

“我们做了村干部，就要一心为群众解决难题。南岭供水的问题长期得不到解决，变成一块难啃的硬骨头，现在，我们就要从这块难啃的硬骨头下口！”

钟佰均反复做几名村干部的思想工作，想争取大家的支持，把大井打好。可是，村会计却愁眉苦脸地问：“你没到任之前，我们也有过打井的想法，可没钱啊，怎么打井？”

“打井需要多少钱？”钟佰均问。

村会计算了算账，报出一组详细的数字：租打井设备要 4 万多元，人工支出要 4 万多元，供水装置要 1 万多元……合起来将近 10 万元。

10 万元，现在看，不算大额支出，可对当时的西棘荡村来说，无异于天文数字！

钟佰均看着这组数字，眉头紧皱，沉思了一会儿。待他眉头舒展后，开始吩咐村会计：“通知所有村干部，到村部开会。”

不一会儿，村干部全部到齐。钟佰均开门见山地说：“今天把大家召集起来开会，目的只有一个，就是布置打井的任务。刚才会计算了笔账，打这口井要花将近 10 万块钱，大家知道，村里欠了一屁股外债，拿不出钱来，怎么办？”

说到这儿，钟佰均故意停顿了一下，目光扫视着会场。几名村干部有的唉声叹气，有的窃窃私语，谁也说不出好办法来。

钟佰均轻咳了一声，会场立马安静了下来，大伙儿眼巴巴地看着他。钟佰均提高音量说：“我也算了一笔账，这打井支出不超过 3 万块钱。”

此言一出，大伙儿的脸上都写满了好奇。钟佰均也不跟大家兜圈子，他说：“连我在内，村里共 9 名村干部，大家再发动一些群众做义工，这人工支出就能节省不少。另外，除必要的打井设备外，其他能用人工代替的全用人工代替，这一省又是两万多，大家算算，必要的支出是不是只有 3 万多块钱？”

他的话音刚落，村会计先发话了：“钟书记，就是 3 万多块钱村里也出不起啊。”

“这笔费用我想办法先垫上。”钟佰均答得毫不迟疑。

“我们扑上去没问题，可怎么发动群众呢？”村委会一名副主任担心地说。

“这还不简单，搞摊派嘛。一家出一个劳动力，不出人力的就出钱。”另一名副主任抢话道。

“这可不行！”钟佰均对摊派一口否定，“打井是村里办的实事，绝不能把负担转嫁到群众身上。群众愿意出义工的，我们欢迎，不愿出义工的，我们绝不勉强。”

经过一下午的会商，大家终于达成了统一意见。

第二天，钟佰均就带人到南岭选址、定址。第三天，全体村干部就在他的带领下，扛着大锹、背着箩筐去打井。

起初，没一个群众主动出义工，现场出现这样一幅场景：9 名村干部在卖力干活，一帮群众围在旁边看。看也就罢了，个别群众还冷嘲热讽：“这才刚刚开工呢，应该热闹热闹。不过我敢打赌，他们支撑不了多久，要么打道回府，要么花钱雇工。”

不过，这名群众真“赌”输了，一天，两天，三天……连续半个多月，钟佰均每天都起早带晚，带着村干部奋战在打井的工地上。眼看他们用铁锤一锤一锤砸岩石，岩石砸碎了，井也越打越深，群众的思想开始发生了转变：这钟佰均跟他爷爷一样，真有股子倔劲儿，看来这井不打成他绝不会收兵。

行动是无声的语言。在钟佰均的行动号召下，一些群众主动来到工地帮助搭把手，渐渐地，帮手越来越多，上百名村民加入了打井的队伍。

66 天后，一口直径达 40 米、深度达 20 米的大井，终于打成了！机灌站正式出水的那天，村民们看着从井中汩汩流出的清水，一个个笑逐颜开，甚至在井边上相互泼水，过起了欢乐的“泼水节”。嬉闹一阵后，他们突然发现，咦，怎么没看到钟书记？

有人开始四处寻找，找了一圈都没见到钟佰均的人影。于是，有人就找到钟佰均的家，看到王均莲正在打扫院子，就问：“钟书记在家吗？”

“在呢。”王均莲答应一声后，问，“找他有事儿？”

“有急事儿。”来人说，“大井出了水，就等着钟书记跟我们一起庆祝呢。”

“他睡着了。”王均莲把来人拉到一边小声地说，“这些天佰均从没睡过一次安稳觉，今天实在撑不住了，就别打扰他，你们庆祝吧。”

来人点点头，含着眼泪离开了钟家。

有了大井，南岭的缺水问题得到了有效解决。钟佰均却并没有为此松一口气，为了让庄稼地增收，他想引导村民在高效农业上寻一条致富路。听说山东沂源县的水果种植很有名气，他立即带着几名村干部到沂源县考察学习，从当地引种美国红提葡萄，并且聘请了一名技术员来村里指导。

可让钟佰均没想到的是，红提葡萄好不容易在村里培育并种植下去，却因村子离黄海近，海风中盐度较高，红提葡萄还没成熟就不堪海风的侵袭而落了叶。这条路没走得下去。

不甘心的钟佰均又从外地引种了日本大洋葱、套种西瓜等经济作物，可都“水土不服”，全部试种失败。

连续的引种试种失败，引起了村民的思想动荡，各种风言风语也从村里传了出来。有的说：“钟佰均打井卖苦力行，带着村民致富不行。”有的说：“咱西棘荡就该是穷命，谁来了也改变不了。”还有的说得更难听：“都说新官上任三把火，钟佰均才烧了一把火，现在就熄了火，这书记他肯定干不长。”

那些天，钟佰均的心情异常苦闷。他时不时地跑到他打下的大井边转一转，有时还趴着井沿往下看。一些村民看到后，吓得不轻，以为钟佰均想不通要投井，便赶紧向王均莲通风报信。王均莲说：“你们放心，佰均不会投井的，他那是想事情呢。”

话虽说得轻松，王均莲却丝毫不敢大意。打发走报信的村民后，她心急如焚地跑向大井，果然看到钟佰均正靠在井沿上怔怔地出神，并没注意到王均莲。

王均莲蹑手蹑脚地走过去，猛地把钟佰均从井沿边拉开，带着哭腔说：“佰均，你可千万别想不开，这书记咱不做了。”

钟佰均被突然出现的王均莲吓了一跳，待回过神后，他才温和地笑道：“别想多了，我在这儿想事情呢。”

此后，为了不让家人担心，钟佰均不再到大井旁转悠了，转而到周边的几个邻村转悠。这一转悠，还真被他转出一条让村民们发家致富的门路来……

嘴边留疤，心里存光

钟佰均刚回村任书记时，就给自己定了个“三不”规矩：一不吃老百姓的饭，二不收老百姓的礼，三不在家里办公。

定规矩易，守规矩难。就说“不吃老百姓的饭”这一条，因钟家在村里沾亲带故多，再加上村里一直有“红白事”要请客吃饭的传统，一些亲戚遇事时，难免会来请钟佰均。他没回村任职前，家里的亲戚、左邻右舍有事请他，他都是能到则到，回到村里任职后，由于自己定下了规矩，亲戚和邻居再请他赴宴，任何一人都请不动他了。

如此一来，怪话也就多起来。有说他不近人情的，也有说他架子大了的。对于这些怪话，钟佰均常常一笑了之，并不争辩。

一次，钟佰均同村的一个堂弟结婚，请钟佰均吃喜酒。这个堂弟自小就跟着钟佰均玩，哥俩的感情很深。可是，堂弟请他吃喜酒，他愣是没去，只让王均莲代表他去了。事后，堂弟很不高兴，对他发牢骚：“我请你吃的是喜酒，完全是亲戚之间的往来，你可别上纲上线。再说了，我平时也没事找你，可你还端着架子，一点面子都不给，真让人扫兴！”

堂弟发牢骚时，钟佰均一声不吭，耐心地听着。直到堂弟不说话了，他才笑着问：“还有啥牢骚话？全给我说出来。”

堂弟转过头去，不理他。他转到堂弟的对面，对他说：“你是西棘荡村的村民，要是我赴了宴，不仅会破坏了我的规矩，其他村民的口也堵不上。开了这个口子，村里那些沾亲带故的，也会找上门来，那我整天正事儿干不了，就在村里吃吃喝喝，吃了东家吃西家，岂不变成一个酒肉书记？”

这话把堂弟给逗乐了，临离开前，他扔下一句话：“以后我时时监督你，要是哪天你破了定的规矩，我就找你算这笔账！”

“随时欢迎监督！”钟佰均爽朗地说。

钟佰均定下来的“三不”规矩，不仅让家人监督，更让全体村民监督。起初，一些村民认为钟佰均短期可以做到，长期下去肯定做不到。可经过一段时间的观察，钟佰均真的从没破坏自己的“三不”规矩。村民们感觉他一身正气、做事公道，于是，向他反映问题的村民多了起来。

不论哪个村民反映问题，他都认真地记录下来，随后进行细致查访。如反映的问题属实，他必定公平公正地处理，并将处理结果反馈给反映问题的村民。

钟佰均刚任村党支部书记不久，多名村民向他反映几起违规的承包合同，经过梳理、查访后，他果断做出决定，终止一切违规的承包合同。谁知，他的决定一宣布，就有一名村干部好心地提醒他，这些违规承包合同都涉及村里一些难缠的主儿，过去想处理时，村干部没少受威胁，处理进行不下去。

钟佰均闻听此言，拍案而起道：“村干部不秉公处理，凡事当和事佬儿，村里表面上太平，实际上民怨沸腾，这歪风邪气绝不能助长。要是谁威胁你们，你们不要怕，就把责任推给我，让他们直接来找我。”

村干部的提醒还真不是空穴来风，那几个违规合同刚刚终止，真的有人打上门来了。

这天深夜，忙活了一天的钟佰均刚刚躺下，就听到外面传来敲门声。钟佰均以为是找他办事的群众，立即披衣起床，边开门边说：“要是公事儿，你们明天到村部找我谈。”

可是门一开，出现在他面前的不是村民，而是 5 个彪形大汉。就在钟佰均愣神的当儿，那几名大汉的拳头已如同雨点般落下，只一会儿工夫，就把钟佰均打得满脸流血。

打人的动静惊醒了钟家人，几名行凶者怕暴露真面目，赶紧逃离。逃离前还不忘恶狠狠地警告钟佰均：“这次是警告，以后你要再多管闲事，就要你的命！”

说罢，几人转身就跑，迅速消失在漆黑的夜幕中。

王均莲起床赶到外屋，看到钟佰均脸上满是鲜血，吓得腿肚子直打战，眼泪止不住扑簌簌往下流。钟佰均的父亲见的世面多了，稍为冷静些。他拿来毛巾擦了擦儿子脸上的血，发现儿子的上嘴唇被撕了一道大口子。他立即让钟佰均用毛巾捂住流血的口子，随后心急火燎地用自行车驮起儿子就往乡医院奔。

经过医生检查，钟佰均全身有多处软组织受伤，上嘴唇缝了四针，留下了永远的疤痕。

这次流血事件在钟家引发轩然大波，除了钟佰均的父亲、妻子态度坚决地要钟佰均辞职外，原先支持钟佰均回村任职的母亲也掉转了方向，要钟佰均赶紧辞职。

钟佰均却铁了心，他语气坚决地说："现在，我算是用血的代价做了书记，我一定要用生命的代价把它干好！"

看着硬劝不行，妻子王均莲转为"软攻"。她一边抹眼泪一边说："你是咱家里的顶梁柱，你要是倒了，我们咋活？"

钟佰均看着哭成泪人的妻子，心也有些软了，长叹了一口气道："均莲，我现在真的不能打退堂鼓啊。你想想，这些人打上门来，目的是什么？不就是想把我吓走，我要是辞职，那不正中了这些人的下怀？以后，我还怎么抬头做人？你放心，法治社会坏人只是极少数，他们一定会受到法律的严惩，他们放的狠话只是吓唬吓唬人罢了，绝不会得逞的。"

见王均莲默不作声，钟佰均伸出手，拭去她脸上的泪，接着说道："均莲，当年我们谈恋爱时，你说看中的就是我身上有股不服输的劲儿。如今，我正使着劲儿，你能让我泄气服输吗？"

王均莲含着泪摇了摇头，她太了解钟佰均了，遇到的困难越大，他越不会服输，且越能激发他的潜能。

泪光中，她依稀看到两人谈恋爱时的一幕幕场景——

王均莲也是西棘荡村人，钟、王两家离得不远。王均莲中学毕业后，拜师学了缝纫手艺，利用家中一台"工农牌"缝纫机替人做衣服。但那台缝纫机因年代久远，经常出现故障。每次出故障，都是钟佰均热心地上门维修。一来二去，两个年轻人的心越走越近。

记得有一次，缝纫机行针速度突然慢了下来。钟佰均拆下机头，对所有零件逐一上了机油，可忙活了一个下午，还是不管用。第二天上午，王均莲准备把缝纫机带到镇上去修，不想钟佰均一大早又来了。原来他回去后，把自己母亲的缝纫机拆下来细细研究，熬了一个通宵，终于对比着母亲的缝纫机找出了故障原因。来到王家后，他信心十足地重新拆下机头，加了一块自制的铁皮垫片，减少了机头内部的空隙，终于排除了故障。

从那天起，王均莲就认定，钟佰均是个值得托付终身的人……

钟佰均被打后，事情还没完。被剥夺非法利益的个别村民在村里到处贴起“大字报”，警告钟佰均要识相点，否则要拿他的孩子下手。其时，钟佰均的女儿正在村小读书，以往都是女儿独自走路上学。“大字报”出现后，为防不测，王均莲啥事儿也不干，就每天早、中、晚接送女儿上学、放学，每天都过着提心吊胆的日子。

好在，所谓的“警告”之后，对方并无实际行动，这事儿最终不了了之。

自己被打和被警告的经历，引起了钟佰均的深刻反思，他觉得村里之所以出现这些乱象，根子出在村民的法律意识淡薄上。于是他主动联系镇司法所，常态化到村里开办法制培训班，平时则通过大会小会宣传法律知识，并让村干部分工到组、到户，对村民开展面对面的法制教育。

与此同时，他争取镇派出所的支持，在赣榆成立了首家村级边界治安联防站，通过联防联治，严厉打击打架斗殴现象。

钟佰均一手抓普法、一手抓惩戒，坚持做到两手抓、两手硬，不长时间，西棘荡村的社会治安得到明显好转，“靠拳头说话”的不良之风一去不复返。

2017 年，西棘荡村被评为“全国文明村”，2021 年，西棘荡村被命名为第八批“全国民主法治示范村（社区）”，并被表彰为第二批“全国乡村治理示范村”。

三顾“金”庐

从西棘荡村党群服务中心出发，车子驶上宽阔平坦、四季见绿的乡村大道，沿路穿过村民集中居住区、成方成块的广袤农田，七八分钟后，钟佰均带着我走进了村循环经济产业园。

产业园占地一千余亩，园区内标准厂房林立，办公区、生产区、生活区，合理分布。一幢厂房的正面墙上，一枚金色党徽在阳光的照射下熠熠生辉，党徽两侧，均匀分布着 14 个鲜红大字：围绕经济抓党建，抓好党建促发展。走进宽大整齐的车间，迎面墙上悬挂着“组织引路、党员引导、群众致富”的标语。

一期工程总投资超亿元的连云港永泰塑业有限公司，是循环经济产业园的龙头企业。钟佰均告诉我，这家公司的性质既属“民营”又不是“民营”。说它“民营”，是因为永泰塑业公司吸纳了 80 多个村民股东；说它“非民营”，是因为村集体占大股，享有控股权，完全按国企模式运营。

“仅永泰公司就吸收了460多名村民进厂当工人，人均月工资超过5000元。有些村民既是工人又是股东，还有两口子同时在这儿上班的。工资、奖金再加股金分红，小家庭最高的年收入已突破 40 万元。”钟佰均说。

这个致富产业的兴起，是钟佰均一手发掘和推动起来的。时间再回转到 21 世纪之初——

那时，钟佰均已经历过两次引种农业经济作物失败，就在他走投无路时，不经意间，在一个邻近渔港小村随便“转悠”时，发现了商机。

那天，钟佰均看到一个外地人驾着一辆三轮摩托车，到这个渔港小村收购废弃的渔网。钟佰均好奇起来，在那个外地人跟当地一个村民讨价还价时，他上前询问：“师傅，这废弃的渔网收了干吗？”

外地人上下打量了钟佰均一阵，漫不经心地答道：“我是代人收购的，听说是加工成尼龙颗粒。”

钟佰均眼睛一亮，忙问：“尼龙颗粒好卖吗？”

外地人说：“好不好卖我不晓得，反正我不管收多少货，加工厂总是一口吃掉，一手收货一手交钱，爽快得很。”

钟佰均脑子一转，心下明白，这尼龙颗粒一定好销，要不然加工厂不会结算得这么爽快。他接着再问：“师傅，你说的加工厂在哪儿？”

这一问，让那位外地人警觉起来，心想：这人不会是来抢我的生意吧？他充满敌意地瞟了钟佰均一眼，没理他。

钟佰均知道对方误会了，赶紧解释：“师傅，你放心，我不会抢你的生意。我是隔壁西棘荡村的党支部书记，我姓钟。我想我们村也可以办这样的加工厂，到时你收的渔网就不要再风里雨里往远处送了，直接卖给我们，还可以再加点儿价，多赚点儿。”

这一番解释让那位外乡人松了口气，他告诉钟佰均，他收的渔网送到县城大贩子手里，再由大贩子往浙江宁波送，听说那儿办了好几家尼龙颗粒加工厂。

钟佰均谢过外乡人后，脑子立马飞快地运转起来：本地渔民多，废弃的渔网也多，原料不愁，销路也好，要是村里能办个加工厂，一定赚钱。

想到这儿，钟佰均脚下生风，赶回村部，召集村干部共同商量。几名村干部一听，也觉得办加工厂是条致富路，可村里一没钱投资，二没加工技术，怎么办？

“我们自己没能力办，但可以请外援来共同办。”

钟佰均想到自己在养殖场工作时，恰巧结识了几个浙江宁波的小老板，他们手头宽裕、头脑灵活，要是能把他们请来合作办厂，成功的概率会很大。

说干就干。

第二天钟佰均就带着煎饼，搭上一辆货车，风尘仆仆赶到宁波，找到过去曾打过交道的两位宁波小老板：王立忠和韩成茂。二人念及旧情，接待了他。可当钟佰均提出办厂的想法时，王老板想也不想，一口拒绝：“钟书记，恕我直言，我一直做流通生意，从没做过生产加工生意。再说千里迢迢跑到你们那儿办厂，太远了！这事儿，我干不了。”

钟佰均的满腔热情被泼了一盆冷水，任他说破嘴皮，王老板就是不松口。

钟佰均只得铩羽而归。

回来后，心有不甘的钟佰均总结教训，觉得是自己调研得不够透彻，这是无法说动王老板的主要原因。于是，他花了两个多月时间，开展了深入调研。为摸到实情，他把自己装扮成收购渔网的小贩子，先是到渔村收渔网、摸行情。随后又借着往加工厂送货的机会，跑进宁波当地加工厂的车间，与工人套近乎，了解生产情况和技术要求，还顺藤摸瓜，找到尼龙颗粒的购买商，掌握市场需求行情。

这一圈跑下来，钟佰均虽掉了几斤肉，却将尼龙颗粒从收购到加工再到销售的行情摸得一清二楚。

他在调研报告中分析：尼龙颗粒加工"变废为宝"，属于国家鼓励的产业；赣榆地处黄海之滨，渔民多，废弃渔网多，有充足的生产原料；尼龙颗粒加工成的塑料制品用途广泛，市场需求越来越大。报告中，还引用了大量详细的数据加以佐证，更具说服力。

果然，钟佰均带着调研报告第二次去请王老板时，王老板将这个手写的材料反复看了几遍，越看越有兴趣。放下材料后，他向钟佰均表态，过几天就带另外两个生意伙伴到西棘荡村考察。

钟佰均兴奋不已。回来后，一天一个电话打给王老板，盛情邀请他们来村里考察。可等王老板一行人真来的那天，天公却不作美，下起了瓢泼大雨。村里的道路泥泞不堪，不要说行车，就是走人，脚上也会沾上几斤泥土。

王老板一行人的车子开不进，只能停在村外。进了村子，他们在钟佰均的带领下，冒雨沿村绕了一圈。考察中，王老板发现，拟作加工厂的老仓库连电都没通，就很不高兴地说："你们村一没路，二没电，还提办厂，这不是开玩笑嘛！"

说完，王老板一行人不顾钟佰均的解释和挽留，头也不回地上了车。钟佰均死死地拉着车门，可车门被反锁了，打不开。眼看车子起动了，站在风雨中的钟佰均大声说："给我三个月，缺什么补什么，保你们满意！"回应他的只有风雨声……

即使这样，钟佰均还是不死心。为了将客商请回来，他结合村庄环境进行整治和改造，通过争取上级财政一部分资金、自筹一部分资金，带领村民修桥铺路。按当时的财力和规划，村道设计得比较窄，两辆汽车交会都困难。

钟佰均多次跑县、跑镇，说遍千言万语，争取调整规划，并千方百计筹措资金，终使村里的硬质化路道全部达到双向两车道再加辅道的标准。后经逐步实施，全村形成了“三纵三横、六条街巷”的硬质化路网。西棘荡村自古以来的“行路难”问题彻底得到了解决。

在修路中，还发生了不少插曲。

其中有一个插曲是：因西棘荡村的道路标准高于周边的村，周边村的部分村民出于“羡慕妒忌恨”的心理，人为在其所在村的道路上堆土、堆石子，让西棘荡村的村民“出村难”。

钟佰均就此找当地村的村干部理论，可那些村干部却无可奈何地说：“这种行为我们也反对，可群众不听啊。”

找村干部说不通，钟佰均只得“跨村作战”，找那些设置路障的周边群众做思想工作。他向当地群众承诺：“大家都是乡里乡亲，理应相互照应。只要西棘荡村致了富，我们一定会与你们分享红利，带动大家共同致富。”

那些村民一方面因为钟佰均亲自上门来做工作，给足了他们面子，另一方面也被钟佰均“共同致富”的誓言所打动，主动撤去了路障，“出村难”问题迎刃而解。

当然，有诺必践的钟佰均在西棘荡村致富腾飞之后，的确对周边村进行了倾心倾力的帮扶，与周边村同圆“致富梦”。这是后话，这里暂且不表。

现在，我们再把话题拉回到筹办加工厂之时。

王老板带人进村考察三个月后，西棘荡村真的通了路，通了电。钟佰均拍了大量照片，第三次前往宁波，邀请王老板等人。翻看着钟佰均带来的一张张村庄新貌的照片，王老板感慨万分。他说：“古有刘备三顾茅庐，今天你也是三顾茅庐啊。”

钟佰均笑着纠正：“我不是三顾茅庐，我是三顾‘金’庐呢。”

王老板意会过来，哈哈一笑道：“钟书记，你是一个想干事、能干事的人，就冲这一点，这个厂，我们投了。”

不久，王老板等浙江客商与钟佰均联合投资100万元的尼龙颗粒加工厂，终于在西棘荡村落户。果然不出钟佰均所料，加工厂当年就实现盈利40万元。

年底分红时，钟佰均提了个令王老板大吃一惊的想法。钟佰均说：“我们这个加工厂如今试水成功，来年，我想发动更多的村民投资兴办加工厂。”

王老板吃惊地瞪大眼睛问：“钟书记，你这不是在培养竞争对手吗？”

“我的本意就是想为村民找条致富路，这一点，我事先跟你们都说得明明白白。之所以开始没干，就是吃不准这条路会有哪些风险。经过近一年的尝试，我感觉没啥风险，现在可以鼓励村民们一起干了。”钟佰均回答。

王老板盯着钟佰均追问：“钟书记，我冒昧问一句，要是我们这个厂投资失败了呢？”

“失败了，损失全部算我的。成功了，成果大家共享。”钟佰均毫不迟疑地说。

王老板陷入了沉思。

钟佰均接着说：“王老板，尼龙颗粒的市场需求那么大，我们村就是办起几百个加工厂，都不会影响产品市场。再者说，加工厂多了，就会形成规模效应，有了规模就能形成品牌效应，规模效应加品牌效应，我们抗风险的能力会显著增强，这会让这个产业永葆活力。”

钟佰均的这番话有理有据有前瞻，深深地打动了王老板。他站起身来说：“钟书记，你的想法很好，我全力支持。”

钟佰均笑了，眼前仿佛铺开了一条金光大道。

“担保书记”

村里由钟佰均领办的首个尼龙颗粒加工厂，从筹备到投产再到盈利，村民们都看在眼里。因此，当钟佰均动员村民加入这个行业时，大伙儿都跃跃欲试。

但还是有些村民有顾虑。钟佰均拍着胸脯向他们保证：“加工尼龙颗粒投资少、见效快、利润大，技术要求也不高，跟着我干，保准能发家致富。”钟佰均的话让大家吃了“定心丸”。

2001 年，村民王延团等人联合投资开办了全村第二家尼龙颗粒加工厂，当年就收回了全部成本。这样一来，村民们投资办厂的热情更加高涨。

可加工厂投资再小，还是有不少村民拿不出。在当时的金融环境下，农户缺少有效抵押物，以个人名义难以拿到贷款。

为了解决资金难题，钟佰均一趟趟跑信用社，跟信贷员多次沟通、反复协调，信贷员被他的诚心打动，对他说：“钟书记，我们可以向上级申请贷款资源来重点支持你们村，但有个前提条件，农户拿贷款得有担保人。”

信用社放贷政策虽然有所松动，可“担保人”却让村民们为难起来。村民们本可以相互担保，可是谁也不敢说投资办厂必有回报。村民们在找人担保时，要么是被找的人自己不想担保冒风险，要么是其家人坚决反对。于是，申贷人与所请担保人产生了误会，发生了口角。部分村民家庭也因能不能出面担保，家庭成员之间意见相左而发生争吵。

就在村民为担保人问题一筹莫展时，洞悉内情的钟佰均做出公开承诺：“凡需要担保人的，均可找我！”

钟佰均主动站出来当担保人，这是需要相当大的勇气的。因为银行贷款中，一旦借款人不能按约还款，担保人是要承担全部责任的。正因如此，当钟佰均主动提出为村民担保时，他的妻子王均莲自然是心里一紧，急忙劝说钟佰均。钟佰均却对她说：“担保人问题不解决，村民拿不到贷款，加工厂就办不起来，共同富裕的梦想也就无法实现，这是牵一发而动全身的大事，我绝不能坐视不管！”

“要是借款人还不上，我们拿啥还？”王均莲忧心忡忡地问。

“这你放心。一来，我对这个行业十分看好，加工厂只要办起来，肯定盈利；二来，村民的贷款，一笔也就几万块，不算啥大数字，村民还不上，我有办法还。”钟佰均胸有成竹地说。

“要是少数人使坏，拿了贷款，也赚了钱，可就是拖着不还贷款呢？”王均莲继续问。

钟佰均想了想说：“我们付出诚心，才能换来诚心。我想村民赚了钱，不会不还钱的，你别想多了。”

钟佰均铁了心，王均莲拿他没办法，只能默默祈祷，千万别让钟佰均的一腔真情付之东流。

钟佰均放出话后，村民们纷纷上门找他担保。那段时间，钟佰均跟着村民一次又一次跑信用社，在贷款合同上签字。有时刚从信用社回到村里，又被另一个村民拉去担保，最多的一天，他进出信用社达六次之多。

一年多时间，钟佰均先后为 120 户村民做了担保人，担保总额超过 300 多万元，他也因此被村民称为“担保书记”。

这期间，一些拿了贷款的村民因资金周转困难，不能按时偿还贷款，钟佰均主动帮他们“过桥”续贷，“过桥费”一分不肯收。有人替他算了笔账，如果按商业“过桥”收费来计算，他为村民至少节省了 20 多万元的贷款成本。

事实证明，钟佰均“以诚心换诚心”的方法是对的。他先后担保的 200 多笔贷款，从未出现一例违约不还现象。妻子王均莲原先悬在心中的石头，也落了地。

村民拿到了贷款，尼龙颗粒加工厂在西棘荡村如雨后春笋般崛起。加工厂从两家发展到 3 家、4 家、10 家……短短两年多时间，全村兴办了 140 多家尼龙颗粒加工厂。另外还有 300 多户村民投身废弃渔网收购行列。全村几乎家家户户都融入了尼龙颗粒加工的产业链。

在西棘荡村尼龙颗粒加工产业风起云涌之初，因钟佰均贷款担保的笔数过多，信用社新上任的主任不了解情况，在查阅了钟佰均的贷款担保总额和担保笔数后，认为钟佰均有“骗贷”嫌疑，随即对钟佰均展开了调查。

没想到，这一查，倒让这位主任对蓬勃兴起的尼龙颗粒加工行业大开眼界。调查中，他问钟佰均：“钟书记，我在信用社干了20多年，也扶持过不少农村产业，但从没见过胆子有你这么大的村干部，你替人担保真的一点都不怕？”

钟佰均坦然道：“做了书记就应该有担当，如果这点风险都不敢承担，还怎么带领大家致富呢！”

信用社主任听后，连连竖起大拇指夸赞：“钟书记，你是一个有担当、有情怀的人！”

一场所谓“骗贷”的误会，就此化解。

如今，我们站在新的历史交汇点，重新审视西棘荡村的工业振兴之路，不由得会感慨历史偶然性与必然性之间的相互交织。“偶然性”，当指钟佰均当年到邻村转悠时，偶然发现的商机；“必然性”，当指钟佰均的三顾“金”庐与“担保书记”的称号。

从偶然发现商机，到拉来客商合作办厂，再到为村民担保贷款，鼓励村民办厂，这一历程，偶然性中蕴含着必然性，必然性中又包含偶然性。在这里，我并不是想探讨哲学问题，而是希望以一种最合适的视角来回望历史、解锁西棘荡村的致富密码。

短短几年时间，曾经寂寞无声的西棘荡村，呈现出处处机器响、家家创业忙，人人有工作、个个增收入的喧闹景象，自力更生走出了一条“工业强村、产业富民、全民创业”的路子。

可谁也没想到，喧闹的背后，也隐藏着巨大的危机——

2007年，美国次贷危机爆发，到2008年演化为一场全球性的金融危机。

当金融危机的巨浪扑来时，打了西棘荡村一个措手不及：尼龙颗粒的市场订单严重萎缩，大量加工厂陷入了停产状态；尼龙颗粒价格从高峰时的2.1万元/吨，跌至9000元/吨，比“腰斩”还狠。大多加工厂资金短缺、损失惨重，全村总损失超过1000万元……

市场告急！订单告急！资金告急！

怎么办？

那段时间，钟佰均心急如焚、彻夜难眠。他一边多次跑信用社等银行机构，说明情况，恳请银行机构对大量贷款予以宽容延期，并为贷款户申请降息减负；另一边又四处奔走，拜访客户，想从客户手中多拿些订单来救急。

加工厂难，客户也同样难。

在市场对接中，客户坦率地告诉钟佰均："你们村加工厂多、产量大，但产品的规格、标准、质量、定价等都不统一，产品良莠不齐、价格不等，经济形势好的时候，我们睁只眼闭只眼，照单全收，现在受金融危机冲击，我们的订单也在减少，倒逼着我们只能按质优价低的原则订购。至于那些质量差的、价格高的，我们一概不作考虑。"

客户的话说得合情合理，钟佰均无从辩驳。

回来的路上，钟佰均细细琢磨起来。都说船小好掉头，现在村里的"小船"是多，可经不住风浪啊。要是把这些"小船"聚成一艘"大船"，不仅客户提出的几个不统一的问题迎刃而解，还有利于集约化经营，既能减本降耗，又能打造品牌、消化市场风险。

可这一想法，能顺利贯彻实施吗？钟佰均陷入了沉思……

产业蝶变

果然，钟佰均推动加工厂整合的步伐，迈得极其艰难。

阻力主要来自三个方面：其一，尼龙颗粒加工属粗放型、劳动密集型产业，全村 140 多家加工厂，投入规模有大有小、技术有强有弱，要进行有效聚合，必须关掉一批设备落后、加工能力弱的厂，可是关谁不关谁，怎么界定？这是一个难题；其二，一批得以保留的加工厂，资产怎么评估？股权怎么确立？这些都没有固定的标尺来衡量，很容易滋生和激化矛盾；其三，市场订单不充足，必然要逼着一批厂子转产，进入深加工领域。可深加工做什么产品，往哪儿转？钟佰均对此也没底儿。

停产一批、转产一批、保留一批，这是钟佰均基于金融危机背景下，提出的“三个一批”工程，可实施起来，举步维艰！

首先，在推动停产一批时，拟被关停的加工厂负责人成群结伙当面质问钟佰均：“我们辛辛苦苦花钱购买的设备，凭什么就不给生产了，这么多年大家不都是这样过来的吗？”

钟佰均知道，这时跟他们讲大道理没用，不如给他们算笔明白账。他反问这些人：“你们厂如果不关，手上有订单吗？能不能撑得下去？”

不少人摇起了头，有个村民还带着哭腔说：“别说现在订单一张没有，我还倒亏了二三十万块钱哩。”

“亏这么多？啥原因？”钟佰均明知故问。

那人唉声叹气道：“我投资办厂时，手头资金不多，就买了些二手设备，想省几个钱。结果行情好的时候，产能跟不上，能耗又大，赚得少。现在行情差了，货款不好要，该支出的还得支出。现在光进不出，天天亏，我都急死了。”

“既然这样，关掉不就止损了嘛。”钟佰均故作轻松地说。

“钟书记，你说得轻巧。”那人急了起来，“厂子不关，我还有个指望，厂子关了门，我什么指望都没了。”

“谁说关了厂子就没指望了？”钟佰均认真地说，“村里办了大企业，就要大量招工，你到时就到大企业上班，不用愁市场愁资金，月月能拿工资，哪还有压力。你如果不肯关厂，你那些设备天天生锈，等下去就更不值钱了。”

“钟书记，那我亏掉的钱咋办？”那人还有些犹豫。

钟佰均温和地一笑：“放心吧，只要服从村里安排，村里会替你兜底。”

这么一说，那人的后顾之忧全解决了，欣然同意关厂。

钟佰均扬眉环视大伙儿，大声说：“刚才的话，大伙儿都听得清清楚楚，只要你们同意关厂，村里保证帮你们兜底，保证你们有班上、有工资拿。怎么样，到底关不关？”

“关！”大伙儿异口同声地回答。

“关掉一批”的工作做顺了。接下来，如何让保留下来的加工厂自觉自愿地入股聚合，钟佰均又想了一个主意。

他分批次拉上村干部和党员、村民代表，到苏南经济发达地区参观学习，重点考察那些规模化的企业。苏南工厂标准化的厂房、智能化的设备、规范化的管理，让他们大开眼界，再想想自己作坊式的加工厂，一个个眉头紧锁、心事重重。

钟佰均看大家在参观中心灵受到震撼，就趁热打铁问：“在咱们村，谁有实力能办出这样的企业？”

大伙儿你看看我，我看看你，个个都摇头。

钟佰均接着说：“是啊，我们村凭哪个人的单打独斗，都不会形成这样的气候，可如果把我们大家的力量集中起来，办个规模化企业，难不难呢？”

“那肯定不难！”众人答道。

“好，那我们回去就办！”

钟佰均发出的动员令，虽说没有一呼百应，但没有一个人提出反对意见。

大伙儿有了主动入股聚合的意识，资产评估、股权确立等难题也都一一解开了。

在推动“转产一批”中，钟佰均发动村干部和党员代表带头转产，他自己带着他们跑市场、摸行情、定产品、聘人才，一套“组合拳”打下来，七八个加工厂先后从尼龙颗粒加工转产为网线、网箱等塑料制品的生产。一方面，这些转产企业带来了稳定的尼龙颗粒原料订单；另一方面，此举完善了从原料生产到产品制造的产业链体系。

当然，罗马不是一天建成的。

西棘荡村的尼龙颗粒加工产业转型升级也非一日之功。在确定合股办企业之后，一些没办加工厂的村民亦拍手欢迎。原来，全村大办加工厂后，由于是家庭作坊式的分散加工，导致全村四处冒黑烟、到处排废水，对村庄环境造成了影响。他们早就盼望加工厂能搬出去，搬得越远越好。合股办企业是搬掉加工厂的好机会，但等的时间太长，村民等不得，他更等不得！

于是，他想了个循序渐进的办法，在村里规划建设一个工业集中区，先把一家一户的加工厂搬进去，让居民生活环境不再受影响，然后再按照工业集中区的打造要求，对废气废水进行标准化处理，确保全村环境零污染。

但建工业集中区，耕地红线不能突破，土地从哪儿来？钟佰均花了几天时间，在村子里转了又转。看到村民们破破旧旧的房子时，他眼睛一亮，想出了办法：借助农房改造的机会，建设村民集中居住区，将腾出来的宅基地改造成良田，以此来增加土地。

于是，在钟佰均的张罗下，西棘荡村在连云港市较早地开启了村民集中居住区的建设。

“要规划就要按照最好的标准规划，绝不能想一出是一出，来回折腾！”

按照这一思路，钟佰均请来村庄规划设计方面的专家，对村庄进行科学规划，规划设计了农业生态区、工业项目区、村民居住区、娱乐休闲区、行政教育区。这一张规划蓝图，功能区分、布局合理，“沙盘”一出，全村没有一个不拍手叫好的。

村民居住区建设是一项浩大的工程。钟佰均决定量财力而行，分期实施。对村民原住宅的估价几乎与居住区的售价持平，如此一来，老住宅面积较大的村民，不光白住新房，还能获得一笔不菲的差价。

村民居住区内，道路平整、路灯闪亮、绿化配套、功能齐全，跟城里的居住条件并无二致，谁不想住？况且，为了让村民住得更舒心满意，钟佰均还安排设计公司全程跟进，根据村民的需求量身定制，再让群众选举代表，全程监督工程质量，公平公正公开原则贯穿了农房改造、搬迁的全过程。搬入新居的村民个个笑逐颜开，村容村貌焕然一新。

几百户老住宅的宅基地被改造为良田，规划千余亩的工业集中区非但没占用一亩耕地，村里还新增加了 100 多亩的耕地。

2012 年，党的十八大胜利召开，生态文明建设被摆上了更为突出的位置，

“绿水青山就是金山银山”的新发展理念广为传播、深入人心。钟佰均又开始了新的思考——如何让新发展理念在西棘荡村落地生根、开花结果？

经过全村党员干部的反复讨论，钟佰均集思广益，果断提出：“西棘荡村的工业必须走绿色可持续发展的道路，不能目光短浅只看到眼前得失，要着眼长远，为子孙后代留一片青山绿水。”

思路决定出路，格局决定结局。面对正在火热建设中的工业集中区，钟佰均按照新要求调整规划，提出建设污水处理厂。

污水处理厂是笔不小的投资，初步估算要投入320万元。这一消息传播开来后，村民们就议论开了——

有的说：“冲洗废旧渔网只是把渔网上的淤泥冲洗下来，根本不会污染环境。”

有的说：“虽然尼龙颗粒加工过程中产生污水，但污水主要含海泥和盐分，不是化工污染，只能算轻度污染，国家也没有要求这样的产业必须配套污水处理厂，所以没必要建。”

还有的说：“村里好不容易攒了点钱，拿这笔钱办个经济效益好的企业多好，还能以钱生钱，建污水处理厂有啥用！”

自然，有反对的声音，也有支持的声音。支持建污水处理厂的村民说：“加工尼龙颗粒虽然没啥大污染，但是建立污水处理厂是着眼长远，可以在越来越激烈的市场竞争中赢得先机。”

针对两种不同的声音，钟佰均没搞“一言堂”，而是照样按民主协商的办法来。他召集党员干部和村民代表开会，先让大家各抒己见，最后陈述自己的意见，再让大家投票。

他在陈述自己的意见时说：“环境的事无小事，有污染就得处理，而且村里也不排除引进其他产业。现在建污水处理厂，近可以保护环境，远也有利于今后的发展……”

发言过后，大家投票。结果，同意建污水处理厂的占了大多数，此事也就一锤定音——建！

很多事，当时看不到答案，而时间终会给出正解！

污水处理厂建成几年后的今天，工业集中区已更名为循环经济产业园。我走进去随机采访了一名企业干部，他对我说："无论是办工业集中区，还是建污水处理厂，钟书记的思考总是走在我们之前。现在回过头来看，环境治理越抓越严，如果没有工业集中区，没有污水处理厂，村里的加工厂就是不被市场关停，也会被政府强制关停。"

2017 年，西棘荡村的尼龙颗粒加工户终于完成了整合，80 多名加工户合股成立的连云港永泰塑业有限公司，正式在循环经济产业园成立运营。公司投入 36 条多功能现代化生产线，年生产能力达到 3 万多吨，是原先全村散户加工能力的近 10 倍。

有了永泰塑业这家龙头型企业的带动，循环经济产业园还建有宏海塑业、鸿骏化纤、铧淳塑业等企业，形成从尼龙颗粒加工生产到尼龙颗粒改性、网线生产、绳网制作、塑料制品生产的一条龙配套产业，产业链越建越长，越建越强，驱动西棘荡村在高质量发展的快车道上高速前进，成为全国规模最大的尼龙颗粒生产专业村，每年可"吃"掉全国 90% 以上的废弃渔网，尼龙颗粒的市场份额占到全国份额的 60% 以上。

得益于尼龙颗粒产业链的拉动，西棘荡村的工业产值在连云港市一直处于遥遥领先的位置。2022 年，西棘荡村工业产值突破了 20 亿元大关，实现税收 3600 余万元，村集体收入 2500 余万元，村民人均纯收入 46000 余元。

在写作此文时，我查询到了这样一个数据：2022 年，江苏省农民人均纯收入是 28000 余元。对比下来，西棘荡村的人均纯收入已高出了全省平均值的 60%。

一座“连心桥”

黄昏，晚霞被落日勾染得五彩斑斓。晚霞笼罩下的村庄，唯美而宁静。

西棘荡村党群服务中心东侧的便民服务大厅亮起了灯火，一位年约七旬的村民，正在工作人员的帮助下办理社保验证，大厅北侧的农家书屋，三四个村民正在翻阅图书、徜徉书海。

钟佰均告诉我，村民们白天要工作，没时间来村里办事，便民服务大厅就采取延时工作制，通常七点以后才下班，忙的时候要加班到十一二点。

在我近几年的采访经历中，曾走访过多个新农村，这种把村干部集中到一个大厅，为村民提供“一站式”服务的做法，比比皆是，已不是什么新鲜事儿。但在西棘荡村采访，我还是感到了新鲜。因为这种做法，西棘荡村 20 多年前就开始施行了。当地村民自豪地说：“我们村是集中式便民服务的起源地。”

虽然，这一说法没有见诸官方文件，但我查询过很多资料，的确，在 20 多年前，还没见到哪个村开展集中式便民服务的记载。

时光回到 20 多年前，钟佰均回村任党支部书记不久，就在简易寒酸的老村部辟出一间办公室，自己带着村干部集中入驻这里，实行敞门办公。

过去，村民难以找到村干部，即使找到了，村干部也会说这个不在，那个不在，找理由推诿。典型的“门难进、脸难看、事难办”。而这样一改，村干部全部集中了起来，对待群众态度的好坏，大家都看在眼里，相互监督着，谁敢绷着脸？谁敢再说事难办？

不仅如此，钟佰均还向村干部提出了“村里的事即办、镇里的事代办、县里的事帮办”的“三办”倡议，鼓励村干部“为群众跑腿”，整个过程中不允许收群众的任何礼物礼金，就是在外面办事吃顿饭，也实行“AA 制”，不许白吃白喝。

刚开始执行这一“三办”制度时，村民们还将信将疑，以为也就是钟佰均嘴上说说而已。有好事的村民决定尝试一下，以给外出读书的孩子办户口转移为名，“点将”点到钟佰均头上。

钟佰均二话不说，立即应允。

办户口迁移要去镇派出所，该村民说自己没车子，钟佰均说：“那就坐我的摩托车。”到了镇上，村民又说自己闹肚子，钟佰均立马带他到镇卫生院诊治，等到输了液、开了药后，已是中午，派出所的办事民警下班了。两人只好找了个大排档，各吃了碗面条。村民说：“我没带钱。”钟佰均笑道：“不用你掏钱，我请你。”

等到事情办完，回到村里，这名村民终于过意不去，非要拉钟佰均到他家吃饭不可，被钟佰均拒绝。村民又从家中拿出钱来，要跟钟佰均结算自己的交通费、就诊费、餐费等，钟佰均笑笑，把村民递过来的钱重新揣回他的口袋里，说：“村干部就该为群众办事，收啥钱！”

几件事办下来，村民们终于信服了。大家口口相传：“现在的村干部真心为我们办事儿，党的好作风又回来了。”

在全村大办尼龙颗粒加工厂时，要办贷款，钟佰均亲自帮办；办工商执照，有指点的村干部全程帮办；遇到生产或技术难题，钟佰均带着村干部共同上门帮办。

往事历历，情暖民心。一名村民感慨地对我说：“我们村的工业起步虽然迟，硬件方面的基础也很差，但软件方面的服务一点不差，甚至周边村的群众还拿我们村干部的服务法则，去跟他们的村干部理论呢。”

在尼龙颗粒加工产业的带动下，西棘荡村从经济薄弱村跃入了经济强村行列。这一顺应民心民意的服务之举，也进一步融洽了干群、党群关系，党组织的战斗力、凝聚力显著增强。

在此基础上，2007 年，西棘荡村党委正式成立，钟佰均全票当选为村党委书记。

根据钟佰均的提议，西棘荡村党委下设工业、农业、老年及个体私营四个党支部。相对而言，工业、农业、个体私营三个党支部是建立在产业链上的党支部，除此之外，为何要单设一个老年党支部？

钟佰均对此解释道："人们常说，家有一老，犹有一宝。但在农村地区，子女外出务工、经商，留下许多空巢老人，缺少子女的关爱，甚至有些子女对长辈不尊不孝。我们就是从提倡尊老敬老入手，村里把老年人当'宝'，就是给村民放样子，以此优化家风、改善民风、带动村风。"

除了单设老年党支部，村里在规划村民居住区时，优先规划建设老年公寓。至今已建起 75 幢老年公寓，让全村老年人都住上了好房子，过上了好日子。

西棘荡村还设立了"孝老爱亲奖""最美家庭奖"，并常态化开展"十星级文明""最美村民""好媳妇""好婆婆"的评选。至今已有 400 多户获奖，获奖率占村民总户数的 60% 以上。

"1+1"帮扶活动，是西棘荡村架设党群"连心桥"的"桥基"。村党委要求每名党员带头帮扶 1 户困难群众，从资金、技术、项目、信息四个方面入手，帮助困难群众走上共同富裕之路。

为激励党员发挥先锋带头作用，村党委研究推出党员即时管理制度，制订百分考评细则，依托移动互联网优势，对全体党员及其学习过程进行打卡记录，并对党员实行"红黄绿"三色预警机制。绿色为表现良好，黄色为表现不佳，红色表示警告。同时常态化开展"党员责任区""党员先锋岗"创建活动，以共产党员亮身份、亮作为、亮形象、亮业绩"四亮工程"为载体，切实加强村级基层组织建设，着力打造服务型基层党组织。

在村干部层面，实行年度目标责任制，将创业富民目标完成情况列入村干部年度考核内容，与年底的待遇奖惩挂钩，进而把目标和责任连在一起，用责任制管责任人，用责任人带一班人。

"连心桥"不仅架在西棘荡村，也架向周边的村。与西棘荡村紧邻的东棘荡村，原先基础条件比西棘荡村好，但在近些年的发展中，发展步伐明显慢于西棘荡村。在柘汪镇党委（笔者注：在撤乡并镇改革中，西棘荡村划归柘汪镇管辖）的有效撮合下，两村成立联合党委，明确钟佰均为联合党委负责人。

联合党委成立后，钟佰均积极推动"合村合心"工程。发挥联合党委"把方向、管大局"的组织引领作用，通过常态化召开联合党委会、协商议事会，搭建交流融合、互促共进平台，不断增强东棘荡村参与棘荡片区建设的“存在感”；通过与赣榆城发集团合作，新建一体化厂区“筑巢引凤”，组织开展产业发展座谈会，带动村民创业致富热情，整合两村渔网收购人力资源，进行集中统一培训，增强原料收购的精准性；打破两村物理界限，通过景观带无缝衔接，公共设施两村共享，村民住宅趋同规划，为两村融合发展打下基础。

两村之间原先共有一个小池塘，以往无人过问。联合党委成立后，在钟佰均的提议下，由西棘荡村出资，将这个小池塘改造为生态公园。公园投运后，两村的居民三五成群，或来此健步锻炼，或结伴垂钓，或随律而舞，好不悠闲。

这里还需补记一件事：2012 年，钟佰均计划在苏鲁交界的绣针河上修建一座大桥，架设起苏鲁边界的“连心桥”。

钟佰均本以为，这座桥的建设资金全由西棘荡村筹措，这样的好事应该得到两地老百姓的支持，谁知，钟佰均把这事想简单了。

因这座桥地跨苏鲁两省，建桥需征得两省的同意，江苏这边没问题，山东那边却让钟佰均跑断了腿。好不容易万事俱备，施工队快进场施工时，山东那边的少数村民却借机提出，原先给的补偿款少了，要求增加补偿款。有的村民动起歪脑筋，想从工程中分一杯羹，否则阻碍大桥的施工。可是他们又没有参与竞标的资质，钟佰均当然一口否决。

这样一来，他又得一趟趟上门做那些村民的思想工作，前后来回“交手”了一年多时间。其间，钟佰均还跑了淮河水利委员会及山东省的有关部门，光各种公章就盖了 16 个。

钟佰均不屈不挠的精神，终于让那些为难造桥的山东村民松了口，他们十分服气地说道：“钟书记，说实话，这大桥我们也一直盼望着建，起初就是想多讨要点儿好处，可看你左一趟右一趟地来回跑，才知道你是一个真心为民办事的汉子，我们打心眼里佩服！从今天起，这事儿我们绝不再胡搅蛮缠了。”

至此，已停工了一年半的大桥才得以顺利施工。

2014 年 11 月，绣针河大桥正式建成通车。苏鲁两地的村民自发买来了鞭炮庆祝，“噼噼啪啪”的声音久久地在绣针河畔回荡……

这些年，西棘荡村先后投入的为民办实事资金多达2000多万元，从硬质化路面到自来水管道，从下水道到风景树，从乡村大舞台到乡贤广场……西棘荡村不断浓墨重彩地描绘着幸福宜居的美景图，村民的获得感、安全感、幸福感持续提升。

永不停歇的脚步

连续当选为党的十九大、二十大代表，连续当选为中共江苏省委十二次、十三次、十四次党代会代表，并当选为中共江苏省委第十四届委员会候补委员，被评为全国优秀党务工作者、“人民满意的公务员”、全国劳动模范、江苏省“时代楷模”……

荣誉光环笼罩下的钟佰均，却始终本色不改、初心不变，他称自己永远是一个平凡的村干部。

对于自己所获的荣誉，钟佰均十分低调，很少提及。但对于西棘荡村获得的“全国文明村”“全国生态文化村”“江苏最美乡村”等荣誉称号，他却如数家珍，经常挂在嘴上。他说，这是全体村民共同拼搏奋斗获得的荣誉，非常珍贵，每说到一次，就会提醒自己不忘来时路、走好当下路、奋斗未来路。

平时，只要不在外奔忙，钟佰均总喜欢在村里到处转，他熟悉这里的每一条路、每一条河、每一棵树，他熟悉这里的每一个人，包括老人、小孩、外乡人。在他心里，这里是他永远的家园，这里的人是他永远的亲人。

西棘荡村作为苏鲁交界处的党建示范村、产业发展强村，它的发展一直备受关注。此时，钟佰均的心中又有了新的更高的目标：作为全市农村发展排头兵，一定要向着“苏北第一村”的目标使劲，按照“重建农村、重构农业、重塑农民”的思路，进一步加快西棘荡村工业化、城镇化发展的脚步。

“好！大好事！支持！村里老少爷们，赶紧帮我搬，我也能住上大楼房了！”

在西棘荡村旧房改造意见征求会议上，党员徐召法率先说出了自己的心声，对于全村旧房改造工作表示将会全力支持，并第一个带头签约搬迁，住上了现代化楼房。

20多年前的西棘荡，土房一大片，大瓦房就算当时数一数二的好房子。在钟佰均书记的带领下，全村找到了脱贫致富的好产业之后，村里才慢慢开始有了楼房，集中建起了别墅小区。

截至2019年，全村还剩700户居民住房需要进一步提升。人居环境再提升，也成为西棘荡村向“苏北第一村”目标冲刺打响的第一炮。

在上级领导的关怀和支持下，西棘荡村广泛征求党员群众意见，对于全村旧房改造工程拿出了具体实施方案，2019年年底启动全村拆迁动员，向村民宣传拆迁安置政策。

柘汪镇西棘荡村旧房改造提升，以小高层楼房（6+1模式）和农家别墅结合布置，共建多层楼房15栋，农家别墅502栋。全村老百姓陆续搬进楼房。

西棘荡村的快速发展，吸引了1000多名外村人来这里打工和经商，其中不乏多户举家搬迁而来的山东人，这些人被当地村民称为“投资移民”。

有一个叫于刚的“投资移民”，是山东日照人。他告诉我这样一件事：有一次，他骑着电瓶车从赣榆县城进货回来，满车的货物让他疲惫不堪。不想，行到中途，一辆轿车停到他前面，定睛一看，开车人正是钟佰均。钟佰均笑着下车说：“于刚，我正好回村，帮你带些货。”说着，就打开后备箱，从于刚的车上卸了货搬进后备箱。等到于刚到家时，钟佰均已将货物在他家的门口码得整整齐齐。

事后，于刚跟当地村民聊起这件事，他感慨地说：“我平常没跟钟书记打过交道，没想到钟书记一眼认出我，还能亲切地叫出我的名字，甚至还知道我家住在哪里，太神了。”

当地的村民说：“这有啥稀奇的！只要是长期居住在咱村的外村人，钟书记都晓得，他的记忆力太好了。”

这位村民还告诉于刚，钟书记不仅记得人，村里的树他都记得。

“村里那么多树，他真能记得？这也太神了吧。”于刚有点不相信。

见于刚不信，村民就向他举了个实例。有一次，一位村民从南岭景观大道上偷挖了三棵树，树挖出来后，还故意用旧土将土坑填平。由于行道树植得密，就是居住在道路附近的村民都没看出树被偷挖了。可是，钟佰均从这儿一过，立刻就发现了。经过调取监控，找到了那位偷挖树的村民。

“你猜怎么着？”说到这儿，这位村民故意卖起了关子。

于刚正听在兴头上，突然卡顿了，自然很不爽，忙问：“别卖关子啊，最后怎么着了？”

在于刚的追问下，村民说：“按照《村规民约》，钟书记不仅要求那位村民把树栽回去，还要那位村民交三千块钱的罚款。”

“一棵树一千块钱，这也太贵了吧。那个村民就没自己去找钟书记说情？”

“说情不管用。”村民说，“咱们村事事上规矩，各种规矩都白纸黑字写得明明白白，并且四处宣传，家喻户晓。就拿这事儿来说，村党委根据《村规民约》提出了处理意见，村两委会班子进行了会上讨论，讨论时，村民代表们现场听证。处理结果大家都表决通过，想改也改不了。会上通过的三千块钱罚款，少一块钱都不行！”

村民说到这儿，又略作停顿，见于刚听得津津有味，清了清嗓子接着说：“最终偷树的村民交了罚款，咱们村再也没出一例破坏绿化的事。”

于刚听到这儿，见那位村民的表情有点异常，他突然心里一动，笑问：“这事儿你说得这么清楚，老实说，偷树的是不是你？”

这一问，把那位村民给问住了。他沉默片刻后，点头承认。

于刚问：“村里罚了你那么多钱，你不记恨？”

村民摇摇头说：“真的不记恨，你看这眼前的绿水青山多好啊，这是我们的家园，我们就得爱护它。”

村民发出的感慨，也让于刚陷入了沉思。

在西棘荡村，“勤”“廉”“亲”“细”“智”是村民给钟佰均贴上的标签。而我通过采访，很想再给钟佰均补一张标签——“忙”！

是的，钟佰均太忙了。记得我到村里采访之前，曾多次通过连云港市委宣传部同志帮助联系，但联系了几次，都没有约定好前去实地采访的时间。因为钟佰均不是忙着外出招商，就是忙着项目建设方面的事，总没个闲时。好不容易约上了，我到了西棘荡，钟佰均还是特别忙。一边接受采访，一边张罗着工作，还不时接听电话，处理着村里的各类大小事情。

我问钟佰均：“村里不是还有其他村干部吗？怎么不分些事情给他们做？”

钟佰均笑道：“连我在内，现在全村就七个村干部，各有分工，哪个都闲不下来。”

晚餐时，我跟钟佰均聊到了他的家人。

他面露愧色地说：“这么多年，我唯一的遗憾就是跟孩子接触太少。”

他聊起了一桩往事，让我很震撼。他女儿 10 岁生日那天，他本来答应了回家陪女儿庆祝生日，可当时正忙着上尼龙颗粒加工厂的事，一忙起来就把这事给忘了，直到深夜才回家，女儿都睡着了。妻子王均莲告诉他，女儿为这事哭了一个晚上。第二天，深感愧疚的钟佰均自己和泥，给女儿捏了一只可爱的泥兔子。已发誓不跟他说话的女儿，收到父亲迟到的生日礼物，破涕为笑，早把“誓言”抛到九霄云外去了……

其实，类似这般亲人间的爽约，在钟佰均身上屡见不鲜，他的亲人也早就习以为常了。

钟佰均聊了女儿的往事后，我们的话题很自然地就聚焦到年轻人身上。钟佰均告诉我，这几年，他特别重视村里年轻人的培养，还自己带头捐款成立了村里的“高考奖励基金”和“教育扶贫基金”，专门奖励和帮助村里考上大学的贫困学生。

2021 年，村里成立了“粒动 · 青创”工作室，鼓励优秀的年轻人到村干部岗位上锻炼。但让钟佰均有点遗憾的是，村里有这么好的条件，还是不容易留住年轻人。他现在最大的心愿就是，为村里招揽更多的优秀年轻人，让他们在推动全面乡村振兴的征途上大展身手、建功立业。

那天晚上，我们聊了很久。

告别时，我本以为钟佰均会结束一天的工作回家休息。不料，陪同我前来采访的小韩却告诉我：“钟书记马上还要赶回村里处理事情呢。”

夜幕下，钟佰均与我挥手作别。看似瘦瘦单单的身影，在我眼里，却宛如一座大山，巍然耸立着……

大湖鸿雁唐真亚

龚　正

唐真亚背着邮包，摇着小船，穿行在湖汊沟渠间，穿行在水草芦荡里。他那摇橹的身影，多像一只大湖里的鸿雁，贴着水飞，把人间的牵挂、亲情和温暖送到渔民们手中。

一

浩渺的洪泽湖像一只天鹅，沉静地落在苏北大地上。

1964 年 5 月 9 日，唐真亚就出生在当时的洪泽县成河公社尚嘴大队的一条渔船上。这是唐真亚和大湖的缘分，也是唐真亚对大湖的托付。

唐真亚记得，他家以捕虾为生。在他五岁那年，父亲唐宝忠在水上民办学校教书。所谓水上学校，也就是偎在湖荡边的一间低矮的柴笆屋。渔民们在出湖打鱼时，就从芦荡深处划着船把孩子送到这里，混班学习低年级的课本，算是开展了义务教育。唐真亚也和十几个哥哥姐姐们一起，跟着父亲开始读书识字。

唐真亚骄傲地说，有着三年私塾功底的父亲，在乡亲之中是文人、是秀才，哪家遇到事了，都是请父亲去调解，哪家需要写个信什么的，也找父亲代笔。乡亲们对父亲的敬重，让他感到了做一个文化人的体面。父亲的启蒙教育让他刻骨铭心，以致后来唐真亚因为在邮递员工作上的突出表现，成为十八大党代表和全国劳模。他还说他喜欢的职业有两个，一个是教师，一个是邮递员。

唐真亚并不是说说而已。

1983 年唐真亚在泗洪县太平中学高中毕业后，回到尚嘴村做了一名“水上船头小学”的教师。其实，“水上船头小学”也就是一条只有五吨的水泥船，船舱就是教室，只有 10 个平方米左右。在这间蜗牛壳般的船舱里，要挤十几个一至三年级的学生。当混杂的朗读声从舱室里飘向芦荡，飘向湖面，水波之上就仿佛传递出天籁般的混响。

唐真亚在这条小船上教书，也在这条小船上生活。他用自己全部的知识和心血，把许多渔民的后代从愚昧和贫困的孤滩，摆渡到了远方。

虽然条件艰苦，一条水泥船，一间教室，就是一所学校，但这样一所学校，却寄托着洪泽湖上渔民们的梦想。

有好几次，在雷雨大作、暴风肆虐的天气里，大风把这条船吹到湖面上。等风雨过后，他喊来渔民，把飘到湖中的水泥船拖回原处，继续上课。冬天，湖荡边通常天气很冷，教学船被冻在冰上，唐真亚看到上学的孩子来了，便会迎上前去，搀着被冻红的小手，小心翼翼地从冰面上把孩子接到船上。

生活在忙碌中坚实向前，唐真亚的“水上船头小学”也在艰难中缓慢发展，由“船头”搬到了滩头，还在湖滩上盖上了一间草房，当作教室。

1986 年，在悠悠白云和茂密芦荡的见证下，三个生产队的三所“船头小学”被合并到一起，在离老子山镇十来公里的洪泽湖边的新滩村，挂牌成立了“新滩小学”。挂牌这一天，正逢新学期开学。对唐真亚和渔民们来说，这几条渔船拼凑起来的学校尽管简陋，却是新生活的开始。

新滩小学只有三名老师，由他们承担起新滩小学义务教育的全部。他们一边教学，一边奔走呼吁：他们要把这所拼凑起来的学校办成一所完小。

经过不懈的努力，完小也终于在 1987 年被批了下来。在地方政府的关怀支持下，湖滩上建起了五间瓦房的校舍，后来，学校经过扩建，建成了 9 间宽敞的带走廊的教室、图书室和办公室，还盖了 4 间教师宿舍。在学校基础建设得到改善的同时，新滩小学的学生人数也在迅速增加，建校时只有 30 来个学生，到了 1999 年，已经有了 106 个学生。

新滩小学办起来了，还被市教育部门评定为“合格小学”，受到社会的普遍关注，中央人民广播电台《午间半小时》栏目以及《新华日报》《江苏工人报》《淮阴日报》等多家媒体抓住这个典型，前来采风报道。只要有上级领导来老子山检查指导工作，都会让镇里人带他们到湖边的新滩小学看一看，了解渔民子女接受教育的情况。以至于后来还流传出一句顺口溜：“来老子山，必到新滩，不到新滩心不安。”

由于唐真亚在新滩小学的优异表现，村里就想培养他做村干部。唐真亚虽然是代课老师，但他喜欢和孩子们在一起，便谢绝了村领导的好意。

唐真亚是厚朴之人，对于村里的器重，他满怀感激。为了不驳村干部的面子，唐真亚便在村里先后兼职了 3 年的现金会计和 3 年的团支部书记。在做团支部书记期间，新滩村的团支部还年年被团县委评选为“优秀团支部”，受到团县委书记的表扬。

根据政策，在对洪泽湖的保护和利用的大环境下，渔民陆续上岸了，新滩小学也于 1999 年被撤销建制。唐真亚依依不舍地离开了校园。

那些年，在洪泽湖畔，在老子山镇，唐真亚让破旧水泥船上的琅琅读书声激活了一波湖水，也让狭小操场上孩子们奔跑的身影，成为大湖岸边最生动的画卷。

二

说来也巧，就在新滩小学被撤销、唐真亚刚刚下岗的时候，老子山镇邮政招聘邮递员。凭着平时对知识的积累和大家对他的了解，唐真亚顺利通过选拔考试，走上新的岗位。生活为唐真亚关上一扇窗，又为其打开一扇门。

唐真亚说，他喜欢做教师，也喜欢当邮递员。他说这是他十二三岁的时候就有的梦想。因为当了邮递员，就能第一时间看上报纸，了解国家大事，知晓各地新闻和故事。特别是邮递员能穿上绿色的邮递服，骑上绿色的自行车，挨家挨户把报纸、信件、包裹送到人们的手上，心中那个美滋滋的感觉无法言表。

老子山镇在洪泽湖的西南方向，位于淮河和洪泽湖的交汇口，是苏鲁豫皖的水上交通咽喉。相传 2500 年前，道家巢祖李耳曾在此采药炼丹，救民于疾苦，后来人们为了记住他的大恩大德，便将此地取名为老子山。

老子山镇总面积 300 多平方公里，其中有 90% 是湖面和滩头，应该说，是洪泽湖的水托起了这个历史悠远的古镇。老子山镇共有 1.8 万居民，11 个村，其中 6 个在湖区，分居在 50 多个大小滩头和阔大的湖面上，以养殖和捕鱼为生。其最远的刘嘴村，离镇子有40多公里。要想熟悉其地理地貌、河汊走向，没有研究和积累是不可能达到的。要做一个称职的邮递员，就必须具备这些真功夫。

唐真亚是全镇唯一的邮递员，整个镇子和外界的书信联络，就靠他鸿雁传书。一只大湖上的鸿雁，抖落了羽翼上的水花，开始在湖荡里翩飞。

作为邮递员，唐真亚的工作时间其实是从晚上开始的。每天晚上，唐真亚草草地扒拉几口晚饭后，就开始分拣邮件。把外地寄过来的邮件、包裹按照投递路线归类好，才去休息。

唐真亚投递邮件有两块内容：一块是陆地上的投递，一块是湖荡里的投递。通常，唐真亚都是早上六七点钟离开家，骑上自行车，先把陆地上的邮件投递到位，然后再简单吃个午饭，带上一点干粮，到码头驾着小船，为湖荡中的村委会和湖区的渔民投送报刊和邮件。

对唐真亚来说，投递邮件既辛苦又快乐。说辛苦，是因为有时头顶烈日，有时袖灌朔风，有时身披风雪，有时脚踩泥泞，送信途中辛劳总是相伴左右；说快乐，是因为不管春夏秋冬，也不管路途远近，当看到每个收到信函、收到报纸的乡亲微笑的表情，幸福便涌上他的心头。

作为邮递员，唐真亚在邮递路上奉献着真情，也让绿色的邮递服绽放出生命的色彩。

有一个叫陆贵娥的老人，住在镇上的船塘南路，其弟弟在江西生活，经常写信给姐姐报告他在江西的情况。每次信送到时，老人就拉着唐真亚的手不放他走，说自己不识字，希望唐真亚把信读给她听。唐真亚总是把自行车架好，坐下来一字一句地把信读完。从2000年起，他就为老人读信了。他还会根据老人的口述，为其代写回信。唐真亚记得，父亲在船头小学教书时，也是经常为渔民写书信的。

2003年秋天的一个上午，唐真亚送汇款到陆贵娥老人家里时，只见老人斜倚在床边，口吐白沫，已经不能说话了。当她看到唐真亚时，颤颤巍巍地用手指了指床头柜上的抽屉，艰难地说出“药、药”。唐真亚心领神会，知道老人的心脏病又犯了，于是赶忙从抽屉里找出速效救心丸，倒几粒放到手心，然后放进她嘴里，随后跑到街上找了一辆三轮车，把她送到镇卫生院。由于抢救及时，陆贵娥老人转危为安。

2001 年的一个冬夜，10 点多钟了，屋外的风呼呼刮个不停，在邮局值班的唐真亚，突然听到隔壁冯大爷一声痛苦的呼喊，便赶紧来到冯大爷家。原来，冯大爷晚上一人在家，为了驱寒，就多喝两杯酒，洗漱完毕准备关门睡觉时，一不留神被自家的门槛绊倒了，当时就失去知觉。唐真亚见此情景，急忙到街上找车子。车是找来了，可司机怕出意外，死活不肯送人。唐真亚好言相劝，并承诺一切后果由自己承担。把冯大爷送到医院后，唐真亚忙前忙后，为他挂急诊、找医生、取药、租被子，直到病人脱离了危险。冯大爷的家人赶来后，他才赶回邮局，继续值班。这时墙上的挂钟指针已指向凌晨 2 点钟。

冯大爷病愈出院后，逢人便讲是唐真亚救了他，要不是唐真亚，他可能就要冻死在那个冬夜里了。

位于老子山镇南部的龟山村，因其有一座坐落在淮河中间、状似卧龟的小山而得名。龟山村历史久远，是淮河地区佛教的发源地，传说中的淮水水怪无支祁就被大禹锁在龟山的一口古井里。所以每次唐真亚来到龟山，都想多待一会儿，在湖边看迷蒙的一色水天，在古巷看石垒的老屋，那火灶台上飘出的饭香，时常让他感到饥肠辘辘。

龟山村有个孤儿，叫刘仕祥，是唐真亚在送信过程中认识的。刘仕祥的父母是渔民，一次在湖面上捕鱼时，被雷电击中，不幸离世，留下了还在念书的他和 70 多岁且常年患病的爷爷。唐真亚对刘仕祥的不幸遭遇十分同情，回到家中就和妻子商量，从自家微薄的收入里拿出一点钱来帮助刘仕祥。因为自己家里也困难，妻子对唐真亚的想法颇为踟蹰。帮吧，自家条件不允许，不帮吧，又会让唐真亚的善意之举落空，伤着丈夫。最后还是咬咬牙，从床头柜里拿出了为儿子过春节买的一身新衣裳和 150 元钱，让唐真亚给刘仕祥送去。当时是 2003 年，150 块钱差不多是唐真亚半个月的工资呢。

从那以后，唐真亚就像关心自己孩子一样关心刘仕祥，每次到龟山投送邮件，就会捎一些学习用品和衣服过去，和他谈谈生活、谈谈学习、谈谈理想和未来，鼓励他好好学习，用知识涵养自己。每逢春节或中秋节，唐真亚还会划着小船，把刘仕祥带回老子山家中，让他感受家的温暖。

唐真亚不仅帮扶孤儿，也关心老人。长山村有一个老人叫王慎明，92岁了，因为耳朵聋，就不太喜欢看电视。每次唐真亚来到长山村送邮件，老人都会叫住他，让他把报纸借给自己看看。知道老人喜爱看书看报，唐真亚由衷感到高兴。他知道一个人处于大湖岸边，几乎是与世隔绝的，对外面的世界了解很少，老人能关心国家大事，关注时代的进步和发展，当然是件好事。于是，唐真亚在2003年11月12日征订下年度报刊时，就自己掏钱为老人订了《淮海晚报》《老年周报》《健康报》等报纸。邻居们听说后，都说唐真亚对老人太好了，就像对待家里的亲人一样。老人对唐真亚，也多了一份期待。每天上午到了时间点，他就会坐到门口，看那个穿墨绿色衣服、骑绿色自行车的人什么时候来。每当看到唐真亚的身影，老人就会站起来，看着唐真亚走近，笑意从他深深的皱纹里漾出来。

三

在老子山当邮递员是很辛苦的。因为老子山镇地处湖区，不仅要完成陆地上居民的信件报纸投送，还要划着小船，把邮件投送到几十个湖滩上。常年一个人奔波于水荡湖滩之间，其间的寂寞是常人难以忍受的。有时一个人划着小船艰难地向前行进，穿过一个又一个苇芦荡，仿佛永远划不到头，偶尔有野鸡、野鸭和水鸟从身边飞过，才能带来一些生机，排解心中寂寥。

唐真亚的辛劳，不仅体现在体力上，有的时候，还体现在寻找联系人的焦急上。一个人在浩荡的湖区里寻找另一个人，谈何容易。

2003年7月，唐真亚分拣到一件落款为长山村杜中祥的大学录取通知书。

分拣到这封邮件时，唐真亚感到由衷的喜悦。湖荡里飞出金凤凰，是多少渔民的期盼。一个渔家儿女，能走出大湖，跳入龙门，这对于一个家庭来说，是多少代人的福报啊。

长山村有 6 个组，组与组之间，就有 30 多华里的水路。为了尽快将通知书送到杜中祥手上，唐真亚起了个早，想趁着早凉出发，如若日头出来了，头顶个大太阳，湖荡里热浪扑人，躲都没地方躲。然而令唐真亚没有想到的是，6 个组跑下来，都说他们那里没有这个人。

唐真亚蒙了。他想，孩子一定在翘首等待着这份通知书呢，可不能因为自己的耽搁，让孩子和家里焦急和焦虑，失去他们本该拥有的喜悦啊。

经过多方打听，唐真亚了解到，杜中祥的家在靠近盱眙县的一个叫“剪草沟”的芦苇丛中。

为了投递这份通知书，可是费了一些周折。当时正值发水汛期，大湖里浪高风急，浩荡洪水颇具滔天之势。为了邮递员的这一份责任，唐真亚背上水和大碗面，摇着小船，顶着风浪，一头扎进了湖区。这个时候正是湖区天气变化多端的季节，这次果然让他给碰上了。当他费尽力气把小船摇到湖心时，风力陡然达到了七八级，一个大浪打过来，顷刻之间就把小船掀翻了。好在唐真亚在洪泽湖的波浪间长大，谙熟水性，他急忙一手举起邮包，一手抓住船舷，奋力向滩岸划去。后来在路过渔船的帮助下，直到晚上 8 点多钟天擦黑时，才找到杜中祥的家。

当唐真亚亲眼看到杜中祥一家急切地拆开邮封，看到一家人捧着大红录取通知书流下激动的泪水时，暖流传遍了他的全身。

2004 年 5 月 12 日，唐真亚分拣到一封来自云南的信，收信人信息是：老子山镇顺河路 1 号郑泽仙收。唐真亚按照地址投递时，却发现查无此人。按照正常程序，只要将这封信退回即可。但考虑到从云南寄来的信，迢迢路远，一定有重要的事情，唐真亚决定找一找。为了找到郑泽仙，他在每天送信途中逢人便问，有没有云南人住在村子里的湖滩上。苍天不负有心人，三天过后，唐真亚终于从一个湖区的妇女口中得知，湖滩一位姓刘的渔民，家属就是云南人。

得知消息，唐真亚一刻不敢停息，尽管第二天是周末，但他还是放弃休息，一大早就划着小船出发了。一个滩头一个滩头地找，一条渔船一条渔船地问，一直划了 30 多里，才在小新滩头找到了郑泽仙。

当郑泽仙从唐真亚手上接过亲人来信时，眼泪哗地流了下来。能在浩渺的洪泽湖上收到远方来信，夫妇俩是没有想到的。那天郑泽仙的丈夫激动地拉着唐真亚的手，死活不让走，说太麻烦兄弟了，一定要坐下来喝两杯。

唐真亚明白夫妇俩的心意。一个长期在大湖上生活的人，是多么想找人拉拉家常，了解一下外面的世界啊。情义在酒里，酒才绵长甘甜。唐真亚很感慨，便没有推辞。

2015 年 3 月 16 日，一封从外省寄来寻找战友的信，让唐真亚犯了愁。因为信封上只写着“江苏省洪泽县老子山乡，吴斌战友收”，落款是“武汉汉阳”。又是一封没有投递地址的邮件。按规定，可以正常退回。但当唐真亚在信封上看到“战友”两个字时，便情愫微漾，波澜顿生。他决定找一找，为多年未见的军人连上线、架上桥。

第二天上午，唐真亚径直来到镇派出所，经过一番查询，老子山镇并没有叫吴斌的人。唐真亚没有放弃，他想，既然信封上明确无误地写着“老子山”和“战友”的字样，那么这个人就一定和老子山有关联，和军人有关联。

从这两个方面寻找收件人，是最好的路径。首先，唐真亚找到镇里的老支书，向其了解老子山从过去的公社、乡以及现在的镇里，有没有过一个叫吴斌的人；其次，再了解镇里有哪些人当过兵，从当过兵的军人中询问，是否有认识吴斌或吴斌战友的。经过 1 个多月的努力，在五四青年节这天，终于找到了吴斌的一个住在老子山镇的战友周成君。找到周成君后才知道，吴斌已经调到淮安市区工作。因为失联时间久，战友只找到了他参军时留下的地址。

2015 年 7 月 22 日，唐真亚还收到厦门马巷 32504 部队陈富良寻找战友的一封信，信封上写着“江苏省洪泽县老子山，杨木平收”。唐真亚也是通过派出所查询，终于找到了收信人的信息，又经过一个多月的打听，才找到杨木平的嫂子，把信交到了收信人的手上。10 月 10 日，唐真亚收到陈富良给他寄来的一面锦旗，缎面上写着：“一封不详信，梦圆战友情。”

原来，邮递员投递的不仅是邮件，还有岁月深处的记忆。

四

唐真亚背着邮包，摇着小船，穿行在湖汊沟渠间，穿行在水草芦荡里。他那摇橹的身影，多像一只大湖里的鸿雁，贴着水飞，把人间的牵挂、亲情和温暖送到渔民们手中。

为了把每一封信件、每一个包裹送到渔民的手上，战风斗雨已是家常便饭，耗尽体力也时有发生。但他心里清楚，自己是邮递员，是老子山镇唯一的一个邮递员，既然是“唯一”，就要把服务做到最好，让邮政行业的绿色和大湖岸边的景色融在一起。

2005年8月，唐真亚送一封标明“洪明村唐庆收”的录取通知书。八月盛夏，正值大湖的洪水期。洪明村离老子山镇有20里水路，但对唐真亚来说，路程长短倒也不算什么，早就习惯了。收拾好邮包，带上干粮和水，他趁着早凉出发了。

开始风平浪静，他划着橹，欣赏着洪泽湖芦荡里的景色，当走了近一半的路程时，突然起风了，天边有黑云快速压下来。头天晚上，唐真亚是查了天气预报的，说下午可能有雨，他就想趁着雨还没下，早点把通知书送到洪明村唐庆家里。可大湖里的天气变幻莫测，大风说起就起，暴雨说到就到。一时间，大风裹挟着暴雨劈头盖脸地砸下来，打得他睁不开眼睛。风浪中，小船左右摇晃，不一会儿，船舱就积了半尺多深的水。唐真亚一边划着船，一边把船舱里的水向外舀，经过两个多小时的艰难划行，终于将通知书送到了唐庆的手中。唐庆的父母拿着久盼的通知书，久久不愿放下。这封通知书不仅是女孩的未来，还是一家人的希望。

从那以后，唐庆和唐真亚就有了联系，唐庆有什么喜事，也会通知这位本家宗亲。唐庆现在已是市里一家旅游公司的导游。一次中央电视台来淮安拍摄唐真亚在大湖之上为渔民铺就幸福邮路的节目，就采访到唐庆。唐庆在电视里说，自己在上学时，就知道唐真亚在湖荡里为渔民送信送包裹，一心一意为渔民服务，不承想自己就是被服务过的对象，好人好事就发生在自己的身上。自己从渔家姑娘变成一个有文化的城里人，平时没少得到唐真亚的鼓励。

唐真亚服务渔民不仅用情，而且用心。他自创的一个服务项目，不仅免除了渔民的好多麻烦，还暖了渔民的心。

2006 年起，唐真亚为了提高包裹和汇款投递质量，对投递方式进行改革。以往,按照规定,邮递员只要将包裹和汇款清单投递到位,就算完成了工作任务。但是，经过多年的投递服务，唐真亚考虑到，每次把清单送到渔民手中了，但渔民还要抽出时间到镇上的邮局去取，通常划船到镇上要小半天，即便乘快艇，也要烧 20 升油花 100 多块钱。于是他便决定带着清单和包裹一起到收件人家，将包裹直接投递到户。遇到汇款，他就带上现金和汇款单，根据汇款数额现场垫钱给客户，然后再按规定和流程把钱取出。

几年下来，他投递的包裹、汇款单等给据邮件就有 4000 多件，不仅方便了渔民，为他们节省了时间，还为渔民节省了来回在水路上的花费。唐真亚的真情服务，让平凡的水路多了许多期待，也多了许多信任。

一次送信到新滩村，渔民刘士学拉着唐真亚的手，说儿子当兵去了，一直没有给家里写信，他想知道儿子的消息，希望能想办法联系上儿子。唐真亚跟他说：“孩子是新兵，可能是因为纪律，不能与外界联系，你把联系方式给我，等我联系上了，再让他迅速给家里写信。”

果然，通过多次联系，唐真亚终于找到了刘士学的儿子，并向他陈述了父母的惦记。2008 年大年三十的晚上，唐真亚分拣到一封刘士学的儿子从部队寄来的信，非常高兴。他知道刘士学等这封信已经等了太长时间，这里面有父亲对儿子的牵挂，也有儿子对父母的思念。大年初一，唐真亚早早来到刘家，把信送到刘士学的手里。刘士学拿着儿子的信，激动地对唐真亚说，这是他们家收到的最好的新年礼物!

在渔民们的心里,有事找唐真亚,就没有解决不了的问题。唐真亚仿佛就是他们身边的保护神,再难的事情只要找他都能迎刃而解。

五

作为邮递员,放大自己的视野和格局,一直是唐真亚追求的目标。这个想法,不是他做了邮递员后才有的,而是他父亲多年前就跟他说的。三百六十行,行行出状元。要在一个行当里做出成绩,出类拔萃,没有过人的独特之处,是达不成目的的。

唐真亚在送信函、送包裹的途中,还为渔民们送科技、送信心。

朱万银是新滩村一组的蟹农,他从20世纪90年代起,就从事螃蟹养殖,在当地可谓是名气很大的"老蟹农"。但谈起他养蟹的经历,他要特别感谢的人却是唐真亚。

朱万银的养蟹技术是从父辈那里学来的。老经验老方法虽然能把养殖事业做起来,但产量一直上不去。1999年,唐真亚在投递邮件时了解到,朱万银家的蟹塘里养殖的螃蟹产量不高,就主动跟他介绍,说自己从螃蟹养殖的书本上看到过,养蟹要降低水中氨氮成分的含量。朱万银听后将信将疑,一个邮差,也不是农业大学毕业的,能懂养蟹?

其实,在养鱼、养虾方面,唐真亚还是下了一些功夫的。他从小就在洪泽湖边长大,对鱼塘、蟹塘自然就了解一些。在村里做兼职会计时,他就买过这方面的书,进行了比较细的阅读。当时是想着为村里相关项目的成本核算做技术储备的,不承想看过之后就记到了心里。做了邮递员后,他会经常路过一些蟹塘、鱼塘、虾塘,和养殖户们探讨一些养殖的话题。

听了唐真亚的话,朱万银想,既然收成已经不好了,就索性听他一次。结果当年蟹塘出蟹时，产量由原来的每亩180斤提高到250斤，螃蟹的发病率和死亡率还大大降低了。就这一个回合，朱万银就服气了。后来，唐真亚还利用邮递员在信息获取上的优势，及时向朱万银提供各大城市的螃蟹市场信息，让他在螃蟹上市前后，及时和南京、上海、广州等地的螃蟹贩子商谈收购价格，确保销售渠道通畅。这样，一车螃蟹拉到这些大城市，就能多卖几千甚至上万块钱。当朱万银笑眯眯数着钞票时，对老婆说："再过几年，家里的小船就能换成大船了。"

2000年5月，唐真亚在投递包裹时，认识了家住新滩村、从泗洪来老子山镇承包鱼塘养殖的刘长伟。

通过攀谈，唐真亚得知刘长伟因为文化程度低，搞养殖又没有技术，收入非常少。原因到底在哪里呢？在刘长伟的陪同下，围着蟹塘转了一圈，唐真亚发现，刘长伟投放的饲料有问题。人家螃蟹养殖户都用小鱼小虾当螃蟹饲料，而刘长伟却用小麦来喂养，这可能就是螃蟹长不大的原因。

后来，刘长伟因为苦于看不懂养殖方面的科技书籍，就找唐真亚请教。唐真亚跟刘长伟说，要养好螃蟹，搞好养殖，没有全面的技术支撑是不行的，必须通过不断学习，掌握要领，才能把养殖事业做起来，才能使自己的日子过得一天比一天好。为此，唐真亚帮刘长伟买来养殖方面的书籍，再把重点的地方讲给他听。

在唐真亚的支持下，刘长伟当年就用6亩蟹塘搞起了蟹苗养殖，并一次性获得成功，成为洪泽湖区第一个成功繁殖蟹苗的人。后来，在唐真亚的帮助下，刘长伟还学会了网上销售，稳定了蟹苗销路，蟹苗养殖面积也扩大到20亩。他还在唐真亚的建议下，在每亩蟹塘里放养100尾鳜鱼进行混养，单单此项就增收近万元，并在技术支撑下搞反季节销售，效益得到了大幅提高。现在，刘长伟逢人便说，他不识字不懂技术，是唐真亚给他讲解了科学养殖的要领，让他知道了水的pH值，注意了温度和营养，他能有现在的规模和收入，真心感谢唐真亚多年来的帮助。

刘培柱是洪明村的会计，他一来二去跟唐真亚熟悉之后，问唐真亚，洪明村也有很多螃蟹养殖大户，但养蟹的技术为什么不如新滩村呢？他想请唐真亚出面，请新滩村的螃蟹养殖高手来给洪明村的蟹农上上课，提供一些技术支撑。唐真亚是邮递员，传信息、当红娘是他的特长，他穿针引线，请来了新滩村的养蟹高手进行现场指导，仅用两年时间，就改变了洪明村的螃蟹养殖业态，把螃蟹产量和质量都提了上来，提高了渔民的收入。刘培柱记得，在 2010 年他家鱼塘里的收入就每亩增加了好几百块钱。

2011 年，刘培柱又找到唐真亚，说现在村子里养殖螃蟹的人越来越多，但外面提供给螃蟹当饲料的小鱼小虾，价格却在不断上涨，他想建一个冷库，价格低时，储存些小鱼小虾，利用价格杠杆，在价格高时卖出去。乡亲们都说能建，但自己拿不准，想听听唐真亚的意见。

听到刘培柱的想法，唐真亚开心地笑了，洪泽湖畔的渔家人，也有投资建厂的市场意识了。唐真亚跟刘培柱算了一笔账，这个冷库可以建。一来，大家在年底清理鱼塘时，小鱼小虾才卖几毛钱一斤，开春螃蟹养殖开始后能卖到一块多一斤，单这一项，利润就能翻番；二来，有了冷库还能代售养殖用的药物，方便附近的渔民，可谓一举两得。

听了唐真亚的意见，刘培柱在当年 10 月份就把冷库建了起来，赶在附近渔民清鱼时收了几十吨的小鱼小虾。2012 年开春后，他仓储的小鱼小虾正如唐真亚所说，价格翻了一番，刨去成本，利润达到 30%。

挣到钱的刘培柱笑了。他知道，在他们全村人的致富路上，有唐真亚的一份功劳。

六

涓涓细流，可以汇成大海。唐真亚是一个邮递员，也是洪泽湖里的一滴水，在微小中体现出浩瀚，在平凡中显现出崇高。

唐真亚刚走上工作岗位时，就和老子山中心小学的退休教师徐宏结上了缘，因为都做过小学教师，平常聊的话题也特别多。徐老师喜欢读报，唐真亚就向他推荐了《扬子晚报》《剪报》等报纸，让徐老师的晚年生活多些慰藉。聊天中，唐真亚了解到，徐老师身体不好，有糖尿病，唐真亚就把这件事放在了心上。一个春夏之交的上午，唐真亚在投递邮件途中，遇见渔民小杨在为岸滩泥路边的野草打药，连忙让他停了下来。唐真亚认识这种植物，这种草清凉解热，对治疗糖尿病有一定的作用。唐真亚把这个偏方推荐给徐老师，徐老师熬汤喝后感觉很好。后来每次送邮件，他都会留心这种草，并把它给徐老师带回去。

草药疗病，真情暖心。平平常常的关爱，会让人永生铭记。2007 年，唐真亚去自来水厂送报纸，无意间得知，水厂临时工郭井杰家的自来水管道出了问题。这在常人看来并不是个事，却让一个自来水厂的水电工感到为难，一定有难言之隐。一问才知道，郭井杰有严重的肾病，爱人患类风湿病瘫痪在床 10 多年了，父母身体也不好，没有劳动能力，儿子才上小学。一个五口之家，仅靠他打零工挣来的微薄收入维持着生计。一分钱难倒英雄汉。唐真亚了解到情况，赶忙掏出钱来，让郭井杰去买材料把自来水管道修好。正好水厂领导路过，问清情况，批评了木讷的老郭，并专门安排人解决了此事。

细心的唐真亚在忙完投递工作后，又折回郭井杰家，看看自来水管道修得怎么样了。这一看，唐真亚心酸了，郭井杰为了给妻子治病，真的是花光了家里所有的积蓄，眼前的情景用“家徒四壁”形容一点都不为过。回来之后，唐真亚就来到超市，买了许多日常用品给郭井杰家送去。

后来郭井杰儿子初中毕业后做电焊工，衣服上被焊花烫了许多洞，唐真亚看了很心疼，上街买了一身牛仔服给小郭送去，对孩子说，牛仔服厚，烫不到肉。

这些暖心的事情就像一盏盏灯，在洪泽湖畔，在唐真亚送邮件的路上，照亮着自己，也照亮着别人。

2003 年秋天，唐真亚帮新滩村的村民段成全调换、销毁了 100 元的假钞，成全了段成全还款的心愿；2011 年，他通过法律途径，帮新滩村的刘加楼为外甥处理了婚姻问题。在这条邮路上的 20 多年，唐真亚像个送货员，不是给姓张的渔民带个盐，就是给姓王的渔民换个煤气。新滩村的老党员夏玉田经常说，以前湖区的渔民没有机帆船，划个小划子到镇上，少说要花一个多小时的时间，要是碰到刮风下雨，船不能划，还有危险。自从唐真亚做了邮递员后，他们就经常请唐真亚带点油、米和生活用品。不仅仅是他请唐真亚帮忙，几乎整个湖区的人，都请他带过。讲这些话时，夏玉田显得幸福又亲切，夸赞的神情溢于言表。

唐真亚对渔民，在生活上给予相助，在成长上给予关怀。老子山元件厂王长霞的儿子龙龙在提到唐真亚时，总是动情地说："没有唐叔叔，我就是个社会渣滓。"

原来，龙龙的父亲在南京打工，王长霞管不了他，他就迷恋上游戏，经常逃课上网，哪怕是"棍棒相加"，也不起作用。无望之中，王长霞找到了当过教师的唐真亚。

知道缘由后，唐真亚主动联系龙龙，并且和他交心做朋友。为了和龙龙加强感情，唐真亚主动和其来到网吧，向他学习打游戏。在学打游戏的过程中，唐真亚跟龙龙说，现在社会发展这么快，如果在应该读书学习的时候不认真学习，把大好时光都用在打游戏上，今后你一定会后悔的。龙龙对唐真亚说，自己有网瘾，因为上网，成绩也下来了，回家又挨打，所以总想着逃学。唐真亚对症下药，开始让王长霞每天陪龙龙上一会儿网，然后把他带回家中学习，逐渐远离网吧。

由于方法得当，龙龙终于醒悟过来，不仅戒了网瘾，还考上了高中。

七

唐真亚时常在心里提醒自己，邮路上每走一步，都要格外珍惜。人生就像一年四季，春播夏种，秋收冬藏，在季节的更迭中走好人生路，是父亲对他的教诲，也是他的人生追求。

2004 年，在唐真亚入职 5 年之后，庄重地向组织递交了入党申请书。唐真亚入党介绍人、镇老龄委主任熊志华说："几年来，唐真亚把群众的事情永远当成头等大事，他爱岗敬业，任劳任怨，按党员的标准严格要求自己，已经具备党员的基本条件。从他递交入党申请书的那一刻起，我们就把他纳入重点发展对象。唐真亚没有辜负党组织对他的期望，在培养考察期，他一如既往地用实际行动诠释着对党的事业的忠诚和热爱、对人民群众的关心和帮助。"

特别让熊志华夸赞的是，唐真亚递交入党申请书后，还参加了关心下一代工作委员会的法律常识宣传小分队，当起了老子山镇九年制义务教育学校的校外辅导员，利用学到的法律常识，对孩子们进行"普法"教育，让脚下的邮路变成引导学生健康成长的大路。现在，孩子们看到他都喊他"唐辅导"，他看到人时的满脸笑容，让孩子们感到特别亲近。

2006 年，唐真亚梦想成真，终于成为一名光荣的共产党员。在举起右拳宣誓的那一刻，他就把一切交给了党。他想，党员是工人阶级的先锋战士，是先锋，就要当榜样。后来，每当清明节、五四青年节和六一儿童节，他都会和学生们一起参加烈士陵园的祭扫活动和入团、入队仪式，用身上的邮政绿作映衬，陪伴着下一代快乐长大。

2011 年 10 月，淮安邮政系统开展"为民服务创先争优"活动。从那一天起，唐真亚就根据局党委要求，在投递信件时，不仅佩戴工号牌，还把党员徽章骄傲地戴在胸前。

一次在洪明村送信，党员刘培柱看见唐真亚，盯着他胸前的党员徽章看，说老唐戴着党员徽章更值得信赖了。唐真亚对刘培柱说，戴着党员徽章可不是为了好看的，关键是要提高思想觉悟，有一颗为民服务的心。他建议刘培柱把洪明村的党员活动场所搞起来，新年报刊征订时，除了订一些党报党刊，还要到书店购买一些有关十七大报告、“党员先进性教育”和中组部开展的“创先争优”等读本，让他们定期开展支部活动，做好“三会一课”的记录，以及将入党誓词、“为人民服务”等相关党建内容上墙。村里的党建环境改变了，党员的精气神才能提起来。

唐真亚讲得认真，刘培柱听得专注。后来，刘嘴村、新滩村等 5 个村都以洪明村为样板，在唐真亚的指导下，建起了党员活动室。

渔民们平时在湖区的生活很单调，闲暇的时候不是喝酒就是打牌，以此来消磨时光。唐真亚看在眼里，急在心上。人生可不能把大好年华虚度掉。2008 年底，他找到村支书，建议村里应该多订养殖方面的书刊，以此来提高渔民的养殖水平。2011 年底，他又向村里提出建议，让村里把农村书屋建起来，还承诺，除了自己提供一部分家里的书籍外，再利用到县城开会的机会，帮助村里购买些大家喜欢的书刊，丰富文化生活。

如今，洪明村的渔家书屋既是渔民们读书学习、探讨养殖技术的场所，还是村里人议事谈心的地方。有书香滋润，渔民们感到生活更有滋味了。

唐真亚用心地帮助着渔民，春风化雨般让渔民们的生活焕发出光彩，厚朴的渔民们对唐真亚便有了感激和依赖。在渔民们心里，唐真亚就是万事通，遇到烦恼事，心里有疙瘩，只要找到他，就能化解掉。

2011 年是新滩村村委会的换届之年，40 岁的村民王言贵打算竞选村主任，但是一些村民感觉他不合适，认为他虽然有一定能力，但事业心不强，对他上任后能否带领大家一起致富表示怀疑。王言贵很苦恼，就找到唐真亚，问他这个问题该怎么处理。

唐真亚虽然平时讲话轻声慢语，但他是个直性子，知道王言贵的来意后，就直接跟他说，竞选村主任是好事，但做村主任，要有一颗为村民服务的心。唐真亚拿自己举例子，说自己之所以能在老子山镇有些影响，都是平时认真努力工作，一心一意为大家服务得来的。生活中常常是人心换人心，你替人家着想，人家就不会不买你的情。要做村主任，首先要讲的就是奉献，能做到这一点，村民们就会拥护你的。

唐真亚的一些话，点明了王言贵要努力的方向，也化解了村委会委员们心里的疑惑。王言贵上任之后，将村里的各项工作做得有声有色，村民都为他竖起大拇指。

八

多年下来，唐真亚熟悉老子山的每一条邮路，但他的心里，依然是常伴喟叹和不甘。唐真亚知道，在大湖的怀抱里，渔民们纯朴善良、勤劳勇敢，但由于长期散居在船上或湖岸，很多年岁大一些的人都没读过书，大字不识几个。没有文化成为上一代渔民的硬伤。

2006 年，唐真亚来到新滩，把曾经作为新滩小学教室的渔船打扫装修了一下，设立农技知识阅览室，并在船上放置了 1000 多本科技方面的图书，供渔民们阅览。知识改变命运，文化生发力量，唐真亚就是一只头雁，他想自己先在前面飞，用他的气场和影响，把身边的乡亲们带到更远的地方。

在农技阅览室办起来后，唐真亚得知，新滩村的段主任喜欢看书，也有藏书的习惯，在自己家里还办了一个阅览室。于是，唐真亚就想，如果把农技阅览室的图书全部赠送给老段，并把阅览室也交给他管理，这样不仅阅览室有专人管理了，还能把老段的积极性调动起来，可谓是两全其美。

如唐真亚所愿，这个阅览室，就是现在新滩村的“渔家书屋”。对这个书屋，唐真亚可谓花尽了心思。他陆陆续续为书屋添置购买了 1300 多册科学养殖的资料以及文学、儿童教育等方面的书籍，免费向渔民开放，还利用这个书屋，经常邀请渔业技术员定期向养殖户们传授养殖技术，现场解答渔民提出的问题，弥补文化知识缺失的不足。

唐真亚经常跟渔民和他们的儿女们讲，一个人没有文化知识，是万万不行的，只有学好文化，掌握本领，我们湖区人才有出路，儿女们才有出息。

渔民朱万银家有两个孩子，因为对子女教育不够重视，也不知道如何教育子女，导致大女儿初中毕业后就外出打工了。认识唐真亚后，他理解了教育的重要性。就拿养鱼来说，朱万银就体会到了科学养鱼和一般养鱼的区别。他知道唐真亚做过老师，懂教育的方法，在儿子还小时，就主动找来，让其对孩子的教育给予指导。唐真亚根据多年的教学经验，建议老朱还是从培养孩子的学习兴趣入手，把孩子的学习热情和潜能调动起来，同时，还针对孩子的年龄，推荐相关的教育报刊。从2010年起，朱万银都会为儿子订阅《七彩语文》《东方娃娃》等杂志。老朱说，以前，大女儿小的时候，没有培养好她读书学习的习惯，以至于孩子对学习不感兴趣，书读不进去。现在每想到这事，心里便十分难过。现在儿子因为小时候的正确引导，十分喜欢读书，学习成绩在班上也名列前茅。

为了陪伴儿子晚上学习，朱万银根据唐真亚的建议，也为自己订了《特别文摘》等杂志。每到晚上，儿子在书桌上做作业，他就在旁边看文章，了解许多他不知道的事。现在谈到读书，老朱就会说，书真是个好东西，不仅能长知识，还能让人的心静下来。

史才兰是洪明村的螃蟹养殖户。她说她儿女学习成绩好，女儿在盱眙中学读高中，儿子在老子山小学读小学，她自己的螃蟹也养得不错。这些都和认识唐真亚有直接的关系，是唐真亚让她这个渔家妇女拓宽了眼界，把事业和家庭都经营得不错。讲这些话时，史才兰的嘴角微微上翘。

史才兰认识唐真亚，是因为她在老子山邮政局订了一些科技养殖报刊，每次都是唐真亚摇着小船把这些书刊送过来。她说，唐真亚脾气好，渔民们都把他当知心人。她现在堆在船头的鱼药，就是唐真亚在书上看到后推荐她买的。在科学方法的指导下，她养的鱼很少生病，收成也不错。现在，她的蟹塘就有100亩，尽管承包费、食料费一年要十几万，但即便这样，一季螃蟹养下来，也能挣个十几万。

在迢迢邮路上，唐真亚用他的真情和爱心赢得了人们的尊重。面对浩渺碧波，水其实就是天平，它不仅照见人心，还称重出情义。

九

唐真亚说，邮递员的事业在路上，只要不停地走，就能走出一片新的天地。

唐真亚不仅是邮递员，还是宣传员。他用中国邮政的特殊渠道，宣传党的方针政策，也宣传家乡日新月异的变化。

1999 年唐真亚刚来到老子山邮政支局，就做了一次走访调查。他发现，镇上的店铺商户订阅报刊的人很少，而且邮局送递报刊也不及时，大家都不想订报刊。在了解到店铺商户不订阅报刊的原因后，他就拿着订单一家家上门，拍着胸口给大家承诺，如果送报刊不及时，少一份，他都把订报刊的钱退给大家。

德楼批发部老板娘小魏，之前因为老是不能及时拿到订阅的报纸，就不愿意再订，听了唐真亚的话后，她抱着试试看的态度订了一份。现在他们的店铺已经成为唐真亚的忠实用户，柜台上摆着各种报刊书籍，这些都是唐真亚推荐给她的。

为了把邮政事业做好，唐真亚在营销上还有一些小招数。有的商户在订报刊时比较犹豫，他就会自己掏钱先为其订上，过一段时间再去收取订报款。他还自己动手做一张卡片，好在送报刊时提醒他们去邮局缴费。有的老人舍不得拿钱订报纸，他就动员其子女，让他们为父母的老年生活献一份爱心。有时，唐真亚还会采取“化整为零”的方法，将报纸订送出去。像订阅《扬子晚报》，他对商户就不说 365 元一年，而说一元钱一天，按时按点把报纸送到。偶尔遇到订阅数上不来，身上的钱也不够垫付了，唐真亚就会到信用社少贷些款，或者把父亲的工资卡拿来应急。他知道，跑船的人都讲信用，是不会食言欠钱的。

为了维持报刊的订阅量，通常 11 月开始的报刊收订，唐真亚 7 月份就开始了。把老客户维护好，再挖掘一些新客户，唐真亚要在平凡的岗位上做出新业绩。

邱业兰在老子山镇的青牛码头旁开了一家小店，由于性子急，对孩子教育没有耐心，缺少方法，孩子稍微犯点错，她动手就打。唐真亚在投递信件途中路过小店，知道了邱业兰家的一些情况，就向她推荐了一本关于儿童教育方面的书。邱业兰读完这本书后，启发很大，对孩子的教育不仅有耐心了，还讲究方式方法，说幸亏唐真亚给她推荐了这本书，要是没把孩子带好，她可能要后悔一辈子。通过这次交往，邱业兰感到自己受益匪浅，知道文化对于一个人方方面面的影响，便主动找到唐真亚订阅报纸。

在唐真亚的努力下，老子山镇看报、读书的人越来越多，老人们茶余饭后会戴上老花镜，泡一杯茶，捧一张报纸，享受宁静的时光。

2008 年 5 月，由于唐真亚的勤奋和努力，他被任命为老子山邮政支局支局长。都说新官上任三把火，他在上任第二天，就来到镇政府，想为深爱的老子山镇做一次宣传，把这第一把“火”烧起来。

唐真亚找到镇政府领导，开门见山地说，老子山邮政支局多年来一直主动服务地方和百姓，现在老子山在积极发展旅游事业，邮政也想为此尽一份力。他说，地方发展需要宣传，邮政贺卡就可以很好地宣传老子山的地理优势、人文资源，老子山的温泉和湖鲜美食特别值得推介，可以让老子山这些独特的自然禀赋，通过邮政的绿色通道走向全市、走向全省、走向全国。

唐真亚的一席话让镇领导眼前一亮：这是一个双赢的思路啊。唐真亚多年来为老子山镇的和谐发展无私服务，人们都看在眼里。现在他新官上任，而且拿出为老子山镇旅游业宣传的方案,不仅新颖,且操作性强,镇里应该全力支持。

在镇政府的全力推动下，印有宣传图的邮政贺卡给老子山地区旅游资源的开发带来了很大收益。镇政府也积极参与其中，除了以政府名义定制一批反映老子山文化的邮政贺卡之外，还动员本地的特色酒店定制特色贺卡，把对老子山的宣传推到一个新高度。每讲到此事，唐真亚都会不无得意地说，仅贺卡这一项，因为镇政府的相助，一年就给老子山邮政支局带来 3.7 万元的收入。

随着老子山镇旅游业的开发和兴起，来老子山的游客越来越多。每到夏天，每天都有几十条船来运送游客到湖上，岸堤上也常常挤满了人。

旅游业的兴旺发展，让唐真亚心里有说不出的高兴。他找到新滩村领导，跟他们建议，为村里购买快艇，增加旅游项目，满足游客到湖上观光的需求，把老子山的亮点宣传到位。为此，唐真亚还和村里一起商量，设计了一条以镇上的安淮寺为起点，经过淮河滩涂、水上人家古渔村、荷花荡、洪泽湖、芦苇荡，最后回到淮河边港口的“湖区游”水上游览线。这条线路一经推出，立刻受到游客的欢迎。随着来老子山进入湖区的人越来越多，游艇也从当初的1艘增加到现在的20多艘。

2015年，在唐真亚的建议下，县旅游局与新滩村合作，仿照洪泽湖区原生态渔民生产、生活特点，共同打造了“靓美渔村”，并在2016年建成了渔家游综合服务中心，让游客在渔船上品尝湖鲜、湖菜，了解渔家特色，观赏湖上风光。

新滩村党支部副书记王言贵说：“唐真亚把原本属于他的一条普通邮路，拓宽成为宣传老子山的文明路，打造成为老百姓致富奔小康的幸福路。”

十

2012年，对唐真亚来说，是他生命中最值得书写，也是最值得骄傲的一年。这一年，他光荣当选为党的第十八次全国代表大会代表。端坐在人民大会堂里，他心潮澎湃，感受到肩上沉甸甸的责任。

在北京开完党的十八大，回到老子山镇后，唐真亚就找到他的入党介绍人、镇关工委主任熊志华。在向老党员报告大会过程的同时，还主动申请，说他常年划船在湖区投递，对湖区贫困渔民的家庭情况比较熟悉，想参加关工委工作，关注那些因贫困而失学的儿童，为湖区的下一代做些事情。

次年6月，唐真亚将初中毕业后没有条件再读高中的两名同学的情况反馈给了关工委。关工委安排人家访后，根据家庭情况提出了帮助孩子继续完成学业的计划。后来经过努力，和扬州天海职业中学取得了联系，因为天海职业中学有专门招收贫困生的计划，不仅学费全免，每月还发放生活补助费。

学校是联系好了，但校方需要两个学生提供地方“爱心助学基金会”的推荐材料，以及毕业学校提供的贫困证明等。当时正值盛夏，学校已经放假，要找到学生班主任写证明，再盖上学校的公章，还是不太容易的。加上关工委都是老同志，于是唐真亚就自己抽出时间，顶着烈日一家一家跑，终于办理好了所有材料，让两个孩子顺利入学。如今，这两个从扬州天海职业中学顺利毕业的孩子，都找到了合适的工作。

2012年，左震英的儿子王运泽考上了哈尔滨医科大学。本来是一件大喜事，但一家人却为一年5000元的学费犯了愁。家里的几亩田还是租种别人的，主要经济来源就是王运泽的父亲用手扶拖拉机帮人拉货，一天也只有几十块钱的收入。有时碰到下雨下雪，就出不了门，挣不到钱。王运泽父亲平常身体就不好，还需要花钱。对于王家来说，每年5000元学费简直就是天文数字。王运泽了解家里的经济情况，不止一次想到放弃。唐真亚了解了情况后，对左震英说：“孩子考上大学是喜事，学费的事我来替你们想办法。孩子能上大学，是改变自己命运也改变家人命运的好机会，怎么能说放弃就放弃呢？”

唐真亚投递结束后回到邮局，立刻和老子山镇关工委取得联系，把王运泽的情况向关工委作了报告，还帮他填写了特困生表格，又带他到民政部门开具了贫困证明，最后和《扬子晚报》“阳光助学”办公室取得联系，成功获得了5000元的帮扶学费。

左震英感动地说：“如果不是唐真亚的帮助，孩子真的可能放弃上学的机会，那对于孩子和做父母的，心里该是怎样痛啊！”

王运泽珍惜来之不易的上学机会，在大学期间学习十分刻苦，本科毕业后又考了硕士。一次，王运泽春节放假回家，特意来看唐真亚，感谢唐叔叔在关键时刻对他的帮助。唐真亚对他说：“你现在要好好学习，不要有‘回报’的想法。等你今后走上工作岗位了，用自己的医术为民治病，服务更多的普通百姓，帮助更多需要帮助的人，才是真正的‘回报’。爱是需要传递的，我们每一个人其实都是接力者。”

2012 年上京开会前，张嘴村的村民找到唐真亚，向他反映他们村拆迁的事。事情是这样的：2011 年，老子山镇镇政府为了招商引资，在张嘴村征地，涉及 100 多户村民。双方经过协商，按市场价格进行同比例置换，瓦房换楼房。因为条件合理，很多村民就在协议上签了字。为了不影响拆迁速度，政府在处理钉子户过程中，对其进行了一定的额外补助。一石激起千层浪，这种做法立刻刺激到第一批签约的住户，多次上访也没有结果。于是，村民们就在邮路上拦下了唐真亚。

唐真亚和村民们一起分析事情经过后，跟村民说，当初签字也是你情我愿的，签了字，就有一定的法律约束力，如果大家都要补偿，又没有统一的补偿标准，这样又会给住房面积不一样的村民带来不公。再说，政府拆迁也是为了招商引资，有资金进来，大家就会有工作机会。村民听了唐真亚的话，感觉很有道理，就放弃了上访的诉求。

唐真亚说，作为一名党员代表，就是要替人民群众代言，从大局出发，立党为公，才能把有可能出现的矛盾化解掉，才能让纯朴的民风传承好。

老子山山好水美，良好的生态滋养了一方乡亲，保护好大湖，将干净的湖区留给后人，这是老子山人对生态保护的最好诠释，也是唐真亚在生态家园建设中对自己的新要求。唐真亚说：“望得见山，看得见水，记得住乡愁，首先要把洪泽湖的碧波保护好。”

2015 年，唐真亚被淮安市环境保护局（现生态环境局）聘任为“环境保护特约监督员”。他没有把这个聘任当成闲职，而是一头扎在湖区环保知识的宣传上。过去，湖区渔民处理垃圾的传统习惯，就是随手把垃圾扔进水里，没有人意识到会对水和环境造成污染，所以水面上经常漂浮着菜皮、塑料瓶、塑料纸、破轮胎、饮料瓶等生活垃圾。现在，唐真亚要通过宣传，让渔民改掉垃圾处理的习惯，不往湖里扔废弃物，把这片水面打扫干净，不能愧对大湖。

他在镇人代会上提交建设环保乡镇的提案，建议在镇上放置统一定制的垃圾桶，以便环卫部门对垃圾集中处理。在湖区，他利用到湖上宣讲党的十八大精神的契机，宣传党中央对生态环境保护的重视，呼吁渔民们改掉往湖里扔垃圾的不良习惯。他又从设立渔村专职环保员入手，让大家对垃圾进行袋装处理，交由专职环保员收集，最后用船运到镇上的陆家嘴集中处理。

在唐真亚不遗余力的宣传和督促下，深居湖区的渔民逐步改掉了随手扔垃圾的习惯，垃圾入袋已经成为每个家庭、每个渔民和每个游客的自觉行动。现在，湖区的环保配置也更加健全了，不仅设置了环卫工岗位，还配备了环保船，对水面垃圾进行全方位处理。很多家庭还在自家的船头放上垃圾桶，套上塑料袋，将家里的垃圾打好包后放在船边，以方便环卫工人收集处理。

新滩环卫工人看着眼前清澈的湖水，骄傲地说："我们村的湖面上现在连一片塑料片都看不到了，湖面真的是非常干净啊，我们大家都感谢唐真亚呢，是他把党中央的声音传达到我们的村头，传达到我们的心坎上。"

从北京开会回来，唐真亚一个村子一个村子地跑，宣讲大会精神，为大家讲大会的见闻。在湖区送信、送报纸的时候，他要是看到哪里人多了，就会主动靠过去，将大家集中到一条船上，通过"船头课堂"的方式给大家宣讲新时期党的政策，传递党的声音。上课时，他看到渔民们端坐在一起，聚精会神地听他讲着，还不时插话、提问，心里就有说不出的开心。

唐真亚当上党的十八大代表后，每次到北京开会，都激动万分。出发前几天，他都会把绿色的邮政服洗得干干净净，熨烫好，再整齐地放到拉杆箱里。他想着，穿着这身邮政服，他要站在天安门前，站在人民大会堂前，站在人民大会堂里，拍一张照片，开一次会就照一张。等回到老子山，给渔民们看，给家里的后生们看，因为这绿色的衣服上，散发着浓浓的洪泽湖的鱼腥味。

唐真亚，这只在洪泽湖上翩飞的大湖鸿雁，用他在风浪里的振翅飞翔，书写了一个渔民的时代风采；他用23年时光，书写了在大湖行走出的壮美和壮阔。他的翅翼里有桨声，他的车轮里有追求，他的笑容里有真情，他的梦想里有心音。

2019年，"唐真亚工作室"对外开放，成为"不忘初心，牢记使命"主题教育的主阵地，让淡泊名利、爱岗敬业、乐于奉献的“唐真亚精神”，成为飘扬在大湖岸边的一面旗帜。

在“唐真亚工作室”，唐真亚所获得的荣誉被一一陈列，像洪泽湖里翻卷的浪，更像用青春和生命镌刻的一行脚印：

2006 年被评为江苏省劳动模范；

2008 年荣获全国五一劳动奖章；

2010 年荣获江苏省五一劳动奖章；

2011 年被评为江苏省敬业奉献模范，江苏省优秀共产党员，全国创先争优优秀共产党员预备人选；

2012 年当选为党的第十八次全国代表大会代表；

2018 年入选“中国好人榜”；

2019 年当选第七届全国道德模范；

2019 年，荣获全国劳动模范、全国十佳最美邮递员、全国岗位学雷锋标兵等称号。

是的，这行脚印就是唐真亚的水上邮路。在这条邮路上，唐真亚用他瘦弱的臂膀，一桨一桨划出的欸乃橹声。大湖水面上映照出的，是他红火年代里的人生传奇！

周维忠：心底里的那束光

傅宁军

周维忠在沿江村这个最末端，为父老乡亲埋头干活儿，30多年如一日，不计名利得失，好事做了一大箩筐。他带给人间的温暖就像一束灼灼的光，照亮着村里的孤寡人群，照亮着村里的致富之路……

奔腾而来的长江闪动着粼粼波光，江风吹拂着堤岸后面的沿江村。在周维忠出生的这个村子里，他是个最忙的人。骑着一辆沾满泥土的电动车走街串巷，直至田间地头。他喜欢穿浅色工作服，挎着一个工具包，鲜红的党员徽章在胸前闪亮。村民们熟悉他的身影，说他给人以特别踏实的感觉。

2022 年 3 月 8 日，曾被评为全国道德模范的周维忠，接受扬州市委组织部委派，任沿江村“第一书记”。在此之前，周维忠是仪征市滨江供电所的一名电工，分管的辖区，就在他生活的沿江村一带。

村民们听说，周维忠要在沿江村当“一把手”，不是拍手叫好，就是竖起大拇指，似乎并不意外。他们早就盼望他能担起这个担子了。在村委会召开的任职宣布会上，周维忠动情地说：“我就是沿江村人，对农村、对农业，尤其是对农民，有很深的感情。我有信心，团结村委‘一班人’，带领群众勤劳致富，提升集体经济和村民收入，给我们村开一条振兴之路。”

2022 年 4 月，周维忠任职村“第一书记”一年之时，笔者来到长江下游的沿江村采访。周维忠应邀到扬州讲课，回到村里就和村委会主任商量急需解决的问题，还有孤寡老人要办的事情。等笔者和其他村委聊过了，他才连声抱歉，再和笔者详谈。似乎所有的荣誉都是身外之物，周维忠仍是憨厚朴实的样貌，身板壮实，肤色黝黑，一双眼睛细长而明亮，厚厚的嘴唇，带着浓浓的当地口音：“当‘第一书记’不能徒有虚名，要做实事啊！”

一个“中国好人”是怎么做到的？一个电工为什么能胜任一个村的“第一书记”？笔者听了周维忠的大实话，还走访了一个又一个的村干部和村民，探寻着他的人生轨迹和前行历程。作为村“第一书记”，周维忠不负组织的嘱托，也不负村民的信任，践行着自己上任时的诺言。他带领“一班人”齐心协力，摸索乡村振兴的新路子，给沿江村注入了新的动能和希望。

村民们的信任，来自周维忠的善良与爱心。老百姓看重的，不是你说什么，而是你做什么。放眼国家电网，农电工是末梢神经，虽不起眼却维系千家万户。周维忠在沿江村这个最末端，为父老乡亲埋头干活儿，三十多年如一日，不计名利得失，好事做了一大箩筐。他带给人间的温暖就像一束灼灼的光，照亮着村里的孤寡人群，照亮着村里的致富之路……

感恩与回报

周维忠 19 岁那年，村里的老电工岁数大了，干不动了。村干部商量，要挑选一个接班人。用电可是村里的大事，哪个人能接班，得征求大伙儿的意见。说起来，周维忠有些电工基础。中学毕业后，父亲把他带到镇上，交给一个懂无线电维修的朋友，叫他老老实实当学徒，学习电路的基础知识。当时家电并不普及，能把收音机喇叭弄响就是能人了。

村里排出了 20 多个候选人，周维忠得分最多，不光因为他为人忠厚本分，更主要的是，他家是一个困难户，上有老，下有小。周维忠父母挺勤快，父亲在镇上小厂做工，还会修锁补锅，母亲在生产队挣工分，两人收入相加每月不足 20 元。周家 4 个子女上学，还要赡养公婆，一直紧紧巴巴，入不敷出。口粮不够时，还问村里好多人家借过。村民们众口一词，都看好周维忠。当他背上电工包，有了服务乡亲的机会，他就发誓，要好好干！

早些年，农村地区用电紧张，有时供电线路出故障，打水灌溉用电就难以保证，有时家里电灯不亮了，啥事都做不成。能用电而且不断电，要靠电工的维护。别看掌握了全村人的用电“命门”，周维忠不端架子，有求必应，接到电话就出发。先是骑自行车，后来骑摩托车，一喊就到，干活麻利，人家送烟送酒，他都谢绝，还说：“有故障了，随时打电话啊。”

从青年到壮年，周维忠的电工活儿越来越熟练，他的扎实肯干也被乡亲们认可。其间，全国电力系统改革，村电工经过考核被供电公司纳编，成为正式的农电工。他像一头勤勤恳恳的老黄牛，一干就是三十多年。一项工作时间长了，新鲜感渐渐减退，有人会油滑，有人会倦怠，周维忠却始终记得当初的承诺，对于自己手头的这份工作，热情与敬畏始终不减。

农电工就相当于110，似乎生来就是对付疑难杂症的。“不分严寒酷暑，尤其是农忙季和夏季，除了高温带来的用电负荷大，强对流天气、台风、暴雨等恶劣天气，都可能造成线路故障。要保障用电农户正常使用照明、空调，农电工自然很忙碌，奔走于田间地头、犄角旮旯。”

供电部门对农电工有考核指标，周维忠年年优等。当月电费的单子打出来，他抄录后查看，有问题一家家联系，弄不清的就上门访问。在供电所，周维忠的电费回收和台区线损指标一直排在前列。

供电所领导换了好几任，周维忠都是最让人放心的“周师傅”。感恩，是周维忠提到频率最高的字眼。乡亲们的“百家饭”，让他们一家人渡过难关；乡亲们的推荐，给他当农电工的机会。他把这份感激化为回报大家的苦干实干，他任劳任怨，确实感受到了“累并快乐着”。

直到2008年春节前，时任供电所所长的聂有和偶然发现，周师傅还有“秘密”不为人知呢。那天，朴席镇上人来人往，乡亲们正忙着置办年货。聂有和所长有事路过一家店铺，透过透亮的沿街大玻璃窗，看见周维忠带着一个愣头愣脑的少年，对着柜台旁的镜子量试新衣服。周维忠从来就不喜欢逛街的，怎么会跑到街上的服装店里挑挑拣拣，哪儿来的闲情逸致？

聂有和上前问个究竟，得知沿江村有一户唐姓特困人家，这个少年是先天智障的唐久亮。非亲非故，却古道热肠。周维忠对智障少年的关爱使聂有和很感动，他和周维忠约好，第二天买了些过年的用品和食物，与周维忠、陶永和、朱宝国等供电所同事一起，上门看望唐久亮一家。

当唐久亮的父亲唐永富看到周维忠时，连连作揖：“你又给我儿子买衣服啦。”得知聂有和是供电所所长时，老人上前拉住他的手说：“感谢共产党啊，这么多年都免了我们家的电费，让我们能用上安心电！”

聂有和有些莫名其妙，按当时的政策规定，根本没有“减免电费”这一项。

这是咋回事嘛？聂有和离开唐永富家，疑惑地问周维忠。眼看瞒不过去，周维忠只得交代：“是我替老唐家交的电费。”

“你为什么要这么说？”

“我这么说，他心里才没负担啊。”

这个“善意谎言”延续了十年。

那是 1998 年夏，周维忠在电费登记表上看到，村民唐永富家好几个月没缴电费了。毕竟沿江村上千户人家，有时等等，暂时没交的人家就自觉地补上了，这家老是没动静，供电所那边也挂上了号。

一个暑气蒸腾的上午，周维忠奉命前往唐永富家，上门催缴电费。居然欠了半年电费，拖了全村电费收缴工作的后腿，不行只能断电。周维忠不免纳闷，用电交费是常识，这是什么钉子户啊，倒要见识见识。

踏进那个家门，周维忠非常吃惊。在男主人唐永富身边，一阵难闻的酸腐气味儿扑面而来。墙壁尽是霉斑，地面长了青苔。室内几乎没有一件像样的家具，杂乱不堪的衣物堆在角落，一个脏兮兮的男孩蜷缩着，看到生人进屋，忙把头低下，抱着膝盖使劲往里藏。

周维忠听说过，唐永富家经济困难，没想到困难到这般程度。经过断断续续的交谈，周维忠了解到，唐永富遗传母亲的眼疾，随着年龄增长，右眼已失明，左眼视力模糊。他娶了一个智障妻子，生了一个智障儿子。唐永富说，儿子唐久亮和妻子刘秀兰分属二、三级智障，丧失劳动能力。唯一智力正常的女儿 15 岁就离家打工，走了以后再也没了音信。

唐永富家有 3 亩地，仅剩几袋稻米。全家吃喝拉撒，只靠他一个人，而他就侍弄 3 亩稻子，没有其他收入。“周师傅，要不你就先掐了电吧，”唐永富无奈地说，“等我卖了家里口粮，再给你钱，好吗？”

要么卖粮，要么掐电，似乎没有第三种办法。周维忠知道唐永富也懂事理，并不抗拒缴电费，只是他没这个能力。可真的拉闸断电，周维忠狠不下心。

“老唐，我想想办法吧！”周维忠骑车离开了唐家。供电所有按时缴费的规定，唐永富又没钱，难道让他家黑灯瞎火地过吗？

周维忠再次骑车来唐家时，唐永富有些慌乱。他语无伦次地解释，实在没办法交，稻米卖了吃什么呢。耐心地听了唐永富的话，周维忠宽慰他说："老唐啊，昨天我不是跟你说，要帮你想法子吗？"

"我没钱，能怎么办哟？"

"电你家就用吧，我们不收啦。"

"不收，你怎么交差嘛？"

"考虑到你家的困难，"周维忠掏出工具包里的表格说，"公家有电费补贴的政策，我帮你啊，申请免了电费。"

"哎呀，谢天谢地！"

唐永富咧开嘴笑，不停地道谢。

"不用谢，你好好过日子啊！"

"哎，周师傅，你坐你坐。"

唐永富眉头舒展了，眼里闪着泪。

屋子里的椅子歪歪倒倒，周维忠当然坐不下来，但能感受到唐永富的感激之情。老唐哪里知道，周维忠说的"困难户用电补贴政策"，其实不存在，是周师傅编出来的。他欠下的半年电费，都是老周自己出钱代缴的。此后，周维忠仍然按时到唐家抄表，按期为其支付电费。

缴电费不是结束，而是另一个开始。

周维忠承揽了唐家应缴的电费，有电了，灯亮了，唐永富仿佛是在即将落水的时候，被周师傅拉了一把。只不过，短暂的欣喜后，唐永富仍然一脸茫然。这个家缺的东西还多着呢。周维忠送些食物来看唐永富一家，能感到老唐对于生活的无奈，那是一种深陷其中而不能自拔的痛。

"帮帮他们吧。"有个声音召唤着周维忠。

连亲戚都不来往的唐家，周维忠却时常上门探望，就像看望自己的亲人。他想着，怎么才能帮上一把。唐家的老屋子，是从亲戚家手里买的，不要说什么装修了，房顶漏雨还非常严重。室外刮风下大雨，屋内就小雨绵绵，只好用盆盆罐罐接水。水满了溢出来，土泥地面打湿一片。

周维忠实在看不下去了，他与村委会商量，拿出一部分救济款，自己又垫付 5000 元，总共凑了将近两万元，对唐永富的房子进行翻修：屋瓦、门窗、地面瓷砖，都是新买的。裸露的房梁，吊了顶。厨房改造，照明线路施工，就连窗帘和荧光灯等细节，周维忠都考虑到了。

唐永富听周师傅说，要帮他解决漏雨的麻烦，以为不过是说说而已，维修房子不是件小事，要花钱呢。他做梦也没想到，与他毫无瓜葛的周师傅，不光帮着筹钱，还亲自当监工，让唐永富一家再也不怕漏雨。一家人的居住环境一下子干净整洁了。

一年又一年，唐永富家享受了二十多年的电费“减免政策”，也就是说，周维忠心甘情愿地代缴了二十多年电费。

唐永富一家三口，有两个人智障，周维忠帮他们打听，能不能享受政府的扶助。周维忠告诉唐永富，现在政策实在，政府对残疾人有照顾。唐永富很少跟外人来往，一头雾水，幸亏周维忠不嫌弃，把他们的困难转达给村委会。不久，就给唐永富的儿子唐久亮办了残疾证，每月享有 600 多元补贴，给他的妻子刘秀兰办了低保。这些收入基本解决了唐家的温饱问题。

周维忠并没有就此打住。他想到，唐永富年事已高，妻子、儿子都智障，要是再病倒了，不是雪上加霜了吗？周维忠考虑他们的身体健康，专程到镇卫生院咨询，为唐永富一家办理了两份智障免费体检，还自掏腰包为唐永富办了一份，并留下自己的手机号码。每年卫生院通知体检时，医护人员就打周维忠的手机，周维忠得到消息后便去告诉唐永富。去年唐久亮体检时，血压有点偏高。周维忠咨询医生，听说没什么大碍，悬着的心才放下。

周维忠帮扶老唐一家的事情，后来在村里传开了。有人调侃周维忠太憨了，守着电工的美差，没捞好处，还倒贴钱，真有些傻。这话传到周维忠耳朵里，他笑笑：“傻就傻吧，这是我对乡亲的一点回报。”

缺失与圆满

“外快儿子”，出自老人家之口，是幸运还是欣慰？或许两者兼有吧。你听，“赚来的儿子”，难道真的有人愿意倒贴？

有，而且倒贴的人就是周维忠。

因为一个偶然的相遇，所长知道了周维忠帮扶唐家的“秘密”，仪征供电公司派人到村里了解，意外地得知，周维忠被“揭发”的好事，不只是对唐家这一户特困家庭，还有更多的孤寡老人。只是周维忠从不张扬，守口如瓶，一个人埋头做好事，同事也都被蒙在鼓里。

说起周维忠，熟知他的村民都有话说。离他家不远的十字路口有家“顺兴店”，售卖食品杂货三十多年。提起周维忠，店主周耿兆连连称赞：“周师傅好人，好人哪！”你要问他，周维忠好在哪，为什么是好人，周耿兆老人就以过来人的口吻告诉你，正因为很多人都不知道，他才是真正的好人呢。

耳听为虚，眼见为实。周耿兆老人是周维忠默默助人的见证者。他说，一直以来，周维忠特地关照：“唐久亮来你们店，要方便面、火腿肠之类的食品，就给他吧；还有，村子里的孤寡老人，需要柴米油盐之类的必需品，就记个账吧。”隔三五天，周维忠就要来一趟周耿兆的小店。

村口的卖肉摊，到了月底，周维忠也按时结账。他同样关照摊主：“只要久亮和村里这些老人称肉，只管给，账我来付。”

此外，七八个老人每月的电费、水费，周维忠也偷偷包了。谁也不知道，他忙里忙外，成了村里七八个五保户的“干儿子”。

五保户郭敏忠已年近 90 岁高龄。2011 年秋天，郭敏忠老人心脏病发作，躺在床上不能动弹。周维忠像往常一样，下班后上门看望，发现情况赶紧叫了辆车，把郭敏忠送到十二圩卫生院，医生用药挂水，将老人从“鬼门关”拉了回来。郭敏忠没有一个亲人，周维忠就是他的亲人。此后一个多月的时间里，周维忠送饭煲汤，自掏腰包请人陪护，直至郭敏忠康复出院。

同年秋天的一个晚上，郭敏忠不小心摔了一跤，不能动弹。他独自在家，躺在床上望着天花板叹气。又是周维忠及时察觉，送他到医院诊治。医生问医药费谁出，周维忠说："你们尽管用药，费用我出吧。"

后来，周维忠带着"郭爸爸"去医院，医生认识"外快儿子"了，看到周维忠就笑着说："又带你干爸来看病啦！"

"我每个月要吃 5 盒脑心通胶囊，25 元一盒，都是周师傅出钱，买了按时送来的！"见着周维忠，老人激动地说。

周维忠拉着老人的手，告诉我们说："郭老浑身的零件都有毛病，基本要靠药物维持生命，现在恢复得不错啊。"

郭敏忠坦言，自己对周维忠的依赖程度很高，两三天见不着就想得慌，就要托人捎信，让周维忠买点药，或者带点想吃的。

周维忠从来不嫌烦。他在本子上记下给郭敏忠买药的品种和时间，计算着哪种药用多久，什么时候该买，生怕出错。

百密一疏，周维忠也有忙忘记的时候。

夏日闷热，汗湿衣衫。当晚周维忠洗了澡，打算休息，突然摸到口袋里有一只药瓶——该给郭敏忠买降血压药，忙忘了！他没有迟疑，套上衣服，骑摩托车直奔新城镇药店，连夜把药送给郭敏忠。

2012 年 4 月 11 日，77 岁的孤寡老人胡加平病重，一阵清醒一阵糊涂。弥留之际，老人已不能说话了，他用手指了指屋顶悬下来的灯泡。旁边的邻居明白了他的意思，赶紧给电工周师傅拨了一个电话。

不足 10 分钟，一辆摩托车急切地开过来。周维忠撂下车子，直奔胡加平床前，拉起老人的手，轻声地安抚他。从县城赶来的老人养女说："周大哥，我爸等你呢，他临走前就是要见你一面！"

胡老伯嘴角抽动，望着周维忠的眼睛似乎要说什么。他紧紧攥着周维忠的手不肯放下，眼角流下最后一滴泪，安详地走了。老人养女朝周维忠扑通跪下："周大哥，这么多年多亏您对我爸的照顾！这是陪伴他几十年的轮椅，也是他最值钱的东西，他嘱咐我，无论如何要留给您！"

原来，胡老伯晚年高位瘫痪，养女远嫁县城，有自己的家务事，鞭长莫及，只能偶尔回来，不能常年陪在老人身边。老人性格倔强，有什么事自己扛着。在老人生活无助的时候，周维忠成了胡老伯家的“常客”，看病买药，洗澡擦身，跟亲生儿子一样，照顾着老人的生活起居。

老人去世后，周维忠按照乡村的丧事风俗，通知亲友、搭建灵堂、操办丧宴，忙了三天三夜。邻居们竖起大拇指，感叹地说：“胡加平老人虽然无子，周维忠却像孝子一样，把丧事操办得风光体面。”

料理过丧事，周维忠帮胡加平缴清了最后一笔电费。两个多月的电费，高达800多元。一个孤老汉，怎么用了这么多电？原来，老人病重卧床最后两个月，正值春寒料峭，老人怕冷，床上用了电热毯，床前开着取暖器。老人舍不得用，一会儿开，一会儿关，周维忠像往常一样宽慰他：“暖和些，好受点。别担心，电费公家给你交了，上面有减免政策呢！”

胡加平这才放心地用，电热毯和取暖器都开了。他至死不知道，根本没什么“电费减免政策”，是周维忠帮他垫付的。

独居老人桂德九喜欢到处走走，他的房子面朝沿江村一条主路，就在堤坝边一排由原来生产队仓库改建的平房里。

理着整齐的短发，脸色也显得红润，干净衬衫套一件深蓝外衣，桂德九看不出有什么病容。老人说：“我的命是周师傅救的！”

谈起周维忠，桂德九有很多话说。

盛夏凌晨，凉风习习。桂德九老人的老毛病肾结石突发，疼得死去活来，躺在床上无力出声，感觉死神都跑到跟前了。也巧，提前上班的周维忠路过，没看到平时早起的桂老，而且还关着门，便停下摩托车。推门发现状况，赶紧打电话叫出租车，随后将老人背上车，送去了医院。

求医问药，端茶递水，伺候了一周，老人病愈出院了。躲过这次劫难的桂德九，从此认定是周维忠救了他的命。

桂德九所住的公房闲置已久，多年没有翻修了。眼看老人的居住环境不佳，周维忠坐不住了。他拿出自己获“仪征市首届慈善之星”得到的部分奖金，又从工资留出的相应资助款里取出一些，凑齐 5000 元，请人帮桂老把房子翻新一遍，还购置了电饭锅、风扇等生活必需品。

眼看桂德九康复了，周维忠仍时常探望，知道桂老爱吃利尿去火的西瓜，他隔三岔五地买西瓜送去。一天下午，周维忠给老桂送西瓜，发现他床上垫的草席不见了，再一瞧，草席被挂上了窗户，遮挡西边晒进来的阳光。周维忠顿时自责起来，向老桂表示歉意，说当初考虑不周。他让桂老吃西瓜，然后骑车赶回自己家，扯下窗帘安装在桂德九的窗户上。

2019 年正月十三，是沿江村家家“上灯”的日子。独居在家的桂德九门前却热闹非凡，一阵“噼噼啪啪”鞭炮鸣响，众亲友入席。随后，大家纷纷举杯，簇拥着桂老，拍掌齐唱“生日快乐”歌。

桂德九老人乐呵呵的，开心得像个孩子。主持人周维忠笑容可掬，面对众亲友举杯，声音洪亮地祝福桂德九。

“桂老，八十大寿，生日快乐！”

桂德九这一辈子，第一次过生日。

周维忠给这些孤寡老人建了档案。今年桂德九年满 80 岁，和桂老聊聊，发现桂老几乎没有亲友来往。他想，桂老独身一人，不妨为他筹划一个生日宴，热闹一番。他瞒着家人，特意请了街上开饭店的厨师下菜单。厨师被他的爱心感染，只肯收成本价。生日前一天，他找几个朋友一起帮忙搭场子，自己动手接上临时用电，还跑到周边邻居家，请他们来捧场。

寿宴上，和桂德九邻座的，是村里其他老人。大家都说桂老的福气好，80 岁赶上了好日子。主办这场特别的寿宴，周维忠不仅耗费精力，而且自掏腰包花了 3200 元。桂老在十里外的侄子，也是周维忠请来的，他在寿宴上敬了周维忠一杯酒，动情地说：“周师傅为我伯父办了三桌酒，让他风风光光地过大寿，我这个侄子都有些惭愧。周师傅真比儿子还亲！”

周维忠憨厚地笑了笑：“这没什么……”

将心比心。周维忠能体会这些老人的苦衷，他们不愿离开家去敬老院，也不愿给乡邻添麻烦，虽然享受政府低保救助，但还是宁可独自咀嚼晚年的孤独和病痛，甚至有的老人时常有悲观厌世的念头。周维忠就利用抄电表的机会，跟他们聊聊天，做点力所能及的事情，给他们送去精神慰藉。

周维忠很细心，他看到老人的窗户蒙着塑料薄膜，就帮他们换上铝合金窗户，还给7位老人置办围巾、帽子、袜子、衣服等物品，为病重的独居老人送去临终关怀，让他们安然离世，帮助料理后事。老人们有感于周维忠的善心却无以回报，便立下遗嘱，生前用的轮椅、电视、电风扇都留给周维忠，但周维忠却没有留作已用，而是将这些去世老人送给“外快儿子”的心意转送给其他老人。

久违的笑容

唐家一对儿女，曾是周维忠的“心病”。他帮唐永富解决了生计问题，可是，唐永富儿子唐久亮那副痴傻模样，却始终在他脑海里抹不掉。唐永富年纪大了，唐久亮却长不大，这无疑是唐永富心底的痛点。

力所能及的，就是帮扶这个智障孩子。

当唐久亮呱呱落地时，唐永富也像所有的父亲那样，满心喜欢。他抱着襁褓中的婴儿，在嫩乎乎的小脸中陶醉。智障妻子生下的女儿还是正常的，他很高兴添丁生子，就给儿子起名久亮，祈求儿子像姐姐一样阳光灿烂。不料，智障妻子的遗传基因，在儿子身上显得特别强大。只求儿子能正常生活。唐永富无数次地祈求老天恩赐，最低的要求成为最高的奢望。

周维忠用手摸摸小久亮的头发，和他慢慢地说话。12岁的小久亮，1至10都数不清，表达也跟常人有异。周维忠觉得孩子可怜，他还记得，邻村就有这样的悲剧，智障孩子的负担实在太重，那家人就把他骗到汽车站，然后躲在一边，眼睁睁地看着智障孩子被别人拐走了。

“要是不管不问，这孩子就难说了。”周维忠说，“万一流落在外，可能成为乞讨儿，或者走上被人利用的不归路。”

周维忠知道，唐永富要撑起这个家，是没什么头绪的，对儿子小久亮更是有心无力。小久亮木讷的表情，时常会被别人嫌弃，后来小久亮也羞于见人，有陌生人来就躲到一边。周维忠每次到唐家抄表，都会给小久亮带去一些好吃的，火腿肠、饼干、瓜果、糖块。虽然都不贵，但孩子喜欢，脸上挂着舒心的笑容。看他眉开眼笑，周维忠也很开心。

有空的时候，周维忠就会骑车赶到唐家，为唐久亮洗头、剪指甲，带他去理发店，把乱发剪得整整齐齐。唐久亮有些久已形成的恶习，周维忠也不客气，见到他乱翻垃圾，就会拉下脸，厉声喝止。

有时候鼓励，有时候批评，周维忠告诉小久亮，应该做什么，不该做什么。渐渐地，小久亮不再捡垃圾堆的东西吃了，培养起一些卫生习惯，生活能基本自理，还帮着家里做些简单的家务活呢。

周维忠知道，唐久亮正处在长身体的当口，就为他买来猪排、猪肉，亲自下厨做香喷喷的红烧肉。老周知道唐久亮食量大，一顿能吃一碗红烧肉，便每个月的月头，都顺道买些鱼肉送到唐家。

以前小久亮的痴痴模样，让村里人躲之不及，他也能感觉到人家的嫌弃。周维忠对他的关爱，让他心生温暖，变得格外地听话。日久情深，小久亮并非木头，他也懂得感恩。周维忠维修线路，他跟着跑，搬搬梯子，递递工具，跟前跑后，仿佛是一个助手，乐滋滋地眉开眼笑。

乡邻们都跟周维忠说，你认了个“干儿子”，周维忠呵呵一笑，摸摸小久亮的脑袋。小久亮却当了真，一口一个“电爸爸”。

唐久亮不能像同龄人那样上学，平时喜欢在村里闲逛，村里人都认识他。谁家有苹果、香蕉、糖果什么的，只要见到他也会给他一些。小久亮渐渐不怕人了，跟着周维忠就有了好人缘，在村里“吃得开”。

其实，小久亮的“好人缘”得益于周维忠。日久见人心，村民看到周维忠对小久亮的耐心帮扶，都会聊上几句夸赞的话。小久亮这样的智障孩子，周维忠能主动地“管管”，在当今社会何等稀罕啊。村民看在周维忠的面子上，愿意善待小久亮。周维忠的善举感动了很多人。

左旭峰和林老姑老家在安徽，来沿江村承租 200 亩农田已有 10 多年。说到周维忠，林老姑用带口音的普通话说："周维忠心地真好，只要用电上有什么问题，电话一叫，马上就来，从来不把我们当外人。周师傅把小久亮当自家孩子，不是一天两天，而是这么多年，我们都很佩服。"林老姑他们只要看到小久亮，就会把屋里的好吃的东西拿出来送给他。

小久亮的智力停留在孩童阶段，但他的骨骼发育了，个头长高了，虽然略显单薄，也有一身的蛮力。夏收农忙期间，沿江村的田间地头，经常会有唐久亮干活的身影。收割机收割完小麦或稻谷，唐久亮就学别人的样子，弯下腰将一袋袋粮食运上车，忙得满头大汗，不亦乐乎。

下班回来的周维忠，专程绕道看看唐久亮干活的地方，为他加油鼓劲。当着乡亲们的面，赞扬小久亮懂事又能干："小久亮来做好事啦！""你干活卖力，不错，不错！"听到"电爸爸"周师傅的热情鼓励，唐久亮一脸灿烂，不好意思地嘿嘿直笑，干活的劲头更足啦。

当天收工的时候，村民都会留唐久亮吃晚饭，炒两个好菜，有的还塞给他三五十块钱，作为对他的劳动成果的回报。

周维忠说："小久亮心里有数，我们要以平等的眼光待他，多夸夸他，他是能感觉到的。"工作之余，周维忠还会带唐久亮到家里吃饭，和小久亮一人一小杯酒，端起酒和他碰杯，夸他是个"有用的人"。

严冬腊月，雪深没膝。周维忠只能放弃骑车，步行去供电所上班。刚走到村口，看到唐久亮正等在路边。"大雪天的，你跑出来干什么？"周维忠呵斥小久亮，让他赶紧回家。可小久亮根本不听，跑到周维忠前面，用双脚划拉着积雪，给周维忠蹚出一条道来。周维忠心头一热，还是力劝小久亮回家。但小久亮像头倔牛，死活不听劝，硬是走在周维忠的前面，蹚了近十公里的雪路。直到"电爸爸"来到供电所，他才呵呵笑着转身离去。

雪地里蹚出的路，让周维忠泪目。

平时，小久亮只要一看到周维忠的身影，就会大老远地迎上去，并跟前跟后地陪他走村串户去“抄电表”。

而今，唐久亮长成了大小伙子，不开口说话，几乎看不出痴傻。乡邻建房，他就赶去帮忙挑砖头。庄稼地里收割，上百斤的稻谷口袋，他扛起就走。村里人都说，唐久亮跟着周师傅，“铁树开花了”。

周维忠对小久亮的好，唐永富看在眼里，感激不已。

不过，唐永富还有另一桩心事。

那是唐永富最不愿意提及的一件事。唐家一儿一女，也是儿女齐全。唐久亮的姐姐叫秋霞，也就是唐永富的女儿，身心正常，十多年前，因无法忍受家里的破败和压抑，便外出打工去了，不久没了音讯。

具体什么情况，村里人都不清楚。唐家在沿江村是一个特例，一家四口有两个智障，唐永富自己还有眼疾，好歹有个正常的女儿，以为能分担些家庭压力，多少也是安慰吧。不料，秋霞 15 岁外出打工，像人间蒸发了似的，跟这个家断了联系。活蹦乱跳的女儿不见了，唐永富伤心欲绝。他在仪征周边的县市和亲戚家找了一圈，都没见到秋霞的影子。闺女找不到，想到还要照料智障的妻儿，也没精力和财力继续找，索性就不找了。

然而，“秋霞”这个名字就像一根刺，狠狠地扎在唐永富的心头。村里人看着秋霞长大，难免会问她的去处。唐永富爱面子，总是打岔，或者对乡邻们说，闺女出去打工，每月都寄回一些钱贴补家用呢。

人们并没看到唐家有所改善，就是随口问问。唐永富的难言之隐，周维忠看出来了，但他心地善良，嘴上不便说开。唐永富深知周师傅为人厚道，不会戳穿他的假话，就把女儿打工出走的实情告诉了他。

周维忠跟谁都不提，却老在脑海里琢磨：秋霞为什么一去不回？她是走丢了，还是另有隐情？不管看什么报纸、书刊和电视节目，周维忠都会留意“寻人启示”的栏目。怎么帮唐永富找回女儿呢？

逢年过节，周维忠就会到唐永富家探望。唐永富见到周师傅便念叨：“秋霞咋还不回来啊，她是死是活，总该来个信呀。”

唐永富无助而又期待地看着周维忠，好像周师傅会像孙悟空那样能变戏法，有什么本领把丢了的秋霞变出来。周维忠反倒有些愧疚，似乎不把唐老的女儿找回来，就对不起唐家。

周维忠换位思考，理解唐永富当爸的苦衷。就当是自家闺女离家出走了吧，他很上心地去寻找秋霞的下落。此后四五年间，周维忠自掏腰包，花钱在几家报刊登载寻找秋霞的信息，到处托人打听。只要发现与秋霞相似的线索，他就不厌其烦地打电话联络，结果没有一个是秋霞。

直到 2013 年春节前的一天，周维忠接到了秋霞打来的电话，因为“寻人启事”留着周维忠的联系电话。秋霞哭着说，她已在宜兴结婚安家，有了孩子，当初离开沿江村就是嫌家里穷，母亲和弟弟又是智障人，活在这样的家庭没盼头，她不打算回娘家了。说完就挂了电话。

周维忠随即打回电话，对秋霞好言相劝，你应该回家看看。秋霞说什么也不愿意，早年她家有太多的无奈，给她刻下了心理阴影。周维忠告诉她，你父亲等着你，你的弟弟也好多了，家里会一年比一年好的。周维忠一次次电话，一句句掏心窝子的话，把秋霞说动，同意回家了。

端午节前夕，离家22年的秋霞来仪征的上午，周维忠早早赶到汽车站迎接，用出租车把秋霞接回了沿江村。

事先，周维忠把这个喜讯告诉唐永富。电话里周维忠还和秋霞商量，趁她回家的机会，提前一个月，为他父亲操办 70 岁生日。周维忠出面，帮着唐永富联系，请两桌亲友聚聚，让唐家风光风光。

在亲友团聚的饭桌上，秋霞给周维忠敬酒，说：“谢谢周叔叔，我念这个家，更怕这个家，是周叔叔给我家带来了光明。”

秋霞泣不成声。唐永富老人一把抱住周维忠，哭成了泪人。弟弟小久亮拉着姐姐，一直不肯松手。亲友们都为唐永富一家高兴，秋霞回来了，残缺的家团聚了，寂寞的老唐家也有了久违的笑声。

看到父母和弟弟都有了变化，秋霞感到很意外。小久亮告诉她，周师傅是我的“电爸爸”，秋霞点点头：“你真有福气啊。”

相聚时短，思念悠长。回去的时候，秋霞就和家人约好，要接他们到宜兴自己的家，住上一段时间。不久，唐永富带着妻儿去宜兴探望女儿，周维忠给他们购买了车票，送他们上了长途客车。唐永富和唐久亮将头探出车窗，使劲地朝周维忠挥手，脸上浮动着幸福的笑容……

小家与大家

周维忠的妻子苏俊琴老家在镇江丹徒的幸福村，位于沿岸的世业洲，与周维忠所在的沿江村，隔着一条长江。周维忠姑妈到对岸的企业打工，与苏俊琴相识，觉得这个姑娘清秀而又懂事，就把她介绍给周维忠。那时长江两岸间有轮渡，周维忠过江相亲，与苏俊琴一见钟情。

当初谈恋爱，两人都是 23 岁，正是无忧无虑的青春年华。周维忠一脸憨厚，苏俊琴喜欢逗他，相处中看出了他的待人实在。他们的婚事办得简朴，新娘子的金银首饰都没买。周维忠深感愧疚，欠下的情多年才还上。苏俊琴记得那是个结婚纪念日，周维忠要送她一个礼物。打开首饰盒子，里面装着一只金戒指。原来，村里有人买黄金给客户定制，订货的人变卦了，周维忠就买了下来，只花了 250 元。苏俊琴挺高兴，金戒指不就是一份心意嘛。

1997 年，周维忠父亲因病去世两年后，母亲想要翻建旧屋。家里只有 800 元存款，差得太多，只能东拼西凑。周维忠说："乡邻们听说了，主动把钱借给我们，这家八百，那家两千……两层楼的新房子盖起来，欠下了 5 万元的债务。"

乡亲们说，还钱不急。当时 5 万元不是个小数目，周维忠家的经济条件并不好，两口子节食缩衣，勤俭持家，有一点还一点。当农电工与外出打工的邻居相比，工资每月 1100 元，尚属低收入者。周维忠有修电视机的手艺，有时揽些修理的活儿，但整体的收入也不高。

以周维忠的聪明能干，何愁找不到挣钱的门路？有人劝他"跳槽"外出打工，一年至少挣个三五万。他思前想后，舍不得丢下农电工的活儿。周维忠说：

“无论如何，沿江村上千户人家，需要一个农电工，这样张家出了用电故障，李家需要新接电源，叫起来也方便。”

欠债还钱，天经地义。当时苏俊琴到玩具厂打工，用缝纫机扎玩偶，早出晚归，计件拿钱。可是几百元、上千元入账，杯水车薪，看着家里欠债还有4万多，什么时候还上，苏俊琴比周维忠还着急上火。

“巴家”，在仪征本地话中，意思是特别的顾家。周维忠讲述妻子苏俊琴就用了这个形容词：“我老婆巴家，非常传统。”

1998年，村里熟人商议结伴“闯关东”，前往离家三千里外的东北，到浴室给人搓背。仪征“搓背大军”全国有名，源于扬州浴室的长盛不衰。苏俊琴动了心，人家大都两口子同行，唯有她独自前往。

扬州沐浴，连同扬州园林和淮扬菜肴，属于“扬州三绝”。丰润的水土养育了热爱享受生活的扬州人。“早上皮包水，晚上水包皮”，是扬州有名的俗话。“皮包水”说的是早茶文化，“水包皮”则是指沐浴文化。“扬州传统搓背术”还是扬州市级非物质文化遗产代表项目呢。

苏俊琴勤学苦练，手法和力道都很快了然于心。在闷热的浴室里，东北女顾客对苏南妹子的满意度很高。苏俊琴看上去瘦筋筋的，下手却恰到好处，轻重有度，搓擦周到。有的常来浴室的女顾客，一次享受过，就认准了她的工号，每次来都找她，而她干活认真，绝不偷懒。

“搓背这个活，好像很轻松，实际上很累人。”苏俊琴说，“每天都是腰酸背疼。长期的工作环境高温而且潮湿，容易落下关节疼的毛病。这还都是次要的，主要是离乡背井，心里总是很牵挂家里。”

“很对不起她，吃了那么多的苦……”周维忠心里有愧，万般不舍。妻子远行，为了这个家，每每说此，他都潸然泪下。

在海城打工的日子里，苏俊琴和同乡们合租一套房。另两间住了两对夫妻，只有苏俊琴是独居，与丈夫分居两地。

仪征“搓背大军”的基本单元，大都是结伴打工的农民夫妻。那时手机没普及，打电话要电话卡，或者到附近的卖报亭。偶尔打一次电话，苏俊琴会劝丈夫一起出来干，一是好有个伴，二是能多挣点钱，把家里债还清，房子装修一下。周维忠回答："干完今年，明年再说吧。"

苏俊琴清楚，周维忠跟她说的"明年"无法兑现。说服不了，苏俊琴就在电话那头哭泣，周维忠在这头说好话。后来她明白了，周维忠看重农电工的岗位，丢不下村里的乡亲。多挣点钱还债，苏俊琴带着朴素的念想，连续 12 个春节没回家，只是农忙季节回来住几天。

"有时过年了，打个电话，孩子哭着要妈妈，我也没办法。"说到春节不能团圆，周维忠心里不是滋味。苏俊琴外出打工，周维忠在家"留守"，常年过着夫妻两地分居的生活。家里要还债，所有开支能省则省。家里用了多年的 21 英寸电视，坏了不舍得花钱换零件。过年时也没给婆婆和女儿买新衣服，都是苏俊琴在东北店铺打折买的。家中楼梯没顾上装扶手，母亲夜里下楼，不幸从楼梯口摔下，造成小腿粉碎性骨折，只能卧床三个月……

苏俊琴在海城干活，一拿到钱就往家寄，嘱咐周维忠逐一把钱还上："我本想寄回来的钱，加起来应该还完债了，但周维忠总对我说，家里开支大，债还没还完。后来才知道，他把钱用在哪里了。"

2005 年，在苏俊琴打工 7 年之后，周维忠家盖房所欠的债终于还清了。即使还清了债务，周维忠家的经济仍然不宽裕。这时，周维忠的发小周华玉找上门，他在城区开了一家洗浴中心，想聘请周维忠去当管事的经理，并许诺，可以夫妻同去。周维忠当时收入 1100 元左右，而发小很痛快，月工资给到 3000 元，等于收入翻了将近 3 倍，而且夫妻也能团聚了。

然而，周维忠却婉拒了朋友的好意。全村的乡亲们，还有几个困难户、孤寡老人，早已离不开他。他不能只顾自己，甩手走了。此时，海城那边的用工负责人仍希望苏俊琴上岗，老顾客还在问她啥时候回去，她就再赴东北，继续打工生涯。"巴家"的苏俊琴，挣钱，寄钱，自己舍不得用。支撑她的信念，是她的小家，债还清了，房子装修了，就能团聚了。

苏俊琴并不知道，不管家中经济多么拮据，唐永富家和孤寡老人及困难家庭每月加起来的电费，还有为孤寡老人置办生活用品的钱，周维忠总是瞒着家人事先留下来，决不挪作他用。不仅如此，当周维忠看到唐家吃了上顿没下顿时，还悄悄地弄点大米和蔬菜，给予接济。

直到有一天，周维忠这个农电工的事迹，被著名主持人白岩松在中央电视台节目里“捅”了出来。在此之前，周维忠的事迹报道，由供电系统到主流媒体，已经引起很大反响，家人却仍然被蒙在鼓里。

远在镇江的妻妹很少看报，回到家打开电视几乎是“规定动作”，原因很简单，可以边看电视边做家务事。这天她眼睛瞄过央视节目，正好看到一则农电工的报道，耳畔刮过一个熟悉的名字。她不禁犯了嘀咕，白岩松说的“周维忠”是姐夫吗？这可是面对全国观众啊！

可是电视里那个憨厚的周维忠的照片，那个字幕上标明的仪征供电公司农电工周维忠，不是姐夫又能是谁呢？

妻妹给姐姐苏俊琴打了个电话。

这下子捅了篓子，周维忠“露馅”了。

“你是大老板还是大官咋的？你家里有这么多钱啊？我说怎么搞的，我们家的债总是还不清，原来你根本没说实话！”

“你别急，你听我解释嘛。”

“你能说什么？就你是好人，就你穷大方，这日子还过不过了……”电话里的苏俊琴，一阵疾风暴雨朝周维忠砸过来。

妻子的哭泣，让周维忠心如刀绞。

“当时没办法，就认夙呗。”周维忠的语气里透着酸楚，“我老婆打工不容易，让她发发牢骚吧，也是应该的。”

“后来呢，你怎么化解呢？”

“她好久没搭理我，我慢慢开导，把她心气儿平顺下来。”

“你把钱用了，怎么开导？”

“好好说呗。我跟她说，青黄不接的时候，口粮根本不够吃。要挨家挨户借粮，兄妹四人都怕难为情，只好抓阄。实在饿呀，是乡亲们省出来的一口饭，给了我们一条活路。这是‘百家饭’的恩情。后来选村电工，想干的人多，也是大家相信我，才给我这个服务的机会嘛。”

周维忠保证，以后有事跟妻子商量。

对乡亲，周维忠竭尽全力；对家庭，周维忠歉疚多多。举个例子，家里旧电视早已落伍，女儿周莉想看像样的彩电，老周都没松口。后来，苏俊琴回家探亲带了钱，他们咬咬牙，才换了一台新彩电。

然而周维忠“管得宽”，还是秉性难改。

村里河道支汊上有一座危桥，原来仅四块楼板铺设，经过风吹日晒，只剩下了三块半楼板。白天行走还好点，晚上一不小心就掉下隙缝，曾有人骑车栽进了河里。周维忠告诉苏俊琴，想牵头把桥修好。老人走路本来就吃力，路面不平整，可能会有危险。

苏俊琴放下电话，不放心又打过来。

“你这个人啊，不是有村委会吗？”

“村里要办的事多，咱出力不就快嘛。”

“反正这次，你别再管了。”

周维忠把话岔开来。苏俊琴的担心并非多余，周维忠这一次食言了，他考虑老人走路的安全，再一次“先斩后奏”。

在危桥上徘徊的周维忠，仔细地查看现场。他向村委会表示，自己愿意出资5000元，将这座桥彻底修复。老周的爱心感动众人，村民有钱出钱，有力出力，最后筹款两万余元。2009年9月，修缮工程使这座老桥掸去了岁月的伤痕，扎实地横卧于小河上，大家称它为“爱心桥”。

也是记者的发掘，苏俊琴才知道，周维忠持续帮扶了沿江村15户困难家庭，为他们垫付电费、买米买肉、寻医问药、修缮房屋。而当时，家里的债没还完，这些费用都是周维忠“抠”出来的。

苏俊琴是刀子嘴豆腐心，虽然对周维忠有抱怨，但她还是把搓背赚的辛苦钱，按月寄回家。抹去眼泪的周维忠，平复了心情说：“供电公司领导得知我家属的情况，为她在下属单位安排了工作，也是半个电力人了。我女儿大学毕业，也报考了电力企业，乡邻们可羡慕咱了呢！”

2012 年，苏俊琴从海城回来，有了一个仓库保管员的岗位，夫妻得以团聚了。周维忠不会说甜言蜜语，他用行动弥补深藏的愧疚。苏俊琴说：“我回来上班的时候，因为在外打工时间太长了，不会骑电瓶车。他早上把我送去，晚上下班了把我接回家，想想我也蛮感动的。”

晚饭后没有电话来，周维忠的时间就交给苏俊琴了。他们俩一起散步，沿着河边的小路，一直走到长江边上。散步也是散心，分居两地时曾是遥远的奢望。两人说说家里事，说说村里事，心里的疙瘩也融化了。有时太阳余晖尚在，两人并肩坐在桂花树的浓荫里，漫天霞光如多彩的锦绣铺展。彼此享受着默契的幸福感，人到中年仿佛回到了初恋时光……

什么是幸福

爸爸，给儿女如山的依靠。独生女儿周莉，是周维忠的宝贝疙瘩。孩提时期，周莉就喜欢爸爸那双充满力量的大手，能把自己举得高高的。她开心极了，每次都大喊着“我会飞咯”！

小女孩很乖巧也很敏感，总希望能在父母的身边。可是，爸爸太忙了。等到爸爸下班回家，她就怕家里电话响起来。放下电话，爸爸骑上摩托车，急匆匆地往外跑，说用电的事情不能耽误。

妈妈也很忙，先在附近厂子上班，后来到东北打工。平时，周莉跟着奶奶过日子，在思念妈妈中度日。长达 13 年，只能从照片上看到妈妈的笑脸，在电话里听到妈妈的声音。春节妈妈走不开，只能农忙时回家，每次都给她带新买的衣服。可她最想要的，是妈妈不要走。她抱着妈妈泪流满面，妈妈也哭，告诉她，家里欠了钱，自己必须工作才能把债还掉。

爸爸在家吃饭，本来是多高兴的事啊。爸爸掌勺炒菜，她能跟爸爸说说话，撒撒娇。没想到，却给她带来了好大的烦恼。

那一天晚饭前，周维忠回来，带了一个言行举止很奇怪的男孩，说他的名字叫唐久亮，让他坐在饭桌旁一起吃饭。

周维忠耐心地和小久亮说话，好像忘了周莉的存在。荤菜和素菜都做好了，盛了满满一碗饭端给唐久亮。唐久亮不管不顾，专挑好吃的，周莉看得愣住了。小久亮的吃相真吓人，她一赌气就离开了饭桌。

周莉噘起嘴巴，周维忠搂过女儿耳语几句。

“你把久亮当作亲哥哥，就不讨厌他了。”

看不惯有人分享父爱，女儿当然要抱怨。

“我想吃糖醋排骨，你每次都忘了，或者说，没时间做。可是对他咋就这么大方？我可是你的亲生女儿啊！”

“对不起啊，你要吃，我再烧嘛。”

有时到了吃饭时间，唐久亮会在周维忠家门前转悠。周维忠就把小久亮领进门，和家人一起吃饭。小久亮食量很大，饭桌上周维忠给久亮夹红烧肉，让他敞开肚子吃得开心。也许他认为久亮智障，沟通有障碍，而女儿周莉聪明懂事，照顾自己没有问题，用不着他来管三管四。

周莉是独生子女，从小到大虽然家里不富裕，但她一直是父母的掌上明珠，哪里受得了爸爸对别家孩子这般呵护。

况且，唐久亮吃肉吃不够，狼吞虎咽，邋里邋遢，奶奶能耐心地相待，而周莉就不高兴，放下筷子，不想吃饭了。

看得出，女儿对久亮有点嫌弃，也有点吃醋。

“小久亮家很困难，我们帮帮他吧。”

每个女孩子都有爱美之心。在周莉的记忆里，小时候爸妈都给她买衣服，后来妈妈买的多。从她念小学三年级开始，周维忠自己不上街，想要什么衣服了，都让姑妈们抽空带她去集镇的商店买。

可是奇怪，每到春节，周维忠都要领着小久亮，买一身新衣服，还有一双新鞋子。久亮乐得合不拢嘴，跟周莉炫耀。

那时周莉年纪尚小，并不能理解爸爸的善心，有的只是不满：“反正你对久亮，比对我还好，我有意见！”

周莉说，回想起来，爸爸那时应该挺为难的。她记得，周维忠和她坦率地沟通过：“我们困难的时候，村里人曾经帮过我们，现在我们也要帮人家。小久亮这一家人的日子，比我们家更困难。”

读初中时，周莉寄宿在学校宿舍，每个周末回家。有一个周末，周维忠对女儿说：“周莉，今天爸爸带你串个门好吗？”

周莉说：“好呀，去哪里啊？”

“就去你唐久亮哥哥家，你不是很好奇嘛。”周维忠说，“今天就带你去看看，他们家是什么样子，好不好？”

“好啊，好啊！”

周维忠带着女儿，先去买了盒装牛奶，割了瘦猪肉，又去买了水果，才骑车载着周莉，一起去了唐久亮家。

沿江村很大，很多角落周莉都没去过，感觉摩托车骑了好一阵，才到唐久亮家。进了门，周莉真不敢相信，还有这么破旧、随时都可能倒塌的房子。当时周维忠还在琢磨怎么帮他们修房子呢。只见碎砖头掉渣，墙上没刷过漆，还裂了好大一块，大白天的也看不见屋子里有什么。过了一阵，周莉眼睛适应了，才看到两位老人家在笑，大爷眼睛眯着，而大妈似乎有点胆怯。

“周莉，这是唐哥哥的父母，你喊人了吗？”

“大爷好，大妈好！”

周莉突然反应过来，原来爸爸平时说的，没有半点假话。自己太任性，总觉得爸爸偏心，看来这家人真的太难了。

醒悟的周莉鼻子一酸，赶紧搭手和爸爸一起，把唐哥哥家打扫一遍。爸爸去厨房的灶台前做红烧肉了，她就把带来的香蕉给每人递了一根。看到唐家人都吃得很有滋味，周莉的眼角不由得湿润了。

回去的路上，周莉说：“爸爸，我跟你道歉，对不起啊，误会你了。没想到唐哥哥家这么难，以后我也帮你做。”

“闺女，你有这份心就好。”

偶尔听父母念叨家里欠债，周莉就跟着犯愁，小小年纪就很懂事，不会要什么名牌，吃的用的一向随意。就是想在家里换一台新电视，父母不作答复，她也知趣地闭了嘴，直到好多年后才看上了彩电。

这天周莉从学校回家，翻找以前用过的课本，无意发现了一个木头箱子。她跑去问奶奶，这箱子里藏着什么宝贝呢？

奶奶笑她想多了：“咱家能有什么宝贝啊，要是有的话，欠债也不会到现在也还不清啦，你还是问你爸爸吧。”

她好奇地想：“爸爸会有瞒着我的小秘密吗？”

傍晚，周维忠走进家门，刚跟奶奶打了个招呼，周莉就迎上去，迫不及待地把爸爸拉进房间。她指了指箱子，得意于这个重大发现，笑眯眯地问：“爸爸，这里面不会是咱家的存款吧？”

周维忠打开了箱子。

“哇——”箱子里满满当当的存折让周莉眼睛发直。

连蒙带猜的，没想到蒙对了。

“老爸，你瞒着家里人，有这么多的存折！”周莉和爸爸没大没小，早已习惯了，她要弄个水落石出，看爸爸怎么回答。

“平常老喊没钱，原来是在打埋伏啊！”

“存折是真的，名字不是我们的。”

“什么意思？地上拣的？”

“哪里去拣嘛，人家送来的。”

没等周莉兴奋劲过去，周维忠就把存折翻开说：“你看，这里有 150 多本银行存折，一部分是村民们委托我存钱、代扣电费，还有一部分是村里的留守老人把家里的存款委托我来保管的。”

他拿过一本最早的存折，告诉周莉：“你知道跃进组的周本来吧，他把 10 年多的存款都交给我，连个收条都不肯要。”

周莉感到非常诧异，毕竟总听说“江湖险恶”，人与人之间的信任非常难得。她竖起大拇指：“哎，老爸，这么多人信任你啊！”

周维忠咧嘴笑了："女儿啊，信任虽然只是两个字，但它很重，价值千金，也许这就是成就感吧，我感觉无比幸福！"

那是2010年的农忙时节，从事粮食加工的村民周本来，遇到了一件不大不小的烦心事。因为路途不便，业务繁忙，他没空到城区缴纳电费，可他又担心欠费停电影响生产。夹在两难中的周本来很苦恼。这时，热心肠的周维忠上门服务，愿意帮周本来到城区缴纳电费。周本来二话没说，就把银行存折拿了出来。这是周维忠收到的第一本交电费的存折。

村民到供电所缴电费，周维忠能"代办代缴"，很快就口口相传，被许多人得知了。不相信周师傅相信谁？他收到的存折越来越多。最多的时候，全村有700多户村民把存折或银行卡主动交给周维忠，委托他代缴水电费、购买生活用品等，他每年经手的金额超过100万元。

这些年，电子交费越来越普遍。逢年过节，周维忠一路巡线，特意来到那些有亲人回来的老人家里，推广手机交电费的功能。这不，他来到吴奶奶家，对回来过节的吴家孙子讲解"网上国网"App。"这个App功能齐全，你只要下载，注册登录就能随时缴费、查电量和办业务……"

从介绍功能应用，到协助客户完成下载安装，再到讲解操作方法，周维忠不厌其烦，教会老人的家属，每天重复几十遍。他要让村民享受到供电服务的便利，从"最多跑一次"到"一次都不跑"。

时至今日，放在周维忠家抽屉的银行存折，就是周莉发现的"爸爸的存折"，还有150多本，都是非亲非故的老人，或者在外打工的村民，请他存钱、代扣电费。存了多少年、存了多少钱，全权委托。

农村的老人，大都很看重"养老钱"，有的连子女也不愿意给，但都放心地交给周师傅保管。周维忠要打收条，他们都摇摇手说："不用，不用，你能收着我们就放心了。"没有人肯要他一张收条。

周维忠估算了一下，这些村民的存折里的钱加起来，至少超过20万元。都说人与人之间的关系冷漠，不能随便地相信别人，周维忠能得到这么多人的信任，他觉得，自己就是天底下最幸福的人。

快欠费时，周维忠上门收钱，带到银行存好。“虽然现在手机缴电费的多了，但是哪怕剩下最后一本存折，我也会把这份工作做下去。”

在电力企业上班的周莉，对爸爸周维忠有了更多的理解。当省电力公司组织“最美国网人”的宣讲活动时，主办方与周莉商量，能否以女儿的角度写一写父亲。她提笔写了一篇文章，题为《我的父亲》。后来确定的宣讲者就是周莉，这是她第一次写爸爸，也是第一次当众发言。

在她的文章结尾，有一段心里话：

我想说，通过爸爸我学到了很多。心存善念，多做善事，不去计较个人得失，是难能可贵的精神品质。于我而言，家人健康是最宝贵的。我很羡慕爸爸知足常乐的心态，幸福感由内而外散发出来。我们这一代年轻人还是太浮躁了。为了向他看齐，我在积极地向党组织靠拢。

演播大厅的掌声响起来，角落里有一个听众泪湿双眼。他就是悄然入座的周维忠。女儿长大了，她的文章要写什么，这是她的自由。但女儿能理解他这个父亲，让他欣慰而感动。周维忠说：“我帮助别人，其实也是帮助自己，女儿见我这样做，懂得了感恩，这会让她受益终生。”

“编外村官”

2008 年周维忠做好事“泄密”后，相继被评为“仪征好人”、“扬州好人”、扬州市劳动模范和江苏省劳动模范、江苏省“道德模范”；2011 年，荣登“中国好人”榜；2013 年，当选省“三创三先”之星和“十佳文明职工”，荣获省“五一劳动奖章”，作为全省学雷锋先进典型接受省级媒体联合专访，被国网公司党组和江苏省委授予“创先争优优秀共产党员”称号。

曾任村委会主任的陈怀忠说："我和周维忠打小在一起长大，但他做了这么多好事，邻居们都不知情。过去大家说周维忠的人缘好，村里做不通的工作，我们请他出山，他都能尽心尽力帮着村里搞定。这么多年了，他默默做好事，从不求回报，我们接受起来倒成了习惯……"

沿江村的排涝站，建于20世纪70年代，拥有电动机3台，最大抽水量达每秒12立方米。村集体没有专款，如何维护与使用曾叫村委会深感为难。1988年，周维忠担任村电工的时候起，他就承担了义务维护保养的责任，定期检查电机运行状态，并做到"小修不出门，配件自掏钱"。他当电工归电力部门管，而排涝站归水务部门管，他一干就没脱过手。

紧靠长江的沿江村，对于长江的脾性很警惕。有一年，长江遭遇严重洪涝灾害，仪征沿江地区内河水位猛增1.8米。排涝站开足全部马力，24小时内泄洪约90万立方米，使村庄和农田安然无恙，度过最危险的时段。仪征市水务局表彰沿江村排涝站为"抗洪排涝先进单位"。村民都说："排涝站之所以拉得出、打得响，不是靠什么运气，还是多亏了周师傅。"

周维忠告诉笔者，村里粮田地势偏低，一下大雨就容易淹，庄稼一淹，时间一长，就会影响产量。排涝站平时维护，汛期开启，不排水就影响庄稼生长。排水时，机器一开就是几天，晚上还得值班。夏天蚊虫多，浑身被咬，那滋味不好受。这么多年都是义务干活，从没领过补贴。

在大家的心目中，周维忠既是一个尽职尽责的好电工，也是一个公道正派的好村民。他对所有乡亲不分亲疏，24小时全天候保障供电，这让他在沿江村颇有威望。从23岁那年起，周维忠被推选为"村民代表"，帮助村委会协调和解决矛盾，成了大伙儿非常信赖的"编外村官"。

"我们的家乡，在希望的田野上……"村委会前的广场乐曲飞扬，农民舞蹈队正在排练。担任广场舞领队的大妈胡宝香，时髦的舞裙，淡黄的头发，彤红的脸庞，看上去根本都不像近60岁了。

原先，胡宝香却是另一番生活状态，天天围着家中的麻将桌，与麻将结缘，有时不仅下午打，晚饭后还继续打，半夜还不散场。一天到晚腰酸背痛，头昏脑涨，严重时，肩周炎发作，手臂抬不起来。到医院，医生说是久坐造成的，必须户外运动。医生说归说，可她舍不得放弃麻将。

一次，周维忠来胡宝香家修电灯，看到她在麻将桌上，就笑笑没说什么。他回家后告诉妻子苏俊琴，让她和胡宝香谈谈。

不打麻将可以做什么？可以出去玩玩，或者跳跳广场舞啊。当时胡宝香有些犯难，苏俊琴让她外出锻炼身体来增强体质，倒是非常好的提议。但跳广场舞一没有设备，二没有场地，谈何容易？

苏俊琴回家，把胡宝香的困惑告诉周维忠。周维忠觉得，如果胡宝香能离开麻将桌，就能把村里的风气带动起来。他找来工匠平整出一块活动场地，自掏腰包购买了音响设备，还特意加上一盏路灯。

不久，一支近 30 人的农民舞蹈队成立了，由胡宝香带着一帮中老年妇女学广场舞。胡宝香自幼喜爱跳舞，很快胜任了舞蹈队的领舞工作，她还参加仪征市广场舞大赛和各种文艺义演活动，多次获奖呢。

胡宝香兴奋地对记者说，自从跳起广场舞，就关闭了棋牌室，更重要的是身体比以前更健康了，心情愉悦，生活幸福更有奔头了，她还应邀去仪征市步行街做广场舞领队。这一切，都得感谢周师傅啊。

2021 年 1 月 27 日晚，沿江村“红颜草莓园”的主人蒋林滨在微信朋友圈晒了当天的成绩单：销售草莓 70 多斤，卖到了江浙沪。前几天还为草莓滞销犯愁叹气的蒋林滨，为何一天就卖出这么多呢？

他说，都是周维忠的功劳。

事情得从 2019 年 10 月说起。蒋林滨来自浙江台州，看中了沿江村徐庄组 100 多亩承包地，用来种植草莓和西瓜。一家人起早贪黑点播草莓种子，由于缺乏经验，竟忽视了种子发芽出苗需大量浇水，没有电不行。蒋林滨急得像热锅上的蚂蚁，不浇水，种子就得枯死或发芽率不高。

他赶紧向辖区电工周师傅求救。周维忠答应“开绿灯”。两天后，周维忠带着同事，为种植园安装了 300 多米长的浇灌打水线路，解了蒋林滨的燃眉之急。从那以后，周维忠对这片承包地留了心，隔三岔五地到蒋林滨家看看，了解经营中有没有什么困难，帮助排除用电的隐患。

这天傍晚，周维忠下班后来到蒋林滨的种植园。20 多亩草莓丰收在望，蒋林滨却高兴不起来。销路不畅，再过十天半月不采摘，草莓要烂在地头了。周维忠劝他别着急，大家想法子帮他渡过难关。

第二天，周维忠一到供电所，就把这件事告诉同事，请大家出主意。一位同事说，网络直播带货很火，不妨以周维忠“全国劳模”的身份，在网络上“卖草莓”，吸引消费者关注，说不定能行！

周维忠忙摆手：“我也不是网红，哪里能出镜？”同事们都说：“网上带货，要讲信用，你这个‘劳模’，就是金字招牌。再说，你又不为自己，是为脱贫致富出力，当然是好事啦，你不会，我们大家帮你。”

和蒋林滨一碰头，蒋林滨喜出望外，就这么定下来。周维忠头一次出镜，年轻同事当参谋，灯光和设备都齐了。

“红颜草莓园的草莓，鲜嫩汁多，味美甘甜，纯天然生长，欢迎大家品尝。”周维忠身穿红马甲，胸前戴着劳模奖章，和几位青年志愿者，在“红颜草莓园”开播，进行销售草莓的网络直播带货。

果然，一炮打响，草莓的订单量蜂拥而来。

“劳模”为民所用，周维忠心甘情愿。

谁都知道，村干部直接面对群众，待遇不高，工作难做，村委会把周维忠当作身边的榜样，有事与他商量，请他传经送宝。

着眼于增强党的基层组织凝聚力，沿江村党支部组织了党员冬训班，内容是“两学一做”学习教育实践活动的再深入。培训班上，村干部提议，周维忠是沿江村的楷模，因为他生于斯、长于斯，热心助人，这么多年不改本色，在群众中的威望很高，能不能请周维忠讲一课？

盛情难却，面对同乡的党员骨干，周维忠不再推辞，打开了话匣子。周维忠不喜欢唱高调，从来都用行动表达自己纯朴的真情。群众有难，党员就应该站出来。他相信爱心传递，星星之火，可以燎原。

与党员们交心的一席话，说得心里透亮。没过多久，仪征地区突遇罕见雪灾，沿江地区受灾严重。冰天雪地，寒风凌厉。周维忠和村干部并肩作战，一边和同事清除电力线路覆冰，一边响应村里号召组织扫雪除冰，给行动不便的村民采买急需的生活用品。一场雪灾下来，村民的生产生活居然没受到大的影响，周维忠和村委们用实际行动践行了冬训班的学习成果。

扛起"振兴梦"

在沿江村这个大家庭里，周维忠当初的角色很单一，把电工的活做好，让家家户户满意。然而，他用赤诚的善心，不分分内分外，把看上去按章办事的技术工种，做出了暖暖的情意，角色也变得丰富多彩。直到他被委任为驻村"第一书记"，站到了全村最引人注目的中心位置。这当然是顺理成章，而他面临的挑战并不轻松：如何让沿江村在乡村振兴路上加快步伐？

沿江村现任村主任汤永军介绍说，原先这里不叫沿江村，而是叫汴河村。当时村子规模不大，500 来户人家，1000 多名村民。2004 年，地方上区域调整，原来的汴河村跟相邻的黄泥村合并，组成了沿江村。村庄规模一下子翻了番，村民则多了三倍，村干部的工作量陡然增加。

当时沿江村归仪征市滨江开发区管辖（2022 年 12 月划入新城镇），重组的沿江村是一个大村庄，共有 29 个村民小组，1080 户，3600 多人。周维忠的工作关系，从原来的朴席供电所转到了现在的滨江供电所。周维忠的职责，似乎仍是一肩两挑：有形的工作，是负责台区供电的农电工；而无形的工作，就是配合村委会，把沿江村的事当成自己的事。

看得出，周维忠是过日子的"能人"。

他家小院的左侧，有个三四平方米的人工水泥小塘，微波清漾，睡莲如盖，莲叶下卧四五十厘米长的锦鲤，一身瓷白，头和背墨斑如斗。再看旁边菜地，绿油油的，有生菜、空心菜、绿叶苋菜。墙外的稻田，长势喜人，湿漉漉的，透着泥土的清香，甚是养眼。

以周维忠的聪明能干，要是当养鱼大户、种植大户，早就发了。那样的话，他就是“周老板”，而不是周师傅了。偏偏，老周并不在意个人得失，他珍惜农电工的岗位，更珍惜为乡亲们办实事的机会。

眼前周维忠家两层小楼，与附近的农家院子相比，最普通不过了。装修非常简单，只是刷了白墙，没什么高档的家具。苏俊琴笑着告诉我：“家里楼道电灯坏了，周维忠忙得没空修，黑了半年多，他说好要修，一转眼就忘到脑后了。我故意跟他说，我们家要请电工来修电灯啦。”

直到春节，女儿女婿要回家了，周维忠才把楼道的灯修好。苏俊琴已经习惯了，周维忠眼里，凡事排个顺序，谁先谁后，有他的标准和考量。自家的事，再大也是小事；旁人的事，再小也是大事。

苏俊琴后来也渐渐地理解了周维忠：“我从海城打工回来后，那些受老周帮助过的无依无靠的老人，对我投来满是善意的眼神。他们会主动和我说话，让我心里热乎乎的，感到周维忠做的好事，值得！”

是啊，周维忠收入并不高，扶助唐家和 7 个五保户花了家里多少钱，他没记过账，但他有一个习惯坚持至今：月初买鱼买肉去唐家，月中买米买油去五保户家，月底帮唐家和五保户缴电费。

他当了“周书记”，事情再多，也有意识地登门探望老人的近况。提早上班，推迟回家，周维忠骑车“绕道”，看看老人们需要什么，时常带些大米、食用油和瓜果蔬菜。其实，政府近年才出台“电费减免政策”，五保户老人每月免费用电 15 千瓦时，超出部分至今仍由他垫付。

近些年，家里没有了还债的压力，女儿大学毕业工作了，周维忠帮孤寡老人垫付电费和照料生活的费用，不再像往年那样吃力了。他对家人说：“苦日子算熬过来了，咱们把好人做到底吧！”妻子点头，女儿赞成，一家人接力把“善意谎言”变成了“爱心诺言”。

对于周维忠的善举，著名央视主持人白岩松点评道：“生活中很难用物化的标准来衡量一个人的强与弱。周维忠虽然并不富裕，但他用一颗宝贵的爱心帮助弱者，这本身就是一种内心的强大。”

当上“周书记”后，周维忠深感责任重大。沿江村坐落在长江边上，隶属于扬州境内的仪征，与仪征市区相隔十来公里，是水网密布的大村子，且不乏江南水乡的风韵。往村南头就是长江，北边是仪扬古运河。按说沿江村地理位置优越，并不缺发展机遇。虽然变化明显，只是与快速发展的周边乡村比，没什么像样的企业，集体经济相对薄弱，是当地的特例。

不过，周维忠帮扶特困人家与孤寡老人，为什么宁可自己扛起来，也不愿张口跟村里要？采访中笔者得知，沿江村属于“国家农田保护区”，也就是说，只能以种植业为主。这在乡镇企业发达的苏南是个例外，成为集体经济的制约因素，村干部心有余而力不足。

周维忠和村主任汤永军非常默契，他们和村委一班人琢磨沿江村的发展前景。周维忠多方沟通，促成仪征供电公司与地方政府、科研机构开展“结对共建”，建设200亩精品水稻种植基地、55亩绿色农产品种植基地和一座电气化粮食烘干厂房，打造从种植到生产、加工和销售的现代农业全产业链，在维护“国家农田保护区”的前提下，画出更新更美的图画。

沿江村靠近长江北岸，昔日有好些闲置的滩地。周维忠从小就在滩田上挑野菜、打猪草，知道大片沙土地是由长江里的泥沙堆积而成，种粮食不行，但非常适合种植蔬菜，然而眼下只有村民零星种植。周维忠多方撮合，引入当地的一家专供超市的大型农产业企业，由沿江村出地，企业出资金，雇佣村里劳力，合作提升蔬菜种植基地的现代化水平。占地十余亩的轻钢结构蔬菜大棚矗立起来，集智能化培育、浇灌于一体，让村民直呼“开了眼”。

在乳白色的蔬菜大棚里，按时令陆续种植了数十种不同的优质品种，紫菜苔、萝卜、青菜、芦蒿、茭白等蔬菜长势喜人，可以交替上市。周维忠逢人便推销当地的紫菜苔。因特殊土质，苔体细长、花苔皮色发紫的紫菜苔，采其茎与嫩叶爆炒后，口感嫩滑无渣，味甘清香。

“大棚里60%以上的土地都种了紫菜苔，一年能收好几茬。”周维忠乐呵呵地说，“紫菜苔在市场上很抢手，以前供不应求，常常断货。现在形成了规模种植，不但有了稳定的货源，还能卖出好价钱！”

去年深秋，江苏里下河地区农科所水稻经作室的专家特地来到沿江村，查看精品水稻“金香玉 1 号”的长势。专家捻着沉沉的稻穗，禁不住夸赞：“今年夏天遇到罕见的持续高温，但这田里的稻子颗粒饱满，说明大家管理得很精心，保守预计亩产至少能达到 1000 斤以上。”

这一大片精品水稻种植基地，就是周维忠担任驻村“第一书记”后引进的富民项目。“200 亩精品水稻预计可收获稻谷 20 万斤，加工成米能有 14 万斤……”周维忠盘算着，“好稻米是有机的，还要找好销路、卖好价钱。”他明白，精品水稻以有机取胜，打出品牌，才能销路顺畅。10 月底水稻收获时，村委会就将稻谷全部收购，注册了特色商标统一营销。

对于村集体的收入，周维忠格外在意，心里有一本账。他告诉我：“蔬菜大棚基地一年可增加 2 至 3 万元，精品水稻已为村集体经济增加收入 10 多万元。今年我们继续推进，精品水稻面积又增加 100 亩，预计将再增集体收入 5 万多元。”2022 年至今，周维忠通过各种途径，帮村里引进约 50 万元外部资金，用于沿江村产业发展、道路铺设和困难群众帮扶。

在“能人”的眼里，人勤地不懒。周维忠带领村委班子成员在村部周边开垦 3 亩荒地，都种上了蔬菜。村干部起早带晚浇水、锄草、施肥，菜地绿油油的很是喜人。收获时节，他和村干部带着亲手栽种的蔬菜，慰问老党员、老教师，说说村里的发展，听听大家对美好生活的期盼。

沿江村“党群服务中心”服务大厅隔壁，是周维忠牵头促成的“电力爱心超市”，村民们可以用积分卡兑换生活用品。

“来这里买东西无需付钱，只要付出爱心。”周维忠介绍，这是国网赋能乡村工程“爱心助农行动公益品牌”的重点项目，由国网仪征市供电公司负责建设，沿江村两委班子参与运营管理。村民通过参加志愿服务、乡村治理、乡风建设等若干项目获得积分，再到超市“变现”，可以兑换生活类商品。爱心超市还拿出部分商品慰问村里的困难家庭。

说到村子的变化和进步，周维忠在意的，还是传递好的风气。一个人的力量终归有限，心往一处想，劲往一处使，再大的困难也能克服。他建议，村干部要给村民当榜样，把困难户分摊到负责人，形成帮扶弱势群体常态化，就能体现制度的优越性，使更多的好政策落到实处。

周维忠的表率作用，增强了党组织的凝聚力。其中就有当过兵的老党员胡定林。村里人称胡定林是“多面手”，木工、瓦匠和修理活儿，他都跟别人学过，平时喜欢鼓捣些小玩意。都是乡里乡亲，胡定林看到周维忠为村民忙前忙后，风里来雨里去，敬佩之情久积于心。

有一次，胡定林家里来人请客，中午 11 点做午饭时家里突然没了电。这可把老胡急坏了，客人在等着呢。他脑海里能想到的就是周维忠。接了电话后，周维忠没过一会儿就骑着摩托车赶来了，排查后告诉他：“老胡你别急，小问题，空开烧坏了，我给你换。”一会儿果然电来了。

胡定林有点不好意思，他抱歉地说：“你看这大中午的，连顿饭也不能招待你，你工作这么忙还让你跑一趟！”

“老胡你就别跟我客气了，”周维忠说，“我也顺路去桂德九家看看，他说灯不亮，估计阴雨天线路老化受潮了。”

胡定林看在眼里，记在心里。从那以后，他跟老周学电工活儿，遇到一些小故障，周维忠忙不过来，就打电话给他，请他分担分担。像胡定林这样的党员骨干多了，周维忠做好事也有了“同行者”。

沿江村更多的变化悄然而至。被周维忠的精神深深打动，越来越多的人尽自己所能，为沿江村添砖加瓦。一位在广东做生意的周姓老板拿钱为槽坊组、三联组安装了 20 盏节能路灯；一位建筑公司徐姓老板出资为黄泥组铺设了 400 米长的水泥路；十几家种粮大户从安徽马鞍山、江苏连云港等地来到沿江村；多家西瓜和草莓种植专业户也在村里扎了根……

周维忠当沿江村“第一书记”，他想的、说的和做的，都是村里的大事小事。而他的本职工作并没有耽误，扬州供电公司非常支持，由仪征滨江供电所组成的“周维忠共产党员服务队”，一旦出现线路故障，他的徒弟和同事招之即来。周维忠这个沿江村带头人，在村里不拿一分钱工资，不拿一丁点补助，增加的只是为民服务的职责，考虑的是村里的当下与未来。

“周书记就是一个发光发热的人，对我们村的影响可大啦！”村干部对周维忠都很服气。沿江村的经济发展项目有起色，周维忠又和村委们推进新的规划。他对熟悉的村子有信心，对热爱的村民有信心。沿江村任重道远，关键在于风清气正，把村集体经济搞上去，让村民过上好日子，还要吸引外出打工的年轻人回乡创业，共同描绘乡村振兴的美好愿景。

微光处处

——记扬州市广陵区曲江街道文昌花园社区主任郑翔

王　峰

在时代大背景中，这条蜿蜒曲折的水道，一直从 2002 年的夏天流到了 2023 年的春天。初春的阳光照在那浅浅的河面上，执着、和煦、温暖，成为郑翔一路向前、融入社区工作的生命底色。

一

去往文昌花园的路程远比想象的要短很多。

从扬州东站出来后，车子一直往西。过了廖家沟大河，跨过京杭大运河，就到了文昌花园南大门。新时代文明实践站“曲江街道文昌花园社区党群服务中心”就在文昌花园小区里面。

小区门头很大，一条主干道，通往小区深处，回头望去，车水马龙的喧嚣声已隔绝在远处。正值春天万物复苏，小区内绿意盎然，绿植深处，浓浓的生活气息扑面而来，安静而平常。

坚守“老百姓说好才是真的好”的工作理念，文昌花园社区党委书记、居委会主任郑翔，正是从这个小区出发，先后获得“全国优秀党务工作者”“全国小巷总理之星”“全国模范小巷总理”等荣誉称号，并被推选为党的十八大、十九大、二十大代表。

文昌花园社区位于扬州城东部，由文昌花园、鸿泰家园和印染厂宿舍等住宅小区构成。其中，文昌花园是扬州第一个大型拆迁安置小区。社区东起运河北路，南临文昌中路，西至沙施河，北沿二里桥路。区域面积 1.28 平方千米，有居民 4200 多户，常住人口 1.2 万人。

2005 年，文昌花园社区成立。同年，郑翔从广陵区文峰街道宝塔社区来到曲江街道文昌花园社区，任社区党总支书记、居委会主任。

文昌花园社区在扬州古运河与京杭大运河之间，它的崛起，成为古城扬州城乡变迁的一个缩影：20 世纪 70 年代之前，市区古运河以东地区属于城市郊区，其范围包括今文昌花园所在位置。当时，区域内有渔场、农田、河道和农民庄台，以及为数不多、规模不一的企事业单位；20 世纪 80 年代始，随着扬州古城保护和城市建设进入一个全新的发展时期，城郊东部成为扬州城市建设发展的重点区域之一，并在城乡快速融合中成为城市的一部分。

若到江南赶上春，千万和春住。

我[①]第一次到文昌花园时，正是“烟花三月下扬州”的时节。阳光明澈，风不疾不徐，空气湿润而温煦，扬州的春天正以更喧腾、更江南的气势，让人迷失在沿路那一片片开阔的水道、一丛丛繁茂的树木之中。

人在景中，人自然也就成了景观的一个部分，言行举止也会更加知书达礼、温文尔雅吧。举步来到文昌花园，小区内处处都体现出科学的规划、合理的布局。中心地区建有由绿树、草坪、小桥、流水和石滩构成的“十”字形大道；中心花园直径达42米，设有下沉式音乐喷泉，四周由环形水池和花草灌木围合，绿化率高达45.5%；小区里还有幼儿园、小学，有一定配比的地下车库……

更引人注目的是，小区广场南北纵深160米，东西长280米，中心部分呈直径42米的圆形，并设有东、南、西三个出入口，内筑亭台、小桥、喷泉、山石、河道、花架廊等；广场中央竖立着一座不锈钢雕塑，高达6.8米，上方有一群仙鹤，正展翅腾飞，在阳光下闪闪发光。其南侧底座刻有“鹤舞文昌，紫气东来”的字样，北侧则刻有“安居乐业，吉祥如意”的字样。这座最初寓意“腰缠十万贯，骑鹤下扬州”的雕像，一度被闲置，但在2004年秋天落户文昌花园小区后，就成为文昌花园社区标志性吉祥物。

20年后的今天，这些处处以人为本的细节，依然能让人跷起大拇指，当时的人怎么就会考虑这么长远、这么周到？

可是，对当时的第一批居民来说，离开赖以生存的土地，告别熟悉的生活方式，他们内心的忐忑远胜于喜悦。这是城镇化进程中一个普遍的现象：旧有的人群联系，虽然错综复杂，但多靠血缘亲族维系，每个人也都通过自己在群体中的位置，树立起相应的价值观和伦理体系；到城市里生活，则意味着原有

① 本篇人物小传中“我”的身份为采访者王峰（引文除外）。

的社交网络失效，需在短期内构建新网络和价值观，否则人会陷入迷惘与沮丧当中。此外，中国当时正置身于经济体制改革、1997年亚洲金融危机、准备加入WTO等大背景下，社会矛盾重重，新成立的文昌花园社区成为当时的一个缩影，在扬州是出了名的“三多三难社区”——困难家庭多，群众生活难；矛盾纠纷多，凝聚人心难；不良现象多，文明和谐难。直到2023年，我在文昌花园城市小区，仍能看到多栋红砖砌成的农民房。文昌花园社区党委副书记陈桂香告诉我说，这都是当年保留下来的。

2004年9月28日，扬州市委、市政府在一街之隔的曲江公园举行文昌花园安置房钥匙发放仪式，由市领导为首批迁居文昌花园的安置户发放新房钥匙。与此同时，围绕文昌花园内、外部环境的改造，依然在如火如荼地进行，比如在文昌花园安置房钥匙发放仪式上，曲江公园同时开园；仪式举行次年，东依运河北路、南临文昌中路、西依沙施河、北至解放北路的（今二里桥路）区域内新型社区的筹建，也正在紧锣密鼓地筹备当中。

2023年3月31日，我在文昌花园采访到了首批安置户代表，62岁的李树香、73岁的陈定凤、76岁的腾晓玲、72岁的陈龙华、71岁的王文兰……他们在文昌花园生活的苦与乐、酸与甜，与郑翔担任社区主任近二十年的时间形成互证关系。

安置小区需要有高水平的管理者，郑翔用她的耐心、热心和爱心，引导、帮助他们离开旧有的生活秩序，融入城市生活，享受城市生活。

为什么会是郑翔？历史选择郑翔的必然性又在哪里？

二

一条新京杭大运河，于1958年截弯取直，如今即在文昌花园东边贯通南北。2014年，随着中国大运河入选世界文化遗产名录，运河文化，再次成为扬州发展的新动力，激荡着新时代的澎湃潮声。

初春的运河清波荡漾，鸥鹭翔集，衬得这一方天空更加辽阔、旷远。河上往来船只不断，温暖潮湿的风裹着远方而来的气息，在高高的堤岸徘徊不去，就像一声声召唤，让人一往无前。

1985 年，21 岁的郑翔随家人从山东济宁回到故乡扬州。在此期间，她的目光也一定无数次在京杭大运河上停留过。从南往北，再从北往南——在这条黄金水道上，济宁和扬州一样，是号令大河南北、统驭四面八方的“中国运河之都”，汲取了儒家文化与运河文化的精髓，有着善于沟通的城市特质。

扬州女孩郑翔曾在济宁上学、工作，大学毕业后成为济宁鱼台机关招待所的一名会计。郑翔的父母都是扬州人，在邮电系统工作，年轻时因为工作的需要，离开扬州支援山东。等到他们举家回扬州时，这个家已经有了新的分叉和路径：父亲在郑翔一岁多时去世，大哥接了母亲的班，扬州出生的二哥在济宁当地留了下来；还有一个年长郑翔 9 岁的姐姐……这意味着，21 岁的郑翔，需要对这个家庭承担起更多的责任。家里的人谁也没有想到，这个自小被包容、被宠爱的小妹妹，后来会在工作中，在与他人的相处中，极尽忍耐、包容与智慧。

扬州广陵区开关厂是郑翔重新融入家乡古城的一个原点。事业心强、做事踏实认真的郑翔，很得单位领导的信任，从 1985 年至 2000 年，郑翔在那里一直做到生产科科长。2000 年，郑翔与她同时代的很多人一样，不可避免地被卷入一场巨大的社会变动当中。

在计划经济时代，进工厂当工人，就意味着有粮吃、有衣穿，逢年过节有补贴，生老病死有人管，国家与工人之间有直接的终身契约关系。但在 20 世纪 90 年代，属于工人的黄金年代宣告终结，无数人开始在时代风浪和阵痛中体会到下岗的残酷。这场泥沙俱下的改革一直延续至 21 世纪初。有数据统计，光是 1995 年到 2002 年，国有企业和集体企业就精简了 6000 多万名职工。

尽管中央与各地出台了不少安置下岗工人的举措，但实际效果却因地域、基层管理状况等而各异。这也就使得郑翔一直被置于改革的钝痛当中。“当时觉得，企业改制跟我有什么关系？凭我的工作实绩，再怎么下岗也轮不到我。”随着这种“阵痛”越来越密集，郑翔开始从业务部门转向行政事务，她说：“当时就是觉得年龄大了，不想折腾。”

在错愕、愤怒、惊惧、茫然等情绪中，郑翔迎来了她人生中的借调期——

那是哪一年的事？对，1999年，全国人口普查，街道把我抽调去搞普查。我有点郁闷，因为在我看来只有没事干的人，才会被抽调。领导跟我说，你平常工作踏踏实实，所以把你选了去。然后又说了一句：正好你这边也没什么事做。看看，还是因为没事干才被抽调的。突然觉得，辛辛苦苦干了这么多年，一下子变成了没事干的人，我已经没有用了？

我这人只要一做事就很认真。当时分配我做片长指导员，我对那个地方也不熟悉，就一条巷子、一条巷子地跑，然后画了图，带着普查员，一家一家跑。我后来获得了全省人口普查先进个人，这是我第一次获得高级别荣誉。这个荣誉对我很重要，本来我已经对自己有怀疑，觉得没用了，这对我是个肯定。

人要是不顺起来，就会一路往下溜，挡都挡不住。人口普查工作结束后，我因为工作出色，被留在了街道办公室，干些帮忙打杂的事。本来我也是中层干部，管人管事的，现在来打杂，心里不大情愿。没想到，很快连这份工作也没了……

三

一条小河从文昌花园西南角斜穿过去，河的两边，树木葱茏，鸟语花香；河水无声，一路逶迤而去，并在不远处与西边的沙施河相接。

在素有“水上都会”美称的扬州，水无处不在：枕淮水，踏长江，抱运河……从文昌中路路口沿着观潮路往北走，会经过一座小桥，名为鸿福桥。桥下流淌的正是老沙河，其东段通过涵洞穿越文昌中路，连接一街之隔的曲江公园。

“曲江”由于长江在扬州段河道曲折而得名，昭示了这座古城通江达海的历史变迁。“春江潮水连海平，海上明月共潮生。”唐代诗人张若虚的一首《春江花月夜》被后世赞誉为“一词压两宋，孤篇盖全唐”，诗中生动描绘了月光映照下万里奔腾的长江，给人以澄澈空明、清丽自然之感，而诗中描写的正是千年前的扬州实景——广陵潮。

不妨想象一下，千年以前，扬州并非江河内陆，而是处于长江与东海的交汇处，其情形大致相当于今天长江口。海潮上溯至扬州后，江面的宽度和深度都向上游急剧减小，呈漏斗状，在水流的快速聚集下，水体急速上涨，从而形成了奔腾澎湃的潮涌。在众多描写广陵潮的辞赋佳作中，西汉文学家枚乘的《七发》最负盛名，其中写到在八月“往观涛乎广陵之曲江”“其始起也。淋淋焉若白鹭之下翔，其少进也。浩浩溰溰，如素车白马帷盖之张，其波涌而云乱，扰扰焉如三军之腾装……”文中对涛景及其变化的描写，摄人心魄，令人神往。有一种说法认为，广陵潮大致就位于广陵“曲江”一带。今文昌花园旁边还留有一条观潮路。

郑翔无数次骑着她的电动车，行驶在这条路上。倾听历史的回音，她以坦荡的胸襟和博大的胸怀，与这块土地上的居民对话，并在大胆探索中创新对话方式，不断推动基层治理能力提升。

从文昌花园西南角斜穿过去的小河，其西段与沙施河相连，而沙施河是通往古运河的，并顺着古运河与滚滚长江水一起汇入茫茫大海。

沙施河是一条具有排污、排涝和灌溉功能的河道，经历了三次大的整治。对郑翔而言，走向基层社区工作的道路，也是在不断的保守与进取中最终取得人生的突破性进展。借调到街道工作的郑翔很快发现，即便是在街道帮忙打杂的事，她也保不住了。

由于广陵街道和东关街道合并，人员较多，当时安排我在劳动所工作，事也不多，我感觉在这里好像是多余的。这时，街道组织科长劝我一句话，说，你现在与其在这里发挥不了你的作用，回企业也不合适，还不如到社区去工作。组织科长的话让我觉得万分委屈。我在企业留用的时候，经常接到社区要求，推荐人到社区工作。我会介绍那些快要退休的人去。以前我推荐他们去，现在倒把自己打发了去。我在街道办公室接触到的社区工作人员，也都是退休以后去做的。我年纪轻轻的，才三十七八岁哎！离退休还早着呢，怎么落得只能到社区啊？我当时就回组织科长，说我不去。组织科长还说服我：以你的能力，肯定做得好。我说，我一个年轻人，估计适应不了。因为我满脑子想，这是老年人发挥余热的地方。

但我心里其实很烦，真烦。到底怎么办？才三十几岁，是不是就到头了？我是一个踏踏实实做事的人，怎么就落到走投无路的地步？

到了这个时候，必须考虑今后的打算了。我想出去创业，但想到从此就没了单位，要做个体户，还是心有不甘。

正在这个时候，广陵区招考社区工作者，开始我根本没关心这个事情。后来先生劝我，去报名吧。我就说，不去，我不想去做社区工作，当时组织科长跟我说的时候，都不需要考试，就可以去做。现在还要考试，说出来要被人笑话死。我不是怕考不上，而是内心很排斥社区工作。

那一天我到同事家玩，她妹妹在。她妹妹还是有点眼光的，说你现在不如到社区去工作，今后这条路肯定很开阔。我说社区是退休老同志发挥余热的地方。她说，那是过去哎，今后不一定噢。她跟我一条一条分析去社区的优势，还说，你去试试看，考了试不去也可以啊。

同事的家就在文峰街道旁边，她很热情地拉着我去报名。那天是报名的最后一个下午，我到那里已经快 6 点钟，最后一个报名。

在文昌花园社区的郑翔工作室，郑翔讲述着她踏入社区工作的前前后后。那一口浓郁的扬州口音，极富感染力，一个微叹、一声轻笑，过去的时光就从墙角处拐了个弯款款而来。

历史没有假如。但回过头看，在那个恰当的时候，你说是顺势而为也好，是逆流而上也好，郑翔恰好进入了一个水道——在时代大背景中，这条蜿蜒曲折的水道，一直从 2002 年的夏天流到了 2023 年的春天。初春的阳光照在那浅浅的河面上，执着、和煦、温暖，成为郑翔一路向前、融入社区工作的生命底色。

没有人能阻止一条河流的奔腾不息。

考试是在 8 月份，那天本来是 9 点钟开考，我迟了 20 多分钟才到，差点进不了考场。为什么迟到？在家打扮呢，第一戴上大大的遮阳帽，第二戴墨镜，挡住半个脸，第三戴披肩，就是想不要碰到熟人。参加这个考试真是难为情死了，我就想，反正我也考过了，给先生也好交代了，考不上是命中注定。

当天晚上看到电视新闻以后，我的思想发生了变化。新闻上说，这一次报名的有 200 多人，竞争 23 个岗位，其中有 70 多名大专以上的毕业生。这么多年轻又有文化的人，都愿意从事这份工作，竞争这么激烈，我为什么就不能做，为什么要排斥呢？

四

“还能找到冶金厂吗？”“什么？都不在了！”“那原来冶金厂的位置，现在是干什么的？”“都盖商品房了……”

扬州冶金厂是郑翔回望社区工作生涯的一个标志性对照物。当时，她分到的宝塔社区，属于文峰街道。社区是企业驻地，有几个大企业的宿舍，其中最大的就是冶金厂，有几千人。

几个电话打下来，郑翔陷入了短暂的犹疑当中。在傍晚的光影中，郑翔猝不及防地被拖进了一个交织着辛酸与欣喜的时光隧道中。冶金厂所在的位置，正是郑翔踏入社区工作的第一站，她在那里遭遇了很多辛酸——而今，在机器的轰鸣声中，那一点点痕迹都被抹了个干净，取而代之的是一个崭新的楼盘项目——也今东南。

从文昌花园向西南方向走，七八公里，就到了也今东南。项目位于古运河以南，区位十分优越。作为基地前身的扬州冶金厂，已成为重拾城市记忆的一个抓手。在这里，“冶金大院”变身为“冶金秀场”，扬州当地“巷”的理念被引入空间布局，通过工业记忆与现代建筑相结合，在符合时代发展新形式的呈现中，让人了解这片土地曾经发生过的故事。

2002年至2005年，郑翔任文峰街道宝塔社区党总支书记、居委会主任，这是她开展社区工作的拓荒地，也是她成为基层治理“领头雁”的孕育地。

社区有几个大企业的宿舍，按理条件比老城区好。结果到那一看，一间十二三平方米的办公房，三张桌子，就这么点大的地方，连我一共三个人。看到条件这么差，心理落差不是一般的大。

怎么做呢？别人给我指点，说要跟驻地单位搞好关系，有什么事情单位可以支持你。宝塔社区有几家大企业，其中最大的是冶金厂，几千人的大厂。我就去找厂领导。当时也不会说话，跟人讲话还脸红，而且总觉得求人了，没底气。我就请领导关心啊、支持啊。书记跟我说：“你们能干什么，不就是打扫打扫卫生，防防火嘛。”这句话我到现在都记得。他这么一说，我还有什么话啊，都不会开口了，脸红红地走了。

上层路线走不通，我就走基层路线。有事没事我就去走访，跟居民了解情况。那一带的居民都是大企业的职工和家属，人员素质相对比较整齐，我又在企业工作过，跟他们交流比较容易。他们也觉得，来了一个新人，有新鲜感，有什么话都跟我讲。在这个过程中，我觉得这些人对我还不错。是啊，人家对我不错，我就要做下去啊。一做事我那股子傻劲又出来了，就想怎样把事做好，结果一头扎了进去。

2003年春天，“非典”来了。当时，上面有要求，对北京来的人要注意，要求各个单位排查。只要有从北京来的，单位要负责天天消毒，还不让出门。

在一次排查后，郑翔发现，社区有一对小夫妻是从北京过来的。当时她就跟同事说：“这户人家我去，你们不要去了。消毒我来，买菜我来，所有这家的事情我来做。”

话是这么说，真正沟通并不是那么回事。比如当时规定，消毒必须戴口罩和手套，可是手套戴着、口罩戴着跟人家说话，别人会怎么想？所以，郑翔后来干脆就不戴口罩和手套。即便如此，那对夫妻还是很有意见，总觉得自己不过是从北京出差回来，结果搞得不能出门不说，还被隔离了起来，于是就把火气冲郑翔发。郑翔一开始也很不舒服，后来设身处地替对方想，也觉得能够理解他们，“人家只有二十七八岁，能跑能跳，健健康康的，无端被当成不可接触的人隔离起来，是不开心的。”于是，郑翔每天给他们送菜消毒时，就跟他们聊天，聊得很开心了，双方就都能互相理解了。

这事被冶金厂领导知道了，觉得奇怪，说你们怎么知道小区的哪些居民从北京来。本来隔离这件事应该是他们厂里的，我们给做了，领导的态度发生了很大变化，说没想到你们做了这么多事，还表示，今后有什么需要直接过来。

“非典”让郑翔感受到了这份工作的意义。企业认可，政府认可，居民认可。自那以后，她就觉得与人相处非常重要。“你看一开始不让你进门，很多的语言来刺伤你，当你和他交流后会交上朋友，会理解你，也会支持你。从那以后，我感觉做群众工作还蛮适合我的。”

“非典”以后，我就开始谋划怎么把社区搞好，怎么为居民办事。当时要解决的最大问题，是社区办公用房。你想想，只有十几个平方，怎么转得开啊，居民过来了，只能站着说话。开个会，从文件柜上把凳子拿下来，等走了，再架上去，这就是当时的状况。要为居民办事服务，你得让人家坐下来吧。要开展活动，得有地方拉开架式啊。首先要有让居民能开会、活动、唱歌的地方。

我就天天到厂里转，看厂里有什么空地方。一次转到一个球场，就在路边上，这个球场长年不用，球场后面有一排厂房，是失火烧了的，已经没顶了，里面的小草都长成了树，这块地方就荒在那里。厂里人说这个地方已经废弃了，肯定不用了。好，我就跟厂里去争取。可是，它再没有用也是国有资产，不能说给你就给你。而且这时候冶金厂的改制到了关键的时候，社区的事没人关心。

有一天上班的路上，看到很多人堵在冶金厂的门口，这些人都是我们居民，我就上前问怎么回事。他们说厂里现在要改制，可能要下岗，他们不服气。你想想，工人没了铁饭碗，住房也不好，工资也不高，这个问题很严重，会影响到稳定。我开始想怎么才能帮帮他们。没人要我去做，相反，有人劝我，这是企业的事情，你管不了。可是这些人都是我的居民哎。然后我就调查，发现有些工人确实有困难。正好上面有政策，住房困难的可以申请定销房，生活困难的可以办低保等等，我就运用政策，想方设法帮助他们解决生活困难，许多人就不上访了。企业发现，哎，没有想到啊，你帮助了我们企业。

这时候，我就跟他们谈，说能不能帮忙，把那块地给我啊。他们说可以考虑。态度发生变化了。后来街道领导也帮我去谈，最后把那块地方要下来了。是一个八百平方米的球场，二三百平方米的厂房，这在广陵区可是最大的社区办公用地了。

争取到这么大一块地方，可是怎么建呢？我就去找驻地的扬建公司。我当时想，你有旧材料、旧东西，帮我弄一下就行了。可是，这个面积得要多少材料啊，而且我一分钱没有，凭空让人家帮忙，说真的，他不帮忙也是应该的。我就到办公室等领导，办公室主任天天都说领导不在家，我就天天去。我原来很怕求人，现在觉得不是为我自己的事，是为我居民的事，脸拉下来，不丢人。

其实，每次要到扬建公司门的时候，就不想进去，但一想到要把事情办成，我就给自己加油，硬着头皮还是要进去。我天天去，人家都当成了笑话。有一次办公室主任说，郑主任，我给你在这儿安一张办公桌好不好。办公室其他人就偷偷笑，有好多人啊。我知道这是在笑话我，当时真的掉泪了，我觉得很委屈，不是为我自己的事情，凭什么受这个气。但我还是天天去。实际上他们是在拖我，以为拖疲惫了我就不来了，没有想到我这么坚持。领导终于被感动了，安排了一个工程队。我当初只是说请他们建，需要的材料我来买，没想到他们给我们建了，材料也是他们的，还没要我们一分钱。

从那以后，场所有了，各种各样的活动都开展起来了，扬州的第一个篝剑队就是在宝塔建立起来的。然后居家养老啦，慈善超市啦，做了很多事，宝塔社区一切上了正轨，成了一个先进典型。

随着工作走上正轨，郑翔更忙了。《今日扬州》在 2005 年 7 月 6 日就记录了她在宝塔社区工作的一天——

7 月 2 日是星期六。8:00 刚过，郑翔来到社区办公室，安排残疾人进行康复训练，安排老年大学学员相互切磋舞蹈、书法。不一会儿，进来七八位居民，七嘴八舌地说："郑主任，楼上漏水影响我家怎么办？""郑主任，我想办个运输证，有没有优惠政策？"……她一一耐心接待，约定处理的时间。

9:00，她来到残疾人康复室，了解他们的训练情况。居民范端华坐在手指康复运动器材前一脸茫然，不知如何锻炼。去年 8 月，范端华意外中风，左手要人扳着才能动。郑翔一边安慰她，一边拉起她的手帮助她锻炼起来，反复多次，直到她熟练为止。

9:24，郑翔来到爱心慈善超市，为 10 多位特困人员、残疾人发放物品。智障人员颜红左看右看，最后相中了货架上的蚊香。郑翔帮她装好，并反复叮嘱安全使用事项。身患重病的徐留双选中了一袋大米，可怎么也拎不动，郑翔帮她拎起来，放到自行车上。9:46，郑翔和工作人员带着精心准备的慰问品先后到 5 家养老院，看望老人。10:51，郑翔边走边打电话给丈夫叫他去接孩子。

"郑主任，我姨母的养老问题如何解决？"11:00，五保户陈宏玉的姨侄打来电话。11:06，郑翔骑着摩托车来到陈宏玉家，"主任来啦！"67 岁的陈宏玉高兴地和她打招呼。陈宏玉丈夫去世，无儿无女，今年 5 月又突然中风，生活不能自理，郑翔没少为她烦心。这次前来就是与她姨侄商量怎么让她安度晚年，是居家养老还是去老年公寓、福利院。坐下不久，照顾老人的保姆因临时有事要回老家仪征，郑翔打了好几个电话，最后请来一位下岗人员照顾老人一天。

12:40，吃完午饭后，郑翔和社区的一名同事来到文峰路26号，协调一个2楼自来水漏到1楼的居民矛盾。14:30，郑翔带着两名社区下岗妇女来到扬州鑫源线业有限公司应聘。由于两人都超过了35岁，郑翔跟公司经理协商："只要能适应工作，年龄大一点也没关系啊……"一番诚恳的话语打动了老板，同意两人试岗。15:05，她又扛着大米来到孤寡老人吴桂英家，老人已70多岁，长年瘫痪在床，郑翔拉着吴桂英手问长问短，老人露出幸福的笑容。

忙得连轴转的郑翔顾不上休息，又赶到文峰路5号大院，一个社区听证会还等着她呢。居民们来找过她，说这里少个传达室，大家感到不太安全。经过近1个小时的讨论，终于达成了共识。

18:00，郑翔带上《保持共产党员先进性教育读本》，来到72岁的党员王荷英家。因为瘫痪，王荷英已好长时间没有过组织生活了，郑翔心里惦记着她，特地利用晚上时间来和她一起学习。1个小时后，她又回到办公室，在社区爱心慈善超市货架上摆放新进的大米、肥皂、毛巾等日常用品。这时儿子打来电话埋怨："妈妈，休息日你也不陪我玩，把我一个人留在家……"

郑翔并不是一个情绪起伏大的人。或者说，她的情绪始终处在一个固有的高度。

但是，在得知冶金厂的基地全被一个叫也今东南的项目覆盖的时候，她脸涨得红红的，眼睛里噙着泪光。她在那里待了3年，那个地方藏着她的心血，说没就没了。在前往文昌花园采访时，我一直想着，郑翔能带着我到她最初奋斗的地方走一趟，重返历史现场，有助于我们捕捉到更多的细节和情感脉络。这条路显然断了线，但在郑翔办公室，我看到她又笑着抬起头，历史在它断掉的地方重新连接了起来，并且沿着它即有的方向往前走着。

我问郑翔："这些都是体现你工作思考和进步的物证，包括你在文昌花园社区写下的10多万字的户情资料，也因为各种原因没能保存下来，是不是有点遗憾？”

她说：“遗憾当然是有点的，但想到曾经服务的地方因为城市建设发生了这么大的变化，更多的还是欣慰。”郑翔一再强调，她离开宝塔社区，没有带走一点资源，哪怕是一张照片，对她来说，新的环境又是一次从零开始。

“你不怕被别人复制和超越？”

“我还会创新的，这也是不断挑战自我的一种动力。”郑翔笑得眼睛亮亮的。

五

调到文昌花园社区是很突然的。那天我正在开会讨论开展“邻里节”的事。这是扬州第一个“邻里节”，上面很重视，区委宣传部的领导、街道的分管领导也来参加讨论。中间领导接了个电话，就说会议暂停。然后来了两位领导找我谈话，完全出乎意料，说是调我到文昌花园社区。领导还说，这个地方难管，是拆迁安置小区，别人管不了，只有你能管。这是领导鼓励了，可我还是蒙掉了。我在宝塔社区做得蛮好的，觉得得心应手了，还要动？还这么突然？

晚上社区里正好在放电影，许多居民听说我要走，不想让我走，我也不想走。当时还找了街道领导，这才知道，我的调动是通过区委常委会的。因为文昌花园是拆迁安置小区，也是扬州市的一个民生工程，想把它建设成示范社区，常委会在全区范围物色社区主任人选，结果选到了我。领导这么重视，说明我在宝塔社区的工作得到了肯定，但要是到文昌花园社区做不好怎么办，会辜负领导的信任。听说那里的人都是拆迁安置户、下岗职工、失地农民，想想都觉得压力非常大。

我记得很清楚，我到文昌花园社区报到那天是 7 月 25 日，是个礼拜一。

来报到的时候，是冶金厂的厂长和文峰街道的领导把我送来的。走之前我开了个居民代表大会，告诉大家我要走了，当时大家都掉泪了，我也掉泪了。冶金厂领导说要送我。到了之后，他就到文昌花园转了一圈，然后对我说，哎，这个地方不错，就在这个地方做吧。有点像送女儿出嫁的意思。

可是我刚上任，还是遇到了下马威。

报到这天就来了一帮人，说小区管理不行，要把物业炒掉。隔了两天，市领导到社区来，这是大事啊。哪晓得老百姓一看到摄像机就说，大领导来了，喊人，赶快喊人。我赶紧上前拦着，哎，有什么事跟我说。你谁啊，我们不认识你。我说我是才来的主任。你这个主任算老几啊，找你没用，我们有问题找市里的书记，找市长。我当时很尴尬，区里开常委会把你调来的，这个时候你看，当着市领导的面，让区里陪同的领导很难看吧。当时就觉得这个社区真的不好搞。可是硬着头皮也要往下走啊。在宝塔工作的经验告诉我，首先要走访，选择重点对象先走访，那些经常上访的人，就是重点。

2005年，郑翔见到陈龙华时，陈龙华54岁，郑翔把他作为走访的第一户。可是，陈龙华在敲开门后也不往里让人，等人进去后也不让座，换作之前郑翔的性格，早就溜之大吉了。18年后，我在文昌花园见到了陈龙华，他已72岁，扎着小辫子，说话声音很大，一看就是火暴脾气，是热心肠，属于人群里的活跃分子。

郑翔揶揄他："你还记得我第一次上你家，你门都没开。"

陈龙华不好意思地笑："哪有这种事？"

对于多年前的行为，陈龙华毫不掩饰自己的看法。他说，主要还是觉得郑书记干不好，所以劝她早点走人，不要在这里丢人。"你看当时小区住的都是什么人啊？简直就是一盘散沙，什么人来都做不好。"但是，他眼里的小个儿郑翔，不但没走人，还把工作做得呱呱叫。这让当年跑营销见过一些世面的陈龙华直竖大拇指。

把反对自己的人变成自己的支持者。郑翔回忆说，虽然陈龙华当时看不起自己，但从他的讲话中觉得，他还是希望能把这个小区搞好。"我就说，我们都想把小区搞好，但我没有这个能力，你不能帮我吗？”听郑翔这么一说，陈龙华的口气立刻就变得不一样了，问她：“我能帮你什么？”“实际上这个人是有一定能力的，我真心真意听取他的意见，后来有些事情确实按照他说的做，结果他成了很好的帮手。”陈龙华告诉我，后来他以排名第二的得票数成为业委会成员。郑翔有什么事情被难住了，就会去找他帮忙，他都说没问题。

还有一户人家，也给郑翔留下了很深刻的印象。

户主10分钟都没有给我开门，我就在大太阳下说了半天。最后把门开下来，牢骚满腹：“我就是个农民，现在没人问我们，村里不问我们，社区也不问我们，要钱没钱，要工作没工作。”我说：“我今天就是来了解情况的，你说吧，如果有什么困难我会尽力而为。”

整整一下午，我就耐心听他发牢骚，他也没想到我会花这么长时间认真听他说。说到最后，不发牢骚了，态度也温和了，反倒表示，失地农民，他太熟悉了，有事可以找他帮忙。

你看，他只是希望有人能听他说，让他觉得没有被抛弃。这个人后来成为我们社区的第一个志愿者。从那以后，我就天天晚上跑，因为晚上才会有人在家嘛。我就发现这里的人还是蛮朴实的，蛮容易接近的。

六

我第一次见到郑翔，是在一个周一的早晨。每个周一的早晨，文昌花园小区都会举行升国旗仪式，以此开启一周紧张忙碌的工作和生活。

清晨清冽的空气中，充满了初春的味道。社区党群服务中心在中心广场西侧，门口有一座“红石榴”雕像，正迎接着初春清晨的阳光。步入大厅，社区工作人员正围坐在一起，郑翔在布置一周的工作重点。

作为和谐社区建设的“扬州样板”，文昌花园社区是全国颇有影响的“两名”社区。从墙上的展示板可以清晰地看出，在郑翔的带领下，文昌花园社区被分成11个网格，网格员服务项目包括基层党建、政策宣传、信息采集、人口管理、便民服务、矛盾化解、情感陪护、文化娱乐、隐患排查、环境督查……

郑翔站到面前时，首先映入眼帘的是她那张笑脸，让人不由得会把她和墙上的照片与扬州的水对应起来看。

现实生活中的郑翔，身材小巧，笑容亲切，说话糯糯的，但很有分量。被扬州悠悠的运河水滋养的她，性情是温和的，是从容自在的，也是百折不挠的。文昌花园社区副书记王婷告诉我说，她从来没看到郑翔发过火；而在文昌花园社区党委副书记陈桂香眼里，郑翔心里也藏着一个小女生呢。

2012年6月12日，一本名为《郑翔工作法》的红色小册子被发放到曲江街道110名社区干部的手中，这是扬州首部以个人命名的社区工作教本。《郑翔工作法》共分6个部分，288个字，简洁通俗，朗朗上口，精练概括了社区服务工作的基本思路和工作方法——这是郑翔带领社区一班人，坚持“老百姓说好才是真的好”的理念，通过扎实工作、大胆探索，形成的一套以党委轴心传动、党员先锋带动、社会力量助动、社区成员齐动的“特色化、网格化、多元化、模块化、项目化、专业化”的工作方法。

正如扬州广陵区社科联主席戴红兵所说：“一个典型人物的诞生，是由内因和外因共同起作用的，内因是促成一个人不断成长的根本。郑翔的成功，内因就是她本人优秀的素质和扎根为民的情怀，外因就是处在如今这个美好的时代，是各级党组织和有关部门的长期关心培养。”

基于文昌花园小区建设“高起点规划、高标准建设、高质量管理”的要求，从宝塔社区到文昌花园社区，郑翔再次沉下心来，走门入户，与居民打成一片，站在他们的角度分析思考问题，寻找解决矛盾的思路和关键点。

江苏扬州：探索社区全龄化服务，“小巷总理”飞“翔”在为民路上

最近，文昌花园小区门口常停着几辆大巴，专门接送“家门口饭碗”项目的员工上下班。看着员工日渐增多，社区居民、项目负责人李树香乐得合不拢嘴。

随着疫情防控措施优化调整，生产力迅速复苏，江都一家外贸服装厂接到一批订单，急需“家门口饭碗”服务社派人赶工。剪线头、钉纽扣、抓检验、打包装，对服装厂来说，李树香带去的人都是“好手”；对李树香来说，这批订单就是困难家庭的“饭碗”。

就业是民生之本。2008年，针对社区失地农民多、下岗失业人员多、特困家庭多的现状，郑翔开动脑筋、大胆尝试，带着李树香说干就干，全力实施“家门口饭碗”惠民工程。社区党委负责承接加工业务，实行以件计酬，帮助失业居民、低保收入家庭在家门口灵活就业，提高收入。

一次，为了赶一批外贸订单，郑翔不顾骨折未愈，拄着拐杖，挨家挨户上门检查产品质量，最终顺利完成交付，留下了信誉，带来了生意。

社区居民、失地农民周寿云年龄偏大，缺少技能，想出去打零工，却放心不下生重病、一直居家的女儿。郑翔及时把“饭碗”送到了她家，使她每月能多2000多元收入，又方便照顾女儿。“郑书记帮我们找到了金饭碗，沉得很、摔不破，一想起心里就暖暖的！”周寿云逢人便夸。

随着业务不断扩大，现在社区有400多名居民成功在家门口实现就业，人均月收入超过3000元。

这是2023年3月9日《扬州发布》上的一篇报道。为居民寻找“家门口的饭碗”，郑翔和李树香两位当事人分别从各自的角度提供了相当丰富的细节。

因为是安置小区，不少居民是失地农民，要让他们生活充实起来，就要让他们有事可做，他们说找工作没有人要，那我就找外加工。我托了熟人转着圈找到了一家厂，加工旅馆用的拖鞋，在施桥那边。星期六骑个电瓶车去，半路上没电了，就蹬着去，蹬得浑身汗淌淌的。带了100双回来，分给他们做，结果全部报废。农民是抓锄头的，做事不精细。人家工厂是做外贸的，产品不达标，还浪费了时间，不肯给我们做了。那就跟厂家说好话呗，好不容易拿了第二批，这回好些了，又拿第三批。后来越做越好了，加工的东西也越来越多，牛仔裤上拉链之类的，人家工厂也愿意给我们做。

外加工走上正轨了，我就找了一位居民李树香，她热心能干，让她领着干。我们现在这个加工点做得好呢，名字叫“家门口饭碗服务社”，加工的活做不完。现在她们每月能拿到3000块钱，多的可以拿到5000块钱，工时也不是8小时，比较灵活，她们非常开心。也不再张家长李家短地闹矛盾，还有点资金自主权，还能照顾家庭，你说何乐不为呢？

拖鞋厂位置在哪里？一双鞋能赚多少钱？电动车没电时，推车用了多长时间？

与郑翔一道跑厂家的李树香，既是当时的参与者，也是见证者。62岁的李树香染着红发，戴着手链，笑容里满是扬州女性的那种热情和利索。秉持“你帮别人，别人也会帮你”的理念，李树香也为郑翔顺利开展帮扶工作铺平了道路，她将自己家的仓库贡献出来，工期紧时，大家就在这个小仓库里赶工。小仓库就在1楼，十几平方米。

在李树香的叙述中，当时的情形变得逐渐清晰起来。李树香是庆丰造纸厂下岗职工，为了讨生活，在严峻的现实面前，她不得不在家门口寻找饭碗。在做拖鞋之前，郑翔还帮她们联系做过地板袜，一双能挣一块多钱。看到她表现突出，有一次，郑翔带着她出去拉业务，早上去的，一直谈到下午，返程时已经是晚上9点多钟，电动车没电了，她们只能用脚骑，郑翔的脚磨破了皮，回到社区时已是晚上11点多钟。

这个“家门口饭碗服务社”越来越规范，一开始有200多人，现在已经有400多人，而且有统一的工作服。李树香对现状很满意，如今她办了退休，两边拿钱，闲时还能照顾生病的老公。

在李树香眼里，郑翔就是一个女强人，方法多，总能进退自如。她对郑翔的为人和工作精神更是啧啧称道：“服务社的订单，都是靠郑主任厚着脸皮、磨破嘴皮、饿着肚皮、跑烂脚皮的‘四皮’精神拼出来的。”

办法总比困难多，与郑翔接触多了，李树香也学到了不少东西。她所在的文康苑小区 15 栋 1 单元已顺利安装上了电梯。文康苑小区常住居民约 40% 为老人。对住在相对高层的老人而言，没有电梯，上下楼是个大难题。为进一步改善居民生活环境，提升生活品质，郑翔争取到将文康苑小区作为广陵区四星级小区改造试点的机会，把居民楼加装电梯纳入“适老化改造”范围。但是，意见不统一，是电梯加装的“拦路虎”。为了推进电梯加装工作，郑翔成立了党建引领文康苑老小区改造暨加装电梯协调小组，建立了行动党支部，带领党员干部挨家挨户上门走访，召开矛盾协调会几十场，解释相关政策，化解居民意见分歧。

这一次，李树香再次成为当事人。最重要的是，由于住在 4 楼，丈夫患有肺部疾病，爬两层楼就气喘吁吁，她比其他邻居更需要安装这部电梯。“电梯装不装”“采用哪家公司电梯”“费用如何分配”……这些都需要李树香跳出自身的利害关系，拿出一个令大家都满意的方案：政策优惠 16 万，趁着小区改造又节省了 5 万；这个单元总共 10 户人家，1 楼、2 楼住户不掏钱，但 2 楼人家在电梯需要大修时，也要付钱；3 楼至 5 楼，三层住房逐层分别支付 2.5 万、3.5 万、4.5 万。短短数语，再清晰不过，但过程并不顺利。比如 2 楼人家一开始不同意安装，同意安装后又表示不想给钱，怎么保证他们安装时不给钱、大修时给钱……如此反反复复，而 1 楼人家长期不在家，最后听说方案定了，专门从南京赶回去把字签了。

社区是党和政府联系、服务居民群众的“最后一公里”。

社区工作要时时处处贯彻党的宗旨，让党的旗帜在社区群众心目中高高飘扬，让社区广大党员在服务群众中充分发挥作用、展示良好形象。

把社区建设好，把幼有所育、学有所教、劳有所得、病有所医、老有所养、住有所居、弱有所扶等目标实现好。

让老百姓过上好日子是我们一切工作的出发点和落脚点。

加强社区服务能力建设，更好为群众提供精准化、精细化服务。

加强社区治理体系建设，推动社会治理重心向基层下移，发挥社会组织作用，实现政府治理和社会调节、居民自治良性互动。

社区建设光靠钱不行，要与邻为善、以邻为伴。

要发挥社会各方面作用，激发全社会活力，群众的事同群众多商量，大家的事人人参与。

…………

一块招牌，一张年历……在文昌花园社区，体现社区服务工作理念的物件随处可见。

一张粉色的社区温馨卡，完整地留下了郑翔在文昌花园的工作印迹。卡片上用各种字体突显其不同的服务。正面写着："民思我想，民困我帮，民求我应，民需我做"，主任24小时热线：0514-××××110；背面介绍了社区设有便民服务中心、党建室、图书馆、科普室等，并留有日常应急电话，包括自来水维修、供电维修、煤气报修，等等。

卡上的电话，当时还是7位数。我查了一下，扬州电话号码升到8位，是在2007年8月8日。而粉色，代表着温柔和甜美，可以瞬间化解人的压力。这个粉色，很眼熟。

2023年3月30日至31日，金砖国家治国理政研讨会暨人文交流论坛在扬州举行，文昌花园社区承接了一项接待任务。人群簇拥中，郑翔接待中外嘉宾时，穿的正是那种粉色的上衣。她用别具风味的扬州普通话介绍："我们的根本目标，就是让居民在社区生活得更加幸福。"阳光下，和她那身粉色衣服一起突显出来的，还有她在讲话时比画着的双手——和衣服比起来，那双手显得有点粗糙——那双手，帮隔离中的居民拎过垃圾，为下雪天的独居老人送过生活物资，也因疏于陪伴家人而格外卖力地揽下很多家务活……

你真心为居民服务，居民就会信任你，有什么事都会找你。怎么才能让有需要的居民迅速找到我？我琢磨着搞了个社区110，24小时开机。我还设计了一张温馨卡，发到各家各户，上面写着社区110的电话，告诉大家可以随时拨打。

第一个社区110是夜里1点钟打来的，他说没有事，就是看看110灵不灵，还真能打通呢。他半夜打电话只是为了看110灵不灵。

第二个110呢，是夜里3点钟，是一个年轻人打来的，他说我家网断了，能不能帮我接一下网。我也不懂呀，但是你既然找我了，我就说可以。然后我打电话，请人帮忙。夜里3点钟哎，人家说你问问看，急不急，不急就第二天早上。我就接着把电话打过去，问他这个网急不急。他说："主任啊，这个网其实我自己能解决，打电话给你就是看看，你是不是真能帮着解决问题，没想到你还真能解决问题。"

第三个电话，真的有事，是个15岁小女孩打来的。晚上11点打电话给我，说："阿姨，爸妈打架，两个人又出走了，就剩我和妹妹在家，我们害怕。"我站起来就准备走，先生有意见了，你现在白天忙，又弄个110，白天黑夜电话吵，晚上还要出去。我也顾不上解释，孩子求救了不能不管。我从城西的家急急忙忙赶到城东的社区，到了那家，一边哄孩子，一边帮她们找父母。这家男人有家暴行为，已经不止一次帮他找老婆了。一直忙到凌晨4点，才算安顿下来。我这么做倒把邻居们感动了，跟我说，以后有什么事情，你就不用来了，我们来帮助解决。你看，人都很善良，你的一个善举会带动很多人的善举，慢慢就形成了一个良性循环。

雁过留声，人过留名。当时，郑翔制作了4000多张温馨服务卡，在一年多的时间里，她完成了社区3000多户的户情调查，写下了10多万字的户情资料，真正做到"户户制表，幢幢立账，楼楼建档"，社区和居民状况"一门清"。

吴兆其、陈定凤家东边的窗户，正对着党群服务中心，这让他们看社区的工作有了更特别的角度。"冬天下大雪，社区工作人员6点多钟就开始忙活了，一直要到晚上十点钟。郑主任个子小小的，但跑得快，推着板车挨家挨户给不方便的老人送物资。"

76岁的滕晓玲，退休前是一名小学老师，她是跟随郑翔推动文昌花园南门增设公交站台的积极分子。文昌花园小区南门，现有文昌花园南和文昌大厦两个站台，其中的文昌花园南站，出了小区南大门，走几步或过一个马路就行。在文昌花园社区采访期间，我特意到现场查看过，从正常情况来看，这两个站台相距并不远，撤掉其中一个都不会有太大影响，但对住在小区里的年迈居民来说，最初由于只设有一个站，尤其是从城里返程，手里拎着一堆东西，站台却在大门东边方向好几百米处，给老人的出行带来很大不便。

虽然明明知道这个事不归郑翔管，但出于一种多年来的信任，滕晓玲还是召集了七八位邻居，找到郑翔，希望她能带她们一起找相关部门反映反映。郑翔并没有推卸责任，但也没有大包大揽，她说："这事没有那么简单，你们要有心理准备，我带你们去跑，但结果不能打包票。"接下来，郑翔就带着她们前往建设局等部门，公交车来公交车去，一去就是半天。有的时候，滕晓玲都泄气了，觉得不会再有希望了，这时，郑翔跑来给她们打气："走，继续跑！"

文昌花园社区民警兼社区党委副书记蒋华锋，与郑翔搭档已有 10 多年。社区工作既要讲法，也要讲情，考虑到社区矛盾纠纷多、下岗人员多、困难群众多、案件高发等综合因素，社区需要郑翔这样大家长式的管理人员，也需要像蒋华锋这样基层经验丰富的民警配合。10 多年来，二人在工作中已达成默契，往往一个红脸一个白脸，甚至是对方一个眼神就知道自己要配合做什么。

2015 年，他们联手扼制了小区临街商铺朝小区开门的苗头，一次不成去第二次，人心都是肉长的，再固执的人也会被泡软了。文昌花园小区北侧的二里桥路改造，对沿街商铺经营影响很大，一边是工程要进度，一边是商铺阻工要求赔偿，最终，在他们的努力下，双方各退一步，达成协议。2021 年的一个夏夜，下着大雨，他们联手解救了一个欲跳楼轻生的女孩。女孩住在顶楼，从里面把门闩了，他们二人，一个在门口进行劝解，在反方向上吸引了女孩的注意力，另一个从邻居家窗户爬过去，最终成功将女孩救下。

广陵文昌花园社区：一棵杨树"议"出基层治理新气象

"这次我们要讨论的议题是小区里杨树的去留，大家有什么想法直接说。"广陵区曲江街道文昌花园小区东门的一排杨树下，几张条形桌拼成一张会议桌，随着社区党委书记郑翔抛出议题，一场社区民主协商议事会拉开帷幕。老百姓的事儿由老百姓自己说了算，民主议事会这种形式，从2006年设立至今，文昌花园社区的居民们早已驾轻就熟。但当天举行的会议有些不一样：受扬州公共外交协会邀请，5名来自扬州市职业大学的外国留学生到会旁听。

文昌花园小区里，种了100多棵杨树，每年春天，漫天飞舞的杨絮影响了居民的正常生活，且容易产生火灾，存在安全隐患。每年都有居民前往社区反映问题，今年尤为集中。因此，社区决定就小区杨树的问题，召开一次民主协商议事会。

“除了飞絮，杨树越长越高，不少居民在家都不能开窗户，早砍早好。”居民孙仁智第一个发言。

“砍树不是小事。这些树长了这么多年，能帮我们挡扬尘，夏天不少老人孩子也喜欢在树下乘凉。”居民滕晓玲提出了反对意见，她认为杨树的去留要从多方面考虑，“可以将它们移走，换栽别的树种。”

居民们各抒己见，留学生们认真倾听，遇到听不懂的方言，便咨询一旁的翻译。对于杨树的去留，他们也提出了自己的见解。

“这么茂盛的杨树，砍掉太可惜了，我们可以请教植物专家，找到治理杨絮的办法。”来自印尼的留学生骆维佳用不太流利的普通话发表了自己的看法。

“杨絮确实很烦人，在我家乡，也遇到过相似的问题。可以将杨树移栽到没有人的地方或者郊区，我家乡就是这么做的。”来自柬埔寨的留学生祥国松表示。

经过一番观点碰撞，最后，大家达成了共识：人与自然应该和谐共存，杨絮虽扰民，但直接砍除太过粗暴，移栽是最好的方案。此外，文昌花园小区业主委员会主任李树香承诺，杨树移栽后留下的空地，一定会足额补上绿化。

“留学期间，感受了太多的中国文化，但这样的会议还是第一次参加。每个人都能发表自己的看法，积极参与社区治理，太棒了！”来自马尔代夫的留学生米芾说，这种基层民主给她留下了深刻的印象。

从社区党群服务中心走到文昌花园小区东门，要走好一会儿。小区东侧就是运河北路，有隧道从地下穿过，再往东就是京杭大运河，栽一定的杨树用作防护，也极具科学性。杨絮的问题，在哪里都是普遍问题。小区居民最后的选择肯定是一个折中方案，对每个个体而言，永远不会有最佳方案，但在问题面前，人们学会了沟通，并在沟通中学会了互相谅解。

2016 年 8 月的一天，关于综合整治文昌花园小区东北角的居民专题听证会在垃圾中转站旁召开。

这个地方因为比较偏僻，再加上垃圾中转场在旁边，异味比较重，周围的植物枯萎了，原先的清水塘也变成了臭水沟，杂物更是摆得到处都是。附近的居民向社区党委会、居委会反映，希望能改变环境面貌。

郑翔别出心裁地将这个会安排在了垃圾中转站旁边，前来参与会议的有两委会干部、物业公司负责人及居民代表，一共百十来人。事实上，会议还没开始，就有个人满腹牢骚说怪话："文昌花园可以开会的地方太多了，偏偏跑到这个鬼地方来。""早知道到臭味角开会，我就事先戴上防毒面具了。""这个户外现场会，好像是在作秀啊。"

郑翔说："今天，请大家到这个地方来，是想让大家体验一下，美丽的文昌花园竟然还有这个死角。许多人闻了一会儿就受不了了，设身处地地想想，住在这里的居民怎么过？"

社区的事不是想怎么做就怎么做，要与居民协商。我们社区东北角有一个垃圾中转场，随着时间的推移，设施老化，气味不断蔓延到小区，味道特别大，搬掉又不现实，我就想怎么来改造它。必须听取居民的意见，我就准备召开一个"听证会"。不在办公室开，因为愿意来的人都是积极分子，意见不太广泛。我就通知大家就地开会，来的都是住在周围的人。当时来了百十号人，有人直接说，郑主任，什么都别说，把中转场搬掉，他这一说，不少人附和了，异口同声地说搬掉搬掉。整个场面就乱了，七嘴八舌说什么的都有。

我认真地倾听，一句话未讲，直到 40 分钟后，有人说了："你们吵什么吵，这个中转场搬不搬也不是郑主任说了算的，让郑主任把她的规划说出来。”接着我讲，这位居民说对了，今天就是来解决我们能解决的问题，垃圾中转场搬迁暂时做不到，但我们看怎么在垃圾中转场不搬迁的情况下，改变这个环境，大家出出主意。有人开始说，比如这儿要砌一道墙，那儿要种一种吸味的树。大家你一言我一语，开始谈自己的看法，方向慢慢转过来了。我说，这里环境的整改就要听取你们的意见。第一，要大家清楚要改什么；第二，“小区是我家，建设靠大家”，希望大家参与其中；第三，希望改造后的环境，你们满意。

后来还不错，居民还是蛮支持的，包括几个当时反对的人，都提出了自己的建议。随后我们按照居民的建议，请建设局帮助设计了方案，后又反复征求了居民的意见，最终定案。其实，社区自治不就是要协商嘛，你主动协调了，把话说透了，公开、透明，总是会得到支持的。如果总以为自己是在为居民办好事，就自说自话地把事做了，结果好事也经常办不下去。

在社区工作，一个人的能量是有限的，要带动大家动起来。但是要让他们觉得，是自己有一种动力要去做，而不是你要他们做。我很喜欢跟居民交流，居民当中有很多人有才华，有时他们的一个主意，就是一个创新点，再发挥他们的力量去做，他们会很主动。

我在文昌花园采访时，报道中的垃圾中转场还在，但在太阳的炙烤下，并没有什么异味飘散出来，周围配以运动器材，蓝天白云下，这里静静的，没有人再能想起当年现场听证会上，这里的争吵声一声盖过一声，郑翔甚至把嗓子都喊哑了的情形。生活恢复了它该有的平静。而在它平静的背后，总有人在默默地付出。陈桂香说，当时郑翔多次找到城管部门，要求他们对垃圾中转场施以改造。

陈桂香与郑翔在文昌花园社区共事已有 17 个年头。初到社区时，面对繁杂的社区事务，她也曾彷徨过、胆怯过，甚至想过离开。可是，随着时间的推移，她被郑翔深深感染，从一个当初比较腼腆的普通社区人员，成为现在能和居民打成一片的社区党委副书记，还获得过多个荣誉表彰。

事实上，被郑翔感召的又何止陈桂香一个？在郑翔的感召和锻造下，文昌花园社区同志“拼命三郎”的敬业精神、“一团火”似的工作激情、“亲姐妹”般的团结和谐，正激励、温暖、鞭策着所有的社区人。陈桂香说，有一位领导还曾感慨地说过：“多年来，全街道有100多名同志在这里工作过，数一数，当上社区主任、书记、副主任、副书记的真不少。毫不夸张地说，文昌花园就是一个培养社区干部的摇篮。”

七

2022年10月16日，党的二十大在北京隆重召开。郑翔作为党的二十大代表，准备了一份特殊礼物赴京参会。这就是以20个“宜”呈现扬州“好地方”的一本线装书。20个宜，以扬州剪纸工艺进行呈现，分别是宜治、宜安、宜商、宜业、宜裕、宜赏、宜智、宜承、宜居、宜品、宜行、宜养、宜医、宜健、宜阅、宜教、宜游、宜购、宜乐、宜梦，全面诠释了“好地方”的扬州，到底“好”在哪里，充分展现了扬州百姓的幸福感和获得感。

漫步于文昌花园小区，每一个行人，每一个阳台，每一扇窗户后面，他们的任何需求，都在布告栏里张贴着，相关信息清楚地展示着社区工作的两个主体：一个是服务者，文昌花园社区工作人员值班表，值班信息包括整月值班时间、具体时段、人员名单和联系电话；另一个是服务对象，比如对文昌花园社区“梦想小屋改造+”拟关爱对象的公示，文昌花园社区石榴家园活动安排，有春节升国旗活动、探秘中华56个民族讲坛、“粽香情浓、同聚端午”红石榴家园联谊活动，等等。

2023年，文昌花园社区“十件民生实事”也赫然在列：鸿泰家园印染厂宿舍老小区改造，提高居住环境质量；推进加装电梯建设，提升居民生活品质；增设党建微家便民服务点，提升居民幸福感；完善提升文康苑文韵亭、文沁亭，增设红色元素设施，满足居民多元化需求；建立社区“新就业形态劳动者驿站”，为新就业形态劳动者打造温馨港湾；开展“社区老年教育专业提升工程”，打造国家级各类老年人才队伍；家庭养老智能化，提升智能养老服务；打造“文创产品”，助力文化传承；打造社区邻里文体活动驿站，丰富居民业余文化生活；打造“公益集市”，增进群众归属感、认同感。

365天的社区工作，凝练成这10条民生实事。提高、推进、增设、完善、建立……没有人能想到，这些简单的字句背后却是社区工作者的日日夜夜。

我与郑翔告别是在文昌花园不远处的观潮路上。她骑着电动车，即将融入古城的夜色之中。密集的采访，让我对眼前的这位明星社区主任已经有隐隐约约的认识，我看到了她于平凡当中的不平凡，看到了她十多年如一日的坚持、努力、认真和热情，看到了郑翔之所以成为郑翔的必然性。我很想去抓住它们，但是，我总觉得，这些都还不够——郑翔还是太耀眼了，耀眼得让人不能直视。她一定有软肋、有遗憾的，只是，这个软肋和遗憾我还没有捕捉到。

郑翔把安全帽戴上，一次到位，没有一点拖泥带水，她将由此驶往位于扬州南开发区古运河畔的家。她的家在一个现代城市花园小区，在那里，城市社区管理接续传统，面向未来，已经步入新的轨道。小区北边眺望已蝶变成城市新名片的扬州三湾和中国大运河博物馆，附近则是扬子津古渡体育休闲公园，集自然景观、体育健身和生态休闲功能于一体，既有扬州古城风韵，也极富时代特色。其理念就是快乐老百姓，让广大市民在多元化的休闲活动空间中体验到生活的乐趣，实现人生的美好价值。

郑翔家的位置与她工作的文昌花园呈对角关系，二者一个在扬州西南，一个在扬州东北，直线距离10公里，郑翔每天骑着电动车上下班。说到工作减压，她说，她很享受这一段完全属于一个人的时刻。这一路，足够她去想很多很多的事。前去上班时，她会查漏补缺，盘一盘一天的工作计划；下班后的她，会在茫茫黑夜当中，经过观潮路，穿过古运河，将一天工作的负面情绪沿路慢慢释放掉，以保证自己进家门时更轻松一些。她一再表示，自己上班远一点没关系，不能让家人因为她跟着不方便。因为平时在工作上花了很多时间，陪家人的时间比较少，所以她总是趁自己在家时多做些家务，以减轻她不能陪伴他们的负疚感。

家里的活，该她做的她做了，不该她做的她也做了，但那种情感上的缺失却是实实在在的。

郑翔沉默着，巨大的沉默正笼罩着她，时至今日，她发现，自己最在意的还是家人，他们的身体，他们的感受，如果都健健康康的，那还好，她心里的负疚感就会减轻一些。

观潮路上已经听不见潮水的声音，但郑翔将沿着水的遗迹一路往西，往南。于郑翔而言，她知道自己要往哪儿去。

使命与智慧的交响

——张家港永联村党委书记吴惠芳

李新勇

“从部队到农村，变的是战场，不变的是使命担当。18 年的农业农村生涯，已将我与村民紧紧拴在一起。村民的信任与支持是我大刀阔斧建设永联的坚实后盾，是我干事业、创实业的不竭动力。”

年轻时的经历，都是财富

奔腾不息的长江不仅塑造了长江流域独特的地理形态和文化传承，还孕育了丰富多彩的生态系统和自然景观。在两岸构筑坚固的堤坝之前，长江水的每一次涨落，都会引发两岸土地的变化：或者露出大片可供耕种的肥沃土地，逐渐吐露生机；或者大片肥沃的土地和土地上没有来得及转移的百姓被淹没入水，一切消失不见。过去长江岸边的老百姓经常随着这条大江的改变而迁移不定。

吴惠芳的祖上居江苏海门，因躲避风暴潮灾害，其高祖父拖家带口，从海门出发，逆流 100 多公里，迁居到当时的常熟沙洲县（现张家港市）的锦丰镇。

曾祖父又迁居到新沙华丰圩（今南丰镇境内），以种沙田为生。

华丰圩地处长江边，水产丰富。吴惠芳的祖父吴天宝在种田之余走乡串户，客串厨师。别的厨师遇上红白喜事才有生意，吴大厨却一年四季都有生意。不知道掌握了什么秘诀，他哪怕闭着眼睛烧出来的河豚都不会有毒，味道独特而奇美。手上的绝技给他带来良好的人缘，他们一家 12 口人租种了大地主李文庆的土地，生活虽不富裕，倒也不至于衣不蔽体、食不果腹。

到了吴惠芳的父亲吴栋材，就有许多值得写的事情。一是时间比较近，素材比较全；二是吴栋材对吴惠芳的影响如此之大，不得不多费一些笔墨；三是吴栋材是一位实在无法忽略的、了不起的传奇人物。

吴栋材出生于 1936 年，少年时期在动荡、灾荒和战火中度过。当时日本侵略者、伪军、国民党、土匪交替横行，加上天灾，吴家家道中落，极度贫困。吴栋材念过几年书，文化程度相当于小学四年级。更多的时间不是读书，而是生产劳动。青黄不接的时候，就跟邻居一起外出讨饭。14 岁的时候，刚刚能举起铁锤，就到上海拜师学打铁。别的活儿吃不饱饭还能糊弄搪塞一阵，打铁这活儿，不管饭食多差，必须顿顿有东西填肚子。在上海铁匠铺，吴栋材不仅保下了一条命，练出一身肌肉，还练就眼快手巧、独立思考的好本事。17岁时，吴栋材参加了中国人民志愿军。跨过鸭绿江第七天，遭到敌人炮兵和飞机的狂轰滥炸，许多志愿军战士牺牲了。吴栋材身中7块弹片，右手小指被炸得不知去向。幸好遇到细心的战友，把只有一丝微弱气息的吴栋材送进野战医院，经过几天几夜的抢救，才脱离危险。后来吴栋材被评定为三等甲级伤残军人，回到家乡。

1978年7月28日，吴栋材被任命为当时的沙洲县（现为张家港）永联村党支部副书记，随后担任书记。上任之初，该村人人贫穷、家家饿饭，一年忙到头，人均分配只有68元。

这究竟是个什么地方？这个村的成陆史还不到10年。1970年2月，沙洲县组织近2000名民工在长江滩涂上围垦土地1175亩，称为“七〇圩”；1971年4月4日，又将南丰、兆丰、鹿苑和大新4个公社的255户、692人迁入“七〇圩”，成立南丰公社23大队，这也是永联村的前身。

因围垦成陆，地势低洼，易涝多灾，粮食收成低，村民“生产靠贷款，生活靠救济，吃粮靠返销”，直到1978年，永联村依然是全县最小、最穷、最落后的村庄。南丰公社先后来了6个工作组、4任书记，都没什么起色，部分村民对组织产生了不信任，对前途也失去了信心。

1978年，有两件事让永联村的命运从此发生了转折。一件是，这一年7月，当时的南丰公社委派吴栋材书记作为第七任工作组组长、第五任党支部书记来到永联村，要求打个翻身仗，改变这个沙滩穷村的落后面貌。另一件是，1978年底，十一届三中全会召开，吹来了改革开放的春风。改革开放不再赘述，这里重点要先讲讲吴栋材老书记，也正是因为吴栋材老书记，从此改变了吴惠芳人生的轨迹。

新上任的吴栋材书记让人搬出账本，从头到尾查看完毕发现，村集体不但没有一分钱存款，还负债6万多元。换成一般干部，早傻眼了。6万元，全村人不吃不喝，也得一两年才能还清。可在吴栋材的字典里，没有退缩二字，他带领全村人先后创办枕套厂、花砖厂、玉石厂等8个小厂，起到立竿见影的效果，一年过后，不仅还清了债务，还一举甩掉了贫穷落后的帽子。1984年初，有人到镇上来推销一台淘汰的轧机，但没人接手。吴栋材书记得知后，立即赶到那个厂家，要求买下这台轧机。那时，很多农民开始建造楼房，需要大量的钢筋，吴栋材书记认为办轧钢厂前景广阔。于是，村里果断关停这8个小厂，自筹资金30万元买下了这台轧机，开启了永联村以钢兴村的发展道路，点燃了永联崛起的“星星之火”。1985年，轧钢厂产值突破1000万元，净利润近200万元，永联村成为全县排名前十的千万元村……到2022年底，吴栋材所开创的事业，已经成为涵盖钢铁制造、新能源、物流、建筑，赋能制造、环保、金融贸易等领域的永卓控股有限公司，员工1万余人，年营业收入超1450亿元。

吴栋材轰轰烈烈的事业在南丰镇永联村，自己的家却在南丰镇建农村。1960年，吴惠芳生在建农村，排行老二，上有哥哥，下有妹妹。念小学和中学的时候正是1966年至1976年，学校多次关门停课，吴惠芳跟他同学的学业多次被中断，书念得七零八落。吴惠芳高中毕业，回家跟村里的人跑船，也就是从事水上运输。他们的运输船在江南运河沿岸的各个码头穿梭。他们的工资不错，日子过得美滋滋的。每天傍晚，金色的阳光铺满河面，他们便歇下来，啃着鸡爪，嚼着花生米，喝着鲜啤，一双脚吊在船舷上，望着缤纷的晚霞和河面上时翔时聚的飞鸟，大声唱歌。

相较于同龄人或大多数的农民，年轻的吴惠芳对这样的小日子很满足。但他偶尔也有些迷惘，心想这辈子是不是就只能是个船员？他就这样稀里糊涂地度过将近两年时间。1979年的一天，吴栋材老书记从永联村回到建农村，看着儿子虽然不谙世事却闪烁着聪明智慧的眼眸，对他说：“现在有了高考政策，你的好多同学通过复读，都考取学校读书去了。你年纪轻轻，脚上三块板，不是叫就是喊，匪里匪气，我看你还是去复读为好，考个学校，跳出‘农门’，才有见大世面的机会！”

父亲的话犹如寂静的深夜突然爆响的春雷。这是1979年的初夏时节，吴惠芳坐在运河边，看着风中摇摆的柳丝、来来往往的货船和飞来飞去的水鸟，他突然发现，说完话离他远去的父亲既是个经天纬地创大业的人物，也是位细致入微、充满智慧的人生导师。跑船，18 岁就已经能提前看见人生的天花板；读书，不仅能走出闭塞落后的农村，还能看见甚至融入并创造五彩斑斓的大千世界。

当时建农村附近的学校有两个补习班，一个是“中复班”，通过补习，考上便能读中专和高中（那时候中专招生早于高中，考到中专即迁户口、吃商品粮）；一个是“高复班”，考上便能上大专或本科。

吴惠芳心想：“我虽然是一个高中生，但这么多年不摸书本，当年课堂上学到的东西大概忘记得差不多了，还是老老实实读‘中复班’吧，再说距离 1979 年中考和高考都只有几个月时间，不要好高骛远。”那段时间，带着重返校园的各种情绪，吴惠芳重拾书本，每一天都在认真学习。他发现，过去很难理解的定理、定义，现在一学就会；过去老记不住的公式和法则，一联系实际，就迎刃而解。但当时的考试真是万里挑一，吴惠芳因几分之差名落孙山。

父亲吴栋材那段时间在离建农村一个小时自行车路程的永联村，还在带着永联村的老百姓发财，根本顾不上过问吴惠芳的学业。

吴惠芳并没有一蹶不振，他有自己的打算，他打算再复读一年。是什么给他继续学习的信心？是这几年的社会实践和刚刚过去那几个月的复读生涯给了他信心。这几个月，他觉得自己是块读书的料：过去不懂的，经历过社会锻炼后，突然变得简单起来；过去一度觉得云里雾里的知识，现在理解起来是那样简单。原来社会实践，真的能让人快速进步。他把 1979 年的 7 月和 8 月看作暑假，在家里又把初中教材学习了一遍，感觉整个初中阶段的知识点都掌握了。

到 1979 年 9 月开学时，吴惠芳决定不再浪费时间去读“中复班”，而是直接选择了“高复班”。

吴惠芳天生喜欢做富有挑战性的事情，挑战性越大、难度越高，他的注意力越集中，他的潜能越能被激发出来。“高复班”复习的内容是高中教材，当时的学校时而关门，时而开门，有的课程，课表上排了课，却没有老师来上课。

吴惠芳的高中跟全国同年龄段的孩子一样，念得断断续续、支离破碎，三年高中读完，没有学到多少东西，如今每一门功课都相当于是新课程。吴惠芳没有畏惧，也没有退缩，他用一年时间学完整个高中课程，这让“高复班”的其他同学不得不佩服，也让“高复班”的老师对他竖起大拇指。那段时间有人问吴惠芳：“要是你今年再考不上怎么办？”吴惠芳仗着自己颇强而颇有成效的自学能力说：“大不了今年九月份再回来读一年‘高复班’。”其实他想说的是：“你有什么理由认为我考不上！”

功夫不负有心人，1980 年高考分数出来，吴惠芳考上了大学，超过南京炮兵学院的录取分数线十几分。多年后吴惠芳对此评价：古人说得好，取法乎上得乎中，取法乎中得乎下；有多远的目标，就得付出多大的努力，前提是自己力所能及，而结果往往出乎意料。

吴惠芳在南京炮兵学院学习军事指挥，由于表现突出，入学第二年就入了党，而且被推选为“双先”代表，学校打算让他留校任教。

即将毕业的时候，吴惠芳因一件事受到处分。那一天是 1983 年 5 月 11 日。吴惠芳之所以记得很清楚，是因为他是从那一天开始抽香烟的。当时教导员让他写检查，他心想这检查怎么写？自发蒙读书，他从来得的都是表扬。优秀了这么多年，作文一向优秀的吴惠芳却让一份检查难倒了。教导员甩给他一包大江牌香烟，对他说：“写不出来抽抽香烟，抽完就知道该怎么写了。”此事给吴惠芳的教训是深刻的，也给他很多启发，使他从此做什么事情都特别谨慎，善于反思，善于总结，善于从多种矛盾中找出一条既符合客观实际又能照顾各方利益，而且还能实现长期效果的办法来。在 1997 年，他带的团创建“无烟团”，他说不抽就不抽，至今再也没碰过香烟。人们都说，连香烟都戒得掉的人，必定能成大事。吴惠芳应该算是个活生生的例子。

军校毕业，吴惠芳随部队到达祖国南方，参加自卫反击战，在老山前线经历了血与火的淬炼，一步步成长为部队优秀的指挥员。

从前线回来，吴惠芳跟随部队到浙江杭州驻防，其间经历多少，暂不叙述。1998 年 8 月，部队接到前往江西九江抗洪抢险的命令，那时候吴慧芳担任团政委。吴惠芳带领全团官兵冲锋在前，克服重重困难，终于和其他参与抗洪的部队一起保住了大堤，确保了堤内群众的生命安全。这一战，持续43天，多少个不眠之夜，吴惠芳都是跟战友们一起在长江大堤上度过，最终取得了胜利。

从军官到“村官”

时间很快来到了2005年，这一年，吴惠芳再次迎来人生的转轨。从军25年，吴惠芳从士兵到驻杭州某师政治部主任。25年来，吴惠芳跟母亲、哥哥和妹妹的联系更多一些，而父亲正带着永联村一班人，不断忙着探索，不断迎来成功。

历史资料记录下永联村那些年的一组材料，特别有意思：

1993年12月28日，江苏永钢集团公司组建成立；

1998年，公司实行股份制改造，11月28日，江苏联峰钢铁股份有限公司召开成立大会，吴栋材任董事长；

2000年5月8日，“江苏联峰钢铁股份有限公司”更名为“江苏联峰实业股份有限公司”；

2001年1月，永钢获“2000年度销售收入超20亿元的工业企业”称号；

2002年8月16日，永钢百万吨炼钢项目奠基；

2003年8月31日，百万吨炼钢项目2#高炉及2#转炉分别投产；

2004年12月28日，永钢销售收入超100亿元；

2005年，永钢集团名列2005年中国企业500强第206名；

…………

农民富裕了，但并不代表农民的素质、观念同步提升，永联村经济快速发展的同时，陈规陋习仍然存在，也曾一度出现了一些不文明现象。比如，同样在厂里上班，年轻的看不起年老的，文化程度高的看不起文化程度低的，本地的看不起外地的……一个村、一个社会、一个国家，没有钱不行，经济不发展，一切都是空谈，但有了钱没有秩序和规矩，包括乡风乡俗、生活习惯在内的乡村文明建设不能“齐头并进”，想得到发展更不行。

随着村企发展规模越来越大，对管理人员的综合素质要求也越来越高，吴栋材老书记意识到必须要有一批适应永联发展的人来治理村企。

思前想后，吴栋材在二儿子吴惠芳身上打起了主意，但他不知二儿子会不会同意。吴栋材知道，他的二儿子在部队继续打拼，很快他们吴家就能出一个人才。可吴栋材实在想不出比吴惠芳更合适的人选。为了永联村今后的发展，2005 年春天，吴栋材决定带上老伴儿，上杭州走一趟。为什么会带上老伴？用吴惠芳的话说，父亲只顾着忙村里的事情，平日里一般都是母亲一个人到杭州家里帮忙照顾，老两口一同前来的次数屈指可数。这也足以说明吴栋材老书记是用了心的。之所以选择吴惠芳，吴栋材有他的几点理由：

一是这些年他先后采用要求上级派、内部选拔的方式着手培养接班人，但这些人学不透彻，悟不彻底，最后都因为这样那样的原因被淘汰。

二是举贤不避亲，吴惠芳是最佳人选。部队培养他 25 年，政治素质过硬，文化水平高。吴惠芳在部队长期搞政治工作，能文能武，积累了丰富的领导经验，有较高的理论思想水平，让他回来，相信他能把村里事情搞得更好。

春风在新发的柳枝上摇摆。父母临走的时候，一向行动多于语言的母亲动情地说：“惠芳啊，你知道你爸不到万不得已不会轻易开口。我们都年纪大了，他真的需要你，永联村的老百姓也真的需要你！”

母亲的这句话，深深地触动了吴惠芳。送别父母之后的三个月，吴惠芳一有空闲就陷入深思，尤其是母亲临走前的那句话让吴惠芳动容。这些年，母亲总是默默地支持着他们，只要他们需要她，她便会在第一时间出现在他们面前，从来不向他们提任何要求。而这一次不一样。

“第一次听父亲讲这个事情的时候，我感到很不可思议。1980 年，我复读参加高考，就是想要走出农村，怎么可能 25 年之后还要再回到农村呢？”但是面对父亲如此慎重地提到的这个问题，作为儿子，吴惠芳深知父亲一直将永联的发展作为他一生的心血，69 岁的他也未曾有过歇下来的打算，这样的要求，既是他不得已的选择，也是一个父亲对儿子的期望和感召。

“作为军人，我已从军 25 年，戎装一身，保家卫国是我的理想，更是对国家的承诺。”一边是尽孝于亲，另一边是尽忠于国，经过一段时间的思想斗争和深入思考，吴惠芳意识到，新农村建设、发展农村经济同样是党的重要工作，到永联村当一名村干部，服务好百姓，也是党的事业，同样光荣。

吴惠芳是个雷厉风行、行事果断的人，想通此事，他便向部队递交了自主择业申请。领导们对他的选择很不理解，认为他太过于草率。当他把自己的心声袒露出来后，领导们全都感到他的选择是经过深思熟虑的，纷纷表示理解。他对领导说：“自主择业不是逃避责任，而是在一片新的战场上继续履行军人天职，同时也让自己得以尽孝。我是一个喜欢挑战艰难险阻的人。与部队驻地相比，永联村的发展存在的变数更大，那么我也就会有更多的用武之地。”

这一年，吴惠芳 45 岁。炎夏还没有结束，初秋尚未露出端倪，2005 年 9 月 10 日，经上级组织审批同意，吴惠芳正式卸下戎装，回到家乡永联村，出任村党委副书记和永钢集团副总经理。这一干就是 18 个年头。如今的永联村，综合实力在全国村庄中名列前茅，展露出一幅水乡小镇、花园工厂、现代农庄、文明风尚的“农村现代画”。

善抓关键，更善于解决问题

“战场”的更换，让吴惠芳从“老将”变成了“新兵”，但善于钻研、喜欢从事挑战工作的他很快进入角色，找准自己和永联村的定位。2005 年 10 月，党的十六届五中全会召开，会议提出了建设社会主义新农村的重大任务。善于学习和思考、善于抓住关键的吴惠芳在反复阅读并研究透彻全会的文件之后，感到这次会议真是“及时雨”。难怪人家都说“时势造英雄”，政策是大的环境，在大环境之下，才能创造出理想的“小环境”。很快，他找到了永联村开展新农村建设的突破口，也就是解决问题的办法。归纳起来有三个方面：

第一个方面，绘制一张永联村的地图。作为一名优秀的炮校毕业生，勘测定位是他的看家本领。有了地图，哪个地方摆房屋，哪个地方划出来建设群众的活动场地，哪个地方是河流，哪个地方是道路……永联村的布局从此不再是七零八落，吴惠芳的地图让永联村的人们意识到，必须利用已有的资源和条件，进行合理规划布局。

第二个方面，制定永联人的奋斗目标。有学者指出，人们之所以对手头的工作倦怠，墨守成规，迷惘不前，是因为他看不到前进的目标和实现的路径。吴惠芳首先要解决的是，让每一个村民脑海里，对永联村的未来有个初步的轮廓。吴惠芳带领一班人，七易其稿，陆续提出“六化四美”的发展方针。所谓“六化”，就是居住方式城镇化、生产方式产业化、就业方式多元化、生活方式市民化、管理方式规范化、收入方式多样化；所谓“四美”，就是产业美、生活美、生态美、素质美。可以说，从回乡第一天起，他就立下了带领村民建设现代、文明、时尚新永联的决心。通过“六化四美”，描绘出一幅集小镇水乡、绿色工厂、现代农庄、文明风尚于一体的“永联现代化画”。

第三个方面，让永联人过上城里人的日子。永联人的富裕是老书记吴栋材带来的，1990 年代末，全国上下的集体企业流行改制，绝大多数变成了一人或几人出资的私营企业，企业的盈亏跟集体不再发生关系。永钢集团在 2000 年再次实行股份制改造的时候，吴栋材带头让出个人在集团的一部分股份，让永联村集体占股 25%。多年来，随着永钢集团不断发展壮大，永联村实实在在享受到了股权分红带来的福利。但是到 2005 年，富裕的村民依旧零散居住，不管是卫生、用电、用水，还是乡村社会管理，都还处于原始粗放的状态。

“富裕的农民”与“富裕的居民”是两个截然不同的概念，二者的生活质量是不一样的，能享受的社会福利也是不一样的。2006 年，国土资源部（现自然资源部）出台了“城乡建设用地指标增减挂钩”的试点政策，苏州也是其中一个试点。吴惠芳仔细研究文件之后，提出“加快发展永联城市化和现代化步伐”的路线图。永联村将张家港市“城乡建设用地增减挂钩”的 1000 亩指标全部争取过来，决定拿出 10 多亿元，把散落在田间地头的 3000 多户村民统一搬迁入住农民集中居住区。

之后，吴惠芳邀请上海的一家设计单位设计农民集中居住区的住房。初稿出来后，吴惠芳很不满意。

根子在于设计方的理念有问题。他们认为，农村建房子，标准不用太高，因此在设计的时候，没有花太多的心思，按部就班，图纸简单平移，根本没有考虑科学化、合理化因素。

吴惠芳的理念更先进，他的眼光看得更远。他认为，农民集中居住区的住房，住进去的虽然是农民，但凭什么农民就不能享受好的条件呢？既然要建，就要按城镇化、现代化的标准，不仅要格局宽敞、户型合理、采光良好、景观优美，让老百姓住得舒服，居住小区还要配套餐饮、购物、休闲等场所，让老百姓住得方便。

为此，他专门到深圳、广州，甚至国外一些发达国家考察，亲自参与图纸设计，前前后后修改了 8 次，这才最终把方案定下来。

有了规划蓝图，依托集体经济雄厚的资金实力，一座现代化的小镇拔地而起，学校、医院、银行、农贸市场、商业街等各类配套设施齐全。粉墙、黛瓦，小桥、流水、人家，在凸显江南民居风格的基础上，巧妙融入现代楼宇节能、生态、环保等诸多优秀理念。永联村成了张家港市新农村建设的亮点，先后获得“国家 4A 级旅游景区”“中国最有魅力休闲乡村”“江苏省五星级乡村旅游区”“江苏省首批旅游风情小镇创建单位”等称号。

要是“农民上楼”就是新农村建设，那么永联村到这一步已经完成。

可吴惠芳是个务实而通透的人，他知道，“农民上楼”只是新农村建设的第一步，还必须对集中居住区实行城镇管理服务。

最初，村两委学习借鉴其他地方，制定了各种各样的规章制度，通过公告牌、横幅、广播等形式，让村民都能熟知。

但熟知是一回事，落实到行动中，又是另一回事。

永联村城镇化之后，房子是新的，城镇化的设施是现代化的，但农民的思想理念、生活方式、日常行为跟不上发展，还是老一套。

有人早晨起来骑着自行车到500米以外上公共厕所，就为节约家里抽水马桶的6升水。

老头老太扛着两个拖把，到景观河里去洗，拧干扛回来，一个给儿子家拖地，一个给自己家拖地。有的家庭主妇为了节约家里的自来水，端着脸盆到景观河去洗衣服。

有的居民在屋后绿化带里种小葱，为的是炖鸡蛋的时候，随手摘几根回家。

还有的村民觉得上楼之后，整天没事干，消化不良；更有村民上楼之后就不下楼，怕一出门就找不到自己的家……

更重要的是，小镇的道路横竖笔直，出行方便了，但汽车、三轮车、摩托车、自行车和行人随便通行，既杂乱无章，又无人引导，常常发生交通事故，也得不到及时处理。

小镇兴建了菜场，但所销售的物品良莠不齐，是否以次充好，是否有农药残留，根本没人来检测和管理。

诸如此类的闹心事层出不穷。今天处理这件，明天冒出那件；今天这件棘手的事情没有处理完，明天又出一件更加棘手的事情。许多事情现场可以处理，甚至打一个电话或者相关人员到场就解决问题，但更多的事情超出居民委员会职权范围，他们根本无法处理。

如何提升永联人的思想道德境界，力求变传统农民为职业农民，变职业农民为文明市民，变文明市民为守法公民？这个巨大的课题摆在吴惠芳的面前。

为了提升村民的道德文明素养，在吴惠芳带领下，永联村制定并实施了一套科学合理的激励机制。他们还对“文明家庭奖”进行了规则优化，取消原有“对文明家庭直接发放1000元奖金”的政策，设定文明家庭标兵以及金质、银质、铜质文明家庭奖，需通过综合考评社会公德、职业道德、家庭美德、个人品德等指标，按积分多少进行排名，对有拾金不昧、见义勇为等行为的家庭给予加分，排名前十的授予“文明家庭标兵”奖牌。这一改革的效果相当好，因为相比1000元现金奖励而言，很多村民更在乎“文明家庭”奖牌的精神荣誉，一块小小的奖牌就成了家风的标志。

规范成年人的同时，吴惠芳更注重对永联下一代的培育工作。永联村的学校拥有一流的硬件设施，但师资力量方面与城镇学校相比差距明显。在他的努力下，2014 年永联小学被列入了张家港市“均衡城乡教育资源试点单位”，这让永联村的孩子们在家门口就能享受高质量小学教育。

“孩子们得到优质教育了，但仅仅学 1+1、背 ABC 还不够，我希望他们能够开阔眼界、全面发展。”2015 年，北京荷风管弦乐基金会在吴惠芳的推动下，在南丰小学成立了“永联荷风管弦乐团”。乐团从学生中挑选优秀苗子培养，并定期邀请著名音乐家前来授课。

多年过去了，乐团发展顺利，也取得了喜人的成绩，先后到过北京天桥剧场、上海保利大剧院等地演出。“即便他们将来可能成不了大艺术家，也能为永联留下热爱艺术的种子并不断传播下去。”吴惠芳说。

2010年5月1日至10月31日，第41届世界博览会在上海举办。永联村以“城乡一体化，农民更幸福”为主题的苏州案例亮相世博会。

“世博会在上海举办，这是向全世界展示我们永联风采的难得机会，也是让永联村民接触世界、了解世界的难得机会。”为了让村民们去世博会上长长见识，永联村举办了“万名村民看世博”的活动。

出发前，吴惠芳亲自到广场上给大家鼓气：“乡亲们，今天我们这些农民要到上海看世博啦，大家要文明观看，咱可不能给中国农民丢脸。我们要以饱满的精神，好好展现咱农民的文明风貌！”

这个活动一直持续到 10 月底。其间，几乎所有永联村民都去了上海，一览世博这个强大的盛会。观展回村，永联老百姓纷纷表示：“原来世界那么大，我们生活条件那么好，超出平均水准太多太多啦。我们以后应该更加优秀！”“我们要珍惜当下，创造未来！”“我们这个榜样应该有榜样的样子，要让别人来向我们学习！”

俗话说“不会做鞋，旁边有样”，与其灌输式地反复教导，不如让村民自己走出家门，走进现代文明去感受城市居民的高质量生活，看看别人，比比自己，才能把集体的要求自觉自愿地转化成心甘情愿的行动。春雨润物细无声，通过点点滴滴潜移默化、循序渐进的努力，吴惠芳的初衷和目的达到了。

细节思维和长远谋略良性互补

永联村富了，永联村的管理井井有条了，但这并不等于村民们就不再有烦恼。自上任以来，吴惠芳一直密切关心村民在改善住房、赡养老人、教育子女等方面的问题，尤其是因家庭成员生病、犯罪、离异等情况导致的矛盾冲突。

“2009 年左右，村里有一位患了肿瘤的妇女来找我。令我惊讶的是，她并没有哭哭啼啼地索要补贴，而是希望得到一份轻便的工作来继续养活自己。”吴惠芳说。

考虑到像她这样的人不止一个，吴惠芳很快推动村委会成立劳务公司、保安物业公司，与周边企业签订保洁、保绿、保安服务协议，为那些低技能劳动者提供就业岗位。

就这样还没有让吴惠芳感觉满意，因为弱势人群随时会有，必须建立制度化的保障机制才能长久保障。2010 年，在他倡导下，永联村出资 500 万元成立了永联为民基金会。通过在村域范围内进行募捐活动，每年可以募集资金约 2000 万元，这为养老尊老、助学奖学、关爱健康、扶贫助残等方面的需求提供了坚实保障。

2019 年，基金会针对村民因病致贫问题进一步推出“福村宝惠民计划”。参保人每年只需缴费 50 元（基金会另行补贴 150 元），一旦生病即可获得最高 10 万元的保险补偿。实施 4 年来，“福村宝”的覆盖面已从本村村民扩展到永联区域所属企业及所有外来人员共 2.5 万人，参保率达到了 97.1% 以上。

对此，吴惠芳表示，“让爱心在互助中闪光”是他一直以来秉持的道德理念。他希望这种“在共建中共享发展，在创造中享受成果”的精神能浸润到每个永联人心里，也落实到永联村工作的方方面面。

如果说发展经济是鼓舞“先进”，那么提供保障就是帮扶“后进”。吴惠芳对弱势群体的爱心关怀，既是他本身拥有鲜明党性和高尚道德情操的表现，也是他在长年军旅生涯中养成的关怀新人、弱者、伤者的优良习惯。

十多年来，在“永联为民基金会”之外，他还陆续接手建设或主持打造了居家养老机构“永联惠民服务中心”、爱心服务机构“永联爱心互助志愿者联合会”、精神文明推进机构“永联社会文明建设联合会”、退伍军人保障机构“橄榄绿驿站”以及“爱心互助街”等一系列具有社会保障、公益慈善性质的协会组织。通过它们的联合运转，永联村最大程度地实现了“少有所托”“老有所依”“病有所保”“残有所靠”的和谐局面，令青壮年人群得以免除后顾之忧，全身心为永联村发展尽心尽力。

当被问及“如何看待自己回到永联这十多年的成绩”时，吴惠芳表示与其看重经济发展层面的数字，倒不如欣慰于在推动永联成为一片越来越多人乐意参观、栖息乃至扎根生活的热土上做出了一些努力。

“我经历了中年转型。虽然也积极学习，但不能指望在经济规划、政务管理、企业发展等多个领域同时成为专家。但我可以做的是，充分利用在军队学到的坚韧、执着、刚强、友爱，像护卫阵地那样护卫永联，像关心战友那样关心永联人，努力把永联村打造成为具有吸引力的‘凤巢’，张开双臂迎接所有愿意为永联奉献光和热的人才。”

这无疑是一种道德感召，它的吸引力远胜于单纯分房、分钱的经济招揽，但它得以实现的前提是当事人必须具备强大而优异的道德精神力量。

吴惠芳书记十几年如一日想村民之所想，急村民之所急，以全方位、多角度建构永联福利保障体系的努力和在各类公益慈善、防疫抗疫活动中的积极表现，让自己成了永联人心目中敬佩而服膺的榜样，也为他带来了“第七届全国道德模范提名奖”“江苏省劳动模范”“江苏省优秀共产党员”“全国乡村旅游致富带头人”等光荣称号。

“永联爱心互助志愿者联合会”的标志是吴惠芳亲自设计的——两颗相互

交叉的爱心紧紧交汇在一起，中间构成了表示“无穷大”（∞）的艺术符号。他说，希望这里的“无穷大”能在所有永联人的生活中得到实践，推动互助互爱的奉献精神在大家心里生根开花。

为了让基层民主看得见摸得着，在吴惠芳的推动下，永联村建设了可供285名代表召开会议的村民议事厅，配套建有实时直播的LED大屏和供村民旁听的参观通道。会议召开时，村民在家可通过数字转播实时观看议事情况。在探索基层自治的过程中，永联村叫响了四句话：

一是代表大会议大事。每年分别两次召开经济合作社社员代表大会和永合社区居民代表大会。社员代表大会代表共234名，由11000名社员选举产生，对村集体经济发展规划、生产经营计划、基本建设投资计划、年度财务预决算、集体收益分配进行决策。居民代表大会代表共240名，由25000多名居民选举产生，审议决定社区工作规划，制定和修改《社区自治章程》《居民公约》等重要制度。

二是议事团体议难事。永联村经济合作社和永合社区居委会分别成立议事团体，针对经济合作社和社区居委会中存在的个别疑难问题，召集部分社员代表、居民代表和当事人家庭进行讨论、决议。社员议事团及居民议事团在广泛征求居民建议的基础上产生，定期共同研究需要上会的事项，按照一事一议的原则，讨论社员及居民的利益诉求。

三是楼道小组议琐事。在每个楼道内组建楼道小组议事委员会，一般由3至5名居民组成，针对每栋楼的楼道中存在的问题，不定期开展楼道议事会，实现楼道自我管理、自我教育。

四是媒体平台议冒尖事。永联村充分利用“永联一点通”App、永联村讯、魅力永联公众号、社区电子屏等载体，一方面，发挥典型引路作用，对涌现出来的好人好事大力宣传，引导村民见贤思齐；另一方面，将居民、社员工作生活中的不文明行为进行曝光，让全体村民来讨论、评议，形成舆论压力，让村民知荣辱。

农村最缺的是人才。永联村从一开始就非常重视人才。吴惠芳回忆说，永联轧钢厂开办之初，缺少各类人才，村里就从镇上的机关、供销社、农机厂以及周边村，招聘了一大批人到厂里当厂长、会计、技术员、销售员等，但还是缺少具有专业技术的专家型人才。一天，黑龙江一家钢厂的厂长李廷夫来到永联轧钢厂考察，与钢厂生产现场的干部交流时提出了几条改进意见，之后就赶往了无锡火车站。这件事让吴栋材老书记知道后，立马派了两名副厂长追到无锡火车站，恳请李廷夫到永联来工作。李廷夫被吴栋材书记的真诚所打动，来到了永联工作，轧钢厂的工艺技术水平得到了快速提升。2006年开始，永联村每年从全国各大院校招收300名以上大学生到各类岗位。为了从大城市招收高端人才，永联村专门在上海、苏州等地注册开办公司，为这些人才解决社保和落户问题。随着来自五湖四海的人才不断增多，永联钢厂和永联村先后投入近7亿元，建设6幢2300套公租房，配以良好的服务设施，为人才队伍提供生活保障。近5年来，企业每年结合年终考核，进行一次人员优化，先后140多名已经落后的技术人员被降职或免职，400多名五湖四海的干部和技术人员通过竞聘得到晋升使用，现在永钢集团班子成员都是专业对口的“70后”“80后”。

为了让人才能够扎根农村，在永联小镇建设时，永联村立足高标准，建设了永联文化活动中心、商业街、垂钓中心、农耕文化园等配套设施，满足外来员工的业余生活需求。同时，邀请国家京剧院、中国曲艺家协会等团体来永联村演出，满足村民、员工的文化需求。

为改善村企员工的居住环境，永联村投资6亿元建设高品质酒店式小户型公寓，共有2200多套，房屋装修精致，有单身公寓、夫妻房和专家公寓；配套设施齐全，有职工餐厅、洗衣房、健身房、自动售卖机等设施；管理智能，设有智能门禁系统、智能安防系统和智能停车系统；服务贴心，员工可拎包入住。

2022年12月，永联村总投资约5500万元、占地8000多平方米的张家港市永联文体馆正式对外开放。该馆为集全民健身运动、承办体育赛事、群众娱乐休闲为一体的综合性、智能化场馆，馆内设有篮球场、羽毛球场、健身房、舞蹈室、桌球室等运动功能区，还配有电影院、戏楼、急救展示厅等文化功能区。场馆内还配备了人脸识别系统和体温检测设备，以及冲淋室、休息吧等。内部各功能间采用预约使用模式，居民可在“永联一点通”App 或者微信小程序预约各功能室后进馆体验。

建成当天，永联村 2022 年全民健身运动会开幕，运动会共设置男子篮球、团体拔河等 5 项团体赛事和乒乓球、羽毛球等 5 项个人赛事，参与人数达 1300 余人，赛事持续到 12 月 18 日。现场，伴随激昂的音乐，参赛选手们斗志昂扬。在各类崭新的比赛场馆中，喝彩声、加油声不绝于耳，现场热闹非凡。大家纷纷表示，文体馆给村民们提供了一个强身健体、休闲运动的绝佳去处。

吴惠芳说：“永联村秉持‘让村民跟上时代步伐、过上更好日子’的初心，加大投入文体设施建设，积极推动文体事业可持续发展，在带动文旅市场复苏的同时，在永联掀起全民体育健身的新高潮，打造乡村文体发展新样本。”

同样是为人民服务，在城市和在乡村工作究竟有什么不同，吴惠芳总结自己的经验，谈了以下几点。

第一，相比于城市，乡村人口的流动性不强，工作和生活的圈子高度重合。这就意味着必须将自己最真实的一面毫无保留地展示在人民群众面前，“两面人”的做法难逃群众的法眼，得不到群众的拥护。

第二，乡村是一个熟人社会，人与人之间的关系盘根错节，这就要求村干部在工作中不能厚此薄彼，而要做到“一碗水端平”。要把“一碗水端平”，靠政策支撑，更要靠应对大事小事的智慧。

第三，乡村领导人也是村民中的一员，因此在做决策、定制度的时候能否超脱自身利益格局，站在全体村民的立场上思考，是对一个“村官”品行的重要考验。

第四，村干部既是乡村致富的带头人，又是家庭经济的顶梁柱。长年与经济利益打交道，必须慎用手中权力，保证洁身自好、两袖清风。

在吴惠芳眼里，要当好一个“村官”，自身的道德品质建设相当重要。“老百姓的眼睛都是雪亮的，如果自己的腰杆都挺不直，又怎么会有领导和教育别人的底气？”

国家既讲法治又讲德治。法治是刚性的，德治则是柔性的。吴惠芳的体会是，与陌生关系更多的城市空间相比，在乡村熟人社会中，德治的用武之地与解决效果会显得更加鲜明。

“可以这么说，对扎根基层的村干部而言，道德是一门‘必修课’，而且一旦挂科将很难有补考机会。”

都说拆迁难，但在永联村，因为坚持法治和德治，拆迁变成广受群众欢迎的事情。2006 年，永联村全村实施农民集中居住，吴惠芳等人并没有采用常规的拆迁安置方式，而是制定了拆归拆、分归分的办法。“拆归拆”，就是拆的时候按市场价格一次性货币化补偿到位，尊重和维护农民家庭的存量资产。“分归分”，就是安置的时候按一户一套，每套 145 平方米，每平方米 500 元的价格，办理大产权红本子，一张结婚证为一户。大家一致认为，城镇化建设，农民的最大贡献是宅基地，而农民家庭拥有宅基地指标的权利是均等的。城镇化建设，资金的主要来源是集体经济，而集体经济组织成员的权利是均等的。这两个“均等”，决定了住房安置应该一户一套。永联村的做法，实际是以城镇化为契机，把货币形态的集体资产，公平地转化为家家户户的实物房产，让村民们共享经济发展成果。这样的拆迁安置办法得到了村民们的积极拥护，全村很快完成了拆迁。

永联是可以被复制的

到过永联的参观者，包括一些上级领导和一些从全国各地慕名而来考察的农村领导，考察完毕谈感受，常常是两句话六个字：“很震撼，学不像。”他们的意思是：永联的经验是不可能复制的。

永联的经验真的不可复制吗?

吴惠芳书记坦言:“永联有三个不可复制,也有三个可复制。”不可复制的,一个是永联的钢厂不可复制,现在永联钢厂占地6000亩,产能1000万吨,拥有12000名员工,总资产400多亿元。放眼全国,如今不管在哪里,不要说一个吴栋材书记,就十个吴栋材书记,靠一个村的力量再也打造不了一个钢厂。但是,永联发展壮大集体经济的路径和机制,是可复制的。第二个,永联小镇不可复制,永联镇是在2006年抓住国土资源城乡建设用地指标挂钩的机会,拆迁了田间地头3600多户人家,到目前为止,先后投资近36个亿,打造了一座现代化的农民集中居住区——永联小镇,建筑面积近150万平方米,入住居民近6000户,入住人员25000多人,这样的一个小镇在哪个村都是很难复制的,而且建筑风格还是江南水乡特色。但是,永联的乡村治理机制、模式,是可复制的。第三个,吴栋材书记的基本情况不可复制,他1936年出生,1953年参加抗美援朝,三等甲级伤残军人,手指打掉一个,1978年任永联村党委书记,一干干到2015年。37年时间,兢兢业业,他个人的这些情况,不可复制。但是,作为一个基层的党员、基层的干部,在他身上展现出的人品、官德、党性是可复制的。

笔者认为,还有第四个不可复制和第四个可以复制。第四个不可复制,是吴惠芳书记的大学文化水平、25年的军龄和师级军官的经历是不可复制的,他长期从事思想政治工作,有极强的沟通能力和表达能力。第四个可以复制,是作为一名村党委书记,他面对困难时解决问题、化解矛盾的原则性和灵活性,他学习领悟中央文件精神、刀刃向内的改革决心和毅力,他谋求长远和长效、扎实推动共同富裕的实践探索精神,是可以复制的。一句话,吴惠芳的智慧是可以复制的。

比如,在乡村治理上,永联始终坚持与时俱进,创新乡村治理机制,为农业农村现代化提供可靠保障。

随着工业化发展和城镇化推进,永联农村的人口结构、社会形态,农民的生活方式、精神诉求,农业的环境条件、生产方式等,也随之发生深刻变化。

面对这些变化，永联村以变制变，及时改革创新治理机制。

永联村成功地理顺村企关系。村企合一，这在集体经济发展壮大的初期，有利于统一使用人才、资金、土地，实施统一领导和管理，曾是集体经济迅速发展壮大的重要法宝。但是，随着市场经济的不断深入，由村企合一引发的矛盾问题也变得突出起来。比如，企业经营决策机制与村民自治制度之间的矛盾，村民分配愿望与企业分配原则之间的矛盾，企业薪酬激励要求与集体所有制规定之间的矛盾，这些矛盾问题成了村与企业发展的障碍。为此，永联村先后两次对永钢集团进行清资核产，把永钢集团从永联村的集体资产中剥离出来进行股份制改造。永联村经济合作社持有永钢集团 25% 股权，永钢集团中高层管理人员持有 75% 股权，永联村成了永钢集团的投资人。从此，永钢集团按现代企业制度自我运行，永联村按乡规民约充分自治。

永联村成功地实行政经分离。村企关系理顺后，永钢集团进入了发展的快车道，永联村经济合作社依靠 25% 的股权收益，集体资产也得到了快速增长。这时，处在政经合一状态的村民委员会，集体资产经营管理的任务越来越重。同时，随着永联城镇化的快速发展，村民委员会面临的社会治理任务也越来越复杂。这时，村民委员会管资产能力不足、抓治理精力不够的问题越来越突出。为此，永联村从 2012 年开始，着手实施政经分离，把集体资产经营管理职能从村民委员会中剥离出来，充分发挥村经济合作社的经营管理功能。永联村用了一年半时间研究制定了《经济合作社社员资格确权办法》，确定了 10676 名经济合作社社员，选举产生了 239 名社员代表，研究制定了《经济合作社章程》，召开了社员代表大会，选举产生了理事会成员和理事长、监事会成员和监事长，组建了经济合作社管理机构，聘任了经济合作社社长、副社长、部门经理等等。从此，集体经济的经营管理职能从村民委员会中剥离了出来，由经济合作社公司化运行。村民委员会集中精力履行社会治理的职能。

永联村成功地调整自治体制。随着永联小镇建设的逐步到位，永联村民全部安置入住到了小镇上。同时，永钢集团的快速扩张，使小镇上的外来人口急剧上升。永联村民委员会，虽然职能任务比较单一，精力也比较集中，但是，村民自治的体制方式与城镇化的社区治理要求明显不相适应。为此，在2013年的基层两委换届选举中，经过上级审批同意，永联村不再举行村民委员会选举,而是全体村民参加永合社区选举,产生永合社区居民委员会。从此，永联村的社会治理由村民委员会体制下的村民自治转变为居民委员会体制下的居民自治。永联村村民的身份转化为永合社区居民和永联村经济合作社社员。

永联村成功地推动公共管理均等化。永联村长期以来把“城里人有的我们也要有”作为缩小城乡差别的目标来追求，先后建起了农贸市场、小学、幼儿园、医院、商业街等城镇基础设施，甚至在村里安装了8个红绿灯和5个卡口。这些物质上的城镇化，给永联人带来了喜悦和方便，比如，在家门口就可以上学、买菜、看病，等等。但是，由此引发的矛盾和烦恼，也逐渐多了起来，甚至有的成了损害村民利益的因素，比如，农贸市场里蔬菜上农药残留物超标，小镇上的车辆超速闯红灯，这些事，村里管不了也管不好。永联村绝大多数村民交纳的是城镇医保，但到永联医院看病，医生是“赤脚医生”的水平，报销是农村合作医疗的标准，村民的利益直接受到了损害。这让吴惠芳意识到，“城里人有的我们也要有”仍然是永联人的追求，但追求的内容应该升级为城里人拥有的公共管理和公共服务，实现城乡公共管理和公共服务的均等化。于是，永联就向市、镇两级党委政府主动反映情况，积极争取支持。很快，上级政府在村里设立了社会事务管理协调领导小组，一名副镇长任组长，把公安、交警、工商、卫生、城管、消防等公共管理机构和人员派驻到永联村，把永联村从那些管不了也管不好的事务中解放了出来，永联小镇变得秩序井然。

永联村坚定地走共建共享、共同富裕的道路。吴惠芳认为，共建共享、共同富裕，既是实现农业农村现代化的目的，也是建设农业农村现代化的动力。这些年来，永联村坚持用共建共享、共同富裕来团结群众、凝聚人心、谋求发展。——为了让全村100多名年龄偏大、技能偏弱的村民实现就业，吴惠芳积极推动发展乡村旅游，建设江南农耕文化园等项目，促进村民增收就业。为了让孩子们在家门口就能享受到城里人的优质教育资源，吴惠芳推动永联村投资超亿元，建成了设施一流的村小学，还在小学组建起管弦乐团。为了让老百姓得到更好的医疗服务，吴惠芳积极争取南丰镇支持，筹资新建了占地面积5667平方米、总建筑面积3064平方米的社区卫生院，与张家港市中医院共建科室、共享资源，大大方便了村民看病就医。为了让有创业能力、创业愿望的村民创业致富，吴惠芳推动建设农民创业园、美食一条街，同等条件下永联村民优先租赁，不仅带动了就业，而且让大家过上了更加富足的生活。为了提高全村人的文化素养，对永联村民实施常态化的艺术熏陶，永联村投资近1亿元建设了永联文化活动中心和永联戏楼，经常邀请各类文艺团体前来演出。为了提高村民的文化水平，营造书香永联的浓厚氛围，永联村在永联小镇的爱心街上，建有一个藏书达40000多册的农家书屋，并且24小时无人值守、对外开放，供村民职工自由阅读；还建了一个智力加油站，花了近百万元购买各类玩具，供孩子们训练智力，不让永联的孩子因为家庭经济上的差异，造成智力训练条件上的不平等。

新征程，新使命

到2023年，吴惠芳在永联村的土地上奋斗了18个春秋。如果用“天翻地覆”来形容时代发展、老百姓生活富裕起来的话，永联村可以用四五个“天翻地覆”来形容自己的生活。尤其是近年来，依托永钢集团分红、店面租金收入、实体公司经营收入，永联村在吴惠芳书记的带领下，走出了一条工业化和城镇化良性互动、城镇化和农业现代化相互协调的乡村振兴之路，实现了物质文明和精神文明协调发展。共建共享、共同富裕的道路越走越宽，村民的日子越过越红火。

在乡村振兴的道路上，工作千头万绪，矛盾层出不穷，但一切事在人为。人的智慧和力量是无穷的，但人是要靠人来领导的。作为村党委书记，长期以来，吴惠芳十分重视班子队伍建设，培养班子队伍拥有引领发展的能力、公道正派的作风、淡泊名利的品格，较好地发挥了班子队伍在乡村振兴道路上的领头雁作用。

吴惠芳坚持党旗作指引、发展靠支部，把支部建在了田间地头、工厂车间、社区楼道。目前，永联区域共有永联村党委、永合社区党委、永卓党委 3 个基层党委，分别负责引领农村集体经济发展、社区治理和现代企业经营。

吴惠芳积极探索出“党旗飘扬、党章指引、党日红火、党徽闪耀”的基层党建模式，不断夯实乡村振兴的组织基础和群众基础，有效发挥了永联村党委在全面实现乡村振兴中的领导作用、在经济发展中的推动作用和在社区治理现代化进程中的引领作用。

在永联，只要有梦想，很快就有实现的那一天；只要为了理想和追求付出努力，就有获得丰厚回报的时刻。随着全面数字化时代的加速到来，从 2021 年开始，永联加快了数字乡村建设，数字产业、数字民生、数字治理在永联落地见效。网格化管理、精细化服务、信息化支撑的治理平台，为村民群众提供家门口的优质服务和精细管理。由文明分、金融分、基础分构成的积分制数字乡村信用体系建设，让永联老百姓在享受数字生活带来实惠的过程中增强乡风文明建设积极性，同时赋能永联乡村治理模式创新筑牢基层党组织的领导力、凝聚力。

在永联，让人民群众过上更加高品质的生活已变成现实。2022 年，永联村的村民人均纯收入达 6.7 万元；2023 年，集体分配办法改革后，11000 余名社员从村集体直接分配的收入人均达到 1.7 万元，努力兑现“十四五”末村民从村集体分配收入翻一番的承诺。如今，永联小镇吸引了 2.5 万常住人口在这里创业，99% 的村民实现了集中居住，99% 的耕地实现了集体流转，99% 的劳动力实现了就业，99% 的村民享受到了比城市居民更优越的福利保障，幸福成了永联村村民最自信的名片。

2023 年春天，面对采访，吴惠芳说：“从部队到农村，变的是战场，不变的是使命担当。18 年的农业农村生涯，已将我与村民紧紧拴在一起。村民的信任与支持是我大刀阔斧建设永联的坚实后盾，是我干事业、创实业的不竭动力。”

立足新起点，迈上新征程。永联村将深入学习贯彻习近平总书记视察江苏重要讲话精神，深入贯彻落实党的二十大精神，以“汇通江海之气概、畅达黄海之辽阔”的气概，当表率、做示范、走在前，谱写“强富美高”新江苏现代化建设永联实践新篇章。

在永联村，“以民为本”不是空话，更不是套话，而是通过一桩桩一件件，每一个细节、每一件事情展现出的领导干部的情怀和品格。吴惠芳说：“落实党的政策的出发点、落脚点、着眼点是什么？只有一个，事业有发展，百姓得实惠。所有的政策，你贯彻落实，做决策、办事情，最终老百姓要得实惠，要以民为本，否则往往会落到形式主义、装个门面这些上去。无效的建设，重复的浪费，劳民伤财。所以我们老百姓经常讲‘这个花那个花，关键老百姓要有钱花；这个美那个美，关键老百姓得实惠。’所以几十年来，我们永联村党委在贯彻落实党的政策抓建设、做决策的时候，都以它为根本依据和遵循。我们所做的事情，对老百姓要么有眼前的好处，要么有长远的好处，或者有全局的好处。”

“作为一名农村工作者，我理想中的中国农村现代化，是让我们的农民生活在这个时代里，让我们的农业具有时代特征，让我们的农村走在时代前列。”吴惠芳这样展望永联的未来。

这掷地有声的话，是时代最悦耳、最坚定的声音。

托起“世界第一吊”的奇女子

——徐工机械建设机械分公司副总经理孙丽小传

张晓惠

4000 吨级履带起重机，是孙丽多少年履带起重机经验技术的积累与爆发，她带领研发团队摸爬滚打，砥砺前行，如今终于站到了世界前列。

2013 年 7 月，山东烟台万华工业园内，4000 吨级的 XGC88000 超级起重机首吊现场。

那天气温很高，海风吹到身上都是热的，全国工程机械负责部门领导和专业人员汇聚在这里，紧张地注视着 XGC88000 超级起重机的首秀。随着一声令下，在人们屏气凝神的仰望中，金黄色履带吊缓慢而稳健地向着蓝天高高升起。起重机长长的双臂在天空中划出刚劲雄健的线条，将 1680 吨的丙烯塔轻轻吊起。

1 个小时，2 个小时，3 个小时，4 个小时，5 个小时……无垠的蓝天作证，浩瀚的东海作证，无数在场的徐工人作证！这台履带式起重机仅用 5 个小时，就完成了过去需要 3 个月才能完成的 4000 吨（相当于 2000 多辆家用轿车重量）吊装任务，实现了我国超大吨位履带式起重机研发、制造的新突破。

XGC88000 超级起重机的首吊成功，意味着中国工程机械的又一项大国重器，成功了！

在场所有人都感受到了这次吊装成功的巨大喜悦。中石化项目负责人的兴奋溢于言表：之前吊装丙烯塔，在没有超大吨位起重机的情况下，需要将其一节一节分开吊装，再逐层焊接，工期长达 3 个月，而且存在很高的安全风险。现在，徐工 4000 吨级履带起重机仅用 5 个小时，就安全高效地完成了吊装任务。

从 3 个月到 5 个小时，XGC88000 每次出手，都展现出惊天动地的力量。说它在创造奇迹，不如说它本身便是一件在科技创新推动下、在勤劳智慧中孕育出的伟大奇迹。

这一业绩震惊国内外机械行业。业内人士在关注，整个机械行业在关注，国家分管部委在关注，国外相关行业也在关注。

正如央视《大国重器》专栏在报道 XGC88000 时，曾不吝褒奖之词，称之为“国家砝码”，并意味深长地说，砝码的轻重取决于自身的重量，制造什么和怎么制造，决定着一个国家在世界的地位。

全世界起重机业的目光投向徐工，投向一个托起“世界第一吊”的奇女子——孙丽。

一位40岁刚出头的女子，她是怎样做到的？她和她的团队是如何做到的？

奋力创新，不懈追逐峰顶的“重工之梦”

创新让技术人员挺直了腰杆，从奋力追赶到不断超越，让我们从无到有，从有到强。

——孙丽

“世界第一吊，属于中国！”

“大吊车，真厉害，轻轻一抓就起来……”京剧《海港》电影里呈现出的经典画面，是那样地深入人心。时光的脚步跨入21世纪，这样的情形在中华大地上已随处可见。从50吨到150吨到500吨、650吨、3000吨，吨级的加重、技术的提高，无一不和一个人的名字紧紧相连：徐工集团工程机械股份有限公司建设机械分公司副总经理、研究员级高级工程师——孙丽。

2016年5月，荣获全国五一劳动奖章的孙丽，站在人民大会堂的讲台上自豪地说：“我们用近20年的时间，向全世界大声宣告，世界第一吊属于中国！”

4000吨级履带起重机，是孙丽多少年履带起重机经验技术的积累与爆发，她带领研发团队摸爬滚打，砥砺前行，如今终于站到了世界前列。研发的道路荆棘遍布，人们只看到孙丽和她的团队成员脸上洋溢着成功的喜悦，却不知道在成功背后，他们所付出的令常人无法想象的巨大努力和牺牲。孙丽每每想起，都是感慨万千。

孙丽回忆，当时真是连夜里做梦都在想，究竟如何才能把这么重的东西吊起来。经过700多个难眠之夜，绘制了10076张设计图纸。功夫不负有心人，拥有3项国际首创技术、6项国际领先技术，以及80多项国家专利的4000吨级履带起重机横空出世，彻底改变了我国以前大吨位起重机花巨资、靠进口的状况。其中“一车两用”技术，更是实现了国际上所有起重机设计师的梦想，成为国际同行竞相学习的标杆。现在国内市场再也见不到欧美的此类产品。

2017年12月，习近平总书记视察徐工，看到XGC88000模型时说：“我在宁煤集团看到过。”

这是对中国制造的赞许，这更是对“世界第一吊”的高度认可。

“装备制造业是制造业的脊梁，要加大投入、加快研发、加速发展，努力占领世界制高点、掌控技术话语权，使我们成为现代装备制造业大国。”习近平总书记考察徐工集团时的殷殷嘱托，为孙丽、为所有的徐工人都鼓足了士气。

从“中国第一吊”到“世界第一吊”的漫漫征程

从来就没有一蹴而就的成功。纵观中国制造业发展史，中国装备从无到有，由弱变强，在咬牙蜕变过程中，凭实力撕掉了“廉价”“低端”“山寨”的标签，最终依靠自主创新，实现了质的飞跃。在这条艰辛又璀璨的历史长河中，徐工同样经历了从无到有、从弱到强的漫长过程。

在“关键技术受制于人”的艰难窘境下，一代又一代的徐工奋斗者，前赴后继，缔造出一个个传奇，用汗水和坚守造就了徐工的产业航母，实现了从“中国制造”到“中国创造”的深刻变化。

大型履带起重机的历史已过百年，但直到20世纪80年代，我国才开始进口此类机械。

1994年，孙丽刚进厂不久，徐工生产出了第一台具有自主知识产权的50吨履带起重机，全厂职工欢呼雀跃。1995年，孙丽参与研发的徐工QUY150顺利问世，其间建立的“塔式工况应用成果”被行业选为教材。徐工集团领导注意到，这个刚刚进厂不久的小姑娘身上潜藏着巨大的创造力，于是大胆起用她作为项目牵头人。从1994年到2013年，孙丽对一系列大型履带起重机的设计和制造展开技术攻关。

万事开头难。起初，既没有数据可供参考，没有专家可以请教，也没有现成的相关资料可供学习研究和借鉴，一切都要从零开始，从头起步。

白天，孙丽收集实验数据，晚上，她独自一人伏案研究。设计图纸，冥思苦想，就连身怀六甲时，也照常加班加点，夜以继日研究起重机技术的相关资料和数据。

总见不到母亲的女儿时常来电话问：“妈妈，你什么时候回来啊？”

“妈妈，明天的家长会你参加不了了，是吗？”

“妈妈，今天天气预报说，天要下雨了，放学时你能来接我吗？”

听到女儿渴求的声音，孙丽心里充满愧疚：“两边都是我的命根子！”但孩子有母亲与丈夫照顾，孙丽的重心便更偏向已经启航的大型履带吊。孙丽团队所有人也跟她一样，通宵达旦，顾不上自己与家人。

设计师赵江平说：“那时候，孙总每天都会带着我们的团队研讨这些关键细节，晚上经常加班加点。”

设计师陈海军说：“孙总追求创新，追求突破，然后有自己的想法，也能在产品的设计中体现出来，并且不断地去赶超我们的竞争对手，把产品做得更精细。”

结构设计师崔丹丹感慨：“每个人的成功都不是偶然的，孙总对产品的理解入木三分，对工作的严谨程度近乎苛刻。有一次，QUY650 产品调试试验时，臂架销轴出现剪切破坏，孙总立即带领大家进行销轴受力分析，查找事故原因，从根源出发，给出有效的解决方案。为彻底根绝此类问题，孙总又带领我们将所有产品的臂架销轴全部校核一遍，最后又归纳总结出臂架销轴设计计算规范。”

浸入孙丽身心血脉的严谨、严格、专心、专注的优秀品质，深深影响着她的团队成员。韩雷笑称，曾被孙丽的执着态度和追求完美的精神“虐得不轻”。现已是徐工建机产品技术研究一所副所长的韩雷告诉我：“每一个方案拿到她面前，她都会去想，去思索。很多部件都是十几个方案，先后推翻。只要你没做好，她就一遍一遍推翻，再重新做，再改，一定要你做到最好。她会告诉你下一次怎么做这个事情。”

这样的事，是他们工作的常态。

靠着整个团队乐观自信、精诚团结、勇攀高峰的精神，大型履带起重机的研制过程一直在艰难前行。2003年，孙丽和她的团队研究设计出了我国第一台150吨级别的起重机，在当时被称为“中国第一吊”。

这台起重机的问世，使孙丽和她的研究设计团队深受鼓舞，对更大吨位的起重机的技术攻关充满信心和勇气，随后又完成了260吨、350吨等多款产品的总体设计，以及多种起重机臂架系统的设计，解决了多项大吨位履带起重机产品的瓶颈问题，为之后的1000吨、2000吨产品的诞生打下坚实基础。此时，年轻的孙丽已是徐工乃至全国起重机臂架设计的领军人物。

2009年，4000吨级履带起重机的研发被正式提上议程。

2010年，由孙丽担任总设计师，主持国家“863”项目重要课题之一——4000吨级履带起重机研发工作。此时的孙丽才38岁。

可是，从哪里下手呢？就比如说我们想画一张脸，一个鼻子、两个眼睛，怎么画都有类似的原型。但这个项目，没有原型可以参考，没人告诉她要画什么样的脸型，画几个鼻子、几个眼睛，结果却定好了，就是要吊起4000吨重量。

确实很难，但必须做出来。这是集团交给她的任务，是时代交给她的任务，他们没有退路。

“核心技术是买不来、求不来的，还是要靠自主发展。别人能做到的，我们也能做到，别人不敢做的，我们也要敢于尝试、敢于创新、率先突破。”孙丽对研发团队说。

天有三宝：日，月，星。人有三宝：精，气，神！

那一段时间，孙丽每天晚上12点左右睡觉，到凌晨4点保管醒，然后就在脑子里将所有技术上的环节和注意点，一个个在心里过，一项项在脑海中盘算。直到东方发白，能眯就迷糊一会儿，眯不着就干脆起床，上班。身体极度疲乏，人却面颊红红的，精神处于高度亢奋状态。

回忆当时的辛苦，孙丽感叹：“当时，我就像着了魔一样，做梦想的都是

4000吨。特别是在产品的概念设计阶段。单单是设计这个概念，就用了一年多，还是整个团队采用头脑风暴的方式。”

孙丽还记得，在担任3600吨履带起重机总设计师时，那段时间，履带吊的研发工作似乎走进了死胡同，完全没有思路。与生俱来的不服输的精神与已然成熟的专业素养，令孙丽在似乎“山重水复疑无路”时，跳出本行业，去桥梁构造上寻找线索。

“没有思路的时候，我就去研究桥梁、建筑。”

老话说隔行如隔山，虽然这是建筑工程范畴，但在研究了所有横跨在长江上的大桥之后，孙丽却得到了很多启发。她发现，拉索式大桥的桥塔形状和履带起重机的受力模式相似，那么，它们的结构也应该有相通之处。桥塔的形状要么是“H”形，要么是“A”形，履带起重机是不是也可以……

设计似乎有了一个模糊的方向。孙丽和她的团队便沿着这个方向，开始进入设计阶段。一次又一次提出设想，一次又一次推翻，整个过程如同在一条漫长的隧道里摸索，不知道哪里是出口。但他们相信，只要是隧道，必有出口在前方。

此时，用户又提出一个全新的要求：是否可以实现一车两用?

大吨位起重机通过自身部件组装，“变形”为一台小型起重机，以适应不同的工作需求，提高设备的利用率及运营经济效益。这个课题是世界工程机械行业的梦想，是多少世界级优秀机械工程师的梦想，但一直无法真正实现。

孙丽带领团队深入研究大型工程的施工方法，对每个部件都进行数轮讨论和优化，配重方案做到了7种，臂架形式则超过了10种，10076张图纸，几万个数据核算……科研之路上，来不得半点马虎和懈怠，需要严谨、精细、一丝不苟。稍有不慎，哪怕是毫厘之差，轻则可能导致生产出来的零部件成为一堆废铁，重则谁也不敢想象。

“我们的脑袋是挂在起重机臂架上的！”这是孙丽的提醒，也是大家的共识。

功夫不负有心人。4000吨级履带起重机，于2013年7月在山东烟台首吊成功。该设备创造性地采用模块化、集成化设计思路，其中组合臂架等多项技术填补了国内空白，而一车多用技术更是国际首创，将我国的起重机设计技术提升到国际前沿水平。产品的微动性能超乎想象，动作精细到毫米，起降精细到公斤级，一举解决了核电、大型石化等国家重大工程建设一直受制于国外品牌的“卡脖子”问题，彻底打破国外品牌长期以来对大型履带起重机的垄断，使国外同类产品的报价降幅达20%以上。

业内专家评价XGC88000：全球吨位最大、工况覆盖最全、安全可靠性更强、运输效率最优、经济适用性最高。

在2018年“超级移动起重机创新工程”项目上，该产品成功摘得中国工业领域最高奖项——中国工业大奖。同时，作为目前中国唯一一款获得欧盟CE认证的4000吨级履带起重机，XGC88000再次展示了它广阔的应用前景和超强的适应性。

从2013年烟台万华首次吊装成功后，XGC88000已经跋山涉水转移到国内10多个大型石化项目，总吊装重量达近30万吨，创下多项吊装记录，在中华大地上留下了稳健又令人震撼的足迹。一次次肩负重任，一次次圆满完成使命。

2019年，“世界第一吊”不负众望，击败国际巨头，历经34天漂洋过海，跨越万里，助力“一带一路”项目建设，成功实现海外首吊，向世界展示中国制造的力量。

2022年10月24日，沙特朱拜勒工业城。在世界知名厂商产品云集的项目现场，徐工4000吨级履带起重机XGC88000作为绝对主力，承担项目装置最核心、最重的洗涤塔吊装任务，历经5个多小时，成功将重达1926吨、高101.1米、直径8.6米的大型塔器平稳吊装就位，完成海外项目首秀。

随后，XGC88000又立即转战阿曼杜库姆炼油厂的石化工程项目。这是首次国内最大吨级的履带起重机参与海外项目，是“一带一路”工程引领中国高端装备出海的又一里程碑事件。此举既是与国外同行交流成功经验、分享科技成果的课堂，也是在践行“探索工程科技，为全球工程建设和可持续发展提供解决方案”的使命承诺，更是向世界展示中国力量、中国制造、中国品牌。

如今，徐工集团已实现“量产”的4000吨级履带起重机，正投身全球各大重点工程项目，成为中国装备制造业“最响亮的名片”，彰显出“中国制造”向“中国创造”转型升级的十足底气。

徐工集团还对大吨位的起重机采取“保姆式”的服务。首先在产品推出后，徐工组建了一个由主任设计师、调试工程师、安装工程师、服务工程师组成的服务团队，对XGC88000进行全方位的服务。其次，徐工对客户的操作人员做了相关培训，包括未出厂前进场培训、实际操控培训等，从而保证产品在实际运用中安全可靠，让客户用得安心、放心。

“报国之道，创新至远；振兴之任，创新制胜。有责任才能担大任，有梦想必能达顶峰。”这是孙丽的心语。她用一份又一份骄人的答卷，在男性作为主流群体的工程机械行业中，彰显出女性科技工作者的风采与灼灼光华。

摘取工程机械“皇冠上的明珠”

当国外知名厂商再难进入中国履带起重机市场之时，当以XGC88000为代表的中国超级起重机在海外扬眉吐气时，“珠峰登顶，科技先行”的口号终于得到了实现与强有力的回应。

近年来，孙丽带领团队以市场为中心，以客户需求为导向，持续打造贴近市场、贴近用户的高水平领先产品。

在国家“一带一路”倡议下，孙丽敏锐瞄准大型地下工程建设过程中的盾构机吊装领域，率先在行业内开发盾构吊装成套化设备。她带领团队首创主副臂多机构协调控制、大深度反吊等多项技术，将包含全球最大吨位盾构机吊装设备在内的“盾构先锋”产品集群推向市场，变革吊装工法，使我国成为全球首个拥有盾构一体吊装成套化设备的国家，打破国内外盾构吊装传统，引领行业技术发展方向。

围绕国家碳达峰、碳中和“双碳”重大战略，聚焦风电市场抢装潮，孙丽提前布局，主持研发了徐工风电型系列履带起重机产品，多项技术行业领先。这款产品变革风电行业吊装作业模式，首创菱形折叠臂，填补行业空白，帮助客户完成全球首座 160 米风机吊装，刷新了陆上最高风机安装纪录；同时创新 XGC2100W 桁架式伸缩臂，开创平原及山地风电吊装作业新模式。

2019 年，孙丽团队自主创新的 XGC11000 风电安装起重机，荣获国内最权威、影响力最大的中国设计红星奖金奖，并在国际上获得被同行誉为“国际工业设计奥斯卡”的德国红点奖。

孙丽作为主创人员参与的“面向大型工程施工项目的流动式成套吊装设备关键技术与应用”，被授予国家科学技术二等奖。在这之前，我国都是需要到国际市场进口此类产品，而一些先进国家只将二流产品卖给中国。

目前，孙丽带领她的团队已完成风电成套化吊装平台的全面构建，保持着风机吊装功率、吊装重量及吊装高度的三项纪录，持续引领履带起重机风电吊装行业发展方向，为国家乃至世界能源建设输出源源不断的扛鼎力作。

聚焦“十四五”战略，致力于大型环轨起重机研发，牢牢掌握住起重机技术话语权。

本着“生产一代、研发一代、储备一代”的产品开发策略，孙丽带领团队策划了第三代产品领先技术平台，坚持“模块化、标准化、平台化”设计原则，在行业内率先将第三代产品推向市场。XLC 系列一经问世便火爆市场，再次引领行业发展方向。

2015 到 2017 年，全国地铁市场需求特别大，机械公司的销售规模翻了一番，技术与销售业绩都打了一个翻身仗。

2021 年 11 月，英国 KHL 权威发布 2020 年“全球最大起重机制造商”排名，徐工强势摘取世界起重机制造商榜首桂冠。

每一次重大项目工程研发与实施的同时，也是出人才、出成果、出精神的好机会。

“创新为我们带来看得见的改变，更带来看不见的力量，那就是中国制造的崛起。在徐工，创新精神早已经融入企业精神。”

2015 年，孙丽在工程机械产品发展（北京）论坛暨中国工程机械年度产品 TOP50 颁奖典礼上发言，意气风发，自信满满。

执着信念，一定要让中国起重机站上世界之巅

中国人不服输，不畏难，人活一口气，绝不能让别人轻视我。

——孙丽

“为争一口气，为中国争一口气！”

世界范围工程机械的展会定期举办。来自世界各地的工程机械制造商携带自己国家、公司的优秀产品参展，或是来参观学习。

类似的展会，孙丽自然也参加过。每次展会，中间显眼的、好的位置，都被发达国家和新上升的发展中国家所占据。欧美国家的展厅有着百十平方米，产品多，气势大，而中国制造往往只有十几平方米，分布在展馆的边上、没有人气的位置，总是较小的展位，且只展示几张照片，没有一件像样的机械设备。许多客户对中国制造不信任、不屑，很远看到中国的参展专区就止步了。礼貌一点的就走马观花、匆匆走过，问他们是否有兴趣，他们只是笑而不答。

有次展会，徐工集团派技术人员到德国利勃海尔参观，提出可否对生产现场进行拍照时，接洽的工作人员满口答应：“可以拍照，你们用摄像机全录下来也行。”然后转过身小声嘀咕：“反正你们中国人永远做不到。”这样的情形令中国工程师们难堪，甚至心寒。

当时，中国工程机械水平与世界发达国家之间的差距，就是如此之大。就拿孙丽进厂那年来说，徐工生产出第一台具有自主知识产权的50吨履带起重机，中国人都觉得扬眉吐气，而那时，德国的利勃海尔已拥有800吨的履带起重机产品。

斗转星移，在无数像孙丽这样的优秀机械工程师的共同努力与奋斗下，中国装备制造开始挺起腰杆，在世界机械行业崭露头角。这时，许多外国人又开始提防甚至忌惮中国。2009年，德国举办慕尼黑展览会时，徐工集团派出的主任设计师以上人员一律被拒签。德国人开始警觉，不敢再小觑中国装备制造！

2013 年之前，我国 2000 吨以上的履带起重机全部依赖进口，价格、售后服务等都要受制于国外，还影响工程进度。现在，XGC88000 履带起重机彻底打破了德国在起重机市场的垄断地位，占领世界约 90% 的起重机销售市场，并先后参与建设 20 余个千亿级的大型石化、煤化工等工程项目，累计转战旅程近 6 万公里，完成超过 23 万吨大件吊装任务，创造并保持着该吨级最高最重的吊装纪录，安全运营时间超过 1 万小时。XGC88000 履带起重机用全球起重能力最大、工况覆盖最全、运输效率最优、经济适用性最高等多项纪录，诠释了从“中国制造”到“中国创造”的制造业科技创新之路，被央视媒体誉为“大国重器，国之砝码”。

XGC88000 是我国在科技创新道路上厚积薄发、矢志前行的真实缩影，它托举起的是凝聚创新与智慧的国之砝码。它的出现，使中国成为全世界能够比肩德国、美国，能够“自主研发制造千吨级超级移动起重机”的三个国家之一。

作为中国唯一、全球首屈一指的具备自主研发制造能力，且 10 年内“量产”交付 4 台 4000 吨级超级履带起重机的企业，徐工已然从中国机械行业的奠基者，转而成为“全球竞争格局的打破者”和“世界高端装备制造的领跑者”。

面对不可能，挑战不可能！

其实，最初接下这个研发任务时，孙丽不是一点儿疑虑都没有。

当初国家将这个担子交给徐工，公司领导问孙丽：“公司有个大项目，你可以干吗？”这是 2009 年年底的一天。

孙丽想了想，回答说：“我可以。”

人争一口气！争这口气应该是从丰县农村那条田埂上就开始了。

出生于农家的孙丽是家中的老大，尽管实现了温饱，但还是相对不富裕。背着书包上学的小孙丽，看着辛劳的父母和弟妹，心中就有一个执念：考个“国家计划”，做城里人。她学习特别勤奋用功，左邻右舍都知道孙家那个女孩子门门功课成绩都好，每学期都拿奖状回来。父母看在眼里，喜在心间。

高考结束，孙丽收到扬州大学机械专业的录取通知书。全家人笑了，孙丽心中却有小小的遗憾：本想考个教师或是做个医生的。在农村，接触到最多的

“有计划”的职业，就是老师和医生。所以在孙丽心中，当教师和医生就是她的人生最高理想，现在却要去学机械专业。对孙丽来说，机械是一个完全陌生的领域。什么是机械？学出来将来去哪里？做什么？

带着一连串疑问，她走进大学校园。没想到，学着学着，就钻了进去。大学四年，家人、朋友问，扬州有什么好玩的，有什么好吃的？孙丽老老实实回答：不知道。

一分耕耘一分收获，1994 年，品学兼优的孙丽站到了徐工集团的人事处办公室，履行入职手续。从此，开启了成为一位中国优秀机械工程师的奋斗征程。

近三十载的奋斗历程，这位干练、智慧的女总工，将自己最美丽的年华投入履带起重机的研发之中，从 50 吨、260 吨、1000 吨、2000 吨、3600 吨再到 4000 吨，从履带起重机领域再到盾构机吊装领域，产品使用从工用领域到民用领域，再延伸到风电领域、新能源领域、军事领域等诸多方面。

至今，孙丽的脑海中还铭刻着读书时校园里张贴的宣传画：灿烂的阳光下，一名工程师戴着红色的安全帽，胳膊下夹着一摞图纸，大步流星走向车间。这个画面曾多次让大学生孙丽心潮澎湃，久久凝视。

“红色的安全帽，蓝色的工作服，现在我也是这个样子，真的很好。”孙丽微笑。

技术领先，用不毁！

一心谋一事，才能成大器。

徐工建机控制技术研究所所长刘向超由衷钦佩孙丽。毕业于中国矿业大学的刘向超 2010 年来到徐工，在孙丽的指导下也全程参与了 XGC88000 履带吊研发的项目组。

“当时觉得十分荣幸！那时我们在孙总的带领下进行设计，国际国内都没有任何可以参考、借鉴的经验，各个部件的设计都面临着挑战。全是手工绘图，到现场验证、计算也都是手工。

“项目后期，新产品方案基本确定，要投产，要为甲方讲解。孙总总是自己做 PPT。别人下班了，孙总打开 PPT，一遍又一遍地试讲，琢磨着怎么样才能让客户充分理解方案的先进性。与中石化等大客户交流，孙总作为多个项目的负责人，胸有成竹、抽丝剥茧地介绍与阐述，令客户信服又佩服。

“技术上，孙总一直都是我们强有力的支撑。”

结构设计师崔丹丹记得，第一次做 QUY1000 臂架设计时，现场进行最长轻型臂 150m 单腰绳起臂试验。虽然之前已进行了反复核算，但是当现场臂头翘起 3 米多，而臂架重心仍然没离地。臂架出现这么大的变形还没起臂，崔丹丹心慌了，立刻给孙丽打电话。孙丽来到现场问询情况后，首先让其确认核算的构件受力与现场试验数据是否相符，然后再教崔丹丹类似问题判断的方法、现场的注意事项等。在孙丽的指导下，现场顺利完成起臂试验。

“这就是孙总，总会在无助的时候给我们力量的支撑，让我们快速成长。”崔丹丹的话语中洋溢着感激的情绪。

而在被问及做工程机械苦不苦、有没有后悔过时，孙丽这样回答：“搞研发、跑工地，苦，当然苦了；不过，当客户对我们竖起大拇指时，那些苦就都变成了甜。”

孙丽谈起集团的历史也十分自豪：“多年来，我一直以自己是一名徐工人为豪。徐工集团至今已有 80 年历史，在中国的装备制造领域是一位不折不扣的老兵，但与日本和欧美的同行相比，却依然很年轻。所以，我认为中国要从制造大国变成制造强国，除了需要科技上的硬实力，还需要精神层次的软实力，这就是工匠精神。没有工匠精神，就不可能打造‘金字招牌’的中国制造。”

八十载的风风雨雨，见证着徐工集团的红色历史与奋斗足迹。

1943 年，徐工的前身——华兴铁工厂在抗日战争的烽火中诞生，开启了与共和国同呼吸、共命运的奋斗历程。从地雷、炮弹等军工产品，到双铧犁、圆盘耙等农业机械，再到冲床、车床压力机等工业设备，华兴铁工厂在战争年代有力支援了国家农业及基础工业建设。作为共和国工程机械的奠基者、开拓者、领航者，徐工在社会主义建设时期、改革开放后，尤其是在最近这 10 年中，不断创造着中国工程机械行业的无数个“第一”，乃至世界领先。

激情的攀登奋勇的争先，

追随着红色航船，

传承着初心向前。

屹立于锦绣江山，

我们终会在顶峰相见……

这是徐工集团精心制作的 MV 中的歌词，大气而激情，热烈又奔放。这是所有徐工员工的心语，更是孙丽的执着。

“不忘初心，才能不辱使命。”孙丽说。李克强总理在两会上提到的“工匠精神”，让孙丽动容。

在孙丽心中，工匠精神是实现“中国制造 2025”战略构想的精神旗帜。全国“最美职工”的桂冠将进一步激励她高擎工匠精神的大旗，以精益、专注、创新、奋斗的态度，围绕实施“中国制造 2025”，致力于提供大型吊装的成套化解决方案，推动“中国制造”向“中国创造”、“中国速度”向“中国质量”、“中国产品”向“中国品牌”的全新跨越！

29 年来，孙丽将责任与爱、智慧与匠心融入事业中，演绎了工程机械上的无数业绩甚至传奇，更经历了许多难以忘怀的日子。

2017 年 12 月 12 日，习近平总书记视察徐工集团。当习总书记看到 4000 吨大吊车模型时，说道：“制造业要靠创新驱动发展，特别希望徐工集团要为制造强国多做贡献。”

总书记的话语一直在孙丽耳边回响，在孙丽胸中回荡，时时鞭策孙丽前行再前行。

情怀智慧，锻造能打仗、打胜仗的优秀团队

人生会有许多事，最重要的是两件事：成长、成功。

——孙丽

让青年人有更多人生出彩的机会

星光大讲堂座无虚席，孙丽诚恳地侃侃而谈。

在徐工建机，孙丽讲的入职第一课，总是受到年轻大学生、技术人员的欢迎。孙工睿智的话语中闪烁的智慧火花，她思辨的触角和亲切的语调，让年轻人心中热络并开阔明亮，为企业发展注入了强劲的新动力。

年轻的工程师们兴致盎然地总结孙丽的“金句”，并视作自己人生与工作的信条——

研发工作，不是养家糊口、拿工资过日子；

别人不夸我们，我们要自信，自己夸自己！

别人能做的，我们都能做，别人不敢做的，我们扒掉几层皮也要去试试。

在产品设计中，没有最好只有更好，所以永远不要满足，也永远不要怕麻烦。

冷冰冰的机械不是外在的服装，我们要带着感情去做，赋予它灵魂。

人生会有许多事，痛苦、坎坷、阳光、鲜花。最重要的是两件事：成长、成功。也许成功不是一件容易的事，但我们必须看到自己的成长。

…………

风霜雨雪，花落花开，毛头小伙子做了父亲、做了主任、做了所长，孙丽为他们上入职第一课时的话语，依然让他记忆犹新，激情满怀。孟进军记得，刘少杰记得，韩雷记得，李云波记得，大家都记得。

孙丽特别重视对年轻人的培养，营造“后浪推前浪”的良好态势和氛围。通过“星光大讲堂”，孙丽又将这种中国优秀知识分子的使命感和责任心，植根在一批又一批员工心中。

面对各种成绩和荣誉，孙丽说：“成绩是对我的肯定，更是对我的鞭策，我赶上了中国发展的好时代，是徐工培养了我，给了我阔大的舞台。我不仅关心自己的成就，更在意青年人才的成长。”

为了更好地发挥“传帮带”作用，让青年人也有实现人生价值的机会，孙丽在技术中心推进产品经理AB角机制、产品总体竞聘机制、专业平台负责制、技术营销“拧麻花”机制、核心技术攻关项目制等，通过多种人才培养机制，陆续选拔出一批青年员工承担总体设计，在项目中激励他们不断成长。

多年来，该机制培养了10多名青年人才晋升为主任设计师，他们已成为行业的技术骨干，为企业发展注入了更加强劲的新动力，离“珠峰登顶”的目标更近了一步。

孟进军说自己很幸运，2005年进入机械公司的研发臂架系统设计总站，孙丽就是他的指导老师。在孙丽的培养下，孟进军迅速进入状态，承担起重要项目，快速成长为独当一面的技术骨干。如今已是徐工建机技术中心副主任的孟进军，也开始带团队了。在工作中，他常常想起当年孙丽对自己的启发与教导，并不断借鉴和总结孙丽当年的经验，将创新意识、责任意识融入团队管理与建设中。

来自内蒙古赤峰的李云波，至今对孙丽为他们这批青年员工上的入职第一课记忆犹新。他说，她很注重对年轻人创新意识的培养，对年轻人创新能力的要求也很高。

一个项目可以锻炼、培养一代人。孙丽常讲“好钢要用在刀刃上”，李云波很庆幸自己来到了一个包容、开放的公司。在海上作业等高技术、高风险等新门类项目中，李云波在前辈与领导的带领下不断地探索前行。2018年入职的他，已经是新门类产品研究室副主任。

刘向超至今记得那次在中石化安装起吊4000吨大家伙的过程中的每一个细节。2015年，4000吨履带吊到了福建泉州。作为世界领先的大型“明星”起重机，它的每次亮相，总是受到领导、媒体的多方关注。

“你去！”当接到孙总的指令，刘向超心中有些许忐忑：这样的大场面，我能行吗?

“你肯定行！”孙丽给刘向超吃了定心丸。“用人不疑、疑人不用”是孙丽的用人之道。

泉州的吊装现场，刘向超认真仔细，不放过任何一个环节。不好！刘向超的心提到了嗓子眼！起重机即将启吊之时,他发现眼前这处地基处理得不到位,后面的地基呈下沉状，超启防后倾油缸压缩到了极限位置！

“停下！”

刘向超立即与现场施工方进行沟通。对方却轻描淡写：没事，没事！刘向超掏出手机迅即向孙丽汇报：这样子是要出大问题的！孙丽立即与甲方负责人沟通交流，讲清利害关系。“必须立即处理地基！”甲方答应了，用了半天时间对地基进行重新处理。刘向超吊了半天的心才落下……

担大任、行大道、成大器！

孙丽带大家去观看、去感受结构分厂生产车间外墙壁上这九个大字，她说：“这就是我们的使命，我们的责任，我们的担当！”她向新入职的员工们激情阐述着徐工集团的大器文化：

“担大任：担使命大任，服务全球工程建设，铸就人类美好未来，携手共建命运共同体。我们肩负着对客户、对员工、对股东、对合作伙伴以及对国家创造财富、创造价值的责任；肩负着行业领导者提升全球产业竞争力、引领行业健康发展的责任；肩负着作为全球企业公民，回报社会，促进人类与自然可持续发展的责任。

“行大道：行可持续发展大道，诚信正直做人，光明磊落做事，自强不息奋斗。我们矢志不渝，坚定走人类可持续发展的正业大道，坚守做人、做事的道德原则和普世价值观。忠诚信用，光明磊落，自强不息，为人表率，成为全球遵守社会规范和道德的典范。

“成大器：我们成造福人类大器，广育栋梁之材，做强装备制造，铸就世界一流品牌。一个发达的制造业势必成为民族的铮铮铁骨，无论行业形势如何变动，我们必须充满信心，无论发展如何艰难，我们必须充满力量！”

孙丽清亮激越的声音在讲堂中回荡，年轻人信心满满，新入职的员工意气风发。

“我们是 XCMC 的员工，我们能做到吗？”

“我们能！”

身着蓝色工装的年轻人激昂嘹亮的声音在蓝天白云间久久回荡。

“现在越来越多优秀的年轻人加入了我们的研发大团队，我希望他们在现在的基础上，攻克更难的技术，做更好的产品。”孙丽十分欣慰。

大力推动技术人才队伍“竞相起舞”

没有无用之兵，只有无为之将。在全球新一轮科技革命中，人才是撬动产业发展的关键。近年来，孙丽通过技术创新激励机制和公开竞聘研发团队负责人，在技术创新和技术管理上为科技工作者搭建晋升“双通道”，倡导每个人都是自己专业领域的主角，让科技人才在技术登峰征程中“竞相起舞”。同时，鼓励员工尤其年轻员工激发个人潜能，大胆创新，自我超越，大力营造永争一流的争先文化氛围。

为打造一流技术创新队伍，孙丽在开展系列“星光大讲堂”的同时，不断推出室主任管理能力提升、“绘制工程师成长地图”等项目，激发创新活力。

孙丽带队伍时，特别看重青年员工的独立创新意识和精益求精态度。对每个设计、每次改动，她都要“打破砂锅问到底”，要求设计人员对每个环节都要解释清楚。

“扛起自己的责任，赢得别人的尊重。”孙丽以身作则，率先垂范，工作上经常给团队强调责任担当意识，积极倡导工作理念。团队成员很是钦佩：“每一个方案拿到她面前，她都会去想，去思索。很多部件都是十几个方案，先后被一一推翻。只要你没做好，她一定不会让你过关。重新做，再改，再重新做……这个过程里，她也会指导你下一次怎么做这个事情。”

扛起自己的责任，赢得别人的尊重。

产品就是人品，质量赢得荣誉。

任何岗位，都有明确的岗位职责，对自己的宽容就是对岗位和团队的不负责。

工程机械项目不像做服装。服装展示外在美，而工程机械需要内心丰富。

在技术面前人人平等。技术性思维，开放式思考，战略性预判。

有责任终能担大任，有梦想必能到顶峰！

奋斗本身就是一种幸福！”

…………

这些话语睿智又闪烁着激情的火花，同事们均认为是“金句”。这是孙丽积累多年的实践经验和深厚学养的真实感悟，是对团队每个成员的提醒警醒，更是对自己几十年如一日的内在要求。这些话语，深深地铭刻在了团队成员的心中。

为让自己时刻保持创新的思维与意识，孙丽常年保持学习专业知识的习惯，精准把握前沿技术发展趋势，并且经常面对面为团队指方向、搭思路、解疑惑。在她的带领下，履带起重机研发队伍实现创新和管理“双提升”，专业化人才和管理型人才纷纷涌现，一支创新能力突出、管理水平强，且充满活力的年轻一代创新团队应运而生，为企业高质量发展与国家工程机械建设注入更加强劲的动力。

几位主任工程师，多少都有些孙丽的“范儿”，思维敏捷，侃侃而谈，一次又一次刷新着常人心中对机械类工程师固有的印象：戴着瓶底厚的眼镜，一个劲儿埋在图纸中钻研，与人交流木讷甚至少言寡语。

工程师们笑称：耳濡目染，我们是孙丽带出来的，孙总对我们有要求的。

孙丽强调“技术营销”：“我们既是产品研发者，也必须是技术商人。再好的产品没有市场，销不出去，意义何在？技术营销是个技术与口才相结合的活儿，也是个理性与感性相交融的工作。要与客户交心做朋友。”

“客户给你一条红领巾的布料，要求你做出一件连衣裙。你做得到吗？你做不到。但你必须得先答应下来，下面再与客户交流，怎样将这块布料恰到好处地用起来，让客户了解我们产品的优势，了解徐工的优势。如果你一开始就回绝我们不能做，那么，下面就什么也谈不起来了。”这是孙丽的营销理念，强调“以客户为中心，一定要与客户交朋友”。

“我会像爱自己的生命一样爱自己设计的每一个产品。”

孙丽视产品如生命，时时提醒员工一定要认真对待，认真、认真再认真！在 XGC88000 履带起重机生产结构分厂生产车间的墙上，高高地挂着标语：产品就是人品，质量就是荣誉；扛起自己的责任，赢得别人的尊重。这些座右铭为每一个经过这儿的人提着醒。

产品技术研究二所所长李聪是 2007 年来徐工的，见证与参与了履带起重机从小到大、由弱变强艰难坎坷的全过程。他说：“孙总从不打无准备之仗。”

“前面有人跟着走，前面无人自己走，即使没有路可以走，也要凭实力，凭精湛的技术走到行业的最前面！”孙丽的理念与话语让员工们都很激动。

“你应该怎么去做？你应该这么去做！”

李聪也见过孙丽发火，为技术方面的问题，“孙丽用数据说话，孙丽让技术人员心服口服。”

韩雷是大连理工大学的硕士，是起重机臂架的负责人。2007 年入职徐工，同样参加了 4000 吨研发项目组，跟着孙丽，参与和见证了 XGC88000 履带吊的成功问世。那一阵子，经历了几百个困难与希望同在的日子。现在已是海外产品技术研究所所长的韩雷很是感慨：“跟着孙总，我们学到了太多。技术大拿每个公司都有，但能留住骨干的是‘成长’，我们每个人都看到自己的成长。这样的好领导，人生途中可遇而不可求。”

“世界第一吊”女工程师的蕙质兰心

“我做过红娘，为年轻人牵线搭桥，还真成功了几对。”孙丽微笑着告诉笔者，有一些小得意。

孙丽的研发团队来自四面八方，重庆的、东北的、内蒙古的、江西的……对孙丽而言，这些青年才俊是部下、是战友，也是自家的兄弟，更是徐工的未来。

孙丽持续关注这些外地来的优秀技术人员，从为他们牵线搭桥、操心他们的婚姻大事，一直到为他们在市区买房、孩子上学等。

“孙总在审核材料时很严格，但在平时相处时，经常同下属交流，了解技术人员家庭关系处理得怎么样，生活上是否有困难等。年轻些的技术人员就将孙丽当成大姐姐。”徐工建机技术党支部副书记刘少杰说。

于是，有什么心里话，或是跟对象有些小矛盾了，年轻的工程师汇报完工作，也会逮着时间对孙丽说上几句自己的小不如意。“没事，敞开了说！”面对若姐姐般关切温柔的孙总，工程师们会将生活中的一些小烦恼一股脑端出。孙丽总是不厌其烦地送上自己的贴心看法，甚至对如何处理好婆媳关系都进行指点。

工作上雷厉风行的孙丽，将头发焗成深棕色，柔柔的、亮亮的；在外参加活动，偶尔也会用一点香水；上讲坛或是开会，一定将平底鞋换成高跟鞋；发言时穿有着“XCMG”标志的蓝色工装，会加上一条灿烂的金色丝巾。

“年轻的时候喜欢看韩剧，但现在没有时间看了。”说着一口标准普通话、架着副细框眼镜的孙丽微笑着说，“有时间就看书。”看书一直是孙丽喜欢做的事。

“孙总啊，标准的女强人。”崔丹丹笑说。

但孙总也是个很感性的人。崔丹丹记得有一次和孙丽一起出差，电视上正在播放小学生参加比赛的节目，有个小女生回答不出来就要哭，孙丽也跟着一起哭。崔丹丹刚生完孩子那个时候，孙总经常和她聊天，了解她家里的情况，如何与婆婆相处、如何照顾孩子、如何调节自己的情绪和身体、如何平衡家庭和工作等。像大姐一样的关心令崔丹丹温暖至今。

整日与硬邦邦的机械打交道的孙丽很喜欢花花草草，办公室里常会摆着买来的鲜花，姹紫嫣红。

“孙总喜欢鲜花。她往办公室里放上鲜花，也总喊我去拿上几枝，分享美丽。”坐在我面前专攻起重机底盘设计的主任产品设计师丁美莲，手中拿着一大包柠檬片，也是刚从孙丽那儿“顺”来泡茶的。

“我们两家住门对门，孙总是领导，但工作之外我们也是闺密。炖牛腱子肉是孙丽的拿手绝活。”与孙丽同一年进厂的丁美莲笑着说。

每当家人有开心事，孙丽会下厨去做这道美食，楼道里就飘溢着炖牛肉的香味了。偶尔孙丽也会看看手机，刷一下抖音，只是偶尔。

“我希望自己不仅事业上能有所成就，还能做一个成功的母亲。”孙丽说。

当年令远行的孙丽牵挂不已的小女儿，那个缠着孙丽要去游乐园的小姑娘，现已跨进了大学的校门。当年面对试卷的难题向母亲求援，而孙丽从不直接讲答案，总是说：“你将试题再看看，反复看，自己找到的答案，印象会特别深。”授人以渔远胜过授人以鱼，在对团队青年工程师的培养和指点上，成效同样显著。

“妈妈，你很了不起！我为你骄傲！”已经成年的女儿完全理解母亲，更为自己有这样一位母亲而骄傲与自豪。谈到家庭和女儿，孙丽眼眶湿润了：“女儿看到我开发的产品被用户赞扬和喜欢，她也特别开心，为我骄傲。”

不忘初心再奋斗，牢记使命再腾飞。孙丽以执着的信念与理想、精湛的专业知识、丰沛的人文情怀、卓越的机械制造成就，在徐工集团、全国机械制造行业，树立起工匠精神的旗帜和创新精进的标杆。

尾声

身着徐工集团蓝色工装的孙丽，胸前金黄色的线条和白色“XCMG”的 LOGO 鲜艳夺目。“大国重器”的优秀研发者、制造者，孙丽当之无愧！近 30 年的奋斗生涯，孙丽的每一步都走得稳健又扎实，在挚爱的事业中行得风生水起又华彩灼灼。

党和国家给了孙丽很多荣誉：全国、省、市三八红旗手，江苏省“五一劳动奖章”和全国“五一劳动奖章”，“最美巾帼人物”等，每份荣誉和鲜花后面，是孙丽近 30 年来执着不悔的坚实脚步，是孙丽持之以恒勇于创新、敢于攀登的行行足迹。人民大会堂的掌声和簇拥的鲜花没有使孙丽飘飘然，只是推动着她的创新目光和研发触角投向更高、更远。

“心有多大，舞台就有多大。徐工是我的舞台，世界就是徐工的舞台，我愿做徐工在世界舞台上的一个美丽音符。”

正是似孙丽这样一串串的“美丽音符”，奏响了中国装备制造、大国重器雄浑高亢的最强音。

像柳树一样的人

——镇江市丹徒世业镇副镇长聂永平小传

钱兆南

聂永平清楚地知道“奔头”的另一层意思：仅能吃苦是不中用的，还要有大智慧，就像草莓和葡萄的成长，每一个环节都包含了智慧，从一株小苗到满园的果实，走错一步都有风险，因此要把心放在上面。

大时代总要产生伟大的巨人，而平凡的伟大才是真正的伟大，那么富于生命的活力。有些人以烈火般燃烧的生命，成了众生追求者的精神的火光。

落在元宝地上的金种子

世业洲四面环江。如果从天空中看，世业洲如浑圆的“元宝”静静地坐在江水的中央，又像一艘船、一片落在江中的绿叶。传说，这个江中小岛在600年前从天而降，从唐朝走到今朝。但是她真正的来历，或许在亿万年前的盘古开天时。

世业镇是官方的叫法，岛上的原住民还是习惯称之为世业洲。无论是现在的世业镇，还是从前的世业洲，这座独一无二的小岛自带灵气，岛上的人受浩瀚长江的经年浸润，为人处世多豁达，底气雄厚。

世业镇地处镇江市最西部，属沙洲型平原岛屿。她曾经有两个脂粉气很浓的名字：胭脂花粉洲、泗叶青沙洲，到乾隆年间才改为“世业”这一霸气的地名。

世业镇东西长16.5公里，南北宽3.5公里，总面积53平方公里，堤内面积30平方公里，下辖五个行政村：世业村、兴隆村、高峰村、卫星村、先锋村。一江之水把世业镇和镇江、扬州分割开。在没有润扬大桥前，想离开这个叫“洲”的小岛，只能靠乘船。岛上没有水泥柏油路，居住岛上的人要想去集市买样东西或走个亲戚，只能走弯弯曲曲的泥路。晴天一身灰，雨天一身泥，交通十分不便。

老辈人说，从前的世业洲是水润之洲，洲上12个自然村一派生机勃勃，千树生芽，万花吐蕊，世业洲的子民在这里繁衍后代，生生不息。不知从什么时候开始，这里日渐破败、荒凉。岛上大凡有点本事的人宁愿出去，也不愿意留在这个交通闭塞的孤岛上。特别是年轻人，一颗躁动的心早已飞出岛外。

一个村庄，如果没有人，就没有后代；一个村庄，如果没有优良的植物种子，就不能生生不息。再多的财富，再辉煌的历史，最后都归于零。

今天要说的先锋村，占地总面积3.96平方公里，耕地面积4000亩，有637户，人口2150人。1949年先锋村定名为七村；1956年先后成立了仁峰初级社、高级社；1958年成立人民公社后，将仁峰高级社拆分为先锋大队和幸福大队；2001年村组合并，将先锋村和幸福村合并成现在的先锋村。

那时的先锋村在世业洲12个自然村中属于中等体量，只有9个村民小组。民宅沿江而建，村庄布局呈“一”字型。环视全岛，没有一个像样的工业，像是被繁华都市遗忘在了江中心。世业洲上零散的村庄像是被棋手清出棋盘的弃子，飘浮在江心。

聂永平就出生在先锋村一组七村。他们家的祖宅与江堤毗邻。绕村一圈，都是“不出五服”的亲戚们，家族的几代人都生活在这里。出门走几步路，便能望见或缓缓流动、或惊涛拍岸继而奔流向前的一江春水。江的对面就是繁华的城市镇江、扬州、仪征。扬州第二发电厂高大的烟囱向天上喷着雾，码头上高大的龙门吊很是抢眼。

聂母说：“冬天的马儿没青草吃，这孩子以后怕是吃苦的命。”聂父说：“人生来就是受苦的，不苦哪成人，怕什么。不求他日后大富大贵，平安顺遂最好。”于是，聂父给出生在冬天的长子取名永平，希望他健康成长，永远平安。

在聂永平的记忆中，掐指数一数，他们家几代从来没有人走出过小岛，被江水困在岛上，过着日出而作、日落而息的乡居生活，单调，宁静。就算是在2023年的今天，天一黑，村庄里百鸟归巢，村村通公路上，路灯睁着明亮的眼睛盯着远方，路上无行人。世业镇上，镇政府门前主干道两边高挂着红灯笼，给人带来一些暖意。站在楼上的窗口望去，整条街也是寂静无声，看不见一个行人。

聂永平还记得自己7岁那年，从母亲手中郑重地接过家织土布缝制的书包，去先锋村小学上学。有一次外面下大雪，根本出不了门，聂永平没有学别的同学借机赖在家里不去上学，他早早赶到学校，中午只吃了母亲塞给他的两个馒头。下午没到放学，肚子就饿得咕咕叫。

聂永平母亲的能干，在先锋村是出了名的。在有些人家揭不开锅的时候，他们家的三个孩子好歹能吃上饭。母亲白天在生产队挣工分，早早晚晚一有空，就泡在家前屋后，只要有一点土的地方都给种上庄稼，什么好换钱就种什么，比如种洋山芋，养鹅、养鸡，补贴家用。

作为家中的老大，聂永平很早就晓得帮家里做事。为了帮父母出把力，让弟弟妹妹好好读书，他每天放学回家就去江滩上找草喂鸡，天黑透了才回家。逢收割季，每家每户都忙得如失了火，才12岁的聂永平，个子刚有竖起来的扁担那么高，已经是家里的主要劳力。有一年收小麦，他站在脱粒机前叉草整整一夜，天亮后，摸着铁叉站在那里就睡着了。

深秋季节，聂永平放了学跟着母亲后面去拾棉花。月亮升上半空，雪白的棉花像天上落下来的星子，怎么也拾不完。棉桃壳子戳破了指尖，接到寒凉的露水，一下一下地疼，衣裳和头发也被露水沾湿。子夜临近，聂永平和母亲才背上实实的棉花篮子回家。不过，再怎么累，他都要把当天的作业写完。

泥尘里走四方

1983年夏，聂永平高中毕业了。

早在1978年，村里已经全部分田到户，每一个庄户人家恨不得多出几个劳力来下田。村里一部分劳动力分散出去挣活钱改善生活，每户人家“八仙过海，各显神通”。聂永平作为家中的顶梁柱，立刻脱下上学时穿的衣裳，换上平时下地干活穿的衣服，跟随本村的一个老瓦匠师傅，开始学泥瓦匠。大忙一到，就得歇手，要回家参加“双抢”。

聂永平的悟性很高，从开始拎灰桶、搬砖头，再到画线，瓦刀在掌中飞舞，砌山墙如行云流水般，一气呵成。学艺期间，聂永平真的能把师傅留在肚子里的那半句话给悟出来，做活时，眼睛瞄着师傅的手，包括师傅的表情，拿砖的姿势，瓦刀刮灰的力道，他都默记在心，夜里躺床上的时候反复揣摩那些个动作背后的精华。他懂得，学艺靠偷，偷来的手艺更精湛，甚至青出于蓝而胜于蓝。

没过多久，聂永平学徒满师，也开始带徒。因为手艺好，为人热情，服务周到，请他盖房子的村民越来越多。然而五六年熬下来，活做了不少，只混个肚饱，钱并没挣多少。

1987 年，经人介绍，聂永平与本村八组的姑娘叶明兰相识，彩礼 406 元，意思是：事事（四四）如意，六六大发。春暖花开的四月份，他和叶明兰喜结连理。

这时的聂永平已经是瓦匠里的大师傅了。按理说，他家应该是村里先富起来的人家，却没有富起来。才结婚的聂永平，口袋里连 100 块钱都掏不出来。想想未来的日子，拿什么来养活一家老小？聂永平越想越着急。

叶明兰除了打理家里的责任田，闲时便跟在聂永平后面做小工，拎灰桶、递砖头，夫妻搭档，苦中有乐。等四乡八邻的房子翻建得差不多了，找聂永平干活的人家就少了。

转眼到了八月份，聂永平和母亲商量：“妈，这瓦匠不能再做了，苦不到钱。我想做盐水鹅卖，来钱快，又不会欠账。福利村还没有卖盐水鹅的，我到那边去卖。”母亲说：“永平啊，妈是做过生意的人，苦是小事，你没做过卤菜生意，哪有那么容易。”聂永平又和明兰商量，得到了她的支持。明兰说：“不行再改行。”

拿了营业执照和卫生许可证，置办了卖盐水鹅的棚子，卤菜店很快就开张了。

第二年叶明兰生下长女。母亲为了让小夫妻俩自强独立，在小夫妻俩成家后不久，就与他们分了家。母亲不想给他们增加负担，但分家并没有分心，在孙女出世后，母亲把孩子接过去照顾，解决了小两口的后顾之忧。

做瓦匠好歹夜里能睡个整宿觉，自从做卤菜生意，聂永平夫妻俩每天三更灯火五更鸡。夜黑如墨的庄子里，万籁俱寂，只有聂永平的家里还在叮叮咚咚发出声响，小院子亮如白昼。叶明兰挺着个大肚子蹲在地上拔毛，她的腰疼得直不起来，一直忙到生产的前几天才歇手，拎上待产的东西去住院。

每天看着叶明兰累得脸色蜡黄，困得眼皮直打架，聂永平心里那个疼，忍着不吱声，怕自己一开口便收不住话头。本来就是小本生意，请人帮忙要开工资，只能让妻子跟着受累。盐水鹅卖四块钱一斤，扣除成本，不算人工费，盈利有限。庄户人家过日子节俭惯了，只有年节或家中办大事才上街买荤菜。村里有本事的人都出岛挣大钱去了，卤菜的销售量并不好。后来卖盐水鹅的人越来越多，生意竞争激烈，光顾聂永平家熟菜摊子的人越来越少。辛辛苦苦做出来的熟菜常卖不掉，自己也舍不得吃，经常两个人守着摊子发痴。

聂永平决定改行。

做什么好呢？不如做水产生意。

家在江边，聂永平从小看得最多的是江上的打鱼人。岛上人家的孩子生来爱水，个个都是浪里白条。很早以前，江里的刀鱼多得很，一网下去，最多的时候能捕 800 多斤。

1989 年，聂永平结束了卤菜生意，把目标转向江边的渔船，把渔民们的鱼收购过来，批发给菜市场。

批发水产是有很大风险的，有时候收上来的鱼太多，卖不掉就亏。鲜鱼离水就死，他从不敢把渔民的鱼全部拿走，这样渔民们的损失就大。船老大和聂永平商量，让他拿走所有的鱼，哪怕卖不掉，也给他五角钱一斤，这样可以大大降低双方的风险。聂永平一口答应，只是更辛苦。天寒地冻，上船去收鱼，脚和靴子冻得粘在一起，如刀子在割脚。开始还知道疼，后来疼得失去了知觉。

到 1992 年，聂永平算了一笔账，已经挣了 18000 元。拆掉原来祖宅的几间平房，建二层楼。房子建成，口袋又像刚结婚时一样——底朝天。

在收鱼的过程中，聂永平接触到从不同地方来的生意人。有位养螃蟹的朋友说，仪征六合那边有个岛，和世业洲的地貌有点像，也是四面环江，岛上有不少荒地，可以开荒种小麦。他动起了去六合包田的心思。

想归想，要实现很难，明兰怀着第二个孩子，快要生产。没有明兰，他无分身之术。暂且把这件事搁着，等待时机。

“双抢”季一到，聂永平又要做生意，又要忙收种。明兰挺着大肚子，走路都看不见自己的脚。两个人一起下田，聂永平割麦，明兰跟着捆好麦把，一捆捆堆上平板车往家拖，忙到半夜才进家。聂永平在田里和妻子感慨：“种田人把十辈子的苦都吃尽了，像牛一样拼命，一年苦到头，也挣不了几文，什么时候才能熬到头？”

每到大忙季，是拿人魂的时节。麦子在烈日的暴晒下熟得更快，收割若不及时就会炸到田里，若遇到雨天就会烂在田里。辛苦大半年，到嘴的粮食如果抢收不及时，将颗粒无收。夏收夏种全靠抢，那时世业镇上只有少量的收割机，如果没有关系，花钱都请不到。

2001 年是聂永平到村里当村干部的第一年，他就发狠一定要买台收割机，也没有想是不是亏本，只想到自家可以用，也能帮村民们收割，让苦了一辈子的村民从弯腰伏背在田里割麦的苦海里跳出来。那时收割一亩田才 20 元，人工费不算，扣掉油费、维修费，两季的收割，到年底扒账，还亏。

收割机从镇扬汽渡运到世业洲，聂永平到洲头去接。在这之前他没学过开收割机，师傅简单地教了他一下就走了。聂永平做事胆大心细，硬生生把收割机开进了田头。他驾驶着这个铁家伙，威风凛凛地下田。叶明兰有些担心，她见过有的老机手开起来像蛇一样在田里游，收割后的地方麦茬高低不平，像狗啃过似的。聂永平这个新手能开成一条线？

明兰的担心是多余的，聂永平是抱着必胜的信心准备大干一场。他活像老司机，人机合一，潇洒地走在田野上。收割机走过的地方麦茬子不高不矮，直笔笔地一路向前，包括在田埂边拐弯都水到渠成，麦草分家。望着稳稳坐在驾驶室的聂永平，两眼盯着翻滚的金色麦浪，麦子饱熟的香气在风中飘荡，叶明兰双眼湿润。

为了把全村的麦子收光，夫妻二人没日没夜地干，聂永平更是三天三夜没合眼。如果晴天不能全部割完，万一天降暴雨，饱熟的麦子会泡在水里烂光，几个月的苦就白吃了。到第四天的早晨，叶明兰挑着饭和水去田里，逼着他歇会儿。驾驶室里太热，无法睡，聂永平随便倒在田头的一棵树底下打起了呼。成群的蚊子像小飞机似的扑向他汗津津的脸，裸露的胳膊和胸口附了一层蚊子，疯狂地吸他的血。可是他什么也不知道，沉入黑甜的梦乡。叶明兰抱来一大捧油菜秸秆铺满他的全身，不让蚊子咬他。

别人家有兄弟姐妹帮忙，而聂永平的弟弟去了仪征化纤厂上班，妹妹尚小。

当人的潜能得到最充分的实现，人才会拥有他的最高善。从潜能到实现的整个绽放过程，也是最繁荣而繁盛的。

最苦的麦场把聂永平的潜力倒逼出来。这一年是聂永平最苦的一年。为了给明兰和尚未出世的孩子幸福的生活，他像匹撒开四蹄的马，奋力地在莽原上狂奔，忘记了疲惫。他苦得不知道苦的极限在哪里，苦到了极致。这样的苦楚为他后来的繁华铺平了路。

水上讨生活

“我家永平不管做什么事都拼命，况且他性子又急，只要是决定了的事，十头牛也拉不回来。他和他母亲一样，太能苦了。可是我舍不得他苦。第二年收麦季，我再也舍不得他这么蛮干。”妻子叶明兰说。

聂永平长期和渔老大一起，生意越做越精，听了不少养螃蟹、养虾的水产养殖技术。当时市场需求量大，鱼、虾、蟹供不应求。聂永平手上总算有了些许的余钱，他拿着手上挣的第一桶金，建起了养螃蟹的池子，除了贩鱼，开始跟别人学养螃蟹，他先买别人家的螃蟹苗回来养，到后来自己家开始培育螃蟹苗卖，一毛钱一只。那个时候他和叶明兰每天数蟹苗数得手都抽筋，一天要数上万只蟹，但是越数越开心。

得知仪征六合那边岛上的荒地还是没有人包，聂永平和叶明兰又开始合计，不如把那个岛上的地包下来，既能够积累点大片种植的经验，也可以增加家庭收入，防止日后螃蟹市场饱和。得为自己留条后路，这样两头不落空。

在聂永平的精心筹划下，叶明兰和大哥去了六合，聂永平留在世业洲做生意，岛上的种植技术全部由他来遥控指挥。

六合的承包合同先签了 5 年，包下 240 亩田种小麦和玉米。什么时候该下种，什么时候该施肥治虫，叶明兰并不精通，技术上的事要靠聂永平，叫他有空就到岛上去指导，以他为主心骨。第一年，风调雨顺，播下去的小麦长势喜人。然而，眼见得要收割了，圩子却破了大口子。洪水涌进小麦地，祸从天降，就算是有一百双手抢收都来不及。明兰眼睁睁看着江水包了麦田的饺子，欲哭无泪。下半年的玉米也没能把上半年砸进去的血本给捞回来。砸进去的何止是本钱，还有数不清的汗珠子。

第二年，明兰用心把圩子加固，后来的 4 年才没出大事，多少赚了点钱。这 5 年时间，聂永平人在世业洲，心吊在岛上，如果没有他，明兰独木难支。特别是收割季，就犯了愁。没有烘干设备，割下来的小麦靠天晒干，否则会发霉。田里摊着油布，白天晒，晚上收，请人家的收割机，速度太快来不及晒，还是会发霉。一季收几万斤麦子，一场麦收结束，全身的骨头如散了架。四面环江的荒岛，出去买东西很费事，叶明兰图省事，买来一袋子白面，又向别人家借了只锅。两只锅同时开工，和面烙了一蛇皮袋大饼，从早到晚，喝水啃饼充饥。

在六合的 5 年，几个人打理 240 亩地，看得最多的是岛上的老鼠、蛇、黄鼠狼，看不见有人进来。

六合的租期还剩下一年的时候，先锋村的土地上发生了很大的变化。而聂永平也准备改行，着手把村里荒废的大棚包下来种。夫妻俩一个在洲上，一个在岛上，他受够了这心挂两头的日子，果断地让叶明兰结束了岛上苦不堪言的生活，回世业洲帮他一把。

不过两个人这几年虽苦，却也苦出了点名堂——家中终于有了积蓄。

1993年是聂永平人生的分水岭，这次的改行给了他一个彻底翻身的机会，加上叶明兰在岛上的这几年也挣了一桶金，他们家的日子好过起来。

那几年到世业洲来购蟹苗的养殖户越来越多，他的生意水涨船高，年底算了一笔账，挣了30万元，这两桶金加起来，还光了1991年以前欠下的债——之前那几年，聂永平借光了所有亲戚朋友，实在借不到的情况下，靠借高利贷给母亲看病。最后母亲还是没能挺过来，60岁便撒手人寰。苦了一辈子的母亲终没能看到聂永平后来的辉煌。为给母亲治病，聂永平背了一身债务。这些债像石头一样，压在他心上许多年，压得他喘不过气来。现在终于还完了所有的债，聂永平顿觉一身轻松。

养螃蟹市场饱和的现状如期而至。随着岛上养螃蟹的人家增多，加上外地的蟹低价贩进来，螃蟹的利润越来越少，聂永平停止了养螃蟹。

包船厂求发展

巧的是，机会又来了。江边有一个船厂，厂长因经营不善开不下去，以9万多元的价格转让给聂永平。船厂以维修和喷砂打漆为主，顺便做点油漆生意。

聂永平又开始在江上讨生活。看到别人在江边采沙，他也买了一台大吊机打沙、卖沙。

停泊在江边待修的船锈迹斑斑，聂永平在村里找人来把船架到高处，喷砂打漆，给一艘看上去不像样的船换上一件新衣服，船舱立刻焕然一新。为了给船主讨个吉利，船准备下水前，聂永平会为每一位船主买鞭炮放放。爆竹是早早买好的，叶明兰担心有潮气，特地从江边拿到家里烘得干点。聂永平在江边和工人一起准备打开关口，为放船下水做准备。谁也没想到，放关口和气囊时，工人放得太快，船顺势往下面冲去。恰好有一名工人就在船底下，他没有想到船下得那么快，千钧一发之际，那名工人夺路而逃，大船擦着他的衣服向江中冲去，一场大祸差点降临，好险。

江上讨生活，祸福相依，谁也不知道哪个先来，这次险情把聂永平魂都吓掉一半，再后来他几乎不怎么回家住，守在江边，害怕发生意外，更害怕江水涨潮把维修船冲走。

还有一次险情。工人在焊接的时候，剩下的半截焊条没处理就收工了，没承想，火花飞溅到油箱上，轰的一声，整个油箱烧了起来。一条崭新的船被烧得不成样。这笔生意白做，耽误了人家的时间，赔偿人家的损失不算，整条船还要全部重新打磨上漆，损失惨重。那一次，聂永平夫妻俩和工人一起进船舱里打漆，闷热难当，油漆味又重，人差点昏倒在里面出不来。

明兰说，聂永平的胆子大，韧性强，这么多年，跟着他吃苦受累，自己从不抱怨。“我们俩，他属马，我属羊，都是吃草的命。不管他干什么，我都支持他。他做生意亏了，我跟着他还债；他赚了，我们一起高兴。”

聂永平脑子活络，生意做得风生水起。七七八八一年下来有几十万元收入，日子如芝麻开花节节高。

在他们家先富起来的时候，村里富裕的人家还是少数。这时候有人找上门向聂永平借钱，也有人请他担保贷款、购农资和建房，除了借出去的钱外，他每年陆续帮助村民们担保的贷款额度达 20 万元。

聂永平原本不愿意接江边的那个船厂的，他认为自己是外行，吃不了这碗饭，是先锋村的老书记张孝年改变了他的想法。

那天晚上张书记找聂永平谈心：“聂永平你就接了船厂吧，救了这个船厂不说，还可以带动村民们就业。永平哎，我了解你这个人，尽管是做手艺和做生意出身，但做事认真，为人老实。我观察你这么多年，早就想推荐你为入党积极分子。”张孝年和聂永平都曾经是手艺人，一个是木匠，一个是瓦匠，经常搭档干活，一言一行都看在眼里，记在心上。

聂永平说：“谢谢张书记，我觉得自己入党还不够资格，没有勇气递交入党申请书，承蒙你看得起我，那我积极努力，哪怕我入不了党，也一定用一个党员的标准要求自己，行不？”

老书记说：“行，就冲你这句话，你一定行。”

那年，先锋村共有两个入党名额，其中一名给了聂永平。一年的培训，从积极分子到预备党员，转为正式党员。1999年7月，聂永平正式加入中国共产党。

1998年和1999年连续两年长江水位超历史水位，汛期长达3个月。长江水位不断上涨，维修的船舶无法靠近码头，聂永平当时买了一条水泥船沉在江边，稳住码头好让船靠过来。这条千疮百孔的水泥船至今还在江边沉睡着，成了聂永平家的船厂遗址。那两年汛期一到，他每晚就住在船上，不敢回家，怕船厂有事。

每一个夜晚降临，江面上点点渔火忽明忽暗，聂永平头枕着滔滔江水，风在耳旁呼啸而过，声声浪涛，像极了母亲哼唱的摇篮曲。堤岸上的垂柳已近百年，老态龙钟的样子，像极了父亲风烛残年的模样。沿江的柳树都是上辈人栽下的，白天在江水退去的时候，一滩的百岁老柳树，又是另外一番景象。树的身上长出了无数的气根，一根一根地深扎进沙滩，像无数双脚在沙滩上自由行走。聂永平站在船头，经常望着这些老柳树愣神。每一棵柳树都像父亲，像病入膏肓的母亲，像两个嫩芽般的女儿，像先锋村的村民们，更像人到中年的自己。那些或近或远熟悉的身影，一个个向着他走来，越走越近，一直走到他眼皮子底下。

是的，没有谁能捉住奔流的江水，没有谁能留住人的脚步，从出生到往生，也没有谁能让江堤上的柳树停止生长。岛上的祖先们在这里繁衍后代，一茬一茬的人和庄稼被落在村庄里的日头收走。村后的江水潮起潮落，辈辈如斯。数百年来的小岛从来没变过，变的是人。

风吹柳条的沙沙声，像是父亲在和他拉着家常，如母亲的絮语在柳枝上鸣响。聂永平人在船上，心飘向远方。

这些年通过自己的努力，虽然挣了点钱，改变了小家庭的经济面貌，祖宅留下来的几间平房，已翻建成二层楼的青砖大瓦房，可整个先锋村的经济情况还很差，到处都是衰败的景象。江上的船络绎不绝，汽笛声从江上飘向村庄，并没有给世业洲人带来佳音。随着国家严禁在江上采沙的规定出台，聂永平家船舶维修的生意和打沙生意一落千丈，不得不歇业。

无论干什么事，聂永平意识到一定要顺应社会潮流，每个行业并不局限于以成败论英雄，而是在不断实践中求生存。可能会屡战屡败，但即便屡败还是要屡败屡战。因为那些看得见和看不见的成败，像一头无形的大象，从局部到全部，每一个细节的叠加都充满哲学，充满了不确定性。

古希腊哲学家赫拉克利特说过一句话：人不能两次踏进同一条河流。这么多年，聂永平的两只脚多次踏入不同的河流，做过不同的行当，他并没有别人眼中的雄才大略，他只不过是一个做任何事都脚踏实地的人。世上的人很多，但像柳树一样有韧性的人，不多。聂永平就是江边的一棵柳树。

江风把柳树一样的聂永平又吹上了江岸。黎明前他听到鸟儿欢快的叫声，都觉得是在嘲笑他的无能，鸟儿不知道他溢满胸腔的苦涩。他又一次无事可做。

叶明兰看到他落寞的样子，不知道该怎么安慰他。她是一个嘴有点笨，但心肠特别软的女人。

聂永平小时候听母亲说过一句话：穷奔沙滩富奔城。聂永平准备离开村庄，暂别父亲一样的老柳和沙滩。他决定去南京闯一闯，说不定能闯出一条生路来。这也是没有办法的办法，人不到走投无路，谁愿意出去讨生活。他决定还是做水产生意，这是他熟悉的行业，心里有底。

他和合伙人去菜市场租好摊位，在惠民桥租了房子，一把头交了5万元摊位费。

开业的那天是2001年1月1日。7日下午，聂永平正在忙着做生意，手机叫了起来，是先锋村村书记张孝年的电话，让他回村当干部。

那时候有手机的人相当少，他为了做生意，花了1万元买了手机，3300元买了号码，这号一直用到现在。张孝年不知道从哪儿弄来了聂永平的手机号，叫他快点回村谈事。

张孝年的电话如同一枚石子击破了平静的湖面，让聂永平好不容易平静下来的心，再激起了不小的涟漪。

从米箩跳进糠箩

聂永平和妻子商量："明兰，我们要不要回去？我家往上扒，祖宗三代，没出过当官的，能不能当这个官，我心里没底。"

别看明兰文化不高，但觉悟并不低。明兰说："既然张书记看中你了，你先回去看看吧，能当就当，如果不行，大不了我们再回来卖鱼。但有一条，如果你当上了村干部，不能贪。老百姓可怜呢，况且我们也是老百姓。"

叶明兰是这样对聂永平说的，她自己也是这样做的。后来当了"村官"的聂永平，在村里口碑很好，哪怕村民送叶明兰一只鸡，她都不肯收。

从糠箩里往米箩里跳是好日子，从米箩里往糠箩里跳，几乎没有人愿意做这种傻事。聂永平好不容易从糠箩里跌跌撞撞地爬进米箩里，算是瞎子磨刀好不容易看到亮了，但就在好日子在眼前的时候，张孝年书记的这个电话，从此改变了他的命运。

当"村官"，对他们这个小家庭而言，经济收入肯定缩水。可聂永平一想到村里的情况，别说水泥路，连石子路都少，每逢下雨天，孩子们在上学的路上，不知道摔过多少回跟头，泥人一样往教室里一坐，湿衣服焐不干，经常感冒。

8 日早晨，夫妻俩从租住地南京惠民桥出发，在火车上一路谈到家，心里像有十五个吊桶打水，七上八下的。

下了车，聂永平没回家，直奔村委会。进门就听见张孝年说："你还跑到村委会来，纪委书记、分管干部的副书记和组织委员已经坐到你家去了，赶紧回家。我就是怕你跑村委会来，专门在这儿候着你。"

聂永平一踏进家门，几个人齐声朝他说："聂永平，来，来，来，先坐下来，我们现在开始宣布镇党委政府的组织决定，从现在起你任先锋村副主任。"

同年 9 月份，先锋村和真州村合并成一个村，还叫先锋村。人员需要调整，组织任命真州村的刘大金为先锋村书记，张孝年书记在并村前调到世业镇，由原来的村委会主任张宝根主持工作。在选举前，张宝根也调到镇里，通过村民选举，任命聂永平为村委会主任、副书记，正式驻村委会做二把手。

“我心里是纠结的，我和明兰在南京商量的时候就纠结得很。我们去南京做水产生意，与合伙人合租一个摊位，各掏 2.5 万元做摊位租金。我一走，让人家单干，苦自不必说，人家的风险也增加一半，真的对不起人家。而我的这个合伙人真的不错，一个人当年赚回自己的本钱，还给我带回 6000 元本钱回来。我损失了 1.9 万元。”

聂永平后来跟妻子明兰说：“如果我不回来当村干部，在南京做水产生意，一年挣个几十万不成问题，我们肯定在南京买房子定居了，两个孩子肯定也能在南京上学了。现在呢，我肯定是做不成生意了，但你可以继续做生意。我能为全村的人做点事也好，以后还有做生意的机会，当‘村官’做生意两不误。”

那时候聂永平还不是公务员，国家也号召“双强”型干部，他还是可以做生意的。

“我们一家富了不算富，全村人富了才算富。首先我是先锋村村民，还是党员，能为村民们做点事也是应当的。”聂永平当年回村当干部就是这样想的。

刚接手村里的工作，聂永平不知道村里的账上有多少钱。村委会主任和聂永平是同学，直接跟他说：“永平，你条件比我们好，年底了，你先拿 2 万元给村里过下年，过了春节再还你。”

聂永平想都没想，从家里捧出 2 万元。

年过完了，村里并没能还钱给聂永平。到村组合并时，村里欠聂永平的 2 万元就这样挂在往来账上。村里收的农业税要上交国库，账上从来就没有余钱，唯一的资金来源就靠收点排涝费，再扣掉电费等杂费，分文没有。合并后的村，大部分村民住的是矮小的土坯房，晚上出门靠月亮照明。村里的面貌可以用三个字来形容：脏、乱、差。天一黑，烂泥路黑黢黢的，没有一盏路灯。水利建设、道路建设、村庄整治这三项一个都说不上嘴——没钱，意味着一样实事也办不成。

聂永平开始的工作是负责调解矛盾。大矛盾没有，鸡毛蒜皮的小事不断。比如，邻里之间承包田和宅基地的地界纠纷，工作医疗费、老年人赡养、兄弟分家，各种债权债务纠纷等，琐事一大堆。村民们越穷，纠纷越多。为了解决好这些纠纷，聂永平经常要自掏腰包请人吃饭，往往几杯水酒下肚，饭桌上说几句暖心暖肺的话，恩怨便在一杯酒中散了去。岛外来人接待，聂永平家的厨房就成了招待食堂。

年底分配时，聂永平问一把手，自己能拿多少工资，一把手说，4000 元，就这么多。而聂永平一年自掏腰包杂七杂八的接待费，少说要 1 万多元。外单位只要来人办事，饭点一到，直奔聂永平家。那时一瓶双轮池酒 18 元，算是不错的好酒，整箱往家搬。春天的时候，长江的刀鱼多，几块钱一斤，聂永平只要说有人来家吃饭，明兰就上渔船上称上两斤刀鱼，剁几样熟菜，一桌饭少说要 200 多块钱。好在他们家是做生意的，有点老底子，一般的家庭哪里吃得消。

既然当了“村官”，聂永平就希望能实现个人价值，多为村民做点实事。村民们想贷款创业，但银行不给贷，说要聂永平担保才放贷。于是，来找聂永平担保的人越来越多。先锋村的村民是诚信的，聂永平为他们担保的那么多钱，没有一个人“跑腿”（不还），全部按时还款。

“我很庆幸，也很幸运，没有一个村民给我‘惹事’。这年头，哪怕是政府做担保，也有‘跑腿’的。我也想过，担保那么多的钱，如果他们不还，哪怕是倾家荡产，我都要帮他们还上。”

“三无”是每个村委会的状况：做事无资金，人员无编制，出行无车子。在非典期间，每天要向上面报材料，但村里一没电脑，二无网络。聂永平每天骑摩托车去镇政府送资料，6000 多元买的新摩托车，骑了大半年就散了架。江堤上的那条路是必经之路，被拖拉机轧出数不清的坑，人骑在车上被颠得老高，牙齿都被颠得打磕，再好的车都能颠散。村里人经常看到聂永平骑着大踏板摩托车，像一只逆风之雀，在江堤上艰难地飞。

2006 年 3 月 30 日，党委政府任命聂永平为先锋村党支部书记，接刘大金老书记的工作。村里账面上负债已达 24 万元，是两村合并后的负债，一直没有能力还上，如同阴天驮穰草，越驮越重。还有隐形债务 7 万元，是借的老百姓的钱所产生的利息，全部打的白条，这利息还不在账上，实际负债是 31 万元。

刘大金书记离开前从先锋四组到五组修了村里唯一的一条水泥路，是乡村道路建设上面拨款修的，其他几个组全部是烂泥路。

村委会办公室的情况：外面下大雨，里面下小雨。聂永平和村主任一个办公室，两个人一前一后，两张旧办公桌，两把椅子。

要想富，先铺路。

聂永平亲手画了一张道路示意图——全村有 15 个村民小组，画出 15 条主干道公路，不包括村民家前屋后的路。他把这张示意图挂上村委会办公室雨迹斑斑的墙，然后召集全村村民来开会。聂永平对村民们说："村里计划每年完成 3 条水泥路，争取 5 年之内完成全部的主干道。"

化缘、清河、修路

第一年，聂永平完成了 3 条路，找领导和老板帮助，四处化缘。那时候还没有乡村道路建设的政府扶持款，只有用这样的方式为村民们办实事。工程款到年底总兑付不了，聂永平从自己家拿钱兑付，不欠工程款一分钱。只是到春节时，全家人过了个穷年。

有了路，没有路灯的话，等于没给路一双眼睛。那条刘书记在任时修的路上，只装了 15 盏路灯。聂永平希望农村像城里一样，有路的地方就得有灯。通过 3 年多的努力，主路上安装了 200 多盏路灯。

先锋村地处世业洲最西部，不仅是全岛最穷的一个村，也是全镇江市 50 个贫困村中最穷的村。聂永平戴着这顶穷帽子代表全村去市里发言。在大会上，他发言的主题是：要怎样脱掉这个穷帽子。仅靠政府扶贫款，杯水车薪，好的时候能拿到两万元，不好的时候几千元，而且政府连续扶持 3 年就结束。这世上最难的不是做事，是求人。聂永平把能求的人和单位都求遍了，厚着脸皮一路求，还不一定能求成功。

村里的会计说：“聂书记，在你来之前我管的账全是白纸条子，你来当书记后我才看到账面上有钱。”

不怪会计说这话。以前村里一有点钱，根本等不及交到会计手上，就被书记拿出来支付各种开支。聂永平第一年当村书记，从家中总共拿出 25 万元支付村里欠下的工程款及以前的债务。聂永平累计为村里垫付 42 万多元，2013 年后，村里条件好些了，才陆续还给聂永平。这么多年，聂永平没有向村里提出收一分钱的利息，全是免息给村里用。

2007 年，村委会又做了一个决定：把一块挑烂泥的废汪塘垫土平整了，建设村卫生室和居家养老服务站，再加一个健身广场。

聂永平看到先锋村原来的卫生室租的是村民家的两间小房子，村民去看病，连坐的地方都没有，更别说挂水时能躺下来。其实那时村委会的条件也相当差，理应改善一下。但聂永平决定，首先要建一个像样的卫生室。这一年如愿以偿。三间房，40 平方米一间，再加 40 平方米的居家养老服务站，总共 160 平方米。

为了丰富村民的业余生活，聂永平请人写快板书排练好，在健康小广场演出，吸引了全村的村民来观看。为了改变村庄的面貌，2008 年，砍掉了江堤内坡的杂树，聂永平和村委会主任跑到浙江桐庐去，拖了一车子大叶香樟树回来，栽到江堤上。

给河塘清淤也是一件大事。

四组、五组村前有条人工挖成的排涝主河道，宽近 5 米，是老百姓的住宅与农田的分界河。村庄里的房子沿河而建，可以说是寸土寸金，对老百姓来说，多上一厘地总是好的。为了多弄点地种菜，家家户户都在用土填河，最终使得近 5 米宽的河道，最窄的地方只剩下 1 米不到。河边上建了镂空式的玉米站，玉米倒进去可以自动晾干。

这条河边上住了 72 户人家，鸡窝、猪圈，还有烧火做饭的伙食房，一股脑儿地建在河边。赵书记有一年来先锋村视察，忍不住说：“永平啊，你看这条河要不要清一下？”聂永平一秒钟内回答说：“当然要清的，可钱从哪来？

河道总长 1 公里多，还有很多树都没有算在内，拆迁量达 8000 多平方米。”

抱怨总会有，但事情还是要做。一条河就是村庄的脸面，不能不要这个脸面。

怎么拆是头等大事。聂永平先是带着村干部一家一家上门解释：“河是村集体的土地，树栽在河上，属于违章，拆除不会有补偿款。说是违章建筑，但也是各家辛辛苦苦建起来的。总之要经过大家的同意才能拆除。”

老百姓最恨的是村干部空口说白话。那段时间聂永平每天只睡 1 个小时觉，心里面事太多了。有一天夜里失眠，他突然想起到常州买苗木时，人家是拿着效果图谈价格。如果能请常州的人帮我们画效果图，挨家挨户拿给村民看，说不定能收到意想不到的效果。

天亮后，聂永平喊了辆面包车，请人去常州画效果图。租面包车花了 200 元，效果图花了 600 元，总共 800 元弄回村庄河道的效果图。村干部黄娟带着几个人一家一家跑，拎着效果图做宣传，告诉村民们整治出来的河道是什么样子。

“我们向村民们承诺，实际做出来的效果肯定比图上还要漂亮。”一周的工夫，从没有人支持，到有 60% 的人支持。很多人说：“如果村干部真能做出这样的效果，我们牺牲点也不算什么，我们同意拆！”

但也有一部分人反对。最穷的西部地区率先同意拆，他们也希望看到效果图上的河道。以前许多房子是用棍子搭起来的，墙用芦柴巴子一夹做玉米站。可拆到东部时，麻烦来了。东部地区是用砖头砌的玉米站，村民舍不得拆是理所当然，人家的玉米站与伙食房建得又大又阔气，是花了大价钱建的。

先易后难，先从西部开始拆。聂永平担心安全问题，从另一个村找了一班人马，本村村民配合，全是身强力壮的，搬砖头、瓦，有力气。当拆到中途时，东部的村民坐不住了，有人喊话：“西部的，你们还真拆呢？不给钱也拆？”西部人回话：“干部们在做好事，不支持良心过得去吗？”东部的人望望西部的人，个个心里起了毛，大多数人同意拆除，最终只有两家坚决不肯拆，后来通过他们家的亲戚朋友做工作，才同意拆除。

整个拆除工作没有一家强拆。8000 多平方米只补偿村民每平方米 5 元，这点补贴的费用都不够他们建筑时的材料费。镇党委书记很是惊讶：“没想到聂永平刚上任就把几十户人家给‘拿住’了。”

2006年时，聂永平带领村民在江滩上栽了1000多亩意杨林，为了保护江滩，利用好废地。早年栽的树已成材，要是卖出去，是大价钱，但不能卖，要让它们成为先锋村江堤和村民生命的“守护神”。用了6年的时间，江滩绿化完美收工。

然后开始打造村庄绿化，水泥路全部铺到每家每户门口，老百姓可以穿着皮鞋出门。

整治过的河道两岸栽满了花树，春天有杜鹃花、桃花、海棠花、紫玉兰，秋天有桂花树，一年四季景不同。其他4个行政村的村书记争相来先锋村现场观摩，学聂永平干事的法子。

那几年，聂永平骑着摩托车整天在村里转，很少坐办公室，骑坏了3辆摩托车。

守护村庄

2008年，在全国还没有开始禁止烧麦秸秆的时候，世业镇党委率先提出秸秆禁烧。到了夏秋的收麦季节，聂永平每天要在外面跑18个小时。合并后的村组变成了5个大组，从一组到五组，再从五组到一组，天天在田边转，一个小时一趟，全从田间走。岛上没有工业，全部是农田，只要有一处烧麦秸秆，从很远的地方就能看到滚滚浓烟。

全镇禁烧麦秸秆是先锋村第一个做的，先锋村干部就这么几个，就算腿跑断了，24小时不睡觉也管不过来。聂永平采取每家每户排值日表的法子，让村民个个当值班巡逻员，他们才有防火意识，防火禁烧工作就轻松了。办法想好后，在两委会得到了大家的支持。每家派1个人值班6小时，24小时轮班倒，歇人不歇班，一班发 40 元的值班费。每个组分 2 个点，5 个村民小组 10 个点，聂永平负责到每个点查。这一成功的经验后来在另外 4 个村推广。

收麦季一过，田野又变了一番景象。原来焦黄一片，跟着播种玉米和大豆，过不了多久，放眼望去，一片嫩绿铺遍原野。而接下来一件重大事件与水有关。随着夏季来临，雨水增多，长江水位上涨，全镇防汛的重点地段就在先锋村。

村庄离江边只有几步之遥，特别是西南角，是全省的防汛重点之地。当江水超过警戒线，所有的村干部都要上大堤参加防汛。每年的汛期都让聂永平心惊胆战，每天只睡 6 个小时。“不出事不要紧，一出事就是天大的事，全岛人的命悬于一线间。”

聂永平还记得，2011 年的夏天，大雨如注，农田淹在水里，似乎满世界的雨都落在先锋村。长江水位直逼警戒线。排涝站的发动机没日没夜地开着，防汛巡逻队员 24 小时轮班守在江堤上。

就在这个关口，9 号站突然歇火停机，现场人员发现排涝管道上的一个螺丝掉了，导致关闭不严，造成倒灌。当务之急要下去把螺丝拧紧，让排涝管道上面的盖子关闭，才能阻止江水倒灌。

机工通知了聂永平。等他赶到现场，用摇臂把闸门往下降到离地面快 30 厘米时，停住了，下面被东西卡住。水很深，浑浊看不见底，水还在不断倒灌。唯一的办法是，人下去用沙袋堵上，然后再作处理。

开机的人员都不敢下去，请专业维修人员也来不及。聂永平果断地说：“你们在上面给我递沙袋，我下去堵。”

三下五除二扒去外衣，聂永平跳下了水。往下潜才觉察，水起码有 2 米多深，只能潜到下面去摸。他一手紧紧抓住闸门的升降杆，一手接沙袋，就这样潜水一上一下，几十个沙袋下去，半个多小时才把涵洞堵起来，拧紧排涝管道盖子上面的螺丝。

聂永平爬上岸时，全身脱力。第二天因为螺丝滑牙，闸门上的螺丝又被水的压力给弹出来了，聂永平再次下水堵好并换掉螺丝。

“那个涵洞，非常危险，会计和村委会主任都不会游泳，请其他人下水我也不放心，万一出事怎么办？只能我下去，我是责任人。”

这次的潜水，在一年后找上了聂永平的麻烦。

有一天他突然感到全身无力，到镇卫生院抽血化验，结果是血吸虫病。血吸虫病的治疗休息期至少1个月以上，甚至更长。可是农业园的西瓜要去卖。还没休息满月，聂永平就去了扬州的果品市场卖西瓜，从此落下了脚后跟疼的毛病，更要命的是，血吸虫病引起的肝损伤，终身无法逆转。从那以后，他不能喝酒。

防汛和禁烧麦秸秆这两个时间段，每天的事都火烧眉毛，大意不得，聂永平都要在现场。每天从江堤上行走，当年栽下的香樟树已长大，在风的鼓舞下，树叶儿哗哗作响。

“我那时从早忙到晚，从不晓得累，只知道做事，做事，而没管有没有钱。”

从他头一年当上村书记，才知道钱的重要性。进了腊月，到村委会来要债的人一批又一批，一个都不肯走。欠债还钱是天经地义的事，躲又躲不掉，只能逼着自己去面对。

回到家，聂永平不想说话，说不动了。从早到晚说的只有一个“钱”字。一分钱逼死英雄汉，聂永平整夜睡不着觉，愁钱。村里的困难户要慰问，工程款要结账，钱从哪来？那段时间他的白头发特别多。

“那是村里最穷的一年，到了年关日子难过，不管是村里的债，还是自家的债，不还清了心里如压了块石头。我想好了，就算是欠，就欠我一个人的吧。”

有人说，如果当时聂永平不从家里拿钱出来给村里还债，全村后来的情况将会是怎样？

村集体的债务是还清了，但聂永平第一次感觉自己家一夜回到了解放前。家中存款不多了，唯一的资产就是才盖好的两层楼房。这在村里已经不算什么资产，出去打工的人越来越多，挣了钱就回村盖楼房。

包田，牙打掉了往肚里咽

好的国家政策与好的创业者才算是天作之合。没有外债的先锋村，于2011年迎来了国家的好政策。

在镇江市国土局的对接帮扶下，村里建起了100个蔬菜大棚，其中5个是连动大棚。大棚建好后，在区农委部门的帮助下，开始招商引资。大棚种植一般的农民搞不了，要招聘有技术的人才发展高效农业。

招标公告发到政府网站，两位学农业的大学生中标。镇政府希望通过两名技术人才带着村民一起干。可两位初出茅庐的大学生空有理论，没有实战经验，合资半年后又发生矛盾，田里西瓜还没卖完，二人便分道扬镳。

聂永平看到落在地里的西瓜很心疼，和明兰一起全部摘下来，他开着拖拉机到镇上去卖。

聂永平再一次站在风口浪尖上。他虽然包过田，但那是传统农业，大棚种植是“大姑娘坐轿子，头一回”。这块烫手的山芋，吃不得，扔不掉。家里人是否支持种植大棚，他心里没有底。而且高效农业的种植技术他一点都没有。

聂永平考虑了一段时间，说通了家人，他才有了信心。

他决定到蔬菜之乡寿光市去参观。回来后，几个村干部继续筹集资金，争取干个大的。村集体拿不出一分钱，就算是有钱，根据财务要求，是不能用村里的钱去做经营性农业的，只能做基础设施。

聂永平召开两委会议，希望大家投资，一万不嫌少，五万不嫌多，挣钱了按股分红，不挣钱也没办法，风险大家摊。最后拍板由村里开印刷厂的王国富跟聂永平两家合伙，把大学生抛荒的大棚拿下。王国富投资8万元。

“我们请了寿光的技术员来指导，用蔬菜种子育苗，以种植辣椒、番茄为主，芹菜、莴苣等为辅，长势十分喜人。”

可是，命运再次跟聂永平开了个大玩笑。番茄眼看着快要上市，气温突降到−6℃，一大半番茄冻烂，辣椒找不出一只好的。本来想趁着春节做成礼盒，找单位帮忙销点，结果老天爷不赏饭吃。当时全村集资 23 万元，年底账一算，23 万元亏了 8 万元。

没有一个人责怪聂永平。在宣布亏损数额的时候，村干部眼巴巴地望着聂永平，个个都等着他发话。

“这样吧，亏掉的 8 万元算我一个人的，凡投资人的本钱可以拿走，但分红和利息没有。你们还愿意跟着我干就不要撤股，不愿意跟我干的，来去自由。”会上有人说：“聂书记，你们家是做生意的，我们一家老小就靠这点钱过日子，我们就不入股了。”

那么多投资人，只有聂永平和王国富两个人兜了底。

2013 年春，聂永平决定改种西瓜。他从东台请技术员来指导，投入 40 万元，种了 40 亩西瓜和葡萄。好在当年卖西瓜的收入持平，没有亏本。但就是这 40 万元买来了种植的经验。下半年，聂永平决定改变种植模式，投资少说要上百万元。王国富犹豫了，决定退出，拿出了他的股份以及 8 万元本钱拍屁股走人。这对聂永平来说，就是釜底抽薪。要钱没钱，要人没人。

眼看着大棚又要面临荒废，闲下来的大棚便由聂永平带领村干部投资合作，继续投资种蔬菜。技术上不懂不怕，有书本，有高人，取经去。聂永平继续带村干部去山东寿光市参观，所有的人看到寿光的蔬菜大棚都惊掉了下巴，人家一亩地能挣几万元，而传统农业种植的小麦、玉米，一年只有几百元的收入。一个在天上，一个在地下。

这次不仅是看，而且还与寿光人谈得很深。回到家后，聂永平像是吃了兴奋剂，跟明兰说：“人家能做得那么成功，我们也能。”

聂永平向党委书记汇报，今年种植投资亏损了 8 万多元，村干部都不肯投资了，他们说我们的工资只有 850 元一个月，家里还要过日子，实在没钱投资了。

党委书记说：“永平，你要想办法把蔬菜大棚搞起来，不能让这个扶贫项目夭折。同时政府也在招商，希望有人来接盘。”

怎样才能把这个大棚搞好？聂永平想过许多种办法，首先想到自己先种，地总不能荒着，然后边种边招租出去。聂永平在网上发帖，希望有人来接盘。三个月过去了，只有一个人愿意出土地租金 500 元一亩，大棚不给租金，只试种一年，这样的出租人能租吗？村民流转土地的费用都已经每亩 800 元，就这么点流转费，再这么便宜租出去，村集体收入纯亏。大棚种植是政府帮扶项目，要发包出去必须增加村经济收入。

聂永平想了又想：只有自己种，才能走出一条高效农业发展之路，才能增加村里的经济收入，带动农民再就业。

为了全村的稳定，又不能影响到全镇的土地承包费上涨，聂永平与村民签订了两份协议，一份是规定价格 800 元一亩的协议，另一份是聂永平自己增加 300 元的协议。这下子聂永平捅了马蜂窝，有人说他扰乱整个世业镇的土地流转工作，擅自改变土地流转合同。这话很快传到镇领导那边，他被“请”过去谈话，被狠狠批了一顿。明明是为村民做好事，最后成了扰乱秩序的坏事。

那次从镇里回来，聂永平哭了，眼睛肿着走进村委会。他太委屈。他的擅自“涨价”，其他村没能力做到，当然把他当成了靶子。他认为，只有村集体有收入了，才有资金投入村庄建设，让村民得到更多实惠。

聂永平再次把主意打到叶明兰头上，希望她能帮他一把。

通过聂永平几天沟通，她终于松口。最后聂永平让叶明兰成了大棚种植的接盘手，技术上由他全权负责。

做农业如果吃不了苦，就没有未来，而且不能靠不能等，全要靠自己的一双手。要花钱的地方太多。为了节省开支，夫妻俩舍不得买机械，全部人工挖墒沟。聂永平穿着靴子在雨天的大棚里行走，一锹一锹挖坑，下肥，埋土，泥巴涂满鞋底，越走越沉重。当村子里的土地开始大面积流转时，村集体与村民开始签订流转合同，村集体再与项目方签订流转土地的合同。在这样的情况下，以叶明兰为法人代表，成立了明兰家庭农场，慢慢开始扩大种植面积。这样既能保证老百姓拿到土地流转资金，又能保证集体土地的性质不会改变。不需要种地的村民可以去打工，增加一份收入。

从与村里签订种植大棚协议的那天起，聂永平夫妻俩就全身心扑了上去——只能成功，不能失败。聂永平白天要上班，下了班哪里也不去，一头钻进大棚里。

叶明兰说："我家老聂是标准的土专家，没有人教他，他就能自己摸索出来。"

聂永平意识到，现代化的农业必须连片集中种植，上一代农村人知识结构老化，跟不上现代化农业的脚步，必须改变观念，才能与时俱进。

果园大棚里的变化日新月异。西瓜苗、葡萄苗先后落地，生根发芽，紧跟着压藤，授粉，几十道工序下来，等到第二年才挂果。可以说，每一粒果子都是用一滴滴汗珠子换来的，像自己的孩子一样贵重。

当顾客上门的时候，聂永平看到别人在他们的大棚里指指点点，他们不清楚选什么样的瓜是熟的。他很快想到一个主意：随着花期的不同，用不同颜色的绳子系上，就能知道什么时候摘什么瓜，不能早也不能迟。果子成熟季来临时，聂永平和叶明兰从来没睡过整夜觉，每小时会醒来一次，怕大棚里有事，怕来不及采摘，怕摘下来果子卖不掉。他们有一万个怕，可怕也躲不掉，唯有面对。

不仅仅是他们怕，在他们家帮忙的工人也是一样，夜里睡不着觉，怕变天。记得有一天夜里突然下雨，大棚里的薄膜还没盖上。听到雨声，村民们像被雷声惊醒，披上雨衣朝大棚奔，所有的薄膜全部要放下来。

每一个收获季都让聂永平的心吊在空中，特别是叶明兰，心被大棚磨碎了，夜里睡不踏实，白天头直发晕。聂永平怕她出事，不让她上街卖西瓜。然而等他前脚去上班，她后脚就拖上满满一三轮车西瓜上街去卖。大多是半卖半送，实在卖不掉的就送人。两个女儿放暑假了也跟着帮忙，一季西瓜卖下来，能挣两三万元，正好够给帮忙的人开工资。也有人笑话叶明兰："哎呀！书记家老婆还上街去卖瓜呢！"

高效农业春光无限

西瓜种上一两年后，就必须要轮作，第三年就得改种别的品种。种什么是个大学问。

大片的土地流转后，世业洲开始搞旅游项目的开发。聂永平隐约知道，不能只种普通的，要让别人看了就愿意来买才行。他陡然想起了农业专家赵亚夫，决定去拜访他，请他指导怎么做农业。

聂永平找到了赵亚夫，和他约好了见面时间。

在市人大办公室，聂永平见到了赵亚夫，问他种什么最好？赵老问他："草莓你种不？"

"草莓难种吗？"

"你学会了肯定不难种。"

"行。"

赵亚夫打开电脑给聂永平看照片，那草莓不是长在地上的，而是长在架子上。赵亚夫在电脑面前指着 PPT 给聂永平看，看得他一头的雾水——这是他从来没有看到过的种植方法。他对赵亚夫说："赵主任，哪有把东西种在架子上的，还不用土种植，能长出来吗？"

赵亚夫告诉他："你不是想做旅游农业吗，还把草莓种在地上，肯定做不过句容白兔的草莓，你要是种在架子上，就会与众不同，到你那去看的人肯定会多。你一定要做到人无我有，人有我优，顾客才看得上眼。"

作为一个生意人，聂永平又问："种这样的架子草莓，一亩田要投入多少钱？"

赵亚夫说："一亩得 10 万元，不包括大棚。你来得真巧。如果你想做，我给你一个手机号，去农科所找糜林研究员。我听说这几天糜林正在搞培训课，你正好去学习空中草莓的种植方法。"

聂永平回家就打通了国土局结对帮扶的田局长电话，请他帮忙。对方很快同意了聂永平提出的先建 76 架草莓大棚的方案，并鼓励他好好干。规划建 4 个棚，前期先建 2 个棚做试验。

培训一天回来，施工队进场，开始搭手做架子。近 40℃的高温，工人在大棚里干活，热得半死。忙了一个月做好架子，接着做草炭，糜林亲自来指导无土种植。从恒顺醋厂拖来醋糟，买来稻壳、草炭、菜饼，这四样东西搅拌在一起，经过发酵做草莓的基质。聂永平是第一次见识，村民们在指指点点，他有点兴奋，更有点担心。

一棵棵草莓苗移植进大棚，在肥料的加持下，一棵比一棵水灵。但好景不长，草莓生病了，他慌了，不知道怎么给草莓治病。恰巧指导的人忙不过来，怎么办？聂永平去句容请教，才知道草莓苗期容易生炭疽病。苗不好，草莓不生病才怪。

为了草莓不生病，聂永平想，如果自己家有育苗基地，育苗期与河水土壤零接触，再用进口草炭，全部用自来水浇灌，自来水通过摆放散发氯气，没有细菌感染，苗就不会生病。这些都是他一点点学来的经验。

不仅要会种，还要会销，让顾客走进草莓园看。当第一批草莓挂果时，夫妻俩喜忧参半。叶明兰在女儿的帮助下，学会了抖音直播，发动所有的亲戚朋友做宣传，来采摘的人慢慢多起来，草莓从种植到销售一举成功。

但也有不成功的时候。

2022 年，一场高温的炙烤，葡萄吃不消高温得了叶枯病，大棚里喷水降温都没有用。水也是烫的，怎么可能降温。这次因高温倒掉了 2 万余斤烂葡萄，夫妻俩心里那个疼。

“你不好好像照顾儿孙一样照顾草莓和葡萄，它们就不会给你好果子吃。”聂永平如是说。

“做农业的通常是大投入，低收入，风险特别大。如果投入 200 万元，能赚上 30 万元，就算是老天开眼。”聂永平说到这里，唏嘘不已，“不够卖心里急，卖不掉心里更急。反正一天到晚心都揪着。但要坚持，哪怕九九八十一难，农业总得要有人来做的。”

在草莓旺季的时候，明兰整天泡在大棚里忙，没有时间发抖音做宣传。聂永平提醒她："明兰，快点把抖音'抖'起来。"

聂永平家的草莓如果拿到市场去卖，并不占优势，因为顾客无从晓得空中无土种植草莓的全过程，只有到他们家草莓园转上一圈，闻过大棚里浓郁的甜香，品尝过那红艳艳的果子，味道与嗅觉在一激灵间觉醒，才知晓聂永平夫妇这么多年来不离不弃的坚守。而他们的高投入带来的高品质在销售市场上却成了劣势，就像珍珠掉进了煤渣里。

没承想，聂永平家打造的空中草莓园的高光时刻说来就来，还上了中央电视台。小小的世业洲轰动了，聂永平也因此被选为全国人大代表，走出小岛，走进了人民大会堂，并且三次和习近平总书记握手，聆听总书记的嘱托。

张孝年当年没看错人，多少年来他一直感慨："把聂永平从南京拉回先锋村是我最值得骄傲的事。我这个村书记没有能力改变先锋村的面貌，但我最成功的是培养了聂永平当村书记。"

聂永平说："我很感谢张孝年书记当年把我拉回先锋村，如果当年坚持在南京做生意，肯定比现在有钱，但哪怕我们家有一个亿，这辈子我们不见得能见到习近平总书记。这辈子我和明兰能见到总书记，是我们全家最幸福、最幸运的事。我这辈子都记得和总书记握过三次手的场景。"

转眼，在草莓园与总书记握手已过去了几年，这几年，他并不轻松，心上的弦一直绷着，对先锋村四季春草莓园特别地用心。

无论时空如何变幻，历史的天空总是留给那些吃得了苦、有担当的人。聂永平之前吃了那么多苦，值。改变农业种植模式也是他的初衷。接手村集体的100 亩大棚，建设 15 亩草莓大棚、60 亩葡萄连动大棚，聂永平主动提出交给集体每亩 2000 多元租金。前面的人来承包时，每亩只交 500 元。第一年种西瓜收入不高，交给村集体 11 万元，第二年交了 17 万元，第三年交了 18 万元。这钱的用途，一半是给先锋村村民的，一半是村集体的收入。聂永平是吃了秤砣铁了心，不管自己亏多少，不能亏了村民和村集体。

艰难的土地流转

为了全村租田这件事，聂永平操碎了心。起先连大舅子和岳父都跳出来反对他，更别说其他村民唱反调。当时粮食价格还比较高，家家有田，吃蔬菜不成问题，村民们怕把土地交出去连菜都吃不起，加上这代人对土地的情结太深重，种出了感情，哪舍得丢下。

聂永平弄出一张“明白纸”，给全村人开座谈会。他一个人与 46 名村民面对面沟通，把他们一亩地的收入与支出算得明明白白。然而，一个会开下来，仍有 90% 的人不同意，只有 10% 的人同意。经过一次次的会议，到最后有 10% 的人不同意，90% 的人同意。

那段日子，聂永平拎着盐水鹅挨家挨户上门谈。要让村民放心把田交给村里，就要让村民们心里有底。他告诉村民：“你们都老了，没有能力种田，把地让出来给有能力的人种，只会升值，不会贬值。每亩地你们可以拿到 960 元，每 5 年递增 10%，按底数递增。”聂永平说到做到。最后没有租地的人主动找聂永平，要把地租出去，这是一个从量变到质变的过程。

对高效农业这个新概念，他心里其实并没有十分的把握。为了种好大棚，他从句容请了一位技术员来指导，一亩地给他 700 元技术指导费。第一年种的葡萄苗，第二年挂果，市场上的葡萄都卖差不多了，聂永平家的葡萄才开始卖。叶明兰难过得眼泪直掉。本来在大棚里生长，理论上应该成熟得早，最后却迟上市，最后全烂光。因为技术不行，葡萄不上色，成了晚葡萄。再说草莓，它们的习性很“刁”，时刻受温度的影响。温度一高，草莓要吸收很多水分，根系发达，营养往叶子上长，影响草莓的口感。

这些问题该怎么处理呢？聂永平急得抓耳挠腮。聘请的技术员自己家里也种大棚，几乎没空过来，只靠电话指导，导致了聂永平家的大棚种植不成功。

吃尽了不懂技术的哑巴亏。第二年，聂永平辞掉句容的技术员，决定自己学种葡萄。他买了一大堆书在家看，到种葡萄的人家去请教，听专家讲课。从那以后，聂永平慢慢掌握了种植草莓和葡萄的技术。应了一句俗话：不吃馒头，也要争（蒸）口气。求人不如求自己。高效农业要想生存下来，不是靠钱，也不是靠吃苦，核心问题是技术。

“我们有了自己的技术，就不受制于人，自己想怎么做就怎么做，市场需要什么，我们就种什么。”

在大棚种植草莓和葡萄的道路上整整摸索了 10 年，技术每年都在不断更新，农业园的成长让村集体和村民都有了收入，实现了总书记要求的“奔头”。现在，聂永平开始把农业园草莓种植模式向全国推广，不断辐射出去。

先锋村四季春草莓园自习近平总书记视察过以后，吸引了许多人来观摩。最早在架子上种草莓的全国只有聂永平一家，后来许多人开始效仿，有些地方做得比他们家的规模还要大。聂永平家的草莓大棚还保持着原样，没有再扩大种植。

2016 年，全村 4000 亩土地全部流转完，村里的账上终于有钱了，每年 100 多万元经营性收入。有了钱，就可以办事。先锋村引进了两个项目，第一个项目，2015 年润清农业生态园成立，种植碧根果；第二个项目是金色年华养生谷，现在叫世业洲大草原。

聂永平离开先锋村到镇上当副镇长前，完成了当年的心愿：在村前造一条路。这条路于 2018 年终于完成，耗资 800 多万元。从此孩子们上学、老人上街再也不怕没好路走了。

聂永平家的船厂在 2001 年时注册资金是 18 万元。那年下半年，为了配合世业镇发展招商引资转让了，镇政府奖励了他 1800 元。后因国家的长江大保护，船厂于 2018 年关闭。江滩上恢复绿地，做了一个船舶公园的江岸景观。

来世业洲的游客越来越多，都来看总书记视察过的先锋村四季春草莓园。不管多忙多累，聂永平全程陪同讲解，接待任务几乎天天有。白天聂永平在镇政府上班，下了班回家要忙生产技术。叶明兰负责销售，果子成熟期一到，忙得屁股落不了板凳，从早跑到晚，根据市场的行情不断调整，在旺季的时候，价格对折卖，来的人大多是岛上的熟人，经常是卖一斤，送一斤，送得买的人都不好意思再来。

这几年，当上副镇长的聂永平还是很少坐办公室，总是下去跑。一直到2021年村委会换届，聂永平才卸下先锋村党总支书记的担子，由同样是土生土长的先锋村人黄娟接任。

在2018年当选全国人大代表时，聂永平提了十几条建议，其中有一条是：增加农业保险。后被写进省长的农村工作报告中，在2019年又被写进了总理的工作报告。聂永平听到这个消息非常的激动，农业保险对土地承包者来说太重要了。

为什么这个建议如此的重要，被写进总理的报告中？源于2018年1月3日到5日的一场雪，让聂永平全家第二次“一夜回到了解放前”。

这一年，他们家刚刚把原来的矮大棚变成了连动大棚。2017年整整一年，夫妻俩每天起早贪黑玩命地干，结果一场大雪灾将好不容易建好的新大棚全部压塌。那些日子，聂永平心灰意冷，忽然觉得日子没有了奔头。

葡萄园出大事的时候，聂永平正在外面开会，接到家中的电话，如五雷轰顶。

2018年的一场雪

明兰回忆起2018年的那场雪，语气从欢快突然急转弯，脸紧绷。她知道那一夜有雪，就在风雪来临前，请村里的木匠师傅把大棚加固，用一根粗的搭一根细的木棍，撑住不算结实的地方，生锈的架子刷上漆。原来大棚的基础设施并不太牢，2015年腊月只下了20几分钟的冰雹，花20几万元才换的新薄膜就被砸得全部是洞，大棚骨架像被机枪扫射一样，全部砸散了架。那年重建后，一直维护到2018年。这场意料之中的雪灾，比2015年的冰雹还要严重得多，只能眼睁睁看着大棚一夜之间倒塌殆尽。

村里人闻讯涌向四季春草莓园。望着像烂面条一样趴在地上的钢架，村民们立即投入抢救大棚的战斗中。切割机和材料运进满目疮痍的草莓园，为重建做准备。一部分人把少数没有倒塌的大棚顶上的积雪给打下来，防止大棚承受不住压力再次倒塌。

镇党委书记打电话给叶明兰：“明兰，钱是身外之物，不要急，人急出了事是大事。”

这场雪，直接损失 200 多万元。等聂永平从外面开会回到家，明兰说：“不做了，歇手吧，做农业这行，人永远算不过天，心脏病都要急出来。”

这年春节，家家户户欢天喜地忙过年，聂永平全家人顶着寒风忙大棚。成堆的断架子铺了满地，葡萄藤被埋在积雪中，断了生机。整整忙了 3 个月才结束，挖掉死掉的葡萄，重新栽上新苗，等待浩荡的春风挽救这片刚从黑暗中苏醒过来的田园。

和这场雪灾打了一场苦得淹心的仗，聂永平全家人精疲力竭。大棚是重新站起来了，一家人的心还在戚戚中。这一次损伤需要多少年才能爬起来啊。种田靠天，天不借势，就完蛋。特别是瓜果蔬菜，遇上连续下雨没有阳光，花开得就会少。

头一年葡萄栽的是夏黑、巨峰、美人指等几个品种，长了三四年，市场行情不行，又改成阳光玫瑰。明兰死脑筋，舍不得换品种，长了好几年的夏黑棵棵肥壮得如壮汉，舍不得砍掉。聂永平带着她到南京的八卦洲和镇江江心洲，看人家种的阳光玫瑰，几十块钱一斤，而夏黑才卖几块钱一斤。这时叶明兰才终于开窍，同意聂永平换品种。经过试验，阳光玫瑰的挂果时间长，容易储存，不容易烂。由于不断换品种，到现在为止还有 10 多亩葡萄没有挂果，5 亩刚嫁接的无法挂果。这 10 年，家中收入有限，品种的更新换代，都是直接亏损。

聂永平说：“我们家没有向政府伸过手，全靠自己撑着。”近两年改种阳光玫瑰后开始回本，还没有开始赚钱。

苦尽甘来

聂永平吃的苦，上级领导看在眼里，记在心里。他的舍得、大度、仁义，给乡邻们留下极好的印象。与聂永平同时期投资的高效农业，有些人拿了政府的项目资金反而没能做好，最后不得不抛荒。有些人觉得反正上面有扶持，亏了也不心疼。

当草莓卖到5月下旬结束，就是西瓜上市的时候。一到6月份，夏黑葡萄上市，然后就是大批的阳光玫瑰开始成熟。

“我就希望自己像赵亚夫那样，做给农民看，带着农民干。这两点，我都做到了。空中草莓种植模式辐射到全国20多个城市。土地流转后，村民们没田种，就到我们家农业园做事，我给他们发工资。从原来15人到现在20多人，一年的工资要70多万元。这一年的工资，一年要卖多少草莓和葡萄才能挣到。每年大棚薄膜拆旧，3年就要换新的，换一次至少50万元。各项农资，能维持不亏，生存下来就算不错了。”聂永平算了一本账，盈亏已不重要，重要的是坚持下去。

阳光玫瑰并不好种，技术要求相当高，一百家种，只有一家能种好。人家在栽种阳光玫瑰的时候，聂永平家还在观望，直到2016年才决定改种阳光玫瑰。早几年的时候，聂永平去向农业专家请教是否种阳光玫瑰，当时听专家说，阳光玫瑰口感有点淡，他犹豫了一下，没有再往这上面考虑，就这么错失了良机。当时如果种上5亩，都能挣到钱，那时批发价还有三四十元一斤，现在种的人多了，不值钱了。

“我们家的阳光玫瑰和草莓的口味在全镇江市都排在前列。连赵亚夫都承认我家的葡萄真的好吃。”

聂永平每天凌晨4点准时醒来，早早起来到大棚转一圈。在上班前他要安排好一天的活由哪些人做，做什么，怎么做。

叶明兰说：“我家永平是个不一般的人，白天他是公家的人，下了班是大棚里的人。哪怕中午下班回来的那点时间，他也要进大棚里查看果树的情况。草莓大棚 12 亩，葡萄 100 多亩，草莓苗培植大棚 8 亩，他每天都要走上一遍，不走不放心啊。一年 365 天，天天泡在田里。我们俩每天吃住在草莓园里，一步也走不出去。”

在乡邻们的眼中，聂永平和叶明兰这对勤奋的鸳鸯，几十年来同甘共苦，搀扶着往前走。聂永平不善于表达，在妻子面前从没有甜言蜜语，只是不停地做事，为她多分担一些。他往家里搬了不少米酒，给明兰每天中午弄一小杯提提神，松松筋骨。

“我们的农业园一定要做好做精，不能让它倒掉，一门心思扎下去做，否则对不起总书记的嘱托，对不起那么多关心自己的人，这是我最大的心愿与责任。如果不努力做好，把高效农业的牌子做砸了，连自己都无法原谅自己。只能成功，不能失败；就是败了，也会从头再来。”聂永平说到这，呵呵地笑起来。

聂永平很快就要退居二线，他开始展望退休以后的生活。

“要多和有种植技术经验的人在一起，向他们请教更多的技术，把这些技术带回先锋村四季春农业园，给需要的村民进行指导。在镇里上班这些年，我没空出去与人交流，外面的高手太多了，要走出去才能请进来。

“我想到浙江、云南等地去看看，人家亩产能达到 6 万元到 10 万元的收入，我们农业园还达不到，就得找原因，找差距。为什么人家的产品与品质都有，证明了高手在民间。”

作为副镇长，聂永平要分管几个部门的事，特别是农业、水利、扶贫，现在 212 户 480 多人全部脱贫，能进低保的进低保，能通过产业帮扶的就帮一把，还有些奖金扶持。

整个世业镇的布局以“农业 + 旅游”为主。国家规定不能触碰土地的红线，发展高效农业只能用村集体的存量土地发展，也就是把那些低效益的田做成高效农业。

聂永平记忆力很强，这么多年的工作经历如数家珍，脱口而出的一些数据，像一颗颗闪烁着光芒的棋子，繁密分布在他心中的棋盘上。哪家什么情况，哪户人家的孩子在什么地方工作，他都清清楚楚。走出村庄又走回来的村民，每一个家庭都是一个不断延伸、渗透进社会的毛细血管。农村工作是整个社会发展的基石，而农村的工作并不好做，“村官”最不好当，千头万绪，特别是与村里人大多沾亲带故，都是低头不见抬头见的熟人。

“我们成立了小组，各负其责。小到家庭矛盾，大到农村建房宅基地审批手续，水利、农机、拆除改建等都在聂永平分管的农业口，包罗万象的杂事。现代农业与传统农业是两码事，是工业化农业。”

2022 年，最艰巨的任务是长江大保护，特别是长江禁捕。环岛 25.8 公里，22 个禁捕员在江边巡逻。现在长江的鱼多了，想钓鱼的人仍然不少，要常抓不懈。还有长江岸线整治，从 2015 年起开始关闭了 2 家船厂。2018 年，关闭了 3 家砂石码头、混凝土搅拌站，还有江边的一些小厂。世业洲人做出了很大的牺牲，比如永安船厂关闭时，只给了 300 多万元的补偿，而这家船厂的总资产是 3000 多万元。先锋村的两个船厂都是在聂永平手上关闭的。说真心话，连他都觉得心疼，毕竟人家经营得那么好。长江岸线的整治是一个大工程，滩涂上所有的建筑物全部要拆除，养虾、鱼、蟹的固定建筑、生产用房全部拆光，搞农家乐的房子全部拆除，先锋村在全镇走在最前面。

“长江大保护关乎每个人，当时关闭古刚砂石码头、永安船厂、埃海船厂时，非常困难。就拿古刚码头来说，真不知道去了多少趟。每天跑过去谈，企业法人闭门不见，电话不接，谈判一谈就是几小时甚至一天。全程面对的是冷面孔，没有凳子坐，更别提一杯水了。前后用了半年时间，终于谈妥。”

聂永平感慨自己不得已做的事，又是必须要做的。全村建设花了 3000 多万元，都是谈来的、挣来的。

“过去的先锋村穷得叮当响，外面的进不来，里面的走不出去。我卸任先锋村党总支书记的时候，账面上有 400 多万元，全是这么多年积累来的。我还记得全国第一批特色田园乡村是李克强总理批准的，按户来算，一户 2 万元，不够区政府贴，世业村特色田园建设花了 7000 多万元。当年的长江音乐节设施因为长江大保护拆除，现在的世业洲大草原将重现当年长江音乐节的盛况。”

草莓季一过，12 亩架子就空下来，高温杀毒，等来年再种，草莓的口感才会好。至少闲 3 个月，然后开始育苗。草莓园的农闲期，他们还有别的事做，从三十晚忙到正月初一，从初一忙到三十晚上。每年的年夜饭都忙得没空烧，以前是聂永平烧饭，现在是姑娘女婿烧饭。三十晚上都有人来采草莓，带回家过年。初一早上闲一下，聂永平夫妇去给岳父拜年，才坐下来吃中饭，电话来了，有人上门采草莓。

“坐在办公室里全是困难，走到基层全是办法。”聂永平记得李克强总理说过的这句话。

这个曾经被人遗忘的小岛，从当初走起来，到现在能跑起来，走过很长的路。人总是要向前看，总是要舍去一些，才能获得。聂永平每年初六都去给赵老拜年，向他请教。亚夫先生非常辛苦，一年要讲许多场课，到许多地方作指导。如果没有赵老的指导，就不可能有四季春草莓园。如今，他还在关心世业村的水稻种植，他希望世业洲的生态越来越好。事实证明了这一点，聂永平看见了多少年都看不见的萤火虫开始飞舞在这片大地上，还有青蛙多了，蜘蛛多了……

英雄是怎样炼成的

——江苏消防忠诚卫士丁良浩小传

竞　舟

在孩子的认知里，只知道消防车很神气，父亲很了不起，却不知道这些年，消防车一直伴随着父亲赴汤蹈火，出生入死。孩子们只见过父亲的各种荣誉勋章，却不知道父亲身上的累累伤疤。

2023 年 3 月 15 日，我[①]按时到达南京消防大队方家营支队驻地。去之前，对采访对象——英模人物丁良浩有了一些粗浅了解。

当我真正坐在丁良浩对面时，稍稍感觉有些意外。他不像想象中的那般魁梧。在我想象中，一个出生入死的英模人物，应该是像铁塔一样打不烂、摔不坏的。但眼前的丁良浩，倒更像个文弱书生。

我与他的对话在轻松愉快的气氛中进行。

他是一个温和内敛的人，有南方男人的细腻，但也不过多地客套。这样一个看上去和我们一样普通的人，怎么就成了金刚不坏之身，成了烈火英雄呢?

我是一个兵

2000 年底，南京的冬天寒风凛冽。

武警某部驻地操场上却热气腾腾。一群只穿短袖 T 恤的武警老兵正在打篮球。双方对抗十分激烈，抢球、奔跑、上篮、盖帽，不时传来阵阵欢呼声或嘲笑声。

球场边还站着一些衣冠不整的孩子，十七八岁模样，怯生生的。一个篮球飞过来，正砸在一个孩子胸口上，孩子整个人跟着球的方向转了个九十度。

刚才掷球的老兵跑过来，浑身散发着热气，脸上挂着汗珠。他接过孩子手里的球，问这个看上去弱不禁风的孩子：

“多大了？”

---

① 本篇人物小传中“我”的身份为采访者竟舟。

“十八。”

“十八？看样子不像啊！”他拍拍孩子的肩膀说，“瞧你这小身板，太瘦了，可要好好锻炼。叫什么？”

孩子低声说：“丁良浩。”

场上有人朝这边喊：“老史，我们走了。”

老史把篮球从左手换到右手，指着球场说：“要不要来试试？”

孩子害羞地笑笑说：“我不敢，怕被你们撞飞了。”

老史笑笑，跑回场上。

这边哨声响起，新兵集合。报数，点名，分班。丁良浩被分到新兵连二中队四班，班长正好是刚才跑过来捡球的老史。

史班长带新兵去宿舍。

里面整齐地摆放着四张高低床，丁良浩被分到上铺。已经有几个早几天报到的新兵在那里忙碌。丁良浩看他们在往被子上洒水，还有人用方凳在折叠好的棉被上来回磨。

刚进来的新兵很好奇，问他们为什么要往被子上洒水，大冬天的不冷吗？他们一副过来人的样子说：“这叫磨被子，把被子上的褶皱全部磨平，被子要四四方方，像豆腐块一样才行。”

一个跟丁良浩一起进门的新兵小声嘟囔说：“这有什么必要。”

磨被子的新兵说：“班长说了，军人就要有军人的样子。磨被子就是让新兵磨炼军人的性子，为人处世要有板有眼，绝不拖泥带水。”

丁良浩看看被磨过的被子，确实已经方方正正，有模有样，是新闻里看到的那样，顿时心里有了几分敬意。才几天，他们之间就有了差距。

晚饭时，史班长不停地给丁良浩夹菜，像兄长一样嘱咐他：“多吃点，还在长身体，需要营养。”丁良浩感到很温暖。

接着史班长说：“明天早上集合，动作要快，不能迟到。”

丁良浩点点头。

第二天，丁良浩还在睡梦中，突然被同宿舍的人摇醒。他慌里慌张爬起来，穿衣提鞋洗脸漱口，一路磕磕碰碰。早来几天的新兵一眨眼就穿好衣服冲出了宿舍，丁良浩还站在床前扣衬衣扣子。等他赶到操场，所有的目光一起投向他。

史班长虎着脸，粗声对着全班战士说："时间就是生命，就是命令。晚一分钟，许多事情就不可挽回。明天再有谁迟到，直接买票回家去。"丁良浩愧得不行。他想不明白，自己怎么就比别人慢了那么多？

接下来的好几天，他一回宿舍就练起床、穿衣、穿鞋，脱衣、脱鞋、躺下，一遍又一遍，几天之后，终于跟上了大家的节奏。他心里很有些小得意，不就这点事嘛！但他马上就发现自己错了。新兵入伍，可不是就这点事。

走列队，站军姿，踢腿，报数，每一项看上去都再简单不过，可是丁良浩却觉得高度紧张。尤其是吃早饭时动作太慢，同样的时间里，别人能吃两碗稀饭、四五个馒头，他只能吃一碗稀饭、半个馒头。一上午在训练场上活动，不到中午已经饥肠辘辘。如果仅仅是练稍息、立正还好，最怕的是一直站在那里不动，时间一长，身体就打晃，肩也塌了头也晕了，汗也下来了。眼梢瞟一下旁边的战友，好像都比自己站得稳、站得直。他意识到，自己真的需要多锻炼。

后来他发现，站军姿根本就是休息，还有更要命的：练俯卧撑、仰卧起坐。一个农家子弟，哪里有那个臂力和腹肌。俯卧撑做十来个已是极限，姿势不合格还要重来。

史班长指着丁良浩像波浪一样起伏的身形说："不对，重来。十个。"

"还不对，再来。"

又十个。丁良浩心跳剧烈，脸色发白，双臂不停地哆嗦。但是，这样练了几天后，他慢慢知道如何控制自己的腰部不往下沉了。

史班长一边来回巡视，一边说："知道你们当的是什么兵种吗？"

战士们喘着气回答："知道，消防兵。"

"对消防兵来说，最重要的是什么？是体能，是速度。没有体能就没有速度，你去火场干什么？既救不了别人，也保护不了自己。国家培养你们，是让你们不仅要会灭火，更重要的是会救人，同时保护好自己。明白吗？"

"明白！"

回答班长时，丁良浩正努力用双臂把身体撑起来，“明白”两个字刚出口，丁良浩颤抖的双臂一软，扑地了。

史班长看看时间，说：“好，现在我们练跑步。”

丁良浩与身边的战友快速交换眼神，意思是：还练啊？

午餐时间，史班长指着丁良浩说：“你的体能比别人要弱一些，需要比别人更多练习，才能跟别人成绩一样。记住，笨鸟先飞。”

丁良浩羞红了脸，牢牢把这句话记在了心上。

在随后的日子里，丁良浩像着了魔一般，除了上训练课，他把所有业余时间都利用起来，午休练，饭前练，睡前练，只要他醒着，就是在练习各项科目。两个月过去，丁良浩的动作、神态俨然有了老兵的样子，出操、训练，和战友站出来，动作利落、军容整齐，浑身充满朝气。

第三个月，是初级专业训练。每个新兵都领到两套制服，一套是消防作训服，一套是实战用的战斗服，并开始接触消防器材。

所谓作训服，顾名思义，是平时训练穿的衣服。与一般训练穿的迷彩服不同，消防作训服贴身裁剪，穿在身上人显得更加精干利落。第一次穿这套衣服，丁良浩内心升起一种神圣感，他告诉自己，一定要好好训练，做一个真正的消防兵。

战斗服与作训服不同，它由加厚的阻燃材料制成，防火且耐高温。它是消防员的护身甲胄。学习穿战斗服是一个艰苦的过程，需要控制在极短的时间内。

史班长攥着秒表站在旁边。一分钟，不及格；50 秒，不及格；30 秒，还是不及格。

为什么呀？丁良浩脸上露出桀骜不驯的表情，心里犯嘀咕：穿个衣服有这么重要吗？我都 30 秒了，还不够？

史班长看出这个新兵的不满，问他：“知道为什么吗？”

“报告班长，不知道。”

“我告诉你，因为火情不会等你。以后去了火场，大火也会告诉你这一点。你知道消防员要在接到火警后多长时间开车出库？白天 45 秒，夜里一分钟！

你觉得你穿衣服应该多长时间？一秒之差，小火可能会变成大火，不仅受灾群众多少年辛苦打拼积攒下来的财产付之一炬，甚至连命都没了。”

丁良浩有些委屈，说：“可我已经在30秒以内了。”

“10秒，你必须在十秒内完成穿衣服的全部动作。”

“10秒！这不可能吧？”

“老兵可能，你为什么不可能？没有别的窍门，就一个字，练！”

丁良浩在业余时间，除了练体能之外，又开始跟战斗服较上了劲。穿了脱，脱了穿，他比别人花的时间多得多。终于，一套动作下来，史班长一掐秒表，十秒！连丁良浩自己也不敢相信，自己做到了。

他望着班长，开心地笑了。

史班长脸上也露出些许微笑，说：“嗯，我说你行吧。世上无难事，只要肯努力。不过别高兴得太早，后面还有更艰苦的科目。”

新科目是接水带。每个人拎两盘水带到操场上，放在自己跟前。接水带不仅是体力活，还是技术活。水带铺开20米长，拎起来几十斤重。训练科目是将一个水带连接在另一个水带接口上，最后一个水带接上分水器，水带最前端接水枪，速度要快。

训练时，接水带基本是站在那里操作，消防员心里不慌，成功率自然会很高。后来训练更进一步，在运动中操作。遇到火警，消防员必须在跑动中完成整套动作。丁良浩已经码准了班长的套路：不就是笨鸟先飞嘛，练就完了。几天后，史班长又拿出他的秒表，在大家眼前晃了晃说：

“考核目标：10秒以内。”

考核结果出来，丁良浩全班最先达标。

史班长看向丁良浩的目光温和了许多，他开始欣赏这个喜欢跟自己较劲的新兵了，但并没有表现在脸上，而是说：“考第一也不能骄傲，我们离实战技能还差十万八千里。”

丁良浩平静地说：“我不会骄傲，我还可以更快。我的目标是7秒，老兵用的就是7秒。”

“哦？要不再来一次？”

战友们开始起哄，大家围成一圈，为丁良浩加油。果然，丁良浩以 7 秒内的成绩得了第一。

史班长心里暗暗高兴：行，是个好苗子。

正在大家纷纷向丁良浩表示祝贺时，史班长一声号令：“立正。”

“怎样才能称得上是一名合格的消防员？消防员对个体素质要求非常全面：身体强健，精通业务，心理素质过硬。你们做到几样？好好练，路还长着呢。”

丁良浩忽然觉得，自己还行。他想，也许自己今后真的可以成为一个很不错的消防员呢。

春节临近，第一年新兵不能回家。食堂做了一些好吃的，吃完了就练。与刚入伍时相比，丁良浩像换了个人，心里敞亮，眼睛里透着光。他抓紧一切时间让自己在各科目之间反复训练，接受摔打。经过三个月的磨炼，到开春以后，他的饭量猛增，吃饭速度也完全是一个老兵模样，走路、说话，虎虎生风。想起刚入伍第一天，在篮球场上看到的那些浑身肌肉、健壮自信的老兵，丁良浩暗暗对自己说：“没准哪天，我也可以。”

三个月新兵集训结束，新兵转场到南京尧化门消防训练基地，进入专业课提高班。

对这批新兵来说，没有最难，只有更难。在这里迎接丁良浩的，是一个以魔鬼训练模式著称的班长，姓金，黑脸膛，不苟言笑，看见业务不熟的新兵，就像是恨不得一夜之间就让他们成材一样，狠着呢。

老兵悄悄告诉丁良浩：“你别小看金班长，他可是货真价实的金牌教练、练兵高手哦。”

丁良浩心想，管他谁呢，兵来将挡，水来土掩，再笨的徒弟也有出徒的一天，总归会过去的。

第二天大早，起床号一响，丁良浩就以最快的速度穿戴整齐冲向操场，金班长已经站在那里。训练科目是拎着水带围驻地跑步 3 公里。3 公里！之前他们拎水带只练过百米跑。

跑过500米才知道，之前练的体能根本不够用。

从这天开始，每天从起床号到晚上熄灯号，新兵们一直处于高强度训练中，再也没有休息日之说，也没有午间休息时间。早上跑步结束，吃饭，打扫卫生，然后接着训练，午餐后继续练。先推杠铃，三四个人轮流推，一推就是两个小时。推完杠铃，再做俯卧撑。金班长拿他的火眼金睛狠狠地盯着每一个人："以三百为基数，动作不标准，重做。再不标准，再重做。"

这样做下来，丁良浩往往实际做的数量快要接近五六百了。到最后，每多做一个俯卧撑，他都觉得自己背上像扛着一座山，双臂不停颤抖，像筛糠似的不听使唤。但是，只要金班长不叫停，他就咬牙坚持。刚做完俯卧撑，再接着拎水带跑3公里。前两天还能应付，到了第三天，丁良浩的腿部肌肉拉伤，疼得龇牙咧嘴。

金班长绷着脸，直接选择无视："疼算什么？会死人吗？"

"不会。"

"火场上如果体能不过关，那可是要死人的。继续练！"

天气逐渐暖和起来。训练时，新兵们换上短袖T恤，每天扛水带跑步，推杠铃，做俯卧撑，汗水顺着他们年轻的脸颊、脖子、胳膊流下来，洒在训练场上，也打湿了T恤背后的"南京消防"四个字。

慢慢地，丁良浩发现，自己正一点点突破自己的体能极限，动作、意识，乃至生活习惯，每天都比前一天更像个军人了。

又是三个月，已经进入初夏时节。入伍时，丁良浩的体重是51公斤，现在是65公斤。那个文弱腼腆的乡村少年，已经蜕变成为结结实实的肌肉男。马甲线清晰可见，整个身体被紧致的皮肤包裹着，黝黑发亮，看上去不仅像个合格的消防战士，甚至已经有了运动员的体格和意识。而他们的职业要求，也与运动员类似：更高、更快、更强。

现在，拎水带跑3公里、推两个小时杠铃、做几百个俯卧撑，对他来说，已经不是什么无法攻克的难题，更不是教练的故意惩罚。他甚至觉得，自己喜欢上了这种超高强度的体能训练和消防专业操作技能训练，喜欢这种既有挑战性，又可以预知的、有规律的生活。

弹指间半年过去，丁良浩在金班长的魔鬼训练班里顺利结业。正好此时，南京消防支队组建高空消防集训队，前来挑选可塑之才。已经相处得亲如手足的新兵连战士们，在训练场上开始了真刀真枪地比拼。所有人都使出浑身解数，把看家本领拿出来，希望自己能胜出。

经过一轮又一轮的淘汰赛，丁良浩凭借各项测试都优异的成绩，进入高空消防集训队，离开了训练严格到近乎残酷的金班长。

临走前，金班长拍着丁良浩的肩膀，对前来接兵的高空消防集训队高队长说："这是块好钢啊！交给你们了。"

然后又转向丁良浩，用长者的语气说："高空集训队比我们这里更专业，难度也更大，那里才是你的未来。去吧！出成绩了记得给我捎个信。"

丁良浩的眼眶有些湿润。他想起当兵离开家那天，父亲送他，边走边嘱咐他，到了部队上一定要听领导的话，好好干，别给咱老丁家丢脸，得空给家里写信……

从恐高新兵到空中飞人

丁良浩原以为，自己已经算得上是一个很不错的消防员了，魔鬼式训练也该结束了。可是到了高空消防集训队才知道，一切都要从零开始。高空消防集训队比新兵连更强调体能，更强调训练的实用性。

什么叫高空消防集训队？就是要有飞檐走壁的本领，现在城市里高楼林立，要能适应高空消防救援的需要。过去的训练都只是基础训练，在这里，他们要练的是徒手攀缘、搬运器材、疏散物资等重体力活、专业技术活。

第一天训练，新兵和老兵同场竞技。结果，丁良浩在背负空气呼吸器进行5公里跑、背负整套防护装备进行百米冲刺等几个项目上，都落到了老兵后面。

也就是说，他离成为一个合格的消防员，还差得很远，还是一名新兵。

高队长的三板斧，仍然是先练体能。深蹲和仰卧起坐，俯卧撑，然后背负空气呼吸器跑5公里，再背负整套防护装备进行百米冲刺。

消防员出火警时，战斗服、安全帽、胶靴、空气呼吸器、腰带、水带，全身装备加起来超过30公斤。火场救援时，他们还需要搬运器材、疏散物资、徒手攀爬等，都需要消耗大量体能。什么样的体能才能配得上这些装备呢？只有实战说了算。

全天训练结束，每个人都像散了架，腿肚子打战，需要就地在操场上先休息一会儿，才陆续回宿舍。一进门，“哎哟”声此起彼伏。丁良浩对自己有了更清醒的认识，暗暗决定，给自己增加训练量。

对特别能吃苦的丁良浩来说，这些还都是能够克服的困难。“不就是训练吗？练就是了。他们行，我凭什么就不行？”

夏日炎炎，知了在树上叫得欢快，把夏天的燥热渲染到极致。训练场上，丁良浩几乎成了一个标志性的存在，仿佛有丁良浩的操场才是高空集训队的操场。别人在正常时间里打水、吃饭、休息、上街，走过操场时，总能看到他穿着一身湿透的作训服，在那里做各种训练项目。别人练深蹲300个，他练500个，别人练500个俯卧撑，他练1000个。如果哪天没看到他，战友们都会很不习惯，相互打听：丁良浩今天怎么没在？

每天早上他都比别人起得早，天刚蒙蒙亮，就轻手轻脚来到训练场，练习深蹲和快跑，增强腿部肌肉力量；晚上，别人都靠在床上休息，他仍在操场上练习，1000个俯卧撑，1000个仰卧起坐，直练到感觉要呕吐，才会停止。

变化也是显而易见的，他的体能已经追上了老兵。

高队长把一切都看在眼里。他打心眼里喜欢这个对基本功近乎执拗的年轻人，但并不表现出来，更不表扬。他很想看看，这个新兵到底能走多远。

接下来是高空作业训练：背负整套装备登楼、徒手攀爬绳索上楼等让普通人望而生畏的内容。这才是真正让有些恐高的丁良浩犯难的项目，却又是消防员的必备技能。

新科目第一天，高队长不按套路出牌，给新兵来了个下马威。全班被带到一幢多层建筑跟前，一条绳索从二楼窗户里放下来。望着绳索快速下坠，丁良浩心里就慌得不行。从小到大，他只去过同学家的二层楼，已经觉得是高楼大厦，站在楼上看下面，脚下就发虚。现在看到绳子从 2 楼窗户飞流直下，感觉像是自己突然从 2 楼掉下来一样，天旋地转。

高队长让老兵做示范，顺着绳子爬到楼上，只几秒，老兵就爬上去了。高队长向新兵队伍扫一眼，目光落在丁良浩身上，问："谁来试试？"

丁良浩怯怯地说："我有点恐高。"

高队长说："这很正常，慢慢就好了。来，下一个。"

新兵们开始一个接一个徒手攀缘，结果全都七倒八歪，不成样子，高悬在半空中，既不敢往上，也不敢往下，像顺着蛛丝往上爬的蜘蛛，绳索摇摇晃晃，人在空中飘飘荡荡。最后在战友们的大声鼓动下，才费了九牛二虎之力爬上 2 楼窗户。

高队长不但没批评，还表扬他们，说他们有勇气，敢于挑战自我。接下来，才按照常规科目顺序，先讲解绳索如何打结，如何绑绳、滑绳，以及专业安全带、扣具的使用要领，然后是攀爬技巧，如何使用绳索进行搜救或疏散等。

一上午，丁良浩站在那里不知所措。要知道，丁良浩在新兵连那可是数一数二的优等生，可在这里，竟被晾在了一边。

中午吃饭时，高队长跟上他，安慰说："别灰心，恐高很正常，新兵都会有这个过程，我也恐高过。多练习，就不恐高了。"

丁良浩相信这一点。入伍半年，他几乎每一天都是在不可能中走过来，同时又是每一天都在成长，成为一个与过去完全不同的自己。他越来越相信那句话：有志者，事竟成。

除了之前他给自己规定的老三样：深蹲、俯卧撑、百米冲刺，现在又多了攀爬。

先从低楼层开始，每天给自己定个小目标，一层一层往上加。往上攀，掉下来；再往上攀，再掉下来。高度却在一点点往上提，越爬越高。先是 2 楼，渐渐地，4 楼也能顺利爬上去。那段时间，他的手脚、胳膊、膝盖没有一处是完好的。一次次划伤、蹭破皮、结痂，再划伤、流血，创可贴一贴，继续上。衣服、鞋子，穿不了几天就被磨破。凭着这股韧劲，三个月后，曾因为恐高症成绩垫底的丁良浩，在考核中竟然得了优秀。大家先是惊讶，但一想到他日复一日在操场上的训练，又释然了。体能训练是最公平的，第一肯定是他，也只能是他。

这边攀缘刚刚练得比较麻溜了，感觉难度小了，高队长的训练又加新内容——负重攀缘。4 楼，6 楼，10 楼，攀登永无止境，训练没有尽头。

如果一开始就知道这么难，是不是会选择放弃？对此，丁良浩并不确定。但有一点可以确定，就是现在，自己已经走到这一步了，绝没有再退回去的道理。何况是因为恐高而被退回，哪还有脸去见父母？哪还有脸去见当年一起当兵离开家乡的同学？怎么对之前训练过他的班长交代？丁良浩越想越觉得自己没有退路，也不能退。

练呗！笨鸟先飞。

他咬紧牙关，不断挑战自我，在体能和心理上一次次突破极限，恐高的毛病也在不知不觉中被彻底克服。当年 11 月，在攀爬 10 楼考核中，丁良浩又得了优秀。

仅仅一年时间，这个身体单薄、性格怯生生的农村兵，在部队的大熔炉里接受磨砺，不断淬火、锻造，“恐高新兵”硬是练成了别人眼中的“空中飞人”，完成了从男孩到硬汉的华丽转身。

宝剑锋从磨砺出

养兵一日，用兵一时。训练场上苦练千日，不如救灾现场亲历一次。平时训练中，高队长经常提到火场遇到险情时，心理素质、操作技巧、体能储备等等问题的处置，这些消防知识对丁良浩来说，已经是日常生活知识的一部分，不用想，一到训练场上自然就会照着做。可是真正到火灾现场，看见火光冲天，听到哭喊声一片，看到围观群众乱成一团，年轻的消防员往往会方寸大乱，平时做来似行云流水的程序和步骤，一时间全跑得没了影。眼里只有滚滚浓烟、跳动的火苗，大脑一片空白。

丁良浩至今还记得第一次参加灭火救援的情景。

那次是南京下关地区一个老旧居民楼着火。消防车第一时间赶到现场。火苗已经从一楼窗户蹿出，顺着楼外管线往二楼延烧。丁良浩有点蒙，不知自己该做什么。班长第一个跳下车，指挥大家把消防器材从车上取下来，然后对着丁良浩喊："别愣着，赶紧接水带！"

丁良浩猛然醒过来，往日训练的科目又浮现在脑海里。他以最快速度接好水带，前面老消防员端着水枪冲进蹿火的楼道，丁良浩扛着盘卷的水带跟在后面。一股浓烟扑面而来，丁良浩的脚步出现了片刻犹豫："这火海，我进去了不会出不来吧？"

这时，身后的班长一把将他推进去。

真正进入到火场里面，丁良浩反倒不那么害怕了。他跟在老消防员后面，亦步亦趋，学习他们的沉着，学习他们的灵活，也学习他们的无畏。多年后回想起来，丁良浩发现，当时他跨过的，不仅是从风和日丽到熊熊烈火的那道坎，同时也是普通人到真正消防员的那道坎。

时间不长，火就被扑灭了。毕竟火势不大，救援也及时。丁良浩站在起火居民家里，望着满屋狼藉、遍地积水，心扑扑跳。这时候他才意识到，练了那么长时间，以为已经有了充足的心理准备，可真到身临其境时，心里还是怕的。

这次出警又让他找到自己与老兵之间的差距。回去的路上，他在脑海里一遍一遍地回放这次失火现场的情况，同时把自己学到的应对步骤一点一滴嵌进整个救援行动中，得到了属于自己的救援经验和心得。此后每一次出火警，他都事先演绎救援步骤，事后复盘救援过程得失，并形成了习惯。

凭着这种钻研精神，丁良浩进步神速。他心理素质越来越好，业务技能更加娴熟，加之为人处世沉稳、热情，成了班长口中的优秀战士，年轻消防员眼里需要学习、追赶的榜样。

由于各项业务表现突出，2002—2003 年，他被保送去专业技术学院学习消防知识、技能。在学校里，他像那些小时候贪玩耽误了学业的男孩子一样，突然间就懂事了，知道珍惜了。学习期间，他像海绵一样吸收各种专业知识，同时技能训练也丝毫不放松，第一年就在技能考核中立了两个三等功。此时他越发相信，行行出状元，无论做什么，一分耕耘就会有一分收获。他更相信那句老话：笨鸟先飞。可不是吗！现在飞着飞着，所有人就真的落在他后头了。

丁良浩心里涌起从未有过的自信。他每一天都迈着坚实的步伐往前走，一个越来越辽阔、明亮的未来展现在他眼前。长这么大，他第一次明确知道自己今后要走的路，要做的事。

烈火淬青春

2007 年，年仅 25 岁的丁良浩，已经成长为一名班长。也是在这年夏天，南京金桥市场发生重大火灾。那是丁良浩遭遇的第一场这种程度的火灾。

金桥市场是一个集仓储、物流、购物于一体的大型框架式多层建筑，经营面积达 10 万平方米，每一层都被分割成许多网格状的仓储间和商铺，十分拥挤。由于建成年代较早，设备老化，室内构造复杂，疏散通道也常常堆满杂物，存在重大火灾隐患。有关部门责令其整改，没想到，就在整改期间，由于工人操作不当，火灾发生了。

7 月 15 日，丁良浩接到命令，第一时间带领自己班组到达事故地点，负责火场搜救工作。

在此之前，他从未见过如此猛烈的大火。建筑大楼里外被浓烟包围，化工原料燃烧后发出的刺鼻气味在空气中弥漫，不戴氧气面罩几乎无法呼吸。已经历过前面几次小范围火灾救援的锻炼，他不再有任何迟疑，带两名队员抱着水带和救生器材就冲进了火场。

大楼内部浓烟弥漫，他们戴的氧气面罩只能支撑半小时。丁良浩和队员一路小跑过去，全场搜救被困人员。浓烟中，他们发现 3 名被困群众倒在那里，已经处于半昏迷状态，如果再不采取措施让他们呼吸到新鲜空气，窒息时间一长，即使救出去，后果也不堪设想。

丁良浩试图将一个受困人员带出火场，但那人意识模糊，无法站立。几次尝试之后，他果断将自己的氧气面罩取下来，让被困人员轮流呼吸，自己则用毛巾简单捂住口鼻，与队员一起架着被困人员的肩膀，将人拉出浓烟区，带着他朝一楼跑。救出一个，再去救第二个、第三个。

丁良浩一边来回奔跑，一边在心里感谢那些曾经逼着他百米冲刺、逼着他做几百上千个俯卧撑、逼着他扛水带长跑 5 公里的班长们。他感觉到，此刻在自己身上，有他们当年给予的力量。

火场外面，救护车已经赶到，但由于道路阻塞开不进来。丁良浩和战友们又奋力将几个站立不稳的人员带到安全地带，送到救护人员手上。由于吸入了大量有毒气体，丁良浩面色绯红，呼吸不畅。但救援行动还没结束，无论谁劝，他都不肯休息。

由于着火点没找到，火势一直无法控制住。他又先后三次进入火场，凭借多年的灭火经验，检测烟气流动方向和温度变化，准确找到了着火点，与队员一起，用水枪围着着火点内外夹击。经过 20 多个小时的奋战，终于将大火彻底扑灭。

此时的丁良浩已经站立不稳，他与队员们相互搀扶着，摇摇晃晃走出着火的大楼。由于呼吸系统受到损伤，丁良浩从此留下了病根，每到换季或空气不好的时候，就会咳喘不停。

救援行动结束后，在江苏省公安厅召开的英模表彰大会上，丁良浩荣立三等功，参加灭火的战斗一班，荣立集体二等功。

金桥市场受灾群众也敲锣打鼓为他们送来“人民卫士”的锦旗，一时引来许多人围观、赞赏。握着现场群众伸过来的手，听着他们感激的话，丁良浩心里热乎乎的，对人民群众的生命财产安全有了更强烈的责任感，有了类似亲人般的关切。群众需要他的保护，信赖他的能力，也感谢他的付出，这是一种不是亲人胜似亲人的鱼水关系，是一个有温度的社会应该有的样子，他必须是那个保持温度的人。

25 岁的丁良浩，已经有了与年龄不相称的成熟，也有了沉甸甸的使命感。

2023 年 3 月，当我坐在丁良浩对面，问他从事这个职业这些年里，内心是否曾经产生过些许恐惧和后怕时，他笑笑说，那可能就是“4·22”靖江特大火灾吧。

2016 年 4 月 22 日上午 9 时 40 分许，一条火情报道引发社会高度关注——位于江苏省泰州市靖江市境内的江苏德桥仓储有限公司危化品储存罐区发生大火。围绕起火点的是 42 座大型存储罐，其中油品储罐 12 个，主要是柴油和汽油；危化品储罐 30 个，主要是脂类和醇类。一旦这些罐体被引燃发生爆炸，会释放出大量剧毒气体，附近数十万居民和现场参加救援的 1000 多名消防指战员，都将受到致命威胁。如果液体化工原料流入长江，水体遭到污染，或有毒气体飘入大气层，整个长江下游群众的生活和健康都将受到伤害，影响将无法估量。

火情震惊整个江苏省，甚至惊动了北京。公安部消防局紧急部署救援方案，调集全国的消防精英增援靖江。南京消防支队是第二增援，丁良浩的班组接到命令赶往靖江。

奉命出发时，丁良浩以为火势已经控制，他们只是去清理火场。在路上才知道，火还没有扑灭。等他们赶到 100 多公里外的靖江，距离出事地点还有几公里，远远就能看见火光冲天，浓烟弥漫，爆炸声不时传来。丁良浩突然意识到，情况比预料的要严重得多。

沿途停的全是来自全省各地的消防车，丁良浩他们的车队根本过不去，只能徒步 3 公里到达火灾现场。

救援行动中，南京消防支队一直在火场下风处，承担着阻击火势蔓延的任务。可是经过几个小时的泡沫灭火，火势仍有增无减。原因是周围的油料罐体已经开始泄漏，顺着管道一直流向起火区域，无论用什么方式灭火，都是治标不治本。

午夜时分，南京消防支队接到命令，去完成关闭最后三个化工原料罐体阀门的任务。

支队派出 8 人组成突击队，其中 3 人担任进入火场关闭阀门的“攻坚手”。这 3 名勇士分别是：34 岁的方家营消防中队中队长助理丁良浩，28 岁的特勤一中队班长赵杰，22 岁的特勤一中队班长罗忠臣。

在这么多年的消防救援生涯中，丁良浩一直有“拼命三郎”的称号，一到火灾现场，脑子里什么杂念都没有，只考虑如何尽快把火扑灭。但这一次，也许是生命本能告诉他，这次不一样。

由于火势严重，火场情况复杂，丁良浩无法确定自己这次是否能顺利撤出来。万一储存化工原料的罐体受热发生爆炸，他将尸骨无存。在那一瞬间，他想到了自己的父母、妻女，还有当时尚未出生的另一个孩子。其实在路上时，当听说火势还没有扑灭，他就隐隐有种说不出的不安，很想给爱人发个信息，告诉她自己当下的任务，告诉她一定要照顾好家里的老人和孩子……他还有许多话想和妻子说。

他一直是一个不善言辞的人。这些年，自己亏欠妻子、亏欠家庭、亏欠父母实在太多了，甚至连女儿出生时他都不在身边。现在，危险就在眼前，自己生死未卜，是不是该跟妻子说几句温馨的话？

但他硬是忍住，什么也没说。这么多年，他从来没有这个习惯，提前把危险告诉家人。不是不想告诉，而是不敢告诉，不想让他们为自己担惊受怕。每次都是任务完成之后，他才给妻子发信息，报个平安。

丁良浩说，当时这些念头只是一闪。那样的情境之下，除了执行命令，根本无暇顾及其他。

三名勇士准备完毕。现场指挥望着三个人，下了最后一道命令：“出发！要活着回来。”

“是！”

三个向死而生的英雄，转身走向火场。

在熊熊燃烧的厂房内，他们并不确定三个阀门的位置。厂方技术代表只是说了个大概，具体方位要靠消防员自己去寻找。

此时，5000 立方米储油罐的空气阀已被引燃，并持续发生泄漏，油料顺着水面蔓延，形成 2000 多平方米的“流淌火”。这种流动的火源流到哪里，哪里就被点燃，危害性极大。地面上的积水也被流淌火烧得滚烫。而消防员身上穿的消防战斗服，只能防火，并不防水。热水顺着战斗服的缝隙渗进衣服里面，浸在水里的身体开始还觉得疼痛，后来就只剩下麻木。等他们完成任务撤出来时，身上的皮肤已被水烫伤，到处红肿、起水泡。

他们要关闭的，是三个大型阀门，单凭一个人徒手根本无法拧动。火情发生后，阀门又被水覆盖，操作起来难上加难。好在三个人配合默契，第一处阀门被迅速关闭。

第二处阀门离火场中心比第一个阀门更近，大约只有 5 米。隔热服已不起作用，完全靠战友们用水枪往他们身上猛喷水帮助降温。空气中到处窜动着火苗，高温让人呼吸困难，全身皮肤更是被灼烤得仿佛要炸裂开来一般。但这些与关闭第三个阀门遇到的危险相比，根本算不了什么。

第三个阀门就在着火的中心地带。

热辐射灼烤得人眼睛都无法睁开。三人眯缝着眼，摸索着蹚过大火，走向第三个阀门。浓烟和火苗将三个人包围，能见度是一只手臂的距离。当他们来到阀门附近时发现，周围的一处 3000 吨油罐体已经是一片火海，根本无法靠近，并且罐体长时间受热，随时有爆炸的可能。

为了保证任务完成，他们先退出来，由南京市消防支队的战友们用 4 支泡沫管枪、7 门消防炮、1 支泡沫发生器同时向正在燃烧的油罐体喷射。等周围火势微降，三人再次进入火场中心，将最后一个阀门关闭，使大火得到有效控制，并为最终扑灭大火创造了条件。

从头天下午 4 点半到达现场，到第二天上午 9 点半火被扑灭。这是一次在鬼门关上与火魔进行的殊死较量，时间长达 17 个小时。最后，这场较量以勇士们的胜利宣告结束，避免了更大范围的连环爆炸。

此时，一直在身后担任助攻任务的消防员，已经被泡沫完全覆盖。三位勇士的防护服，也被大火灼烤得严重变形。

凭着血肉之躯，与无情的火魔对决，他们没有故事里铁扇公主的扇子，也没有哪吒的风火轮，他们有的只是消防员的顽强意志和必胜决心。

大火扑灭后，撤离的 7 万多居民陆续返回家中。

只有在任务完成之后，攻坚组的三名勇士才想起来害怕。他们坦承，当时心理压力很大，非常大。丁良浩回忆说，这是担任消防员 23 年生涯中见过的最大一次火灾，也是最让他难忘的救援之一。

靖江救援之后几个月，2016 年 10 月，丁良浩的儿子出生。从此，丁良浩多了一个崇拜者。

2019 年 1 月，由于丁良浩带领的班组多年来的优秀表现，江苏消防总队授予他们“丁良浩攻坚班”称号。

这个称号是丁良浩和他的班组用青春和汗水乃至性命换来的，其中包含了多少常人无法想象的危险，常人无法理解的困难，这些，只有丁良浩和他的班组队员们自己知道。他感到肩头的责任沉甸甸的。

两个月后，丁良浩又经历了另一次生死救援。

2019 年 3 月 21 日早上，天气很好，丁良浩的心情格外轻松。带队员完成登山体能训练后，他匆匆回到宿舍，开始准备行李。

打开行李箱，他忽然想起上次回家时儿子想要的玩具，就又急忙去街上，给家人采购礼物。妻子一份，女儿一份，儿子一份。行李箱塞得满满当当，全是家人的礼物，自己只有两件换洗衣服。

望着行李箱里那辆红色消防车模型，丁良浩心头涌起一股做父亲的柔情。这是儿子指定要的礼物，玩坏一个再买一个。其他玩具可以经常更换样式，唯有消防车和消防器材，是他的玩具柜里必备的品种。现在小家伙已经学会使用模型上几个简单的消防器具，也知道它们的用途了。那都是丁良浩在家时一点一滴教他的。平时回家少，他甚至不太会跟孩子沟通，只能一味地哄孩子高兴，陪孩子玩耍。

在孩子的认知里，只知道消防车很神气，父亲很了不起，却不知道这些年，消防车一直伴随着父亲赴汤蹈火，出生入死。孩子们只见过父亲的各种荣誉勋章，却不知道父亲身上的累累伤疤。丁良浩永远只把最柔软、最光彩照人的一面留给家人，留给孩子，以培养他们积极乐观、勤奋向上的品德。

丁良浩的妻子曾开玩笑对他说，他宠孩子的方式，怎么看都不像是父亲，倒更像个爷爷。穿衣服，喂饭，提鞋子，买玩具，不谈条件，没有原则，有求必应。

其实丁良浩心里有自己的苦衷。他不能像其他父亲那样，天天守着孩子，看着他们一天天成长，有足够的时间在相处中学习沟通，学习做父亲的技巧。即便有了矛盾，也可以有充足的时间来化解，而他没有。他只能用最短的时间，以最直接的方式，表达对孩子最多的关怀和爱。即使是这样，他知道，在两个孩子的童年记忆里，父亲这个角色仍然是缺失的，是不全面的。每当说到这些，丁良浩的脸上总是难掩落寞。

今天，他就要去休假了，这是这么多年来的第一次。接下来，他有整整一周时间跟家人在一起，跟孩子们在一起。丁良浩心里有说不出的愉悦。

就在此之前不久，妻子刚刚被南京消防评为“最美贤内助”。这次相约一起去苏州疗养，正是单位给英模和家属的福利。这么多年，丁良浩把所有精力和时间都投在工作上，一直没时间陪妻子孩子出去看山看水，甚至连承诺多次出去度蜜月，都始终只是个承诺。这次，一家人终于可以轻轻松松在一起待几天了。晒晒太阳，聊聊天，陪孩子做游戏，同时也好好尽一尽做丈夫、做父亲的职责。丁良浩对这个假期是很期待的。

他小心翼翼地把玩具模型放进行李箱，四周用毛巾之类的织物塞实，避免被其他物品压坏。合上行李箱，他甚至能想象出儿子张开双臂向他跑来的欢快情形。

然而，就在他收拾停当准备出门时，却突然接到命令：响水县一家化工厂发生化工原料储罐爆炸，他必须立即带领“丁良浩攻坚班”赶往响水县增援。丁良浩立刻放下行李箱，换上防护服，冲出宿舍。

这是“丁良浩攻坚班”成立后第一次承接跨区域救援任务。

班组共 8 人，除丁良浩外，大部分队员都是第一次参与这样重大的灭火救援任务，有的还是第一年的新兵，需要手把手教他们。

在赶往火灾现场的路上，丁良浩像送自己出征的孩子那样，仔细反复叮嘱每一位队员：化工厂爆炸，通常水里都有腐蚀性液体，一定要认真检查胶靴、防化服，做好个人防护，既要灭火救人，又要保护好自己，一定要安全回来。

虽然见过太多事故现场，但眼前的景象还是让他震惊。倒塌的厂房和破损的房屋连成片，所有玻璃都被震碎，道路两旁随处可见被遗弃的汽车、重型卡车、电动三轮车等。一些中型卡车上运载的是崭新车辆，现在前面几乎全部脱落，标着“危险”字样的槽罐车仍不时向外渗透着硝酸溶液，空气中弥漫着化工原料的刺激性气味。而此时，罐区内的大火仍然在燃烧，随时有再次发生爆炸的危险。

前期赶到的消防队员正在向三个罐体喷射泡沫，试图灭火并使罐体冷却，但效果不明显。燃烧的是化学物质，需要专门的灭火泡沫才能控制火势。现场指挥命令，立即划分区域进行灭火救援。包括丁良浩在内的八名消防精兵组成其中一个攻坚组，主要担任搜救任务。

这次救援工作跟之前最大的不同，倒不是火势如何凶猛，而是需要蹚过强酸积液进入现场，搜救难度超出想象。

着火点主要是两个苯罐体和一个甲醛罐体。4500 立方米的物料同时燃烧，罐区内火势冲天，有毒气体弥漫整个罐区。丁良浩带领班组成员直奔核心区域，去搜救幸存者。

队员有的被火烫伤，有的被强酸溅伤。痛苦的惨叫声让丁良浩心痛不已。他想了个办法，就手从旁边找来一些没被烧毁的工具、木棍、树枝，堆在有腐蚀积液的区域，让大家踩着前行。

逼近着火点，有毒化学品燃烧产生的刺激性气味愈发浓烈，简易防护面具已经不起什么作用。可是任务还得完成，没有讲条件的余地。年轻队员跟着丁良浩，持续在毒气弥漫的厂区内搜救。

“发现一名遇难者。”

“又发现一名。”

他带领队友一天一夜没合眼，四次进入爆炸核心区域，搜寻到五名遇难者遗体。

“有人吗？还有人吗？我们是消防员，请回答。”

没有人回应。

队友小声说：“应该不会再有幸存者了吧？”

丁良浩说：“再找找看。只要有一点生还可能，我们就不能放弃。”

搜救工作结束后，他们又在当地停留了七天六夜，参与事故现场的清理工作。虽然戴着空气呼吸机，但那可是七天六夜啊！队员不可能始终戴着空气呼吸机，他们还要吃饭、睡觉。刺激性的有害气体不时顺着风飘过来，被吸入呼吸道。他们也知道那是致癌物质，但没有人后退一步。他们是在用自己的青春和生命来守护一方水土，守护这片土地上人民的生命安全。

从靖江回来后，有好多天时间，丁良浩都声音沙哑，说两句话就要喘半天。

任务完成后，在准备返回南京时，丁良浩突然想起来，糟了！七天前他与妻子相约一起去苏州疗养，转眼已经过去七天了，不知现在他们在哪里？

其实这些年，像这样的爽约，在他和妻子之间不知发生过多少次。开始兴高采烈地相约去哪里度假，最后总是以改期结束。他总是告诉妻子，又接到重要任务，不能陪她了，希望她理解，妻子总是说：“能理解，我已经习惯了。”

丁良浩平时话就不多，这种时候就更不知道说什么来安慰妻子。他心里明白，妻子真的很难，只是她不说。为了让他工作起来没有后顾之忧，她硬是独自一个人撑起了这个上有老、下有小的大家庭。一个女人，从结婚起就希望能有一个属于自己的蜜月期，从 20 多岁一直盼到 40 岁。她委屈吗？当然。也哭过，也闹过，但哭过闹过之后，日子还是照常过下去。

丁良浩这边，对于妻子的责怪从不辩解，全都虚心接受。他知道自己愧对妻子，愧对家庭，心里对妻子永远怀着一份无法开脱的愧疚。所以这次休假机会来得正是时候，权当补过他们的蜜月了。

他跟妻子商量好，3 月 20 日那天她先带着孩子去苏州，等自己这边工作安排好之后，就去苏州与他们会合。谁想，当天下午突然接到火警。就这样，把妻子和孩子扔在了苏州，一晃，都 7 天了。

他们在苏州过得怎么样？有人照顾他们吗？有什么事需要他来协调吗？他越想心里越觉得不妥，赶紧拨通妻子电话。

妻子那边也心急火燎的。她在苏州已经看到新闻，想知道丁良浩这边的情况，可电话一直无人接听，更让她心里七上八下。本来风轻云淡的假期，却过得很煎熬。

丁良浩在执行任务时，电话从不随身携带，这个她知道。但在听到他声音之前，她还是惴惴不安，现在知道他平安，才把悬着的心放下来。

“你们还好吧？我这边忙完了。”

丁良浩的意思，他回去拿上行李箱立即赶去苏州。可是妻子说：“我们都很好，已经回家了，你放心。”

“回家？哦……”

哪里需要，就往哪里冲

消防救援队除了灭火，同时还负责城市发生自然灾害时的应急救援工作。任何时候，只要城市有危难，消防员总是冲在第一线。不仅是本市，特殊情况下，他们还要承担起跨区域的应急救援任务，比如参加 2008 年“5・12 汶川地震”的应急救援。

“5・12”，是很多中国人至今不敢也不愿触碰的心灵创伤。地震发生后，全国武警战士、消防队员从四面八方向汶川汇聚，参与生死救援。南京消防地震救援队接到命令后，也立即赶赴什邡重灾区。

到达那里才发现，道路损坏严重，尤其是靠山体的道路，大多被冲得面目全非，道路一侧还不时有巨石从山上滚下来。沿途到处是无法前行而被丢弃的车辆。南京消防救援队领队果断下令：全部下车！

丁良浩随救援队一起徒步70多公里前往北川。沿途放眼望去，到处是断壁残垣，每一处倒塌的建筑废墟上都有救援人员的身影。由于各种大型机械都被阻隔在路上，现场救援只能靠救援人员的双手，一点一点扒开废墟，寻找被困人员。

他们的第一站是什邡市蓥华镇一家大型国营化工厂。

地震造成这里两幢7层宿舍楼塌陷，一幢5层综合楼倒塌。综合楼下面三层已经完全粉碎，上面两层也断裂成大块，钢筋混凝土碎石渣散落一地。全厂2000余名员工，地震袭来时，车间上班的人大部分都迅速撤离，但在宿舍楼里的百余人不幸被埋在倒塌楼房底下，虽然已经救出大部分，还有几十人下落不明。

丁良浩所在的三班负责开辟救生通道。

因为不知道被困人员在哪一层，又怕机械伤到人，他们只能徒手将碎石瓦砾搬开。大块断壁残垣压在已经粉碎的瓦砾碎石上面，动作稍微大一点，就会形成二次塌方，更大更沉的建筑构件随时会砸下来，救援行动只能小心翼翼往前挖，5小时只掘进了3米。此时仍余震不断，丁良浩心中只有一个念头，时间就是生命，他们在哪里？

灾难发生后72小时内，是生死救援关键时段。为争取时间，他和战友们72小时不眠不休，晚上用生命探测仪找人，白天实施救援。饿了，啃点面包、方便面；渴了，喝点矿泉水。当生命探测仪在一栋倾斜的危楼下发现生命迹象时，丁良浩冒着余震和二次坍塌的危险，只身进入洞口，将碎石、混凝土一块一块搬出，救出了第一个被困人员。此时，距离地震被埋，已经过去48小时。

在此次震后救援的15天时间里，他们先后从废墟中营救出39名被困群众，疏散600余人。

黄金救援期过去之后，丁良浩和战友们的体能消耗也达到极限，他们已是浑身泥土，到处擦伤，眼里布满血丝，嘴上起了水泡。

当救援队员从废墟中走出来，想稍稍歇口气时，那些一直等候在废墟外围的失踪人员家属都围拢过来。他们泪水纷飞地向救援队不断鞠躬，请求再帮忙找一找，也许他们的亲人还活着。

丁良浩的双眼也被泪水盈满了。他望着同样满身泥土、眼里满是悲痛和惊恐的受灾百姓，默默点点头，和战友再次回到废墟上，继续寻找生命迹象。这时，受灾百姓也从最初的悲痛中振作起来，纷纷展开自救，一边寻找亲人，一边组织起来为救援官兵送水送饭。

等搜救结束后，救援队收拾器材准备离开。附近群众闻讯赶来，他们对着救援人员衣服背后“南京消防”四个字，竖起了大拇指，称赞南京消防救援队是“最勇敢的消防救援队”。

23 年舍命守护人民群众生命财产，经历数千次各种灭火救灾任务，唯有“5 · 12”震后救援，是最让丁良浩痛彻心扉的一次。

2020 年 7 月，正值长江流域丰水期，连日暴雨导致长江南京段水位激增。7 月 19 日下午，位于南京市沿江第三大岛——八卦洲下坝村段，由于雨水冲刷，江堤突发滑坡和渗水险情。

接到命令后，丁良浩带领班组赶赴江堤险情段。他和战友们在江堤上打桩稳固，挖筑导水渠，填埋沙子和石子进行导水，并覆盖雨布，防止雨水冲刷导致再次发生险情。江堤加固完毕，又构筑起反压平台，对江堤进行进一步巩固。险情暂时排除后，他们 24 小时对江堤进行巡查，保证发现问题及时处置。

抗洪抢险 15 个昼夜，丁良浩带领班组成员筑堤造堰 1.2 公里，巡堤排险 100 余小时，与八卦洲群众共同抵御了 1954 年以来长江最大洪峰，确保了八卦洲人民群众生命和财产安全。

2021 年 7 月底，禄口机场新冠肺炎疫情暴发。丁良浩带领班组成员主动请缨，深入辖区中风险区域前置备勤。

每天 5 点不到，丁良浩就带领“丁良浩攻坚班”开启消毒液和汗水交织浸泡的消杀工作。他们身穿密不透气的防护服，配带约 40 斤重的洗消设备，穿梭在发生疫情的楼栋之间。天气炎热，他们全身被防护服严密包裹，感受不到一丝风，汗水一遍一遍打湿衣服，丁良浩与队员相互打趣，然后继续工作。

疫情防控期间，丁良浩带领班组累计消杀灭毒 20 余万平方米，转运物资 15 余吨，开展巡查 70 余小时，确保了辖区所有核酸检测点和疫情隔离小区零火情、零事故，得到了地方党委政府和人民群众的高度赞誉。网上有句话这样评价消防员：“当遇到灾难危险时，他们的逆行，是为了能够让我们更方便地顺行。”

服役 23 年来，丁良浩累计参加抗震、救火、抗洪、抗疫等急难险重任务 7000 余次，营救群众 1200 余人，业余时间为附近居民义务服务的事情，更是数不胜数。

在无私奉献的同时，他也收获了许多荣誉。面对这些荣誉，丁良浩总是谦虚地说，是组织的培养、战友的倾力支持、家人的默默付出，才让他有了今天的成绩，这份荣誉属于江苏所有消防指战员。

2019 年，丁良浩作为全国消防救援队伍中的优秀典范，参加了国庆 70 周年大典。他站在“众志成城”彩车上，胸前挂满各种荣誉奖章。彩车缓缓经过天安门广场，接受国家领导人的检阅。自新中国成立以来，这是中国消防救援队首次亮相国庆盛典。

同事、家人、同学都佩服他做出的成绩，为他感到自豪，但没有人知道，在这些奖章的背后，是丁良浩多年来的汗水、身上大大小小的伤疤，以及这些年赴汤蹈火落下的疾病。

直到今天，丁良浩仍冲锋在救援第一线，用实际行动践行着“火焰蓝”精神。

长大后，我就成了你

在外人看来，消防车的用途都是一样的，就是灭火，其实不然。车辆用途不同，乘坐的人员也不同。丁良浩最初是最基层的消防辅助人员，出警时坐 3 号车，主要负责消防救援的外围工作。后来他成了一个老兵，就被转至负责破拆救人的 2 号车。等他能独当一面，就坐上了专门负责指挥现场灭火的 1 号车。座位不同，显示出丁良浩在业务上的不断进步。

23 个冬去春来，已担任中队长助理的他，仍然每天出现在训练场上，与新兵们一起经历着冬练三九、夏练三伏的痛苦与快乐。看着新兵们在自己的教导下每天成长，他像父亲一样感到欣慰和自豪。一年一度新老交替，丁良浩带过的新兵一茬又一茬，每年都从零开始，永远乐此不疲。

平时，他对新兵很友善，善于换位思考，帮助他们排忧解难，鼓励他们勇敢面对各种困难。战士受伤了，他第一个发现，递水送药，嘘寒问暖；有人表现不佳，甚至出现厌训，他加油鼓劲，一遍遍亲自示范。但在训练场上，他却是另外一个样子：雷厉风行，不达目标决不罢休。于是，丁良浩在训练场上的“严”，也出名了。

过去，他在业务上只对自己严格，后来，他要求手下的新兵也要跟他一样。“平时多流汗，火场少流血。”这是丁良浩经常挂在嘴边的一句话。

强将手下无弱兵。在丁良浩的言传身教下，很多新兵后来都成长为业务骨干，有的提了干，有的做了队长助理，成为中队里的顶梁柱。从日常考核到年终评比，丁良浩所带的班集体总能拿第一，他所在中队，也常年被评为“执勤岗位练兵先进中队”。

打铁还需自身硬。现在，已进入不惑之年的丁良浩，依然每天跟年轻队员一起训练，一项不少。他跟大家一样穿上防护服，扛着水带，背着消防器材；跟大家一样日复一日地穿行在南京的四季中。

新兵们也像他当年一样，累得上气不接下气，汗水和着泪水洒落一路。有的甚至半道上就打算放弃了，丁良浩边跑边鼓励："我能跑，你们为什么不能？你们甘心输给一个比自己老的老前辈？坚持住，加油啊！"新兵们一听，立刻振奋精神，跟着他跑完全程。

在这里，不得不说到丁良浩的一些让许多人无法忍受的"怪癖"。比如，他总是在盛夏三伏天里穿着全套战斗服训练。

这是不是太过分了？尤其是新兵，完全无法理解丁良浩的这种行为。防护服那么厚重的衣服，别说穿，就是看上一眼都会浑身出汗。丁良浩却说，平时要经常让自己"烤一烤"，到了火场才能适应那里的高温灼烤。再比如，在寒冬腊月里，他只盖一床薄被子，说是要让自己"冻一冻"。因为救援行动中什么事情都可能发生，救援过程持续几天几夜也是家常便饭，他要求自己始终保持消防员的最佳状态，能够承受严酷环境等不利因素，全力保证救援工作顺利完成，身体不出状况。

那些在训练场上曾让丁良浩望而生畏的班长、业务标兵和金牌教练们，大多已经退休了，而丁良浩自己，也已经成长为一名业务标兵、金牌班长。他带出来的年轻队员，很多也已经成长为业务标兵、金牌班长。这大概就是一支队伍的作风传承吧。

军功章有她的一半

丁良浩和妻子王金芳是2009年认识并结婚的。现在回忆那段时光，王金芳脸上仍像做梦一样，呈现出幸福又有些迷茫的表情。

在婚礼上，王金芳穿着洁白的婚纱，新郎官丁良浩身板笔直，五官端正，身穿消防士官礼服，礼服上的金色绶带闪闪发光，让参加婚礼的亲朋好友格外惊羡。王金芳是中学教师，丁良浩是南京消防的一名消防员，真正是一桩金玉良缘。

办完婚礼，丁良浩就回到了部队上。王金芳仍像婚前一样，一个人来去。有时候独自一个人，想想觉得不可思议：没结婚时是一个人，结了婚还一个人。但她是个心胸开阔的姑娘，失落和不快从来不会在心头停留太久。她对自己说，只要两个人真心相爱，一切都不是问题。

由于要照顾两边的老人，婚后王金芳一直留在金坛工作，丁良浩则在南京，15 年里，离多聚少。

2010 年，王金芳怀上孩子以后，情况就有些不同了。别人每次孕期检查都有丈夫在身边小心呵护，而她，总是孤零零一个人，心里多少有些不是滋味。预产期快到的时候，王金芳跟丈夫嘟囔：生孩子时，你一定得回来陪我。

丁良浩握着妻子的手，肯定地回答："没问题，到时候我一定回来陪你。"

预产期还没到，突然有一天，王金芳感到肚子疼痛难忍，给丁良浩打电话，电话打不通。幸亏母亲赶过来，送王金芳去医院。一检查，羊水浑浊，脐带绕颈三周，宝宝心率加快，需马上剖宫产。

进手术室前，医生让家属来签字，不然手术不能进行。王金芳又给丁良浩打电话，始终关机。医生说情况紧急，不能等了。母亲在一旁说："要不，我来签吧？"

王金芳摇摇头说："不，我自己签。"

她边签字，眼泪边止不住地掉下来，心想："好你个丁良浩，我跟你没完！"

那天，丁良浩在做什么呢？

他在准备参加江苏消防总队年度大比武。王金芳进产房的时候，丁良浩正扛着 120 斤重的假人，满头大汗朝前跑，心里想着，不能输，不能输。

等训练结束，他打开手机一看，七八个未接电话，顿时蒙了。他知道妻子预产期就在最近，但不是还没到吗？正在这时，电话又进来，是岳父打过来的："孩子生了，母女平安。"

丁良浩十分内疚。他趁着离比赛日期还有两天，请了假，赶回老家去看望母女俩。本来心里气呼呼的王金芳，看见丁良浩风尘仆仆地出现在病床前，顿时消了气。

丁良浩的假期只有两天。他一到医院就忙碌起来，无微不至地照顾妻子和孩子，同病房的人看了都羡慕，说王金芳找到一个好丈夫。王金芳笑笑，并不解释，转身询问起丈夫比武的事情。

两天后，丁良浩如期归队。临行前，丁良浩对妻子说：“你为我付出这么多，我一定拿个好成绩回来，为你和女儿争光。”

王金芳脸上笑得灿烂，看着他转身离去，眼泪却不听话地流下来。

丁良浩果然没有食言——消防铁人项目全省第三，攻坚技巧全省第六，荣立三等功。

女儿周岁的时候，一天夜里突然发烧。眼见着小脸蛋烧得通红，王金芳赶紧抱着孩子去医院看急诊。等女儿在医院挂完水回到家，已经是后半夜。

在女儿刚会走路的时候，一天趁妈妈没注意，自己下床玩耍，不小心碰倒了地上的暖水瓶。就听到嘭的一声，随即传来女儿撕心裂肺的哭喊。王金芳一惊，丢下手上的事情冲向女儿，只见满地碎玻璃碴子，还冒着热气。王金芳把女儿抱起来，看见滚烫的水不断沿着孩子的腿往下滴，双脚颜色紫红，显然已经被烫伤了。那一刻的无助和自责，虽然已经过去十多年，王金芳至今无法忘怀。

从医院回来后，整整三天三夜，王金芳始终不敢合眼，双手捧着女儿的脚，不让她踢腾，怕碰到受伤部位。几天下来，人就瘦了一圈。

她一次又一次拿出手机，想跟丈夫通话，但都忍住了。她知道，他有任务在身，家里的事，指望不上。

那时的丁良浩，确实有任务在身。正值第二届青年奥林匹克运动会在南京举办，丁良浩负责大会的消防安保工作，根本无法脱身。好多天后，等丁良浩完成任务回到家，看到女儿脚上绑的纱布，妻子憔悴的面容，才知道家里发生了这么多事情，心里特别难受：因为自己在这个家庭里的缺席，因为自己的身不由己。

王金芳看见丈夫回家，这才彻底释放内心的郁结，放声大哭起来：“对不起，对不起，是我没把女儿看好。”

丁良浩心如刀绞。他把自己的肩头给妻子，让她尽情释放，安慰着她，为她擦去眼泪。而自己，他不允许自己在此时表现出软弱。他两眼望着天花板，希望能找到一个两全的解决办法，但直到回南京时，也没想出来。作为消防员，他得心应手，但面对生活难题时，他总是束手无策。

平时夫妻俩不在一个城市，沟通方式主要靠电话和微信。一般情况下，王金芳遇到特别棘手甚至抓狂的事，总是习惯于自己应对，自己想办法解决，自己为自己调节情绪。心里实在过不去时，就在电话、微信里冲他发发脾气，说完就算。她知道，撒气、哭闹，都解决不了任何问题。

结婚这些年，家里发生了许多事情，都是王金芳一个人扛过来。岳母遭车祸住院，王金芳陪母亲做检查，在医院急诊部到处奔跑、求人。那时，丁良浩正在一个灭火现场，营救素不相识的被困群众。岳父 2013 年生病，2016 年去世。在 4 年时间里，丁良浩偶尔休假回来，去尽几天义务，然后又回南京。王金芳既要照顾家里的两个孩子，又要照顾生病住院的父亲，为他递水送饭，尽儿女之孝。而此时，丁良浩往往是在训练场上挥汗如雨。

王金芳的胆结石，从开始很小的一个，拖成了很大一个。一天夜里炎症发作起来，疼痛难忍，自己去医院挂水，仍然没有改善，最后是丁良浩一再坚持，才来到南京做手术。

人们往往只在媒体上看到英雄的出类拔萃、成绩骄人，不会去注意英雄背后的艰辛。做英雄的家属，也同样须具备牺牲精神，年复一年地默默奉献。不仅仅是妻子，每一个家庭成员都必须全力补位。

平时在生活上，公婆常给予母子三人以力所能及的关怀和照顾，但两个孩子的成长和教育、衣食住行，只能靠王金芳独自来负责，别人无法取代。现在孩子稍大一些了，公婆也老了，她又要分出一些精力和时间来照顾他们。

2021 年疫情防控期间，丁良浩攻坚班参加防疫消杀工作，需 24 小时待命，常常几个月不能回家。王金芳用她的双肩挑起这个家，风里来雨里去。现在，女儿已经 12 岁，开始懂事了，知道心疼妈妈；儿子 7 岁，说话、做事像个小大人，很小就学会自己玩，不去惹妈妈生气。

有一回，丁良浩从外面回来，看儿子一个人坐在地上摆弄他的玩具。他抚摸着儿子的头问："儿子，在家有没有想爸爸？"儿子说："你出去才多长时间，我哪会想你啊？"

丁良浩听了，心里酸酸的。他能感觉到，儿子已经习惯了没有父亲的童年生活。

又有一回，儿子问他："爸爸，你这次回来休息几天？"

他回答："休息两天。"

"你休息三天可不可以？"

丁良浩无奈地说："我争取吧。"

其实儿子心里明白，爸爸不可能为了他多在家停留一天，他也习惯了爸爸常年不在家，只不过，还是忍不住想问问。

王金芳说，找一个消防员当老公，要求不能太多。结婚这么多年，他在家里的时间不超过半年。也怨过，也哭过，可他一句"这是我的职责"，就让人哑口无言。

当然，王金芳也记着丁良浩的好。虽然不常在家，也不会甜言蜜语地哄人，但他从不会骗人。有一说一，有二说二，倒也让人省心、放心。生活上也十分节省，工资卡上缴之后，只留下很少的一点零花钱，也从不花在自己身上，每次回家都给孩子买礼物，给她买礼物。他心里有这个家，有她这个妻子。

如果他休假在家，那就更好了，简直可以称得上是模范丈夫。家里的大小事情他全包，两个孩子全都由他照顾。做饭、洗碗、扫地、洗衣服，他不让妻子动一个手指头，只想让她享受难得的"假期"，睡个懒觉，或出去逛个街，看场电影。

丁良浩笑着说，做家务可要比在队里训练累多了。训练还有个休息的时候，在家里，几乎没有时间停下来喘口气。这些年，自己不在家时，这些事都是妻子在做的。

2018 年，丁良浩当选"十大杰出消防卫士"之后，总队、支队领导专程去金坛，到他家里送喜报。丁良浩的父母接过大红喜报，乐得合不拢嘴；两个孩子摸着爸爸身上的军功章说：“爸爸，长大了我也要当消防员。”

其实，丁良浩此刻最在乎的，还是妻子的态度。当他看到妻子眼里噙满泪花，刹那间，他感到自己这些年的付出都值得。

也许此时，有一首歌最能代表妻子王金芳的心迹——

十五的月亮 照在家乡 照在边关
宁静的夜晚 你也思念 我也思念
…………
我孝敬父母任劳任怨
你献身祖国不惜流血汗
我肩负着全家的重任
你在保卫国家安全
啊 祖国昌盛 有你的贡献 也有我的贡献
万家团圆 是我的心愿 也是你的心愿
…………

——《十五的月亮》